Sandra Paretti/Susanne Scheibler

Der rote Vogel

Sandra Paretti
Susanne Scheibler

Der rote Vogel

Marion von Schröder

1

Es war die Stunde zwischen Nacht und Dämmerung. Die Quadersteine der Mauern und die runden Türme von Kloster Marienberg zeichneten sich noch schwarz gegen den Himmel ab, an dem im Osten perlmutterfarben der Morgen heraufzog.

Im nahen Wald erhoben die Krähen ihre Stimmen. Wie immer waren sie des Morgens die ersten, die erwachten, und am Abend die letzten, die zur Ruhe gingen. Kreischend verließen sie ihre Schlafplätze und flatterten mit schnellen Flügelschlägen über das weite Hügelland. Nicht lange, und da und dort antwortete ihnen, zaghaft noch und verschlafen, der Ruf eines Singvogels, bis endlich mit wachsender Helligkeit der ganze Chor darin einfiel.

Dann kam die Sonne. Ihre ersten Strahlen erfassten den Turm der Klosterkirche und ließen den Hahn darauf blitzen. Wenig später lag das goldene Licht auch auf den

Dächern von Marienberg und zauberte schimmernde Reflexe an die Fensterreihen, hinter denen die meisten noch schliefen.

Erst als die Turmuhr der Kirche zu sechs hallenden Schlägen ausholte, wurde es lebendig auf dem Klosterhof. Die Schwester Pförtnerin kam, um das große eisenbeschlagene Tor zu öffnen, das auf die Straße führte.

Fast gleichzeitig erschien der Gärtner, ein älterer hagerer Mann, der ihr behilflich war, die beiden Torflügel mit langen Eisenhaken an den Begrenzungspfeilern festzumachen. Auf dem rechten befand sich ein Schild mit der Inschrift: ›*Marienberg, Gymnasium und Mädcheninternat*‹.

Knapp zwei Stunden später gingen da und dort auch im Schlaftrakt der Schülerinnen die Fenster auf, und ein paar junge Mädchen schauten hinaus. Auch Sarah Maienstedt öffnete beide Fensterflügel ihres Zimmers, das sie gemeinsam mit ihrer Freundin Christine Loew bewohnte. Sarah war schon eine Weile wach, genau wie Christine, denn die Mädchen hatten in dieser Nacht – ihrer letzten in Marienberg – nicht besonders gut geschlafen.

Sarah, bereits geduscht und in einem weißen kurzen Batistunterkleid, das ihren schönen, festen Körper locker umspielte, blickte zum Himmel. Er war klar bis auf die Reste des abziehenden Nachtgewölks, und die Neunzehnjährige lächelte zufrieden. Es würde ein warmer Sonnentag werden. Sie reckte die Arme und hielt ihr Gesicht der Sonne und dem leichten Wind entgegen.

Draußen hatte die Schwester Pförtnerin inzwischen den Taubenschlag geöffnet, und die Tiere flogen in keilförmiger Formation ins Freie. Sarah blickte ihnen nach und dachte: Es geht ihnen wie mir. Sie waren eingesperrt und sind nun frei. O lieber Gott, was für ein Gefühl!

Als sie vom Fenster zurücktrat, wandte Christine sich zu ihr um. Die niedliche Blondine hatte einen Spiegel auf ihrem Schreibtisch aufgestellt und ihr Haar mit Gel ganz straff zurückgebürstet. Das, so fand sie, ließ sie erwachsener wirken.

»Na, was sagst du?«, wollte sie von Sarah wissen. Diese betrachtete sie mit schief geneigtem Kopf. Es war klar, dass Christine ein Kompliment erwartete, doch dazu konnte Sarah sich nicht durchringen. »So bist du eine minderjährige Witwe«, erwiderte sie, frei nach Brecht.

Stirnrunzelnd studierte Christine wieder ihr Spiegelbild. »Minderjährige Witwe ... Ideen hast du!« Während sie nach ihrem Lippenstift griff, nahm Sarah die Bluse vom Bett, die zu ihrer Internatskleidung gehörte. Alle Zöglinge von Marienberg trugen sie: eine weiße Bluse mit dunkelblauem Rock, der im Winter aus Wollstoff, im Sommer aus Leinen war, dazu eine dunkelblaue Jacke. Rasch zog Sarah die Bluse über und knöpfte sie zu. Dann stieg sie in ihren Rock.

»Verflixt, hilfst du mir mal«, bat sie, als der Reißverschluss klemmte.

Christine legte den Lippenstift zur Seite und ging vor Sarah in die Hocke. »Halt still«, befahl sie und versuchte, das eingeklemmte Futter aus den Zähnen des Reißverschlusses zu befreien.

»Nie wieder!«, sagte Sarah inbrünstig.

»Nie wieder was?«, fragte Christine verständnislos.

Sarah blickte an sich hinunter. »Dunkelblau. Das ist keine Farbe, das ist eine Strafe.«

Isabel, eine Mitschülerin, riss die Zimmertür auf. »Sarah, deine Mutter …«

»Soll reinkommen!«

»Nein, sie ist nicht hier, sondern am Telefon.«

Christine zog den Reißverschluss hoch und stand auf. »Geschafft!«

»Danke«, rief Sarah, während sie schon hinausstürmte. Sie war noch barfuß und versuchte, im Laufen die Bluse in den Rockbund zu stopfen. Im Kreuzgang kamen ihr zwei Nonnen entgegen, die sie fast umgerannt hätte.

»Verzeihung«, murmelte sie, während sie weiterrannte. Die beiden blickten ihr verständnisvoll lächelnd nach.

Außer Atem erreichte Sarah das Pförtnerhaus, wo eine Klosterschwester ihr den Telefonhörer hinhielt.

»Hallo, Mama! Von wo rufst du an?«, fragte Sarah.

»Aus einer Telefonzelle unterwegs«, antwortete Inge Maienstedt in wehleidigem Ton. Sarah hörte, dass sie an einer Zigarette zog. »Mein Auto streikt. Ich warte auf den Abschleppdienst. Du weißt ja, wie lange das dauern kann. Ich fürchte, ich schaff's nicht mehr zur Abschlussfeier.«

Sie schwieg einen Augenblick, wartete, ob Sarah etwas sagte, doch am anderen Ende der Leitung blieb es still, und Inge setzte hastig hinzu:

»Aber in Gedanken bin ich bei dir. Ich ruf' auf jeden Fall noch mal an. Mach's gut, Schatz, ich hab' dich lieb.«

Sarah hörte, wie ihre Mutter auflegte, und blickte ein paar Sekunden auf den Hörer, aus dem nun das Freizeichen ertönte. Dann legte auch sie ihn langsam auf die Gabel zurück.

Nein, sie wollte nicht enttäuscht sein. Es durfte einfach nichts passieren, das ihr diesen Tag verdarb.

Inge Maienstedt drückte ihre Zigarette in dem Aschenbecher der Telefonzelle aus. Sie war eine überschlanke blonde Frau von vierzig Jahren, sehr gepflegt, das halblange feine Haar sorgfältig frisiert. Ihre hellen Augen hatten in der Regel einen sehr wachen, manchmal unsteten Ausdruck, und ihr Mund verriet mit den leicht nach unten gezogenen Linien, dass sie äußerst empfindlich war und bei bestimmten Gelegenheiten ziemlich aggressiv reagieren konnte.

Jetzt aber funkelte in ihren Augen satte Zufriedenheit. Sie hatte Sarah eine plausible Erklärung dafür gegeben, dass sie nicht zu ihrer Abiturfeier im Kloster Marienberg kommen konnte. Sarah würde ihr nichts nachtragen und keinen Verdacht schöpfen.

Eilig raffte Inge ihre Sachen, Handtasche, Autoschlüssel, Zigaretten, Feuerzeug und ihr Notizbuch zusammen und verließ die Zelle. Auf der Straße parkte ihr Wagen. Sie stieg ein und steckte den Schlüssel ins Zündschloss, aber sie startete noch nicht, sondern blickte mit gerunzelter Stirn ein paar Sekunden vor sich hin.

Sie trug viel Schmuck, eine doppelreihige Perlenkette, Ringe, Perlenohrringe, ein Armband – eigentlich zu viel für den sportlichen Staubmantel aus Fallschirmseide. Aber unter dem Mantel hatte sie ein sehr elegantes Seidenensemble in Dunkelblau mit breiten beige-braunen Streifen an. Dazu sahen die Perlen und alles andere hervorragend aus.

Inge zündete sich eine neue Zigarette an und drehte den Zündschlüssel. Der Motor sprang sofort mit einem satten Brummen an.

Sie traf einige Zeit vor Erik Wylander in dem Hotel La Villa am See ein, das zu seiner Hotelkette gehörte und seit langem ihr heimlicher Treffpunkt war. In der Bar warf sie ihren Mantel über einen Sessel, stellte erleichtert fest, dass sich um diese Vormittagsstunde keine Gäste dort befanden, ließ sich einen Drink bringen und setzte sich an den Flügel.

Sie spielte gern und gut, und die Töne von Chopins »Valse triste« wehten bis nach draußen in die Halle.

Erik Wylander kam wenig später. Gino, der Empfangschef, begrüßte ihn mit ausgesuchter Höflichkeit. Dann senkte er diskret die Stimme. »Frau Maienstedt wartet in der Bar.«

»Danke, Gino«, erwiderte Erik kurz. Natürlich war ihm klar, dass alle hier im La Villa über ihn und Inge Bescheid wussten. Schließlich kam sie seit sieben Jahren hierher. Trotzdem empfand er Unbehagen. Er mochte das wissende Lächeln von Gino nicht und noch weniger die Vorstellung, dass über seine Beziehung zu der Frau von Professor Maienstedt getratscht wurde.

Gino folgte ihm beflissen, als Erik die Hotelbar betrat. Sie wirkte ein wenig trist – wie alle Bars um diese frühe Tageszeit.

Langsam, mit einem Lächeln, ging Erik auf den Flügel zu. Inge hob den Kopf, spielte aber noch weiter, bis Erik mit einer sanften Bewegung den Deckel nach unten drückte.

Sie wollte ihn küssen, doch Erik wandte den Kopf zur Seite. »Gino«, sagte er in aufforderndem Ton, und der junge Mann deutete eine leichte Verbeugung an.

»Selbstverständlich, Herr Wylander.« Dann ging er rasch hinaus.

Er hatte noch nicht ganz die Tür hinter sich geschlossen, als Erik und Inge sich in den Armen lagen. Sie küssten sich hungrig, und Inge umfasste das Gesicht ihres Geliebten mit beiden Händen.

»Ich muss nach Marienberg«, murmelte sie und lehnte ihre Stirn gegen seinen Mund. »Alle Eltern sind dort, nur ich nicht.« Sie küsste ihn wieder. »Ich komm' sowieso schon zu spät.«

»Und wenn ich dich nicht gehen lasse?«, fragte er mit diesem dunklen Ton des Verlangens in der Stimme, der Inge jedes Mal von neuem erregte.

Sie brauchte diesen Mann. Sie liebte ihn und war wie besessen von ihm. Und sie wussten beide, dass Inge nicht nach Marienberg fahren würde.

Sie hatten sich seit einiger Zeit nicht sehen können. Als Juniorchef der bekannten Wylander-Nobelhotels war Erik häufig im In- und Ausland unterwegs. Gestern erst war er aus Stockholm zurückgekommen, und Inge hatte dem Treffen mit ihm entgegengefiebert. Um keinen Preis hätte sie es wegen Sarahs Abiturfeier verschoben.

»Du bist schlimmer als der Weltuntergang«, sagte sie

mit einem kleinen sinnlichen Lachen und wollte zur Tür gehen.

Erik hielt sie zurück. »Moment, ich hab' dir was mitgebracht.«

Beim Kommen hatte er seinen hellen Blouson auf den Flügel gelegt. Jetzt griff er in die Innentasche und holte ein flaches, silbergraues Samtetui hervor. Als Inge es öffnete, lag darin eine Kette aus erlesenen großen, gleichmäßigen Perlen. Inges Gesicht strahlte auf.

»Sag mal, bist du Hotelier oder Perlenfischer?«

Sie nahm die Kette heraus, ließ sie durch ihre Finger gleiten und bat: »Leg du sie mir um.«

Er tat es, und die Berührung seiner Hände verursachte einen kleinen wohligen Schauer in ihr.

Inge Maienstedt liebte Perlen, und noch mehr liebte sie die Botschaft, die ein solches Geschenk beinhaltete: Sie war eine schöne begehrenswerte Frau, die ein Mann mit kostbaren Geschenken verwöhnte.

»Komm«, sagte Erik, und wieder war dieser Ton in seiner Stimme, der ihre Erregung wachsen ließ.

Sie wollte ihn ja auch, und sie liebte es, ihn in sich zu spüren und Macht über ihn zu haben, eine große dunkle, zärtliche Macht, der er immer wieder verfiel.

Oben in Eriks Hotelsuite sanken sie in enger Umarmung auf das Bett. Inge genoss es, wie Erik sie erst mit heißen, ungeduldigen Händen auszog, sich dann selbst seiner Kleidung entledigte und seinen nackten Körper gegen ihren presste. Stöhnend kam sie ihm entgegen. Ach, sie brauchte ihn so, und sie wollte ihn immer wieder haben! Nie könnte sie auf ihn verzichten!

In diesen Augenblicken gehörte sie Erik Wylander ganz, er spürte es mit jeder Faser, und es machte ihn glücklich. So glücklich, wie er selten in der dunklen, quälerischen Beziehung zu dieser Frau war.

Sie konnte so bezaubernd sein, eine strahlende, zärtliche, leidenschaftliche Geliebte. Doch im nächsten Augenblick entglitt sie ihm wieder, wurde fremd, zwiespältig und auf beklemmende Weise undurchschaubar. So war es auch dieses Mal.

Bevor sie sich liebten, hatte Inge die beiden Perlenketten abgelegt, die sie zuvor getragen hatte. Nur die neue, die Erik ihr geschenkt hatte, lag noch um ihren Hals.

Nach ihrer wilden Umarmung hatte Inge ihren schwarzen Spitzenbody übergestreift und sich auf der Couch ausgestreckt. Sie rauchte eine Zigarette.

»Ich sollte dir den ganzen Schmuck, den du mir geschenkt hast, zurückgeben«, sagte sie unvermittelt mit gerunzelter Stirn. »Und wir sollten uns nie mehr sehen.«

Erik hatte ein Handtuch um seine Hüften gewickelt. Er öffnete den Kühlschrank, um eine Flasche Mineralwasser herauszunehmen.

»Du bist unwiderstehlich in der Rolle der Entsagenden«, erwiderte er mit leisem Spott.

Sie hob den Kopf und blickte ihn an. »Es ist mir ernst.«

Erik warf die Kühlschranktür zu. »Ich habe einen besseren Vorschlag. Du behältst den Schmuck und wirst meine Frau.«

Mit einem Ruck drückte sie ihre Zigarette aus. Und sie schwieg.

Erik füllte ein Glas mit Mineralwasser und hielt es ans

Licht. »Weißt du, warum ich dich heiraten will? Weil ich mir einbilde, dass ich dann endlich in deine Seele schauen kann wie in dieses Wasser und die Luftbläschen beobachten kann, die sich am Boden bilden, plötzlich aufsteigen und zerplatzen.«

Er kam zu ihr und blickte in ihre Augen. Wie oft hatte er das schon erlebt: diese unergründlichen Augen nach genossener Lust.

»Du hättest Schauspielerin werden sollen«, sagte er mit ein wenig Bitterkeit. »Manchmal denke ich, du brauchst mich nur, damit du die Rolle der Ehebrecherin spielen kannst.«

Inge richtete sich auf. Mit einem trägen Lächeln umfasste sie die Perlenkette, während sie sich in dem Wandspiegel über der Couch betrachtete. »Das nächste Mal wünsche ich mir schwarze Perlen von dir.«

»Dir gefallen die weißen nicht?« Er griff nach der Kette und schob seine Hand darunter.

»Du tust mir weh«, protestierte Inge. Aber er ließ sie nicht los, sondern verstärkte seinen Griff. Als sie eine Abwehrbewegung machte, zerriss die dünne Schnur, und die Perlen fielen zu Boden.

In Marienberg war Sarah dabei, ihre Sachen in einem Koffer und einer Tasche zu verstauen. Sie war immer noch barfuß und stieg jedes Mal über Christines Bett, um die einzelnen Teile aus dem Schrank zu holen und einzupacken.

Nach einem kurzen Klopfen betrat Mutter Peregrina, die Oberin des Klosters Marienberg, das Zimmer. Sie war Inge Maienstedts ältere Schwester, eine große, schlanke Frau mit einem beinahe alterslos wirkendem Gesicht und großen strahlenden Augen. Mit einem Blick erfasste sie die Situation und lächelte Sarah zu. »Du bist noch barfuß? Deine Eltern werden gleich hier sein.«

»Die kommen nicht.« Sarah stopfte einen Pullover in ihre Tasche. »Mutter hat eine Autopanne, und Vater ist sowieso nicht dabei.«

»Dein Vater ist nicht dabei?«, wiederholte Peregrina verwundert. Schließlich wusste sie, welch inniges Verhältnis Konrad Maienstedt zu seiner einzigen Tochter hatte. »Komisch ...«

Sarah lachte. »Du kennst ihn doch. Er hat sich vor allen meinen Schulfeiern gedrückt. Er kann so etwas einfach nicht aushalten.«

Pelegrina nickte. Für einen flüchtigen Moment schienen sich ihre Augen verdunkelt zu haben, doch dann lächelte sie auf die gleiche Art, wie sie zu den meist verzeihlichen Torheiten ihrer Zöglinge zu lächeln pflegte.

Christine Loew saß wieder vor dem Spiegel. Sie hatte ihr Haar gelockert und versuchte nun, durch ein verwegenes Make-up den Status der ›minderjährigen Witwe‹ loszuwerden.

»Wir nehmen dich mit nach Hause, Sarah«, erklärte sie fröhlich. »Mein Bruder holt mich ab«, setzte sie, an Peregrina gewandt, hinzu.

»Markus, aha ...« Es klang fast so, als ob Peregrina dieses Arrangement nicht recht war.

Endlich war Christine mit ihrem Make-up zufrieden und tänzelte zur Tür. »Wir bringen Sarah schon sicher nach Hause. Und Markus wird sich freuen, dass er sie ein bisschen länger für sich haben kann.«

An Peregrina vorbei huschte sie nach draußen, und die Oberin betrachtete dabei einen Moment lang Christines absolut unklösterliche Aufmachung. Doch sie gab keinen Kommentar dazu ab. Stattdessen wandte sie sich Sarah zu und legte ihr die Hände auf die Schultern.

»Versprich mir eines: Wenn du dich das erste Mal verliebst – setz nicht gleich dein ganzes Leben auf eine Karte.«

»Ich mach' schon keine Dummheiten«, beteuerte Sarah, und Peregrinas Lächeln wurde breit und fröhlich.

»Das meine ich nicht. Dummheiten kannst du machen, so viele du willst.«

Sarah kicherte. »Weißt du überhaupt, was eine Dummheit ist?«

»Du siehst nur mein Kleid. Für Dummheiten ist unter jedem Kleid Platz.«

Sie sahen sich an mit der tiefen Vertrautheit und Zuneigung, die sie füreinander empfanden. Dann umarmte Sarah ihre Tante. »Danke ... für alles.«

Pelegrina küsste sie liebevoll auf beide Wangen. »Bleib brav!«

Sarah lachte, während in ihren Augen nun doch Tränen standen. »Du auch!«

Christine kam zurück. Mit einem Stirnrunzeln beobachtete sie die herzliche Umarmung der beiden, sagte aber nichts. Pelegrina ließ Sarah los und wandte sich zum

Gehen. In der Tür blieb sie noch einmal stehen. »Vergiss nicht, du bist noch barfuß.«

Als sie fort war, meinte Christine, die wie die meisten Internatsschülerinnen der Oberin von Marienberg zwar respektvolle Achtung entgegenbrachte, im übrigen aber auch ganz gern über sie und die anderen Lehrerinnen lästerte: »Ich glaub', es ist ihr nicht recht, dass du mit uns fährst. In ihren Augen sind doch alle Männer wilde Tiere.«

»Du tust ihr Unrecht«, widersprach Sarah, und Christine zuckte mit den Schultern.

»Klar, dass du sie verteidigst. Schließlich ist sie deine Tante, und irgendwie bist du ihr ... nimm's mir nicht übel ... Aber du bist ihr einfach sehr ähnlich.«

Sarah blickte auf die Tür, die Peregrina hinter sich geschlossen hatte. »Ohne sie wäre ich hier nicht alt geworden ...«

Unerwartet umarmte Christine sie. »Und ich nicht ohne dich!«

Sie waren beide ein wenig gerührt und überspielten das mit Gelächter. Dann deutete Christine auf Sarahs Haar. »Dein Zopf geht schon wieder auf.«

Sarah drehte ihr auffordernd den Hinterkopf zu, und Christine flocht die dunklen Haare der Freundin.

»Es gibt ein Foto von Peregrina aus ihrer Studienzeit«, meinte Sarah nachdenklich, »da sieht sie aus wie meine Zwillingsschwester.«

»Ich verstehe nicht, wie man Nonne werden kann!« meinte Christine kichernd, doch diesmal blieb Sarah ernst.

»Peregrina ist keine Nonne. Sie ist viel mehr. Sie ist eine Priesterin.«

Darauf wusste Christine nichts zu antworten. Sie kannte das; manchmal sagte Sarah Dinge, auf die kein anderer Mensch käme. Verrückt war das!

Von unten aus dem Klosterhof ertönte ein lang anhaltendes Hupen, und Christine rannte zum Fenster. »Markus!«, rief sie, als sie ihren Bruder hinter dem Steuer seines offenen weißen Suzuki erkannte. »Wir kommen gleich!«

Sie schnappte sich ihr Gepäck und lief hinunter. Ihr Bruder hatte das Autoradio zu voller Lautstärke aufgedreht, und ein gutes Dutzend Luftballons in allen möglichen Formen und Farben waren an der Karosserie befestigt.

Als Christine aus dem Haus stürmte, kam Markus Loew ihr entgegen, um ihr den Koffer abzunehmen und ihn auf den Rücksitzen zu verstauen. Dabei warf er einen Blick in ihr Gesicht mit dem abenteuerlichen Make-up. »Du siehst verboten aus«, stellte er mit brüderlicher Nonchalance fest.

Christine fühlte sich keineswegs gekränkt, sondern lachte nur. »Wie eine minderjährige Witwe, findet Sarah.«

Er stimmte in ihr Lachen ein. Markus Loew war ein gut aussehender junger Mann mit dunklen, leicht gewellten Haaren und freundlichen Augen. Er trug ein helles Hemd mit offenem Kragen und darüber eine bunte Weste. Seine Miene erhellte sich, als seine Schwester sich erkundigte: »Hast du was dagegen, dass Sarah mit uns fährt?«

»Wieso mit uns? Ich dachte, ihre Mutter kommt.«

»Ihre Mutter hatte unterwegs eine Panne«, gab Christine Auskunft, und Markus' Gesichtsausdruck wurde geradezu euphorisch.

»Super!«

Die Maienstedts wohnten nicht weit von dem Reiterhof entfernt, der seinen Eltern gehörte. Sarah, Markus und Christine kannten sich seit Kindertagen, und genauso lange war Markus Loew in das grazile dunkelhaarige Mädchen verliebt. Ach was, er liebte sie inzwischen und wünschte sich nichts sehnlicher, als sie zu heiraten.

Er legte die Hände zum Trichter geformt vor den Mund und rief zu ihrem Zimmer hinauf: »Sarah ...«

Sie war noch damit beschäftigt, ihren Koffer zu schließen. Erst als sie zum zweiten Mal ihren Namen hörte, kam sie ans offene Fenster und winkte Markus zu.

Er löste aus dem Bündel Luftballons einen, der wie ein rotes Herz aussah, und ließ ihn zu Sarah aufsteigen. Sie griff nach der Schnur, die an ihr vorbeiwehte, konnte sie aber nicht erreichen.

Sofort ließ Markus einen zweiten Ballon in Herzform in die Höhe schweben, und dieses Mal erwischte sie ihn. Sie hielt ihn ein paar Sekunden lang lachend fest, bevor sie ihn wieder freigab. Auch er flog schaukelnd im leichten Morgenwind über die Dächer von Marienberg davon und weiter in den blauen Himmel hinein.

Nach einem gemeinsam eingenommen Frühstück mit allen Schülerinnen, den Eltern und Lehrerinnen fand eine kurze Andacht in der Klosterkirche statt.

Die Abiturientinnen saßen in den vorderen Reihen des hellen Barockbaus mit seinen farbenfrohen Heiligenbildern und dem wunderschönen alten Hochaltar. Dann folgten die jüngeren Schülerinnen, denen noch eines oder mehrere Jahre in Marienberg bevorstanden, die Eltern, die gekommen waren, um ihre Kinder nach Hause zu holen, und die Klosterschwestern.

Markus Loew hatte es vorgezogen, die Ereignisse von der Orgelempore aus mitzuerleben. Er hatte eine Tüte mit bunten Luftschlangen mitgebracht, die er neben sich auf die Brüstung legte.

Nach der Andacht ergriff Mutter Peregrina das Wort. Sie hielt eine kurze Ansprache, während sie in die Gesichter der Mädchen blickte, die heute ihr Abiturzeugnis erhielten und aus der klösterlichen Abgeschiedenheit in ihre frühere Umgebung zurückkehrten.

Wie sehr wünschte Peregrina ihnen allen eine Zukunft ohne Stolpersteine, Kümmernisse und Irrtümer, doch am meisten wünschte sie es Sarah.

Diese Nichte, das hatte Peregrina längst begriffen, war etwas Besonderes: ein junger Mensch voller Ernsthaftigkeit und einer gleichzeitigen, tief im Innern verankerten Heiterkeit, mit Träumen gesegnet, nur allzu bereit, zu lieben und zu vertrauen, und darum auch verwundbarer als andere.

Es wäre schrecklich, wenn Sarah vom Leben verletzt würde, dachte Peregrina. Sie ist eine so kostbare junge Seele.

»Jede von euch«, sagte sie am Ende ihrer Rede mit einem verständnisvollen Lächeln, »hat Marienberg manchmal als Gefängnis empfunden, und doch wird jede von euch den Tag erleben, da ihr erkennt, dass Marienberg ein Paradies war. Dann denkt daran, dass die Tür zu diesem Paradies für euch immer offensteht. Auch nach dem Abitur.«

Anschließend wurden die Abiturzeugnisse verteilt. Peregrina rief einzeln die Namen auf, und jedes der Mädchen trat in der Internatstracht nach vorn, um sein Zeugnis in Empfang zu nehmen.

Als Sarah vor Peregrina stand, wechselten die beiden einen Blick voll herzlichen Einverständnisses. Sarah stiegen Tränen in die Augen, doch Markus auf der Orgelempore unterbrach diesen kurzen Moment der Rührung. Er pustete kräftig in die Luftschlangen, die daraufhin in das Kirchenschiff hinunterwehten, und Sarah wandte den Kopf.

Sie entdeckte den Freund, lachte und lief, ihr Zeugnis an sich gedrückt, zu ihm hinauf.

Mutter Peregrina sah, wie sie Markus umarmte und küsste. Dann nahm Sarah ihm zwei, drei noch aufgerollte Luftschlangen ab und blies mit aller Kraft hinein, um sie ebenfalls hinunterwirbeln zu lassen.

Wenig später herrschte allgemeine Aufbruchstimmung auf dem Klosterhof. Sarah hatte sich noch rasch umgezogen und trug nun statt der verhassten Klosteruniform ein kniekurzes, bunt gemustertes Trägerkleid. Ein wenig enttäuscht betrachtete sie Markus' Suzuki. »Ich dachte, du würdest mit meinem Rolls Royce kommen.«

Rolls Royce war natürlich übertrieben. Aber immerhin hatte Markus versprochen, den Volkswagen-Oldtimer für Sarah, an dem er seit vielen Monaten bastelte, zu ihrem Abitur fertig zu haben. Leider hatte er es nicht geschafft, weil zu viele Einzelteile – möglichst Originale – aufgetrieben werden mussten. Das Auto stand halb fertig auf dem überdachten Hof des elterlichen Grundstücks, und es hatte Markus viel Mühe und Arbeit gekostet, es so weit in Ordnung zu bringen, dass allmählich ein Ende der ganzen Plackerei abzusehen war.

Jetzt lachte er und legte den Arm um Sarahs Taille. »Geduld haben sie dir im Kloster wohl nicht beigebracht? Ein Rolls wird schließlich nicht an einem Tag gebaut.«

Peregrina war in den Hof gekommen und winkte Sarah zu, als diese auf den Beifahrersitz kletterte, während Christine im Fond neben den Gepäckstücken Platz nahm. Markus stellte wieder das Autoradio an, und laute Musik erklang. Christine schnappte sich eine der reichlich vorhandenen Coladosen, die Markus im Wagen verstaut hatte, Sarah brach eine Tafel Schokolade auseinander und stopfte sich einen Riegel in den Mund. So verließen sie lachend und lärmend Marienberg.

Unterwegs bat Sarah darum, einmal kurz zu halten. Sie holte ihre Schulhefte und -bücher aus der Segeltuchtasche und übergab sie dem Bach, der unterhalb der Autostraße floss. Lachend sah sie ihnen nach, wie sie auf dem Wasser tanzten, davongetrieben wurden und schließlich untergingen.

»Du bist wahnsinnig«, protestierte Christine, und Sarah warf übermütig den Kopf zurück. Sie schleuderte den letzten Packen ihrer Schulhefte ins Wasser.

»Sollen die Fische mal etwas für ihre Bildung tun.«

Ein paar Kilometer weiter machten sie am Ufer des Ammersees halt. An dieser Stelle ragte eine Landzunge ein gutes Stück in den See hinein, auf der das Hotel La Villa mit eigenem Badestrand lag. Das Hotel gehörte, wie Sarah wusste, den Wylanders. Diesmal stieg auch Christine aus.

Sarah lief sofort zum Wasser. Sie hatte drei, vier Luftballons mitgenommen, die sie nun fliegen ließ. Es war ein warmer Tag, und als sie vorsichtig die ersten Schritte in den hier noch seichten See tat, umspülten die von der Sonne gewärmten Wellen ihre Füße. Glücklich ging sie weiter.

»Soll ich uns Eis holen?«, rief Markus, und sie wandte begeistert den Kopf.

»Gern, tu das!«

Er machte sich auf den Weg zum Hotel, während Sarah in Richtung eines kleinen bewachsenen Hügels im See watete. Dort setzte sie sich ins Gras und breitete die Arme aus. Noch immer war ihr fast euphorisches Glücksgefühl nicht verflogen. Es war himmlisch, hier zu sitzen, den See und die sanfte Voralpenlandschaft zu betrachten und zu wissen: Ich bin frei. Das Leben wartet auf mich, und ich kann es gestalten, wie ich will. Lieber Gott, was für eine Perspektive!

Sie zog das Kleid aus, unter dem sie einen weißen einteiligen Badeanzug trug, und warf sich den kleinen hüpfenden Wellen entgegen. Sie umschmeichelten sie, trugen sie vom Ufer fort, und das Glücksgefühl in ihr blieb: Ich bin frei – endlich!

Sarah wusste nicht, dass sie einen Beobachter hatte.

Erik Wylander war auf den Balkon der Hotelsuite getreten, während Inge sich im Bad zurechtmachte. Er hatte sich bereits angezogen, und er sah das Mädchen im See, sah die langen dunklen Haare, den jungen Körper, der sich dem Sonnenlicht entgegenreckte. Er konnte das Gesicht der Badenden nicht erkennen; sie war zu weit von ihm entfernt. Gleichwohl spürte er die Anziehungskraft, die von diesem jungen Geschöpf ausging, und konnte den Blick nicht davon wenden.

Jugend, Freude, Unschuld … Glasklar begriff Erik Wylander plötzlich, wie viel ihn davon trennte, seit er die quälende, dunkle Beziehung zu Inge Maienstedt eingegangen war.

Er zuckte zusammen, als sie aus dem Bad auf den Balkon kam und seinen Nacken küsste, und er drehte sich nicht nach ihr um. Zu verlockend war der Anblick der Unbekannten im weißen Badeanzug, die nun in den See eintauchte und mit kräftigen Zügen zu schwimmen begann.

»Hast du dich in ein Standbild verwandelt?«, fragte Inge leicht pikiert. Die Entfernung war zu groß, als dass sie ihre Tochter hätte erkennen können. Sie küsste Erik nochmals auf die Schulter. »Ich hab's eilig. Also dann – bis heute Abend.«

Er reagierte erst, als sie schon fast aus dem Zimmer war. »Warte, ich komme mit.«

Beinahe gewaltsam musste er sich von dem Anblick

der jugendlichen Schwimmerin losreißen, um Inge zur Tür zu begleiten. Verrückt, sich von einem badenden Mädchen derart verzaubern zu lassen! Aus der Nähe betrachtet wäre die Kleine vermutlich ein absoluter Flop.

Markus hatte inzwischen im Hotel drei überdimensionale Eisbecher besorgt. Einen lieferte er bei seiner Schwester ab, die faul in der Sonne döste, die beiden anderen brachte er zum Ufer, zu dem Sarah mittlerweile zurückgeschwommen war.

Ihre Augen glänzten, als sie die riesige Eisportion sah. »Das ist super, danke!«, sagte sie begeistert und brach in helles Gelächter aus, als Markus' Eis in hohem Bogen ins Wasser schwappte, weil sie ihn umarmt und stürmisch geküsst hatte.

»Du Armer«, bedauerte sie ihn nicht ganz aufrichtig und hielt ihm ihren vollen Eisbecher hin. »Komm, bedien dich.«

Nach der kurzen Rast fuhr Markus zunächst zum Reiterhof, um seine Schwester dort abzuliefern. Er lud Christines Gepäck aus und begleitete Sarah zu den Pferdeboxen. Sie begrenzten einen viereckigen, gepflasterten Hof, in dessen überdachtem Teil der VW-Käfer aus den fünfziger Jahren stand. Markus hatte wirklich Tage und Nächte dafür geopfert, um Sarah zum bestandenen Abitur diesen sagenhaften Oldtimer zu schenken. Aber er war eben leider nicht rechtzeitig fertig geworden.

Sarah spielte die Entsagungsvolle, als Markus eine hölzerne Lenkradattrappe anschleppte und provisorisch anbrachte.

»Du hast mir versprochen, dass du mir den ›Rolls‹ zum

Abi schenkst. Was hast du gedacht? Dass ich viermal durchfalle?«

»Du und deine Ungeduld!«, protestierte er seufzend. Er deutete auf das Lenkrad. »Ich hab' schon alle Schrotthändler abgeklappert. Das Passende war nicht dabei. Aber wenn sie was kriegen, schlagen sie sofort Alarm.«

Er legte ihr den Arm um die Schultern. »Wenn du einmal durchgefallen wärst, das hätte mir gereicht. Dann wäre der Wagen bestimmt fertig geworden.«

Er sah so lieb und unglücklich aus, dass Sarah nicht anders konnte, als ihm zwei schmatzende Küsse auf beide Wangen zu drücken.

Professor Konrad Maienstedt saß am Arbeitstisch seines Labors. Er hatte den Kopf mit den grau-braun melierten Haaren über ein Mikroskop gebeugt, zog dann ein Klemmbrett zu sich heran, um sich ein paar Notizen zu machen. Schließlich stand er auf und ging zu seinem Computer, um einige Daten abzufragen.

Als es an die Glastür klopfte, die zum Seeufer hinunterführte, reagierte er nicht. Auch ein zweites Klopfen blieb erfolglos, deshalb öffnete Dr. Speidl, Maienstedts langjähriger Freund und Hausarzt, schließlich die Tür.

Endlich wandte der Professor den Kopf. »Du störst«, sagte er ruppig.

Unbeeindruckt kam Speidl näher. »Schlechte Laune?«

»Erraten. Ich bin schon mit schlechter Laune aufgewacht, und nicht einmal du wirst sie mir verderben.«

Speidl lachte. »Der große Professor Maienstedt hat wohl wieder die Nacht auf seinem Ledersofa im Labor verbracht!«

Konrad fuhr sich durch das wellige Haar. »Hätte ich das bloß getan, dann hätte ich die Abfahrt von Inge nicht verpasst. Ich war die ganze Nacht im Freien.« Er blickte nach draußen zum Wasserbecken mit seinen Pflanzen und Tieren. »Sarah hat heute ihre Abschlussfeier, und ich bin nicht dabei.«

Speidl legte ihm freundschaftlich die Hand auf die Schulter. »Zuerst die Wissenschaft, dann die Familie. Deine Frauen sind daran gewöhnt.«

Als Maienstedt nach einer Zigarre greifen wollte, wehrte der Arzt ab. »Ich hab's dir schon hundertmal gesagt, das bringt dich um.«

Maienstedt ignorierte den Einwurf und zündete sich die Zigarre an. Dr. Speidl schüttelte den Kopf.

»Ich bin dein Arzt, und ich bestehe darauf, dass etwas geschieht. Nächste Woche rückst du im Herzzentrum in München ein. Für eine gründliche Untersuchung. Stationär. Mit dem Herzkatheter kann man genau feststellen, wie man operieren muss.«

»Operieren?«, wiederholte Maienstedt geradezu entsetzt. »Mein Herz rührt keiner an.«

»Nach der Operation bist du ein neuer Mensch«, beharrte Dr. Speidl, doch der Professor winkte ab.

»Ich kenne nur Leute, die vor der Herzoperation gesund waren. Und danach krank.« Er grinste entschuldigend. »Vergiss das Ganze. Mein Herz und ich, wir haben uns nie wohler gefühlt.«

Wieder schüttelte der Arzt den Kopf. Er wusste, wie krank Konrad Maienstedt war und dass er mit seinem Leben spielte, wenn er nicht endlich etwas unternahm. Als er ihm das, wie jedes Mal, wenn er mit ihm zusammentraf, sagte, lachte der Professor nur.

»Hamburg ist den Einsatz wert.«

»Du nimmst also an?« Dr. Speidl wusste, dass sein Freund ein glänzendes Angebot von einer namhaften Hamburger Pharmafirma erhalten hatte. Ellen Vondrowski, die Chefin, hatte sich an ihn als den in ihren Augen kompetentesten Wissenschaftler auf seinem Fachgebiet gewandt und ihm die Leitung eines neu zugründenden Forschungsinstitutes angetragen.

Es handelte sich um eine Stiftung ihres verstorbenen Mannes und war schlichtweg ein Traumangebot für Konrad Maienstedt. In Hamburg könnte er seine bisherige biologische Forschungsarbeit mit beinahe unbegrenzten Geldmitteln fortsetzen. Wie hätte er sich das entgehen lassen sollen?

Maienstedt öffnete die gläsernen Schiebetüren zum Ufer des Ammersees, wo er in mehreren Wasserbecken Messgeräte für seine Untersuchungen installiert hatte, ebenso in einigen Terrarien und Herbarien. Er atmete tief durch.

»In deinen Augen bin ich zu alt. In deinen Augen gehöre ich unters Messer. Aber ich brauche keinen Chirurgen. Mein Leben lang habe ich auf eine Chance gewartet, wie man sie mir in Hamburg bietet. Endlich stehen mir für meine Forschung alle Mittel zur Verfügung, endlich bin ich am Ziel.«

Er blickte seinen Freund lächelnd an. »Ob du es glaubst oder nicht – der eine Besuch in Hamburg hat genügt und hat Energien in mir freigesetzt.« Er legte die Hand auf sein Herz. »Nicht nur hier, sondern auch im Kopf. Ich war vielleicht am Verkalken, aber das ist vorbei.«

»Als Spinnenzüchter in den Vondrowski-Pharmakonzern«, sagte Speidl skeptisch. »Wenn die dort ›Wissenschaft‹ sagen, meinen die doch Geschäft.«

Maienstedt antwortete nicht, sondern ging zu einem Wasserbecken mit Schilfpflanzen. Er winkte Speidl, ihm zu folgen, und öffnete einen Abflusshahn. Klares Wasser floß heraus.

»Schau dir das mal an. Gestern habe ich dieses Becken verunreinigt – mit Öl und Chemieabfällen. Heute ist das Wasser wieder sauber, gereinigt durch die Schilfpflanzen. Es hat noch nicht Trinkwasserqualität, aber für Wassertiere ist es nicht mehr schädlich. Wie das geschieht, ist ein Geheimnis, aber ich bin ihm auf der Spur ...«

Er richtete sich auf und sah Speidl an. »Weißt du, was das heißt? Ich bin einer Sache auf der Spur, die alles verändern wird. Die Wissenschaft ist wieder einmal an einem Punkt wie vor hundert Jahren, als Pierre und Marie Curie das Radium entdeckten.«

»Verstehe. Und deine Madame Curie heißt Vondrowski.«

»Idiot!«, sagte Maienstedt liebevoll, und Speidl klopfte ihm auf die Schulter.

»Möchtest du wissen, was ich denke? Dass du ein verfluchter Glückspilz bist.«

Am frühen Nachmittag – Dr. Speidl war längst wieder in seine Praxis gefahren – kam Inge nach Hause. Flüchtig glitt ihr Blick an der ockerfarbenen Fassade der schönen, von einem parkähnlichem Garten umgebenen Jugendstilvilla entlang, dann stellte sie den Wagenmotor ab und stieg aus.

Sie ging um das Haus herum, denn sie wusste, wo sie ihren Mann finden würde.

Konrad kam ihr auf dem Plattenweg entgegen. Er hatte das Geräusch von Inges Auto gehört und wollte vor allem Sarah begrüßen. Hinter seinem Rücken versteckte er ein hübsch verpacktes Geschenk für seine Tochter.

Sein erwartungsvolles Lächeln erlosch, als er sah, dass seine Frau allein war. »Wo ist Sarah?«, fragte er beunruhigt.

Inge seufzte und ging zu der Sitzgruppe aus Korbmöbeln neben dem Labor. »Alles ist schief gegangen«, klagte sie, während sie sich in einen Sessel warf. Auf dem runden Tisch standen Kaffee und Kuchen. »Ich bin gar nicht bis nach Marienberg gekommen. Einc blöde Panne. Das Auto musste abgeschleppt werden.«

Er hatte ihr gegenüber Platz genommen, schenkte sich und seiner Frau Kaffee ein, und Inge warf ihm einen mitleidheischenden Blick zu. »Nur mir passiert so etwas. Schimpf nicht mit mir ... Sogar meine Kette ist kaputt gegangen.« Sie holte ein Plastiktütchen aus ihrer Handtasche, in der sich die abgerissenen Perlen befanden, und legte sie auf den runden Tisch.

Konrad Maienstedt schwieg. Er betrachtete ihren unsteten Augenausdruck und wusste, dass sie log. Inge log oft, und das Schlimme daran war, dass sie in dem Moment, da sie ihre Lügen aussprach, meist selbst daran glaubte.

Sie zog die Schultern zusammen, als sei ihr kalt. Ihr Ton wurde kleinmädchenhaft weinerlich. »Ich seh's dir an, du bist böse auf mich. Früher, als du mich noch geliebt hast, wärest du vor Mitleid zerflossen. Du hättest mich getröstet.«

Er blickte sie noch immer an, und sie senkte die Lider.

»Mitleid?«, wiederholte er langsam und schüttelte den Kopf. Trotzdem klang seine Stimme liebevoll. Er hatte zahllose schmerzhafte Enttäuschungen durch Inge erfahren, dennoch fühlte er sich immer noch für sie verantwortlich, auf eine Weise, die ihn vielleicht fester an sie band, als es eine glückliche, von Liebe getragene Ehe vermocht hätte. »Du willst Applaus«, fuhr er fort. »Bewunderung. Ein Elefant braucht nicht soviel Zuckerrohr wie du Bewunderung. Du hättest zur Bühne gehen sollen.«

Sie rutschte in ihrem Korbsessel ein wenig in sich zusammen. »Das hat mir schon mal jemand gesagt …«

Konrad Maienstedt stand auf. »Ich rufe Sarah an.«

»Nicht nötig«, sagte Inge hastig. »Wahrscheinlich bringt Markus sie heim.«

Er setzte sich wieder. »Glaubst du, sie ist in Markus verliebt?«, fragte er etwas beunruhigt.

Inge lachte. Sie war froh, dass ihr Mann ein anderes Thema anschnitt, und tat sich ein Stück Torte auf den Teller. »Natürlich ist sie in ihn verliebt.« Sie warf Konrad einen funkelnden Blick zu. »Aber ich werde aufpassen, dass sie nicht den gleichen Fehler macht wie ich und viel zu jung heiratet.«

»Du hast nicht immer so gedacht …« sagte der gedehnt.

»Weil ich keine Ahnung vom Leben hatte«, erwiderte sie mit jener Spur Gehässigkeit, die ihn immer noch und immer wieder traf.

Doch plötzlich zuckte ein kleines triumphierendes Lächeln in seinem Gesicht auf. Warum sollte er sie nicht ebenfalls verletzen?

»Auch wenn du nicht mit achtzehn geheiratet hättest, wärst du heute vierzig.«

Der Pfeil traf nicht. »Aber ich hätte gelebt«, sagte Inge Maienstedt, und Konrad stand auf.

»Ich habe noch zu tun.«

Sie sah ihm unter halb gesenkten Lidern nach, wie er in sein Labor zurückkehrte.

Ich habe noch zu tun … Wie sie diesen Satz hasste. Sie hatte ihn zu oft gehört in ihrer Ehe, die Formel, mit der Konrad am Ende jedes Mal Auseinandersetzungen abblockte. Er lebte sein Leben, der bekannte Professor Maienstedt, mit seinen wissenschaftlichen Forschungsarbeiten, seinen Wasserpflanzen und Wassertieren und den endlosen Versuchsreihen.

Dass seine Frau daneben verkümmerte, interessierte ihn nicht. So jedenfalls sah es Inge Maienstedt.

Sarah traf kurz nach ihrer Mutter zu Hause ein. Markus brachte sie. Während er ihr Gepäck aus dem Wagen holte, kamen Vicenta, das portugiesische Hausmädchen, und Captain, der Golden Retriever, nach draußen. Captain bellte und winselte vor Freude, sein »kleines« Frauchen wieder zu sehen, und auch Vicenta strahlte über das ganze Gesicht.

Sarah tätschelte den Hund und umarmte die Portugiesin. »Stell dir vor, ich bin frei!«, rief sie, und Vicenta ließ sich lachend von ihr ihm Kreis herumwirbeln.

»Herzlichen Glückwunsch!«

Sie nahm Markus das Gepäck ab und trug es zum Haus. Sarah wandte sich Markus zu. »Bis später«, sagte er, denn er war zusammen mit den Maienstedts bei den Wylanders eingeladen, denen die große Villa nebenan gehörte. Es war ein festliches Essen zu Sarahs Ehren geplant.

»Sei pünktlich«, mahnte Sarah, und er nickte brav.

»Um sieben. Mit Krawatte und gewienerten Schuhen.«

Sie winkte ihm nach, als er wieder in seinen Suzuki stieg und davonfuhr. Dann wandte sie sich zum Garten.

Sie erblickte ihren Vater, wie er in Gummistiefeln im seichten Wasser des Sees stand und offenbar irgendetwas kontrollierte.

»Vater!«, rief sie laut, während Captain sie immer noch freudig bellend umtanzte. Sie warf ein Stöckchen für ihn, und der Hund schoss eilfertig hinterher.

Maienstedt wandte sich um. Im nächsten Moment war Sarah bei ihm, umhalste ihn lachend, und er hob sie hoch. Während Sarah sein Gesicht mit kleinen Küssen überschüttete, schwenkte er sie herum und glitt auf dem schlammigen Untergrund aus. Lachend und prustend fielen beide ins Wasser.

Es dauerte eine Weile, bis sie sich hochgerappelt hatten und ins Haus liefen. Konrad Maienstedt folgte seiner Tochter in ihr Zimmer. Aus dem angrenzenden Bad holte sie Handtücher, mit denen sie sich trocken rubbeln konnten, und zog sich in schöner Selbstverständlichkeit vor ihm aus.

Während Sarah sich abfrottierte, legte ihr Vater den Koffer, den Vicenta inzwischen gebracht hatte, auf eine Bank. »Federleicht, dein Koffer«, stellte er fest.

Sarah, in ihr Badetuch gewickelt, klappte ihn auf. »Willst du sehen, was drin ist?«

Sie holte zwei gerahmte Fotos heraus, eines von ihrem Vater und eins von ihrer Mutter. Sie stellte sie auf ihren Schreibtisch rechts und links neben einem Bild von ihr selbst.

»Die blaue Uniform habe ich in Marienberg gelassen, und die Schulbücher und Hefte liegen auf dem Grund eines Baches«, erklärte sie übermütig.

Maienstedt betrachtete sie voller Liebe. »Jetzt kann ich's ja sagen: Manchmal quälte mich die Vorstellung, du würdest dich unter Peregrinas suggestivem Einfluss dazu entschließen, der Welt den Rücken zu kehren und den Schleier zu nehmen.«

Mit töchterlicher Nachsicht legte sie ihm die Arme um den Hals. »Du kennst mich so gut, und gleichzeitig kennst du mich überhaupt nicht.«

Er gab ihr einen raschen Kuss auf die Stirn. »Noch ist es nicht zu spät …«

Er ging, um sein Geschenk zu holen, und war wenige Minuten später zurück. Neugierig wickelte Sarah es aus.

Es war ein in Leder gebundenes Tagebuch.

Sarah umarmte ihren Vater. Er umfasste ihr Gesicht mit seinen großen kräftigen Händen. »Und wie geht es dir?«, fragte er herzlich.

Sie legte den Kopf schief. »Schwer zu sagen.« Und als er sie bat, es trotzdem zu versuchen, erwiderte sie ernsthaft:

»Es wechselt. Manchmal habe ich das Gefühl, dass etwas Wunderbares auf mich wartet. Dann wieder ist da etwas Kaltes, Nüchternes, das mir sagt: Erwarte nicht zu viel vom Leben, sonst wirst du enttäuscht.«

Maienstedt schüttelte leicht den Kopf. »Das klingt nach Schulaufsatz. Das hast du hinter dir. Sag mir, was du fühlst, wenn du dir deine Zukunft vorstellst. Das hat nichts mit dem Kopf zu tun. Die Zukunft ahnt man mit dem Herzen. Wie ist dir ums Herz, jetzt, in dieser Stunde?«

Sie ließ ihn los und breitete beide Arme weit aus.

»Mein Herz? Mein Herz ist ein roter Vogel, der die Flügel spreizt und fliegen will.«

Carmen Wylander, eine für ihr Alter immer noch sehr attraktiv und vital wirkende Frau, schnitt gerade ein paar Blumen im Garten ihrer Villa ab, als Erik um das Haus herum zu ihr kam.

»*God dag*, meine schöne Gärtnerin«, sagte er liebevoll halb Schwedisch, halb Deutsch und küsste seine Mutter auf die Wange.

Sie wandte sich ihm ganz zu und umarmte ihn. »Erik! Wie schön!«

Mit lächelndem Stolz betrachtete sie ihn. Wie gut er aussah mit seinen dunklen Haaren und der sportlichen Figur.

In Carmens Augen war Erik wirklich das Beste, was ihr aus ihrer Ehe mit dem verstorbenen schwedischen Hotelier Wylander geblieben war. Dabei war Carmen keineswegs so weltfremd, die geerbten Hotels und das Vermögen, das sie einbrachten, nicht zu schätzen. Aber Erik war nun einmal das Wichtigste in ihrem Leben.

Er hatte den nüchternen Geschäftssinn seines Vaters geerbt und von ihr die Standfestigkeit und Kreativität, Eigenschaften, die Carmen schon vor ein paar Jahren veranlasst hatten, ihrem Sohn weitgehend die Leitung der Hotels zu überlassen. Sie selbst hatte sich allerdings nicht ganz aus dem Geschäftsleben zurückgezogen, sondern tauchte sporadisch in den diversen Häusern auf, sah nach dem Rechten, gab Anregungen, veranlasste hin und wieder Umgestaltungen oder Renovierungsarbeiten, allerdings nie ohne vorherige Absprache mit ihrem Sohn. Die beiden verstanden sich prächtig, in beruflicher wie in privater Hinsicht.

Carmen gehörte nicht zu den Müttern, die ihren Kindern ständig in deren Leben hineinzureden versuchten. Im Gegenteil, was Eriks persönliche Belange anbetraf, war sie äußerst zurückhaltend und tolerant; sie respektierte, was er tat und wofür er sich entschied, und schwieg taktvoll, wenn ihr etwas nicht gefiel.

So hatte sie auch zu seiner langjährigen Beziehung zu Inge Maienstedt geschwiegen, wenngleich sie insgeheim ziemlich unglücklich darüber war.

Es war keine mütterliche Eifersucht; Carmen Wylander wünschte ihrem Sohn von ganzem Herzen eine Frau, die er hätte heiraten und mit der er hätte Kinder haben können.

Aber Inge Maienstedt war diese Frau nicht. Dabei spielte es in Carmens Augen keine wesentliche Rolle, dass Inge ein paar Jahre älter als Erik war. Sie fand einfach, dass ihr Sohn seine besten Jahre an einen Menschen verschwendete, der schwierig, egozentrisch und labil war. Und das bedauerte Carmen Wylander zutiefst.

Aber sie verlor kein Wort darüber.

Sie nahm die Blumen auf, die sie im Garten geschnitten hatte, und hakte sich bei Erik unter, als sie ins Haus gingen.

Das große Wohnzimmer war, wie alle anderen Zimmer der Villa, mit erlesener Eleganz eingerichtet. Überall standen Blumenarrangements in großen Vasen, und echte alte Gobelins schmückten die Wände, Seidendraperien die riesige Fensterfront. Es gab viele Spiegel, Glastische und venezianische Lampen und zwischen kostbaren Antiquitäten einige moderne Stücke, die erstaunlicherweise hervorragend miteinander harmonierten.

Erik ging zur Bar und mixte zwei Gin Tonic.

»Kannst du schweigen?«, fragte er.

Carmen band ihre Gartenschürze ab und legte sie über einen Stuhl. »Wie ein Trappistenmönch.«

Er kam zu ihr und gab ihr ein Glas. Lächelnd tranken sie einander zu. »Ich bin stolz auf dich. Ich dachte, ich seh' nicht recht in Stockholm. Der Gobelin in der Halle ... Dass du dich davon trennen konntest.«

»Hier hängen die Gobelins herum, und keiner sieht sie.« Carmen deutete auf zwei Wandteppiche neben der geöffneten Flügeltür zum Speisezimmer und einen über dem Sofa. »Nummer zwei und drei hängen wir im Hotel in Budapest auf. Nummer vier in Berlin.«

»Soll das heißen, du machst wieder deine Tour d'Hotel?«, fragte er erfreut, und sie nickte.

»Du hast mir prophezeit, dass ich das faule Leben nicht aushalten werde.«

Er betrachtete sie voller Zuneigung. »Ich weiß nicht, wie du das machst, aber deine Anwesenheit wirkt auf das Personal wie ein Doping. Plötzlich übertreffen sich alle, egal ob Schweden oder Italiener. Du weißt ganz genau, dass jedes First-Class-Hotel so jemanden wie dich braucht. Auch wenn keiner so genau weiß, worin sich dein Erfolg begründet.«

Carmen Wylander strich sich das volle rötliche Haar aus der Stirn. Ihre Augen blitzten vergnügt.

»Zuckerbrot und Peitsche, das älteste Dopingmittel der Welt. Sie lieben mich, und sie fürchten mich.«

»Du meinst, es geht ihnen genauso wie mir«, neckte er sie, und sie lachten beide.

Dann stellte Erik sein Glas zur Seite. »Ich geh' noch zum Boot.«

Er hatte eine wendige, schnelle Segeljacht unten am See liegen und Lust auf einen kleinen Törn.

Seine Mutter nickte. »Die Maienstedts kommen gegen sieben rüber.«

»Ich weiß«, sagte er ein wenig ungehalten. »Man könnte meinen, deine Nachbarn sind dir wichtiger als dein Sohn. Ich hatte mich auf einen ruhigen Abend mit dir gefreut.«

Natürlich ist es ihm unangenehm, mit Inge und Konrad Maienstedt am Tisch zu sitzen, dachte Carmen mit leisem Spott, und sie wusste, dass Erik ihre Gedanken erriet.

»Es muss sein«, antwortete sie entschieden. »Sarahs Abitur will ich unbedingt feiern.«

»Bist du ihre Mutter?«, fragte er, und sie warf ihm einen nachdenklichen Blick zu.

»Jedes Mädchen kann eine Mutter brauchen«, sagte sie betont. »Sarah auch.«

Carmen hatte ein festliches Abendessen geplant und kümmerte sich mit ihrer Haushälterin Mathilde selbst um die Vorbereitungen. Es gab köstliche kleine Hors-d'œuvres, als Hauptgang Lammrücken und zum Dessert eine grandiose Torte, die Mathilde eigens für Sarah kreiert hatte.

Carmen betrachtete das Kunstwerk. »Hervorragend. Alles, was Sarah mag, ist drauf. Schokolade, Baiser, Mandeln – und sogar ein paar Gummibärchen. Mathilde, ich bin stolz auf uns.«

Die Gäste waren pünktlich. Sie kamen zu Fuß die kurze Strecke durch den Park zur Villa Wylander, und Erik, im dunklen Anzug, öffnete auf Inge Maienstedts Klingeln hin die Haustür.

»Schön, dass ihr kommt«, sagte er liebenswürdig. Scheinbar erstaunt reichte ihm Inge die Hand.

»Erik, wieder mal im Lande? Wie geht es den Hotels?«

»Gut, gut«, erwiderte er leichthin und begrüßte Konrad. »Professor …« Während sich die beiden Männer die Hände schüttelten, löste sich Sarah von Markus und trat nach vorn. Sie trug ein weißes Kleid und flache Ballerinaschuhe, und Erik starrte sie völlig überrascht an.

»Du hättest sie bestimmt nicht wieder erkannt, oder?«, fragte Inge und legte ihrer Tochter von hinten die Hände auf die schmalen Schultern.

Sarah lächelte zu Erik Wylander hoch. Ihre Augen glänzten, und ihr Mund war halb geöffnet.

Natürlich erkannte er sie wieder. Sie war das Mädchen vom See, das er heute vormittag vom Balkon seiner Hotelsuite beobachtet hatte, ohne zu ahnen, dass es Sarah Maienstedt war.

»Das kleine Mädchen mit den langen Zöpfen«, sagte er, ohne den Blick von ihrem jungen Gesicht zu lösen. »Wo hast du die ganze Zeit gesteckt?«

Ihr Lächeln verstärkte sich. »In einem Internat für kleine Mädchen mit langen Zöpfen. Kloster Marienberg.«

Ihre schlagfertige Antwort gefiel ihm. »Und wie ist es im Kloster?«, fragte er heiter, während er noch immer ihre Hand fest hielt.

Sarah warf den Kopf zurück und lachte ihn an. »Schon vergessen!«

Mathilde reichte Champagner zur Begrüßung, und ihr

Abendessen und ganz besonders die Torte wurden ein voller Erfolg.

Sarah genoss diesen Abend, den ersten in Freiheit, wie sie es bei sich nannte, genoss die Verliebtheit, die Markus Loew ihr gegenüber an den Tag legte, und ebenso die Tatsache, dass Erik Wylander kaum einen Blick von ihr ließ.

Ach, sie war kein kleines Mädchen mit langen Zöpfen mehr, das er kaum zur Kenntnis genommen hatte! Sie war eine junge Frau, die ihm gefiel. Sarah spürte es deutlich, und das war für sie der eigentliche Höhepunkt des Abends. Der junge Vogel spreizte die Schwingen und wollte fliegen …

So entging Sarah auch die merkwürdig angespannte Atmosphäre um den runden Tisch im Speisezimmer.

Sie hatte ihren Vater und Markus als Tischnachbarn. Inge saß zwischen Erik und Markus und Carmen zwischen Konrad Maienstedt und ihrem Sohn. Man machte Small Talk, aber Inges Hauptbeschäftigung beim Essen war es, ihren Mann zu beobachten, der verkrampft und niedergedrückt wirkte.

Der Professor wiederum warf immer wieder unbehagliche Blicke zu seiner Frau und Erik hinüber.

Für Inge eine Situation, die ihr gefiel …

Sie plauderte charmant mit Markus und Erik und bemerkte mit Genugtuung, wie ihr Mann unter der Situation litt.

Was weiß er eigentlich, fragte sie sich im Stillen, um sich sogleich selbst die Antwort zu geben. Er weiß gar nichts. Aber er spürt etwas, und das setzt ihm zu. Schön!

Mathilde, die bei Tisch bedient hatte, wollte Sarah ein neues Stück Torte auf den Teller geben, doch sie wehrte ab. »Danke, ich hab' schon drei Stücke gehabt. Noch ein Bissen, und ich platze.«

Carmen Wylander, in einem sehr schicken schwarzen Kleid, schob ihren Stuhl zurück. »Dann wäre vielleicht ein Spaziergang im Park das Richtige!« Sie stand auf und ließ sich von Mathilde eine leichte Wollstola umlegen, die über der Stuhllehne hing. Auch die anderen erhoben sich.

Carmen zog Sarah auf die Seite. »Ich frage mich schon den ganzen Abend … Die Hohlsaumstickerei an deinem Kleid, hast du das selbst gemacht? Das ist doch die Arbeit von einem Jahr …«

»Sechs Nächte«, gab Sarah vergnügt Auskunft. »Mit der Lupe darf man's nicht anschauen.«

Um den Hals trug Carmen Wylander an diesem Abend eine wunderschöne filigrane Goldkette, an der eine einzige tropfenförmige Südseeperle hing.

Nun nahm sie die Kette ab und versuchte, sie Sarah umzulegen. Aber es gelang ihr nicht, den komplizierten Verschluss einzuhaken.

Sie drehte sich zu ihrem Sohn um. »Mach du das bitte, du hast bessere Augen.«

Er trat sofort hinter Sarah und befestigte den Verschluss. Seine Finger berührten dabei ihr Haar, das sie mit beiden Händen in die Höhe hielt, und ihren schmalen bräunlichen Nacken.

Dieses hinreißende Geschöpf jetzt umarmen dürfen … Erik Wylanders Hände zitterten leicht, als er von Sarah zurücktrat. Er steckte sie in die Taschen seines Jacketts.

Sarah war stumm und überwältigt vor Freude über dieses kostbare Geschenk. Sie verstand nicht viel von Schmuck, aber sie wusste, dass Carmen Wylander nur das Beste und Exklusivste trug. Verwirrt legte das Mädchen die Hände auf die Perle. Carmen lächelte und zog sie vor einen Wandspiegel.

»Komm, schau sie dir an. Die Kette ist an dir viel schöner als an mir.«

Inge Maienstedt hakte sich bei ihrem Mann unter und strahlte, ganz die liebevolle, stolze Mutter. Wie alles in ihrem Leben spielte sie auch diese Rolle perfekt. »Unsere Sarah! Schön ist sie.«

Das junge Mädchen fand immer noch keine Worte, um sich bei Carmen Wylander zu bedanken. Stumm umarmte es sie. Dann betrachtete es sich noch einmal im Spiegel und drehte sich ein wenig davor.

Erik ließ keinen Blick von ihr, und im Spiegel erkannte sie einen Ausdruck in seinen Augen, der ihr den Atem nahm.

Inge Maienstedt unterbrach den zauberischen Moment. Sie kam auf Sarah zu und umarmte sie. »Meine Kleine, du sollst nicht denken, dass deine Mutter kein Abiturgeschenk für dich hat.« Während sie ihre flache Tasche öffnete, ging Konrad Maienstedt in das angrenzende Wohnzimmer und setzte sich an den Flügel. Er war aufgeklappt, und der Professor begann zu spielen.

Er mochte nicht mehr mit ansehen, wie Inge die fürsorgliche, liebende Mutter spielte.

Inge zog einen Umschlag aus ihrer Tasche. »Wir fliegen nach Bali. Dorthin wolltest du doch schon immer.«

Zum zweiten Mal an diesem Abend war Sarah vor Überraschung sprachlos. Dann fiel sie ihrer Mutter um den Hals.

»Bali? Mami, das ist super! Absolute Spitze! Wann fahren wir?«

»Ich dachte, noch in diesem Monat.«

Sarah atmete ein paarmal tief durch. Sie war regelrecht überwältigt. Dann lief sie zu Markus, der in der geöffneten Terrassentür lehnte, nahm seine Hand und zog ihn in den Park. Er war von Lampions und Fackeln erhellt, die ihr safranfarbenes Licht auf die Wege und Büsche warfen.

Inge blickte ihr zufrieden nach. Dann hakte sie sich bei Erik ein. »Dass Maienstedt immer dasselbe spielen muss«, sagte sie angewidert. »Wie mich das langweilt.«

Erik antwortete nichts darauf. Er sah, wie Sarah mit Markus in einiger Entfernung im Schatten einer riesigen Rhododendronhecke stehen blieb. Sie hielten sich bei den Händen.

»Ich fahre nach Bali«, sagte Sarah, noch immer ganz aufgelöst. »Hast du das gehört?«

Sie legte ihm die Arme um den Hals. Aus dem Wohnzimmer drang Maienstedts Klavierspiel. »Tanzen, komm, Markus, lass uns tanzen!«

Er rührte sich nicht. Natürlich gönnte er Sarah die Reise. Andererseits hatte er sich so darauf gefreut, sie jetzt täglich sehen zu können. Er hatte Pläne geschmiedet, was sie alles gemeinsam unternehmen könnten. Und nun wollte sie, kaum dass sie hier war, schon wieder weg.

»Ich könnte dich nach Bali begleiten«, sagte er zögernd. Als sie nicht sofort antwortete, setzte er hastig hinzu: »Das heißt, falls du nicht lieber mit deiner Mutter allein fährst.«

»Natürlich kommst du mit!«, rief sie begeistert und küsste ihn. »Was sollen Mutter und ich auch ohne Mann im Dschungel machen.«

»Genau«, stimmte er glücklich zu. »Es gibt eben Situationen, wo Männer unentbehrlich sind.«

Erik beobachtete, wie sie einander umarmten und Markus Sarahs schmale Gestalt an sich presste. Als sein Kuss leidenschaftlicher wurde, machte sie sich von ihm los.

»Ich will tanzen«, wiederholte sie, doch Markus schüttelte den Kopf.

»Nicht jetzt und nicht hier«, sagte er heiser. Er liebte sie so und sehnte sich danach, mit ihr allein zu sein. Sie an diesem Abend im Arm zu halten, während ihre Eltern und die anderen mit nachsichtigem Lächeln zuschauten, war nicht das, was er sich wünschte.

Sarah wirbelte davon, auf Erik Wylander zu, der gerade mit Inge die Terrasse betrat. »Darf ich bitten, mein Herr?«

Sie vollführte einen übermütigen Knicks, und er legte die Arme um sie.

Sie tanzte noch ein wenig ungelenk, ein junges Mädchen eben, das noch nicht oft Gelegenheit gehabt hatte, seine Tanzkünste zu erproben. Aber was tat das, da er doch ihr lächelndes, wunderschönes Gesicht ansehen konnte.

Bei einer Drehung sah er, dass Inge keinen Blick von ihm und Sarah ließ. Sie ist Inges Tochter, dachte er. Was um alles in der Welt geschieht hier mit dir? Sei vernünftig, lass es nicht zu.

Aber gleichzeitig wurde ihm klar, dass er bereits gefangen war, wehrlos dem Zauber ausgeliefert, den dieses Mädchen im weißen Kleid über ihn ausgeschüttet hatte.

Ellen Vondrowski, eine große schlanke Frau in einem dunklen, sportlich-eleganten Kostüm, verließ den gläsernen Fahrstuhl in der Eingangshalle des Vondrowski-Pharmakonzerns.

Als der Pförtner seine Chefin erblickte, winkte er ihr mit dem Telefonhörer. »Ich habe Herrn Professor Maienstedt erreicht«, sagte er, und Ellen lächelte erleichtert. Dann hatte es also doch noch in allerletzter Minute geklappt. Sie gab ihren Aktenkoffer dem Chauffeur, der neben der Pförtnerloge auf sie gewartet hatte, und griff nach dem Hörer.

Sie war auf dem Weg nach München und wollte bei dieser Gelegenheit unbedingt noch einmal mit Professor Maienstedt reden. Es waren Ellen wichtig, dass er ihr Angebot annahm, und sie hoffte, ihn bei einem persönlichen Gespräch eher zu einer Zusage bewegen zu können. Die erfolgreiche Unternehmerin war wie besessen von der Idee, Professor Konrad Maienstedt zum Leiter ihres Forschungsinstitutes zu machen. In ihren Augen war er der qualifizierteste Wissenschaftler, um der Stiftung ihres verstorbenen Mannes zu Aufsehen erregenden Erfolgen zu verhelfen.

Konrad Maienstedt war überrascht und gleichzeitig ein wenig erschrocken, als Ellen ihm ihren Besuch noch für den gleichen Tag ankündigte.

Er wusste, dass seine Frau gegen eine Übersiedlung nach Hamburg war, hoffte, dass er sie noch umstimmen konnte, und fürchtete gleichzeitig, dass Ellen Vondrowski angesichts Inges starrer Haltung ihr Vorhaben aufgeben würde.

Darum versuchte er, sie von ihrem Besuch bei ihm abzuhalten. Doch Ellen Vondrowski ließ keinen seiner Einwände gelten.

»Mein lieber Professor Maienstedt«, sagte sie in ihrer liebenswürdig-resoluten Art, »das ist für mich wirklich keine Affäre. Ich komme einfach nur auf einen Sprung bei Ihnen vorbei. Dann können wir alles in Ruhe bereden.«

Maienstedt tat ihr offensichtliches Interesse wohl, andererseits fühlte er sich ein wenig überrumpelt. »Aber liebe gnädige Frau, das ist doch nicht nötig! Das heißt, ich fühle mich zwar geschmeichelt, aber ich brauche einfach noch ein paar Tage«, versuchte er sie zu bremsen.

Es misslang. »Wir haben nicht mehr viel Zeit«, antwortete Ellen Vondrowski. »Darum ist es besser, ich komme. Sie liegen quasi auf meinem Weg.«

Maienstedt lächelte, obwohl sie das nicht sehen konnte. »Ich fürchte, ich kann Sie nicht aufhalten. Dann freue ich mich auf Sie«, setzte er in seiner sympathischen, freundlichen Art hinzu.

»Ich freue mich auch. Bis später, Professor.« Ellen wartete keine Erwiderung ab, sondern legte auf. Es wurde höchste Zeit, nach Hamburg-Fuhlsbüttel zu fahren, wenn sie ihren Flug nicht versäumen wollte.

Maienstedt hatte das Gespräch in seinem Labor entgegengenommen. Als er ins Freie trat, kam Inge vom Haus. Sie trug einen gelben Badeanzug mit gleichfarbigem Rock und über dem Arm einen Frotteemantel.

»Die Vondrowski ist auf dem Weg hierher«, informierte er seine Frau. Er wirkte ein wenig verunsichert. »Ich fürchte, ich muss ihr eine endgültige Antwort geben.«

Inges helle Augen wurden schmal. Sie wollte nicht nach Hamburg, um keinen Preis. Dann würden die Treffen mit Erik seltener und schwieriger werden. »Du hast Sarah noch nicht gefragt«, stellte sie gereizt fest. »Im Grunde hast du auch mich nicht gefragt, ob ich mit nach Hamburg will.«

Sie wartete die Antwort ihres Mannes gar nicht ab, sondern ging an ihm vorbei zum Seeufer. »Ich geh' schwimmen.«

Während des kurzen Disputs hatte er seine Gummistiefel übergezogen, die vor der Labortür standen, weil er noch einige Wasserproben aus dem See benötigte.

Maienstedts nächste Worte veranlassten Inge, stehen zu bleiben. »Ich glaube, ich weiß jetzt, was ich tue«, sagte er. »Hamburg ist nicht nur für mich ein neuer Anfang. Auch für dich, auch für Sarah.«

Ihr Blick wurde geradezu feindselig, und er versuchte, sie zum Einlenken zu bewegen. »Was die Vondrowski mir bietet, ist einmalig. Meine letzte große Chance.«

Inge verzog den Mund. »Und eine große Chance für die Menschheit. Ich weiß. Du willst die Meere vor dem Umkippen retten. Und kriegst nicht einmal deine eigenen kleinen Probleme in den Griff.«

Er wusste im ersten Moment nicht, was sie damit meinte, und sah sie fragend an.

»Oder hast du inzwischen einen Termin für deine Untersuchung?«, fuhr Inge spöttisch fort. Sie sah, wie er stumm den Kopf senkte, und lächelte bösartig. »Na siehst du!«

Er blickte über das Wasser des Sees. »Mit der Zeit hatte ich das Gefühl, dass ich hier auf einem Abstellgleis gelandet bin. Und wenn du ehrlich bist, ging es dir genauso.«

Sie verzichtete darauf, ihm eine Antwort zu geben, und zog ihre Sandalen aus. Barfuß ging sie zum Ufer, und ihr Mann rief ihr nach: »Schwimm nicht so weit hinaus.«

Auch das blieb ohne Antwort. Inge watete ins Wasser und schwamm, als es tiefer wurde, mit raschen Zügen davon.

Ihr Ziel war das Bootshaus, das auf der Wylanderschen Seite zwischen ihren beiden Grundstücken lag.

Konrad Maienstedt konnte nicht sehen, wie sie um den Steg herumschwamm und die Holztreppe betrat, die hinaufführte. Oben im Haus nahm sie eine breite Schaumstoffmatratze und warf sie ins Boot hinunter. Dann kletterte sie über die schmale Leiter hinterher. Sie legte sich auf die Matratze und wartete …

Erik war mit ihr verabredet. Sie trafen sich oft im Bootshaus, und die Erinnerung an ihre wilden heimlichen Umarmungen machte, dass Inge einen kleinen lustvollen Schauer empfand. Hoffentlich kam Erik bald!

Um dieselbe Zeit verließ Erik die Wylandersche Villa über die Terrasse und schlug den Weg zum See ein.

Da kam Sarah ihm quer über den Rasen entgegengeradelt. »Dich suche ich!«, rief sie fröhlich, als sie ihn erblickte.

»Mich?« Er blieb stehen und wartete, bis sie bei ihm war. Sie trug immer noch die Kette, die seine Mutter ihr am Vorabend umgelegt hatte.

»Du hast sie so fest verschlossen, dass ich sie nicht aufbringe«, erklärte sie, während sie vom Rad stieg.

»Wenn es weiter nichts ist!« Er trat hinter sie. »Darf ich?«

Sarah trug das lange Haar wieder offen an diesem Vormittag, und er griff zögernd in die dunklen Locken, um sie anzuheben.

Sie wollte ihm dabei behilflich sein, und für einen kleinen Moment berührten sich ihre Hände.

Dann löste Erik den Verschluss der Kette, die von Sarahs Hals rutschte. Sie fing sie mit beiden Händen auf.

Erik blickte auf ihren gesenkten Kopf. »Es ist wirklich ein komplizierter Verschluss. Ich zeige dir, wie er funktioniert.«

Sie hörte ihm aufmerksam zu, während er ihr erklärte, was sie zu beachten hatte. Dann meinte er, sie sollte es selbst mal probieren.

Folgsam setzte Sarah sich auf einen Terassenstuhl. »Ich glaube, ich hab's«, stellte sie erleichtert fest, als es ihr gelang, den Schmuck an- und abzulegen. In diesem

Augenblick kam Carmen Wylander aus dem Haus. Sarah begrüßte sie mit einem Kuss. Carmen entdeckte die Kette in Sarahs Hand und erkundigte sich mit gerunzelten Brauen:

»Sag bloß, die Kette ist kaputt.«

Sarah winkte lächelnd ab. »Der Verschluss geht so schwierig auf. Erik hat's aber hingekriegt.«

Mathilde, die Haushälterin, rollte einen Servierwagen ins Freie. Teegeschirr stand darauf.

Carmen blickte ihrem Sohn nach, der eilig durch den Park zum Ufer hinunter ging. »Erik, was ist? Trinkst du keinen Tee mit uns?«

Er wandte sich um. »Ich fahr' etwas mit dem Boot raus.«

Sarah sprang auf. »O toll! Da komm' ich mit. Ich war schon lange nicht mehr segeln.«

Erik wusste, dass Inge pünktlich war. Sie kam fast nie zu spät, sondern war in der Regel schon vor ihm an dem vereinbarten Treffpunkt. Aber Sarah durfte keinesfalls ihre Mutter beim Bootshaus vorfinden …

»Ich glaube, das …« setzte er verlegen an, und Carmen kam ihm zu Hilfe.

»Und ich alte Frau soll hier ganz alleine meinen Tee trinken? Sarah, das ist nicht nett!«

Sarah war ein wenig schuldbewusst. Sie setzte sich wieder in ihren Stuhl, und Erik warf seiner Mutter einen dankbaren Blick zu. »Heute ist eh kein guter Wind«, behauptete er lahm. »Ich nehm' dich in den nächsten Tagen mal mit.«

Damit lief er mit langen Schritten davon und war wenige Augenblicke später zwischen den Büschen verschwunden, die das Ufer säumten.

Carmen Wylander goss Sarah eine Tasse Tee ein. Sie betrachtete sie voller Sympathie. »Und jetzt erzählst du mir, was du vorhast mit deinem Leben.«

Während die beiden miteinander plauderten, hatte Erik das Bootshaus erreicht.

Eine halbe Stunde zuvor hatte sie ihn angerufen und auf diesem Treffen bestanden.

Er war ihrer dringenden Bitte gefolgt; trotzdem war ihm unbehaglich zumute. »Du bist leichtsinnig«, sagte er statt einer Begrüßung. »Dein Mann ist ganz in der Nähe.«

Inge streichelte seinen Oberschenkel. Sie lächelte verhalten. »Manchmal habe ich das Gefühl, dass er es weiß ...«

»So oder so ...«, erwiderte er, »das Versteckspiel muss ein Ende haben.«

Zum Teufel mit der Anziehungskraft, die Inges Tochter auf ihn ausübte! Das war absolut wahnsinnig, und er musste es vergessen! Seine Geliebte hieß Inge Maienstedt, und er hatte ihr gesagt, dass er sie heiraten wollte. In *ihre Ehe* war er eingebrochen, obwohl Inge weiß Gott alles dazu getan hatte, ihm das leicht zu machen. Trotzdem war Erik bereit, die Konsequenzen auf sich zu nehmen.

Inge lehnte sich lächelnd zurück. »Er wird mich nicht freigeben. Lieber teilt er mich, als dass er sich scheiden lässt.«

»Er kann dich nicht gegen deinen Willen festhalten«,

sagte Erik, und sie schwieg. Mit zusammengezogenen Brauen starrte sie vor sich hin. Scheidung? War es wirklich das, was sie wollte?

»Wenn wir so weitermachen wie bisher«, drängte Erik, hin und her gerissen zwischen seiner Verpflichtung Inge gegenüber und dem Neuen, Zauberischen, das auf ihn eingestürmt war, »wird aus unserer Liebe eine Farce.«

Inges Augen verschatteten sich, wurden undurchdringlich wie immer, wenn sie ihm auswich. »Ich habe Angst, dass ich bei einer Scheidung Sarah verliere.«

Er wusste, dass das nur eine Ausrede war, und runzelte die Stirn. »Ach, Inge, hör doch auf. Sarah ist neunzehn. Erwachsen!«

Sie warf einen Blick auf ihre Armbanduhr. »Für mich wird es Zeit ...«

Als sie aufstand, fragte er: »Wann fährst du nach Hamburg?« Natürlich war er über das Angebot des Vondrowski-Konzerns informiert; Inge hatte ihm davon erzählt.

Sie blickte ihn so erstaunt an, als hätte er etwas ganz Absurdes gesagt. »Nach Hamburg? Überhaupt nie! Das hab' ich Maienstedt schon klar gemacht. Wenn ich nach Hamburg ginge, würde ich dich verlieren. Und das will ich nicht. Niemals.«

Sie lächelte auf die ihr eigene Art, halb trotzig wie ein verwöhntes Kind, halb wie eine verführerische Frau. »Alles soll so bleiben, wie es ist. Ich bleibe hier, egal, was er tut.«

Erik betrachtete sie nachdenklich. »Manchmal glaube ich, dass du dich gar nicht von ihm trennen willst.«

Aber von dir auch nicht, dachte sie und küsste ihn. Dann sagte sie scheinbar entschlossen: »Ich werd' noch heute mit ihm reden. Versprochen.«

Indessen war Ellen Vondrowski mit einem Mietwagen von München aus an den Ammersee zu Konrad Maienstedt gekommen.

»Schön haben Sie es hier«, sagte sie, nachdem Vicenta sie vom Wohnhaus durch den Park zu seinem Labor geführt hatte. Der See schimmerte silbrigblau wie ein Aquamarin in der Sonne. »Ich kann verstehen, dass es Ihnen schwerfällt, das alles aufzugeben.«

Maienstedt wollte ihr einen Platz anbieten, doch Ellen schüttelte den Kopf und schlenderte durch das Labor, um alles in Augenschein zu nehmen.

»Aber das alles ist ein paar Nummern zu klein für Sie.« Sie blieb vor ihm stehen und schenkte ihm ein offenes Lächeln. »Jeder Waschmittelfabrikant hängt sich heute ein grünes Mäntelchen um. Wenn es darum ginge, brauchte ich keine Stiftung ins Leben zu rufen. Das kann man billiger haben.«

Ihr Ausdruck wurde fast herzlich. »Schon mein Mann hatte eine Wissenschaftsstiftung im Sinn. Schon er dachte dabei an Sie und nur an Sie. Er war nicht nur Geschäftsmann. Er war ein Mann mit Visionen. Er ist zu früh gestorben, aber ich handle in seinem Sinn.«

Als sie sich abwandte und ins Freie ging, folgte Maienstedt ihr. Ellen Vondrowski blieb vor einem der großen

Herbarien stehen und blickte hinein. Eine Kröte saß darin, die sie ohne ein Zeichen von Abscheu heraushob. Das Tier saß still auf ihrer Hand, und Maienstedt beobachtete Ellen fasziniert.

Was für eine Frau, dachte er, während sie die Kröte von allen Seiten betrachtete. Unwillkürlich drängte sich ihm der Vergleich mit Inge auf, die sich vor seinen Tieren ekelte und die seine Experimente nicht im geringsten interessierten. Gleichzeitig empfand er, dass es unfair war, seine Frau mit Ellen Vondrowski zu vergleichen.

»Ich bitte Sie, Maienstedt«, sagte Ellen beschwörend, aber ohne ihn anzusehen. Er trat zu ihr und nahm ihr behutsam die Kröte aus der Hand, um sie in das Herbarium zurückzusetzen. Sein Blick fiel auf die Wasserflecken auf Ellens Kostümjacke.

»Sehen Sie, jetzt haben Sie sich schmutzig gemacht«, sagte er, doch sie erwiderte nichts darauf. Sie standen dicht voreinander und blickten sich an, sehr gerade und ohne den Versuch, sich gegenseitig auszuweichen. Noch immer hielt Konrad Maienstedt Ellens Hand fest.

In diesem Augenblick tauchte Inge am Ufer auf. Der nasse Badeanzug klebte auf ihrer Haut. Sie sah schlank und sehr schön aus. Aber ihre Augen brannten vor Zorn.

Die Art, wie die Vondrowski und Konrad einander ansahen, erschien Inge unglaublich. Was bildete diese Frau sich ein? Wollte sie auf diese Weise Konrad nach Hamburg lotsen?

Das Versprechen, das sie eben noch Erik gegeben hatte, erschien Inge plötzlich absolut unsinnig. Niemals würde sie ihrem Mann eingestehen, dass sie einen Geliebten hatte und seinetwegen die Scheidung wollte. Wie kam sie dazu, etwas herzugeben, das ihr gehörte? Sie wollte alles behalten, ihren Mann und ihren Geliebten. Und sie ließ sich weder austricksen noch übergehen.

Kühl musterte sie die Vondrowski, ohne ein Wort zu sagen. Ellen hatte sich ihr zugewandt. Sie bemühte sich um einen herzlichen Ton. »Eigentlich bin ich ja nur Ihretwegen gekommen, Frau Maienstedt. Sie sind es doch, die ich überzeugen muss. Wenn Sie nicht wären, hätte ich den Professor schon längst in Hamburg.«

Ihre Stimme klang drängend. »Ich finde, wir sollten mal in aller Ruhe darüber reden.«

Inge nickte und lächelte. Ihre Augen glitzerten immer noch. »In einer Viertelstunde bin ich bereit. Ich flieg' mit nach Hamburg.«

Am Abend kam Markus. Er war aufgeregt und glücklich. Welch ein Himmelsgeschenk, dass Sarahs Eltern nach Hamburg geflogen waren und sie daher, von Captain einmal abgesehen, allein im Haus war! Auch Vicenta war nicht da; sie hatte Urlaub bekommen und besuchte ihre portugiesischen Verwandten, die in München lebten.

Sarah hatte für sich und Markus ein Abendessen vorbereitet. Es gab Spagetti mit einer köstlichen Fleischsoße und dazu einen grünen Salat.

Sie saßen in der Pergola vor dem Haus. Der Tisch war liebevoll gedeckt mit Blumen und Kerzen und schönem Porzellan, und Sarahs Essen war ein voller Erfolg.

Markus naschte den Rest der Spaghetti. Mit den Fingern schob er sie sich in den Mund. »Das darf nicht übrig bleiben«, erklärte er mit vollen Backen. »Das ist zu gut.«

Er warf Sarah einen verliebten Blick zu. »Ich hatte keine Ahnung, dass du auch in der Küche so ein Genie bist.«

»Dank der Küchenmeisterin Loredan«, gab sie vergnügt Auskunft. »Sie stammt aus Pistoia und hat bis heute nicht richtig deutsch gelernt. Aber sie nimmt es mit jedem Fünfsternekoch auf.«

Er rutschte ein Stückchen näher, um ihr die Arme um die Schultern legen zu können. Als er ihre Wange küsste und seine Lippen dann tiefer auf ihren Hals wanderten, bog sie den Kopf zur Seite. Es war ein heißer, schwüler Tag gewesen, und jetzt am Abend wehte kaum ein Lufthauch.

Doch das würde nicht so bleiben. Über dem See ballten sich dunkle Wolken zusammen und überzogen den Himmel mit bedrohlicher Schwärze. Aus der Ferne war ein leises Donnergrollen zu vernehmen.

Es war die Stille vor dem Sturm.

Während Sarah eine heruntergebrannte Kerze auspustete, ging ihr Blick über den See, und sie entdeckte weit draußen, wo noch ein breiter Streifen Helligkeit über dem Wasser lag, ein Segelboot.

Das musste Erik sein; er war seit Stunden auf dem Wasser. Hatte er das heraufziehende Unwetter nicht bemerkt?

Mit einer raschen Bewegung stand Sarah auf und löste sich aus Markus' Umarmung. Als sie begann, das Geschirr zusammenzustellen, reagierte er enttäuscht.

»Sei doch nicht so unromantisch«, beklagte er sich

und wollte wieder nach ihr greifen. Doch sie entwand sich ihm.

»Ach, hör doch auf …«

Er blickte sie mit der Miene eines gekränkten kleinen Jungen an. »Liebst du mich nicht mehr?«

»Du Quatschkopf!« Sarah musste lachen und umfasste mit beiden Händen sein Gesicht. »Natürlich lieb' ich dich. Schon seit fünfzehn Jahren.«

Während sie sprach, drückte sie viele kleine Küsse auf seine Wangen, seine Stirn, seine dunklen Haare. Dann schob sie ihn ein Stück von sich und gähnte ostentativ. »Und jetzt gehst du nach Hause. Bevor das Unwetter kommt.«

»Was?«, fragte er entgeistert. »Ich dachte, ich bleib' hier.«

Sarah nahm das Tablett mit dem zusammengestellten Geschirr auf. »So kann man sich täuschen …«

»Sarah …«, bettelte er, während er von hinten die Arme und sie legte und ihren Nacken küsste. »Ich hab' mich so darauf gefreut … Es ist schon so lange her …«

Sie löste sich von ihm. »Ach, komm schon. Ich bin müde und will schlafen. Und zwar allein.«

Diesmal war er ernstlich verärgert. »Na, dann schlaf gut.« Hastig wollte er die Stufen der Pergola hinuntergehen, doch diesmal hielt sie ihn auf. Sie hatte ein schlechtes Gewissen, dass sie ihn so behandelte, denn natürlich hatte Markus das nicht verdient. Er war ein so netter, lieber Kerl …

Er blieb sofort stehen, als sie seinen Namen rief, und drehte sich langsam zu ihr um. Sie kam zu ihm.

»Jetzt sei doch nicht blöd. Morgen ist auch ein Tag, okay?«

Dabei lächelte sie ihn so lieb an, dass er dahinschmolz.

»Okay«, sagte er versöhnt, küsste sie noch einmal sanft auf den Mund und ging dann rasch um das Haus herum zu seinem Wagen, der in der Einfahrt parkte.

Sarah hörte, wie er davonfuhr, und blickte über den See. Noch immer war Eriks Boot draußen auf dem Wasser, ein kleiner heller, tanzender Punkt.

Auch Erik Wylander hatte das Nahen des Gewitters bemerkt. Aber er hatte sich verschätzt. Es kam schneller heran, als er vermutet hatte. Am Seeufer blinkten bereits die Lichtsignale einer Sturmwarnung auf, als er das Boot wendete und gegen den jäh aufkommenden Wind und das aufgewühlte Wasser zurückzusegeln versuchte.

Blitze zerrissen die Schwärze des Himmels, begleitet von Donnerschlägen. Es begann wie aus Kübeln zu gießen, und die Nässeschleier verbargen die Ufer. Nur manchmal, bei einem besonders grellen Blitz, riss der Wasservorhang auseinander und gab für Sekunden ein wenig Sicht.

Erik schaffte es, das Bootshaus zu erreichen, aber er hatte Mühe beim Anlegen. Immer wieder wurde das Boot von Wind und Wellen zurückgedrückt, bis es ihm endlich gelang, es zu vertäuen.

Sarah hörte nichts von dem Unwetter. Sie lag im Bett

und schlief den gesunden Schlaf ihrer neunzehn Jahre. Erst als ein besonders heftiger Blitz, begleitet von krachendem Donner, beim Haus einschlug, fuhr sie hoch. Sie tastete nach dem Schalter ihrer Nachttischlampe, aber alle Sicherungen im Haus waren durch den Blitzschlag herausgesprungen.

Schlaftrunken warf Sarah die Decke zurück und stand auf, um nach der Kerze zu suchen, die auf dem Tisch stand. Dabei stolperte sie über Captain, der zwischen Bett und Tisch lag, und stürzte. Im Fallen riss sie die Tischlampe mit dem schweren Messingfuß herunter. Sie traf Sarah am Kopf. Sie verspürte einen heftigen Schmerz, begleitet von jäher Übelkeit. Dann verlor sie das Bewusstsein.

Erik Wylander hastete indessen geduckt durch den strömenden Regen zu seinem Haus. Plötzlich meinte er durch das Prasseln der Wassermassen Hundegebell zu hören. Es klang angstvoll und alarmierend zugleich.

Das ist Captain, schoss es Erik durch den Kopf. Er änderte die Richtung und rannte zum Nachbarhaus hinüber. Ein weiterer Blitz ließ ihn Captain entdecken. Der Golden Retriever stand auf dem kleinen Balkon, der zu Sarahs Zimmer führte, und bellte aus Leibeskräften.

Erik lief um das Haus herum zur Tür. Sie war unverschlossen. Er unterdrückte einen Fluch, als er auf den Lichtschalter drückte und alles dunkel blieb. Mit Hilfe seiner vom Bootshaus mitgebrachten Taschenlampe tastete er sich zu der Treppe, die in das Obergeschoss führte. »Professor?«, rief er halblaut, aber niemand antwortete ihm.

Oben auf dem Flur rief Erik vergeblich noch ein paarmal Konrad Maienstedts Namen und ging schließlich dem Hundegebell nach.

Als er Sarahs Zimmer betrat, drängte Captain sich winselnd an seine Beine.

Wieder knipste Erik seine Taschenlampe an und blickte sich um. Und dann entdeckte er Sarah, die am Boden lag.

Er kniete sich neben sie und drehte sie vorsichtig auf den Rücken.

»Sarah …«, fragte er beunruhigt, und Captain stieß wieder einen kläglichen Jammerlaut aus. Sie schlug die Augen auf.

»Captain, wovor hast du Angst?«, brachte sie matt hervor, »es ist doch nur ein Gewitter …«

Dann entdeckte sie Erik, der sie in den Armen hielt. Verwirrt blickte sie ihn an. »Du?«

»Hast du Schmerzen?«, erkundigte er sich, und sie versuchte, sich aufzusetzen. Aber der stechende Schmerz in ihrem Kopf war so heftig, dass sie mit einem leisen Stöhnen zurücksank.

»Was ist los mit mir?«, fragte sie benommen. Sie tastete über ihre Stirn und das Haar, und im Licht der Taschenlampe sah Erik die stark blutende Platzwunde über dem Haaransatz.

»Du bist gestürzt. Du blutest am Kopf«, sagte er erschrocken.

Sarah zog ihre Hand zurück. Auch sie war nun voller Blut. »Im Bad ist Verbandszeug …«

»In der Dunkelheit finde ich das nicht.«

»Der Blitz hat eingeschlagen. Davon bin ich aufgewacht«, berichtete sie, während er auf dem Nachttisch nach einem Papiertaschentuch suchte. Er nahm es und presste es auf die Platzwunde.

»Hier, drück es ganz fest drauf.«

Sarah wollte tun, was er ihr sagte, doch Schmerz und Benommenheit hinderten sie daran. »Mein Kopf zerspringt«, murmelte sie und wurde von neuem bewusstlos.

Sie kam erst wieder zu sich, als Erik sie durch den strömenden Regen zum Haus seiner Mutter trug. Captain blieb dicht an ihrer Seite.

Sarah blickte zu Erik hoch. Ein, zwei Sekunden sahen sie einander an, ehe sie mit einem kleinen Aufseufzen beide Arme um seinen Hals legte.

Es ist schön, so von Erik getragen zu werden, dachte sie verschwommen.

2

Carmen Wylander hatte zwar schon im Bett gelegen, aber das Unwetter hatte sie nicht schlafen lassen. So war sie schließlich wieder aufgestanden, hatte sich einen flauschigen leichten Morgenmantel übergezogen und sich einen Tee gekocht.

Sie gab braunen Kandiszucker und einen Schuss Rum in die große Tasse, kostete vorsichtig und schenkte sich noch ein wenig aus der Rumflasche nach.

Dann ging sie mit dem dampfenden Getränk ins Wohnzimmer. An der Hintertür hörte sie ein Kratzen und Winseln. Als Carmen nachsehen ging und die Außenbeleuchtung einschaltete, entdeckte sie Captain hinter den Glasfenstern.

»Du armer Kerl! Hat Sarah dich draußen gelassen bei dem Wetter!«, rief Carmen und entriegelte eilig die Tür. Wie der Blitz huschte der Hund ins Haus, überall Wasserpfützen auf dem Boden hinterlassend.

Vergeblich versuchte Carmen, ihn am Halsband festzuhalten. Er rannte ins Wohnzimmer und auf die Terrassentür zu.

»Captain, hierher!«, protestierte Carmen Wylander. »Du versaust uns ja das ganze Haus!« Endlich erwischte sie ihn und wollte ihn in die Diele ziehen, doch da gewahrte sie ihren Sohn, der mit Sarah in den Armen an der Terrassentür stand.

»Sie hat eine Platzwunde am Kopf«, erklärte er, nachdem Carmen ihn eingelassen hatte. Mit großen Schritten durchquerte er den Raum und bettete Sarah auf eine Couch.

Carmen war ehrlich erschrocken. »Um Himmels willen, wie ist das passiert?«

Er antwortete nicht, sondern holte eine Decke aus einem Schrank, in die er Sarah fürsorglich einhüllte. »Wo ist Mathilde?«

Carmen lachte auf, denn sie kannte die Furcht ihrer Haushälterin vor einem Gewitter. »Die hat die Bettdecke über dem Kopf und betet den Rosenkranz.« Doch während sie Sarah betrachtete, wurde sie wieder ernst. »Ich rufe Dr. Speidl an ...«

Sarah hatte bisher stumm, mit geschlossenen Augen dagelegen. Nun bewegte sie sich leicht. »Ich brauche keinen Arzt«, protestierte sie schwach. Sie schlug die Augen auf, aber das Licht der Deckenbeleuchtung blendete sie, so dass sie die Lider rasch wieder schloss.

»Hast du Schmerzen?«, fragte Erik besorgt, und sie schüttelte vorsichtig den Kopf.

»Bloß einen Brummschädel.«

Carmen war währenddessen nach draußen gegangen, um den Arzt anzurufen. Das Gewitter hatte sich endlich verzogen, nur der Regen strömte unablässig weiter.

Erik sah, wie Sarah die Hand über die Augen legte, und deutete die kleine Geste richtig. Er löschte die helle Deckenlampe. Nun verbreiteten nur noch einige Wandlämpchen ein warmes, gedämpftes Licht. »Besser?«, fragte er.

Sarah versuchte sich aufzusetzen, doch er war sogleich bei ihr und drückte sie sacht zurück. »Möchtest du etwas trinken?«

Sie lächelte ein wenig, und er stellte erleichtert fest, dass die Wunde nicht mehr blutete. »Danke, nein«, sagte Sarah und blickte in seine besorgten Augen. »Bringst du mich nach Hause?«

Er antwortete nicht sofort, sondern betrachtete sie wie ein Maler, der sich jedes Detail ihres Gesichts einzuprägen versucht. Sie sah blass und angegriffen aus, aber sie war immer noch ein Wunder an Schönheit für Erik Wylander.

»Nach Hause?«, wiederholte er lächelnd und schüttelte den Kopf. »Du wirst schön brav hier bleiben.«

Mit einem kleinen Aufatmen rutschte sie etwas tiefer in die Kissen der Couch und schloss die Augen wieder. Hier bleiben? Auch gut, dachte sie. Oder nein, das ist noch viel besser.

Dr. Speidl kam zwanzig Minuten später. Inzwischen hatte Eriks Mutter Sarah mit einem Nachthemd und einem dazu passenden Morgenmantel ausgestattet und sie in einem der Gästezimmer zu Bett gebracht.

Der Arzt versorgte Sarahs Kopfwunde, diagnostizierte eine Gehirnerschütterung und verordnete strenge Bettruhe. Dann gab er ihr noch eine Spritze.

»Damit sie keine Schmerzen hat und gut schlafen kann«, erklärte er Carmen. »Übermorgen, nach der Vormittagssprechstunde komme ich wieder. Ich denke, dass Sarah bis zum Mittag durchschlafen wird.«

Sarah fielen schon jetzt die Augen zu. Sie hörte kaum mehr, wie Dr. Speidl sich verabschiedete und von Carmen zur Tür gebracht wurde. Behaglich streckte sie sich im Bett aus. Eine kleine abgeschirmte Lampe brannte auf einem Tischchen neben der Tür.

Erleichtert spürte Sarah, wie der Wundschmerz unter dem Verband, den Dr. Speidl ihr angelegt hatte, durch die Injektion nachließ, ebenso wie das unangenehme Hämmern unter ihrer Schädeldecke. Alles glitt davon, wurde fern. Was blieb, war eine wunderbare Müdigkeit, die sie weiter und weiter forttrug.

Auch Carmen Wylander war zu Bett gegangen. Einzig Erik war noch auf. Er saß in seinem Arbeitszimmer, vor sich einen kleinen Stapel Post, die er noch nicht gelesen hatte. Aber er konnte sich nicht konzentrieren. Er war voller Unruhe und gleichzeitig von einer tiefen Zufriedenheit erfüllt. Sarah war hier. Sie schlief nur ein paar Türen weiter, und morgen würde er sie wieder sehen.

Erik lehnte sich in seinem Ledersessel zurück, schob die ungelesenen Briefe von sich und rief die Erinnerung in sich zurück, wie er Sarah ins Haus getragen hatte. Ihre weiche Haut hatte er gespürt und ihr Haar an seiner Wange, als sie die Arme um seinen Hals legte.

Erik wusste, wie gefährlich der Zauber für ihn war, der von Sarah Maienstedt ausging und dass er sich vernünftigerweise morgen früh in den Flieger nach Stockholm setzen sollte. Stattdessen stand er irgendwann – es war lange nach Mitternacht – auf und ging zu Sarahs Zimmer hinüber. Geräuschlos öffnete er die Tür und trat ein.

Sarah merkte nicht, dass Erik an ihr Bett kam und sie ansah. Wieder nahm er jede Einzelheit ihres entspannten jungen Gesichts in sich auf, und ihm war zumute, als küsste er sie mit den Augen.

Nein, er würde nicht nach Stockholm fliegen. Er würde hier bleiben.

In Hamburg hatte es kein Gewitter gegeben. Ein schöner, sonniger Tag war in einen milden Abend übergegangen. Ellen Vondrowski, überglücklich, dass es ihr gelungen war, Inge und Konrad Maienstedt zu diesem Besuch zu überreden, hatte für die beiden einen unvergesslichen Abend arrangiert. Sie hatte Opernkarten besorgen lassen und anschließend einen Tisch im Le Canard bestellt. Nach einem exzellenten Essen brachte sie ihre Gäste zum Hotel zurück.

»Nun, meine Liebe?«, fragte Ellen Vondrowski und hakte Inge freundschaftlich unter, während sie zum Portal gingen. »Ist es Hamburg und mir gelungen, Ihr Herz zu erwärmen?«

Inge, in einem wunderschönen Ensemble aus schwarzem, paillettenbesetztem Tüll streifte wie unabsichtlich

Ellens Arm ab und lächelte liebenswürdig. »Es war ein zauberhafter Abend. Ich danke Ihnen sehr.«

Wenn möglich, wurde Inges Lächeln noch süßer. »Es wäre doch sicher nicht in Ihrem Sinne, wenn wir unsere Entscheidung von einem Besuch in der Oper oder einem eleganten Essen abhängig machen würden?«

Die Vondrowski ließ sich ihre Verärgerung nicht anmerken, sondern lachte. »Wie recht Sie haben! Nur das eine sollten Sie wissen: Hamburg empfängt Sie mit offenen Armen.«

Sie drehte sich zu Konrad Maienstedt um, der den beiden Damen gefolgt war. »Und jetzt trinken wir noch ein Glas Champagner an der Bar.«

Er wollte erfreut zustimmen, doch Inge kam ihm zuvor. »Tut mir leid. Aber ich habe furchtbare Kopfschmerzen.«

Ellens Lächeln gefror. Einen Augenblick lang wartete sie, dass Maienstedt etwas sagen würde, aber er schwieg. Doch sie merkte ihm an, wie peinlich ihm das Benehmen seiner Frau war. Um die aufgetretene Spannung nicht noch zu vertiefen, nickte sie den beiden freundlich zu. »Dann … gute Nacht. Wir sehen uns morgen.«

Inge und Konrad blieben stehen, während sie in ihren Wagen stieg. Aus dem Fond winkte sie ihnen noch einmal kurz zu, während der Chauffeur anfuhr.

In der Hotelhalle hakte Inge ihren Mann unter und blieb stehen. »Schimpf nicht mit mir«, bat sie mit einem kindlich-reuigen Augenaufschlag. »Für heute hatte ich einfach genug von ihr.«

Sie lehnte sich gegen ihn und spitzte die Lippen zu einem kleinen Kuss. »Ich wollte dich für mich allein haben …«

In ihrer Hotelsuite bestellte sie beim Zimmerservice Champagner und für ihren Mann eine Flasche Rotwein. Während sie tranken, versuchte Inge Sarah anzurufen. Sie ließ es lange durchklingeln.

»Sie nimmt nicht ab«, stellte sie mit leiser Beunruhigung fest.

Maienstedt hatte sein Jackett über einen Stuhl gehängt und die Krawatte abgebunden.

»Was stört dich eigentlich an der Vondrowski?«, fragte er und warf seiner Frau einen prüfenden Blick zu.

Inge hielt immer noch den Hörer ans Ohr. »Wenn ich das wüsste! Warst du mit ihr im Bett?«

Er lachte. »Du meinst, in ihrem Büro auf der Couch?«

»Wenn sie es noch nicht versucht hat, dann kommt's noch«, prophezeite Inge. »Hallo?«, rief sie dann in den Hörer, aber es kam keine Antwort. Mit gerunzelter Stirn legte sie auf.

»Versuch's später noch mal«, sagte Maienstedt beruhigend. »Du weißt doch, wie gerne Sarah nachts schwimmen geht.«

In der nächsten Stunde probierte Inge mehrere Male, ihre Tochter zu erreichen, natürlich erfolglos. Schließlich gab sie auf und ging ins Bad, um sich für die Nacht fertig zu machen.

Als sie in einem sehr sexy wirkenden Negligé wieder herauskam, stand ihr Mann am Schreibtisch und hatte seinen Aktenkoffer aufgeklappt. Er war bereits im Pyjama und hatte ein Glas Mineralwasser neben sich stehen.

Inge sah, wie er ein Tablettenbriefchen aus einer Packung zog, zwei Pillen aus der Silberfolie drückte und sie mit dem Wasser hinunterspülte.

Sie wusste, dass er wegen seines Herzens regelmäßig Medikamente nehmen musste, sagte aber nichts. Während ihr Mann zu Bett ging, setzte sie sich auf die Kante. »Ich ruf' Sarah gleich morgen früh noch mal an …«

Konrad erwiderte nichts. Er zog eine Zeitung vom Nachttisch und blätterte darin.

Inge stützte die Ellenbogen auf die Knie. Sie war jetzt wirklich beunruhigt. Wo war Sarah? War sie mit Markus zusammen?

»Ich hab' Sarah nicht mal richtig aufgeklärt«, sagte sie nach einer Weile, und Maienstedt ließ grinsend seine Zeitung sinken.

»Wahrscheinlich ist die gründlicher aufgeklärt, als wir beide es jemals sein werden. Das ist heute so – auch hinter Klostermauern.«

Inge biss sich auf die Unterlippe. »Und wenn es nicht so ist?«

»Dann hat sie Glück gehabt«, antwortete ihr Mann mit einem breiten Lächeln.

»Wie meinst du das?« fragte sie überrascht.

Er warf die Zeitung auf den Boden neben seinem Bett und knipste auf seiner Seite die Nachttischlampe aus.

»Mit der Liebe ist es wie mit dem Erdbeben«, erklärte er und streckte sich gemütlich aus. »Und ich kenne keinen Erdbebenforscher, der je ein Erdbeben erlebt hätte.«

Auch Inge schlüpfte unter die Bettdecke und löschte das Licht. Sie bereute es, dass sie mit nach Hamburg gefahren war. Andererseits wäre es ihrer Meinung nach höchst unklug gewesen, ihren Mann mit der Vondrowski hier allein zu lassen. Diese Frau war nicht ungefährlich. Und sie hatte keineswegs nur berufliches Interesse an Konrad. Das spürte Inge Maienstedt instinktiv.

Als Inge Sarah am nächsten Morgen wieder nicht zu Hause erreichte, rief sie bei Wylanders an. Carmen nahm das Gespräch entgegen. Es war noch vor dem Frühstück. Der Tisch war bereits gedeckt, doch Erik saß noch vor seinem Laptop und rief einige Zahlen ab, die er für eine Kostenaufstellung benötigte. Er hörte nur mit halbem Ohr seiner Mutter zu, die sich das schnurlose Telefon an den Tisch geholt hatte.

Das Unwetter hatte einigen Schaden angerichtet, Äste und blühende Stauden abgeknickt und die Rasenflächen und Blumenrabatten förmlich überschwemmt. Aber der Himmel war wieder klar, und die Sonne schien.

Während sie Inges Schilderungen von Hamburg und dem gestrigen Abend mit der Vondrowski lauschte, überlegte Carmen, welche Arbeiten draußen zuerst erledigt werden konnten. Hin und wieder warf sie ein »Nein, so was!«, ein »Ja, ja« oder auch nur ein »Hm« in Inges Redefluss ein.

Dann fragte Inge nach Erik, und Carmen antwortete schnell: »Tut mir leid, aber er ist nicht im Haus. Er pumpt das Wasser aus seinem Boot. Das war kein Gewitter, das war eine Sintflut heute nacht. Der Park ist ein einziger Sumpf.«

»Dann grüß ihn bitte von uns – und Sarah natürlich auch«, verabschiedete Inge sich.

»Mach' ich«, versprach Carmen. »Lasst es euch gut gehen.«

Als sie das Telefonat beendet hatte blickte ihr Sohn von seinem Computer auf. »Inge?«, fragte er, und sie nickte.

»Ich wollte nicht riskieren, dass du ihr eine andere Geschichte erzählst als ich.«

Er setzte sich ihr gegenüber an den Frühstückstisch. »Ich bin neugierig.«

Carmen lächelte verschmitzt. Sie hatte kein Wort von Sarahs Unfall erwähnt, um Inge nicht zu erschrecken. Sollten sie und ihr Mann ruhig noch in Hamburg bleiben. Insgeheim hoffte Eriks Mutter, dass Inge zu guter Letzt damit einverstanden war, ganz nach Hamburg zu übersiedeln. Carmen gönnte dem Professor diese große Chance, und sie gönnte sich selbst und Erik, dass Inge dann nicht mehr Tür an Tür mit ihnen lebte.

»Ich habe Sarahs Einquartierung als meine Idee verkauft«, erklärte sie ihrem Sohn. »Wir hätten bis spät abends Bridge gespielt. Na ja, und dann kam das Unwetter. So wären Sarah und Captain eben bei uns geblieben.«

Mathilde kam herein, um die Frühstückseier zu servieren. »Soll ich Fräulein Sarah das Frühstück nach oben bringen?«, fragte sie, doch Erik winkte ab.

»Sie schläft noch. Dr. Speidl hat gesagt, mit dieser Spritze würde sie bis mittags durchschlafen.«

Während die Haushälterin hinausging, blickte Carmen ihren Sohn mit schiefgelegtem Kopf an. »Du bist heute nacht durchs Haus gegeistert«, sagte sie und sah, wie er leicht zusammenzuckte.

»Du hörst auch alles!« Es klang ein wenig verlegen.

»Du weißt ja, mein Schlaf ist hauchdünn, und die eine Diele oben im Flur knarrt wie eine geschundene Stradivari.«

Erik erwiderte nichts darauf. Voller Hingabe bestrich er eine Scheibe Toast mit Butter und Marmelade und begann zu essen. Carmen trank einen Schluck Kaffee und wartete.

»Erik?«, sagte sie schließlich, als er weiterhin schwieg.

Er blickte auf und antwortete in genau demselben Tonfall wie sie: »Mutter?«

Carmen Wylander seufzte. »Manchmal frage ich mich, warum ich mich auf einen Schweden eingelassen habe! So verschlossen, wie ihr seid …«

Er grinste. »Tröste dich, ich bin ja nur ein halber Schwede. Die andere Hälfte ist komplett von dir. Reinstes Süddeutschland. Also, was willst du wissen?«

»Was ist mit Inge?«, fragte sie nun geradeheraus. »Ich habe den Eindruck, es gefällt ihr ganz gut in Hamburg.«

Sein Grinsen verrutschte. »Gestern hat sie mir versprochen, dass sie sich von Maienstedt trennt.«

»Und heute ist sie in Hamburg«, vollendete Carmen. »Es gibt eben Entscheidungen, die woanders getroffen werden.« Sie nickte ihrem Sohn zu. Ihre Augen waren voller Verständnis. »Ich hoffe, dass dir die Entscheidung abgenommen wird.« Sie hob ihre Tasse und trank wieder einen Schluck. »Vielleicht ist es ja schon geschehen«, setzte sie nachdenklich hinzu.

Erik wartete tatsächlich bis zum Mittag, ehe er sich von Mathilde das Tablett mit dem Frühstück für Sarah geben ließ und in ihr Zimmer hinaufging.

Diesesmal war sie wach. Sie lehnte in den Kissen des buntbemalten Bauernbettes und lächelte ihm entgegen. Ihre Augen waren klar, und die Haut hatte eine frische, gesunde Farbe. Der Kopfverband über ihrer Stirn wirkte fast wie eine breite Schleife, mit der sie das dunkle Haar zurückgebunden hatte.

»Besser?«, fragte Erik, während er das Frühstückstablett vorsichtig auf die Bettdecke stellte.

»Viel besser, Herr Doktor«, antwortete Sarah. »Ich würde lieber aufstehen zum Frühstücken.«

»Der Herr Doktor besteht auf absoluter Bettruhe«, widersprach er streng, und sie hob die Hände.

»Die paar Schritte bis zum Tisch beim Fenster ... Herr Doktor, bitte!«

Er gab nach und brachte das Tablett zum Tisch. Währenddessen stand Sarah auf, ein wenig zu hastig, so dass ihr schwindelig wurde. Erik sah, dass sie ein bisschen blass geworden war, und fragte: »Wackelig auf den Beinen?«

Sie setzte sich auf die Bettkante. »Beim Fliegen stört das nicht ...«

Seine Miene wurde ernst. »Liebe Sarah, du hast eine Gehirnerschütterung. Und warst ohnmächtig, als ich dich fand.«

Sie wollte den Kopf schütteln, hielt aber mitten in der Bewegung inne, weil ihr das Schmerzen verursachte.

»Ich hab' mich so auf Bali gefreut. Ich werd' das jetzt nicht sausen lassen wegen so eines kleinen Sturzes. Außerdem sind es ja noch ein paar Tage. Und überhaupt wird Markus sich schon um mich kümmern.«

»Markus?«, wiederholte er verblüfft. »Ich dachte, du fliegst mit deiner Mutter.«

»Markus hat noch ein Ticket bekommen. Und jetzt kommt er mit. Mutter weiß noch nichts davon.« Sie strahlte Erik an. »Ich freu' mich so. Das ist die erste richtig große Reise, die ich mache.«

Ihre kindliche Freude rührte ihn. Er nahm ihren Arm und wollte sie zur anderen Seite des Bettes führen, doch sie blieb vor dem großen Wandspiegel neben der Tür stehen und betrachtete sich darin.

»Ich hatte noch nie ein so schönes Nachthemd an. Darin könnte man tanzen gehen.«

Er strich behutsam über ihren Ärmel. »Seide … Nur Haut ist noch feiner …« Seine Stimme war um eine Nuance dunkler geworden, und er spürte, dass Sarah ihn ansah. Ohne ihren Blick zu erwidern, schob er sie behutsam wieder zum Bett und drückte sie darauf nieder.

»Das ist ja ein Menü!«, sagte Sarah überrascht, als sie sah, was Mathilde alles für sie hergerichtet hatte.

Erik nickte. »Es ist ja auch schon Mittag.« Er verscheuchte eine Fliege, die durch das offene Fenster hereingekommen war, und wollte es schließen. Doch Sarah protestierte. Die Luft, die von draußen hereinströmte, war so angenehm. »Offen lassen, bitte!«

Erik spielte den perfekten Butler. Er stellte das Teegedeck vor Sarah hin, schenkte den Tee in die Tasse und offerierte ihr das Brotkörbchen.

»Danke, kein Brot«, wehrte Sarah ab. »Ich hab' nur Durst.«

Während sie trank, setzte er sich neben Sarah auf den Stuhl. »Die gute Mathilde hat wirklich an alles gedacht. Sie hat sogar eine Zeitung dazugelegt.« Er schlug das Blatt auf. »Mal sehen, was es Neues gibt auf der Welt ... Präsident Clinton ... nein, das ist kalter Kaffee ... Fergie will Pariser Disneyland für Kinderparty mieten ... Auch keine Sensation. Ah, endlich eine heiße Meldung ...«

»Vorlesen ... bitte ...«, rief Sarah.

Eriks Gesicht verschwand hinter der Zeitung. »Also, da steht: Professor Konrad Maienstedt ist mit seiner attraktiven Frau Inge in Hamburg eingetroffen. Die Reporter, die den berühmten Biologen am Flughafen erwarteten, erlebten eine Enttäuschung: Die einzige Tochter des Professors, Sarah Maienstedt, die eben im Klosterinternat das Abitur abgelegt hat, kam nicht, wie in der Presse angekündigt, mit nach Hamburg, was zu allerlei Vermutungen Anlass gab ...«

Verwirrt stellte Sarah die Tasse Tee zurück. »Das gibt's nicht! Niemand wusste ...« Sie stutzte und streckte den Arm nach der Zeitung aus. »Darf ich mal sehen?«

Er gab ihr das Blatt. »Lies selber.«

Sarah überflog die aufgeschlagene Seite. »Ich kann's nicht finden.«

»Neben der Reportage über die Umweltschäden«, behauptete Erik kühn, und sie warf ihm einen misstrauischen Blick zu. Sie raschelte mit der Zeitung, drehte sie hin und her und hielt sich schließlich die aufgeklappte Seite verkehrt herum vor das Gesicht. »Ich hab's ... Auch im Park von Carmen Wylander hat das Unwetter gewütet. Ein Blitz traf die hundertjährige Eiche, von der es in der Familienchronik heißt, Richard Wagner hätte dort das Siegfried-Idyll komponiert, und den attraktiven Sohn des Hauses, Erik Wylander. Seither ist sein Geist leicht verwirrt ...«

Erik begann zu lachen. Er stand auf, als Sarah die Blätter sinken ließ, und legte den Arm um ihre Schulter. »Merkst du immer alles so schnell?«

Für einen winzigen Augenblick ließ sie sich seine Berührung gefallen. Dann machte sie sich von ihm los.

»Mit Gehirnerschütterung noch schneller«, erklärte sie mit blitzenden Augen.

Am Nachmittag kam Markus. Carmen Wylander hatte ihn angerufen und ihn über Sarahs Unfall informiert, damit er sich keine unnötigen Sorgen machte, wenn er sie zu Hause nicht antraf.

Sarah lag wieder im Bett. Das erste Aufstehen hatte sie doch etwas angestrengt. Außerdem musste sie über etwas sehr Wichtiges nachdenken ...

Markus betrachtete sie zärtlich. Er hatte einen Strauß weißer Sonnenblumen mitgebracht, die er Sarah hinhielt. »Für dich ...«

»Das ist ja ein Brautstrauß«, meinte sie und schnupperte pflichtschuldig an den Blüten.

»Und dein Nachthemd fast ein Brautkleid«, ergänzte er bewundernd.

Sarah lachte. »Von wegen! Wenn ich je heirate, dann in einem pinkfarbenen Frack.«

Er setzte sich zu ihr. »Das würde mich nicht stören.«

Sie verdrehte spöttisch die Augen. »Du bist so gut zu mir!«

Markus jedoch blieb ernst. »Eins ist sicher. Ich hätte dich gestern nacht nicht allein lassen sollen, dann wäre das nicht passiert. Du hättest dir den Hals brechen können … Ein Glück, dass Captain bei dir war.«

»Und dass Erik draußen war und das Bellen hörte«, setzte sie betont hinzu. Markus zog es jedoch vor, das zu überhören. Besorgt musterte er sie.

»Was sagt eigentlich Dr. Speidl?«

Sarah wich seinem Blick aus. Sie fand sich selbst gemein. Aber sie sagte trotzdem, was sie sich vorhin überlegt hatte.

»Ärzte übertreiben gerne. Du hättest hören sollen, wie er mir Angst gemacht hat wegen der Gehirnerschütterung. Absolute Bettruhe … Aufstehen darf ich frühestens in einer Woche.«

»Und was ist mit Bali?«

Sie sah ihn immer noch nicht an, weil sie genau wusste, wie er jetzt aussah: lieb und schrecklich enttäuscht. »Gestrichen hat er's mir, der Schuft. Ich hab mich so darauf gefreut.«

»Das ist ja blöd!«, sagte er betroffen. Tröstend griff er nach ihrer Hand. »Aber aufgeschoben ist nicht aufgehoben. Irgendwann fahren wir dahin. Das versprech' ich dir.«

Er entdeckte das kleine Bandgerät mit Kopfhörer auf

ihrem Nachttisch und holte ein Päckchen aus seiner Jackentasche. »Ich hab' dir was mitgebracht. Zur Einstimmung. Balinesische Tempelmusik.«

Er legte die Kassette ein, streifte Sarah vorsichtig die Kopfhörer über, und gleich darauf ertönte zarte, fremdländische anmutende Angklung-Musik.

Sarah verzog das Gesicht. »Du, mein Kopf ist selber ein überdrehter Verstärker«, sagte sie mit leidender Stimme. »Jedes Geräusch dröhnt.«

Sofort schaltete er den Recorder ab und stand auf. »Dann geh' ich besser.«

Er hoffte, dass sie ihn bat, doch noch ein Weilchen zu bleiben, doch Sarah meinte nur: »Danke für die schönen Blumen.«

Diesmal war er ehrlich gekränkt und gab sich auch keine Mühe, das zu verbergen. Ohne sie anzusehen, marschierte er zur Tür. »Wenn ich was für dich tun kann, ruf mich an.« Und draußen war er.

Eine halbe Stunde später kam Sarah auf die Terrasse geschlendert. Erik hatte dort zwei gepolsterte Liegen aufgestellt, auf einem Glastisch befanden sich eine Schale mit Obst und eine Karaffe mit eisgekühltem Fruchtsaft.

Erik saß am Tisch, mit dem Rücken zur Terrassentür. Er hörte Sarah nicht kommen. Sie hatte die Kopfhörer aufgesetzt und trug den Recorder in der Hand. Als sie sich von hinten näherte, vernahm auch Erik die balinesischen Klänge vom Band.

Sarah beugte sich zu ihm, und einen Moment lang zögerte er, den Kopf zu heben. Es war so schön, sie so nahe bei sich zu spüren; er fürchtete, den intensiven Zauber dieses Augenblicks zu zerstören, wenn er irgendetwas sagte.

»Schöne Musik …«, meinte Sarah lächelnd.

Nun schaute er doch auf. »Ist Markus schon gegangen? Das war aber ein kurzer Besuch.«

Sarah schaltete das Band ab. »Was soll ich tun, wenn der unerbittliche Doktor Wylander die Besuchszeit auf wenige Minuten beschränkt?«, erklärte sie in gespielter Enttäuschung und nahm auf der Liege Platz. Als sie sich zurücklehnte, legte Erik ihre Beine behutsam auf das Fußteil.

Sarah seufzte behaglich. »Manchmal macht krank sein richtig Spaß. Vor allem, wenn man den richtigen Doktor hat.«

Ihre Augen lachten ihn an, und Erik konnte nicht anders: Er nahm ihre Hand und drückte einen Kuss auf die Innenfläche.

»Also … Punkt eins der Tagesordnung«, sagte Ellen Vondrowski, »Besuch beim Senat. Ohne Presse, sozusagen inoffiziell.«

Sie hatte Inge und Konrad Maienstedt mit ihrer Limousine vom Hotel abgeholt. Der Professor war zu Ellen in den Fond gestiegen, während Inge vorn neben dem Fahrer Platz nahm. Die Sitzverteilung behagte ihr nicht, und sie blickte sich während der Fahrt immer wieder nach hinten um.

»Punkt zwei«, fuhr die Vondrowski fort, »der Stiftungsrat stellt Professor Maienstedt der Presse vor. Es sind nur handverlesene Journalisten da. Ursprünglich hatte der Dekan der Universität zugesagt, aber er lässt sich entschuldigen.«

»Und wann geht's raus an den See?«, fragte Maienstedt ein wenig ungeduldig. Er brannte darauf, das Gelände kennen zu lernen, auf dem das Forschungsinstitut entstehen sollte.

Ellen Vondrowski lachte. »Erst die Pflicht, dann das Vergnügen. Ich verspreche Ihnen aber, dass wir den offiziellen Teil so kurz wie möglich halten.«

»Ich bitte herzlich darum«, sagte er mit einem netten Lächeln. »Am liebsten wäre es mir, Sie würden allein mit der Presse reden.«

Sie schüttelte den Kopf. Ihr hellblondes Haar war wie immer tadellos frisiert, und sie hatte nur einen Hauch Make-up aufgelegt. »Aber mein lieber Professor. Sie sind die Hauptperson. Nicht ich. Sie werden sich daran gewöhnen müssen, im Licht der Öffentlichkeit zu stehen.«

Ein paar Sekunden sahen sie einander an, und in Ellens Augen lagen Wärme und Sympathie – und etwas, das über Wärme und Sympathie hinausging. Dann klappte die Chefin des Vondrowski-Konzerns die tragbare Computeragenda zu, die auf ihrem Schoß lag und in der die Daten für das heutige Tagesprogramm eingespeichert waren.

»Und zur Eingewöhnung gebe ich heute Abend eine kleine Party Ihnen zu Ehren. Nichts Großes, nur Freunde …«

Inge hatte den intensiven Blickkontakt zwischen ihrem Mann und Ellen beobachtet und presste die Lippen zusammen. Aber sie schwieg.

Den ganzen Vormittag über beobachtete sie Maienstedt und die Vondrowski, und der Professor, der seine Frau kannte, fürchtete schon, dass sie irgendwann die Beherrschung verlieren würde. Doch Inge behielt ihre kühle, damenhaft liebenswürdige Haltung bei – erst beim Senat, später bei der Pressekonferenz und dem anschließenden Lunch.

Danach fuhren sie zu dritt an den ein paar Kilometer vor der Stadt liegenden See.

Der Vondrowski-Konzern hatte das riesige Gelände gekauft, und auch die Baupläne waren bereits von den zuständigen Behörden genehmigt worden. Der leitende Architekt für das Bauvorhaben, Georg Schulte, ein dunkelhaariger, drahtiger Mann von Anfang Vierzig, erwartete seine Auftraggeberin und ihre Gäste bereits.

Ellen machte die drei miteinander bekannt und lief zum Ufer hinunter. Mit ausgestrecktem Arm deutete sie über das Wasser.

»Sehen Sie, dort in der Bucht kommen die Hauptgebäude hin. Dort drüben die Labore, davor die Versuchsbecken.«

Konrad Maienstedt nickte. Er legte seiner Frau den Arm um die Schultern. »Klingt gut, nicht wahr?«

Sie warf ihm einen ablehnenden Blick zu und verzichtete auf eine Antwort.

Ellen Vondrowski wandte sich an den Architekten. »Zeigen Sie dem Professor das Modell.«

Unter einem Sonnendach war die gesamte Anlage im Kleinformat auf einem riesigen Tisch aufgebaut worden.

»Sieht aus wie eine Pfahlbausiedlung«, meinte Konrad Maienstedt, und Architekt Schulte nickte.

»Man hat an diesem See Reste von Pfahlbauten gefunden. Aus der Bronzezeit ...«

Maienstedt betrachtete eingehend die Modellhäuser und Wasserbecken. Er wirkte ausgesprochen beeindruckt. »Sehr schön. Unauffällig, großzügig. Gefällt mir gut. Nichts Protziges.«

»In der Bronzezeit waren die Häuser wahre Streichholzschachteln«, erklärte der Architekt. »Wir bauen mit Material, das für die Weltraumfahrt entwickelt wurde, extrem leicht, extrem stabil.«

»Es hat nur einen Haken«, meinte der Professor lächelnd. »Es steht noch nicht.«

Die Vondrowski hatte ihn genau beobachtet. Sie merkte, dass er Feuer gefangen hatte. Offenbar hatte sie ihn endlich da, wo sie ihn hinhaben wollte. Er würde ihr Angebot annehmen.

»Sie wissen gar nicht, wie schnell wir sein können«, sagte sie und trat neben ihn. »Bevor Sie Ihren Umzug hierher organisiert haben, steht unser Forschungszentrum.«

Wieder sahen sie einander mit lächelndem Einverständnis an, und Inge wandte sich abrupt ab. Scheinbar ziellos schlenderte sie ein paar Schritte zum See hinunter.

Maienstedt hatte sich ein Paar Gummistiefel mitgebracht, die er nun aus dem Wagen holte.

»Am liebsten würde ich gleich anfangen ...«, gestand er, während er seine leichten Slipper gegen die Stiefel austauschte.

Die Vondrowski strich sich das helle Haar aus dem Gesicht. »Nur zu, Professor. Keiner hindert Sie. Erkunden Sie das Gelände.«

Dann ging sie Inge nach und hakte sich mit unerwarteter Herzlichkeit bei ihr ein. »Und wir beide werden inzwischen die Geschäfte unsicher machen.«

Widerstrebend ließ sich Inge von ihr mitziehen. Die Vondrowski lachte. Sie fühlte sich bereits als Siegerin. »Meine liebe Inge, bis jetzt hat's noch nicht gefunkt zwischen Ihnen und Hamburg, aber das kommt noch.« Sie zwinkerte Inge zu. »Plötzlich ist es passiert ... Und eines Tages werden Sie gar nicht mehr verstehen, wie Sie jemals woanders leben konnten.«

Inges Mund war schmal und gepresst. »Sie sind sehr sicher, dass mein Mann das Angebot annehmen wird.«

Die Vondrowski zuckte mit den Schultern. Ihr Lächeln wirkte selbstsicher. »Ich bin keine Hellseherin, aber ich verstehe was von Männern.«

Vermutlich, dachte Inge gereizt. Aber ich kann dir immer noch einen Strich durch die Rechnung machen, wenn ich will.

Die Vondrowski plauderte fröhlich während der Fahrt in die City. Inge war zunächst immer noch schweigsam und wahrte mühsam die Höflichkeit. Sie grübelte darüber nach, was sie tun konnte, um Konrad in den Augen der Vondrowski unmöglich zu machen. Und dann hatte sie eine Idee ...

Von da an schlug ihr Benehmen um. Sie wurde heiter und gesprächig und schien den Einkaufsbummel in der Innenstadt zu genießen. Mit Tüten und Taschen beladen kehrte sie in ihr Hotel zurück. Die Vondrowski begleitete sie bis zum Portal, und Inge verabschiedete sich beinahe herzlich von ihr.

Oben in der Suite warf sie ihre Einkäufe auf die Couch und duschte erst einmal lange und ausgiebig. Sie zog den hoteleigenen Frotteemantel über und zündete sich eine Zigarette an. Sie setzte sich auf die Couch und legte die Beine hoch. Dann angelte sie nach dem Telefon und wählte Eriks Nummer.

Es war Mathilde, die das Gespräch entgegennahm. Erik saß draußen am Terrassentisch, hatte sein Filofax aufgeschlagen und einige Unterlagen daneben ausgebreitet. Sarah lag immer noch auf der Liege unter einem aufgespannten Sonnenschirm und las.

Erik stellte sein Diktiergerät an. »Mit großem Interesse haben wir Ihr Angebot vom 5. Mai gelesen. Wir sind einer weiteren Expansion unserer Hotelkette nach Osteuropa nicht abgeneigt und werden Ihr Angebot in unsere Überlegungen einbeziehen. Punkt. Neuer Absatz. Im übrigen beabsichtige ich, in den nächsten Tagen nach Prag zu ...«

Er brach ab, als die Haushälterin mit dem tragbaren Telefon auf die Terrasse kam. »Für Sie, Herr Wylander«, sagte sie und gab ihm den Apparat. Erik schaltete das Diktiergerät aus und meldete sich.

»Ach, du bist es«, sagte er leise, als er Inges Stimme erkannte. Er warf einen raschen Blick zu Sarah hinüber, stand dann auf und begann, im Garten herumzuwandern.

»Erik, hör zu. Ich halt's nicht mehr aus.« Inges Stimme klang drängend. »Kannst du nicht nach Hamburg kommen?« Sie wartete einen Moment, und als er nichts erwiderte, setzte sie hinzu: »Ich hab' solche Sehnsucht nach dir.«

»Nach Hamburg?«, wiederholte er kopfschüttelnd. »Du bist verrückt! Was würde dein Mann sagen?«

»Konrad?« Sie lachte verächtlich. »Der hat nur Augen für seinen See und sein Schilf. Und für die Vondrowski. Erik, du musst kommen! Ich bin so einsam hier. Bevor du kommst, rede ich mit Konrad, ich verspreche es.«

Wieder blickte er zu Sarah hinüber, die nach wie vor in ihr Buch vertieft war. Er ging noch ein Stück weiter von ihr weg. »Selbst wenn ich wollte, ich könnte gar nicht nach Hamburg kommen. Ich hab' zu tun. Außerdem muss ich nach Prag.«

Mit fahrigen Bewegungen stand Inge auf. Das Telefon am Ohr, griff sie mit der freien Hand nach einer der Einkaufstaschen und leerte den Inhalt auf die Couch. Ein schwarzes, sehr verführerisches Korsagenkleid fiel heraus, dazu schwarze Seidenstrümpfe.

»Du liebst mich nicht mehr«, sagte Inge klagend, wechselte dann aber rasch das Thema, ohne Eriks Antwort abzuwarten. »Du, ich glaub', ich muss diesen Balitrip mit Sarah ... Du weißt doch, ich hab' ihr den zum Abitur geschenkt ... Ich glaub', den muss ich absagen.«

»Warum denn?«, fragte er überrascht. »Sie hat sich so darauf gefreut.«

»Ja, natürlich weiß ich das. Ich weiß auch gar nicht, wie ich es ihr sagen soll. Aber ich … ich kann hier im Moment einfach nicht weg. Ich kann Maienstedt nicht allein lassen … Sag mal, kannst du ihr das nicht beibringen?«

»Willst du es ihr nicht lieber selber sagen?«

Inge fuhr sich nervös mit der Zunge über die Lippen. »Natürlich sollte ich das. Aber jetzt geht's nicht. Ich muss weg. Die Vondrowski wartet schon.« Ihre Stimme wurde weinerlich. »Also sag du's ihr. Und sag ihr: Aufgeschoben ist nicht aufgehoben. Sie soll nicht traurig sein. Und gibt ihr einen Kuss von mir …«

Von draußen wurde ein Schlüssel in die Tür gesteckt, und Inge zuckte zusammen. »Jetzt muss ich wirklich Schluss machen … Küsschen. Vergiss mich nicht.«

Hastig legte sie auf, während ihr Mann hereinkam. Er sah gesund und glücklich aus.

»Ich muss dir ein Geständnis machen. Ich habe mich verliebt!«

Für einen Moment stockte Inge der Atem. Sie wurde einen Schein blasser, stellte aber keine Frage, und Konrad fuhr strahlend fort:

»In Hamburg! Ich weiß nicht, ist es die Nordsee? Ich fühle mich wunderbar. Mein Kreislauf ist in Ordnung, ich schlafe wie ein Baby. Ich könnte Bäume ausreißen.«

Erleichtert begann sie zu lachen. Konrad entdeckte die Einkäufe auf der Couch und begutachtete das Korsagenkleid. »Dir scheint's ähnlich zu gehen. Du hast ja ganz schön zugeschlagen.«

Unvermittelt wurde sie ernst. »Zuerst hat sie dich gekauft, jetzt will sie mich kaufen.«

Er lachte gutmütig und hob das Kleid hoch. »Ach was. Und jetzt schmeiß dich in dieses heiße schwarze Ding hier, damit alle Männer auf der Party polygame Wallungen bekommen.«

Inge ging nicht auf seine lockere Art ein. Sie blieb ernst. Es war einer jener seltenen Augenblicke, in denen sie ganz ehrlich war und einmal keine Rolle spielte.

»Ich habe dich immer bewundert, weil du dich für den schwereren Weg entschieden hast. Du wolltest immer deine eigenen Wege gehen. Ich verkauf' mich nicht, hast du gesagt. Erinnerst du dich nicht mehr an das Angebot aus Amerika? Du hast es abgelehnt. Einfach so.«

Sie blickte zu ihm hoch. »Und jetzt kommt so eine Vondrowski und braucht nur mit den Fingern zu schnippen ... Konrad, für die Vondrowski bist du doch nichts anderes als ein lebendig gewordener Werbespot.«

Ihre Worte hatten ihn verunsichert. »Vielleicht hast du Recht«, sagte er zögernd. »Vielleicht war aber auch alles falsch, was ich bisher gedacht habe. Vielleicht war ich ein Trottel.«

Er blickte über ihren Kopf hinweg zum Fenster und dachte an das grandiose Bauvorhaben draußen am See. Was für eine Perspektive! »Aber muss ich denn ein Trottel bleiben, nur weil ich zwanzig Jahre lang einer war?« fügte er mit einem tiefen Atemzug hinzu. Er legte seiner Frau die Hände auf die Schultern. »Es wird höchste Zeit für uns zwei, unser Schneckenhaus zu verlassen. Das Leben ist zum Leben da!«

Sie zog das schwarze Korsagenkleid an, und sie machte sich sehr sorgfältig zurecht für die Party. Vor allem aber spielte sie ihre Rolle perfekt: die bezaubernde Gattin des bekannten Wissenschaftlers Professor Maienstedt. Sie unterhielt sich liebenswürdig mit der Vondrowski, machte Small Talk mit den übrigen Gästen, und flirtete ein wenig mit dem Architekten Georg Schulte.

Das Haus der Vondrowski war genau so, wie Inge es erwartet hatte: großzügig, elegant und durch und durch hanseatisch mit seinen schönen alten Möbeln, den vielen Zimmern mit eingebauten Bücherwänden und Intarsienböden. Es gab viel Leder und Edelhölzer, sparsam verteilte Gemälde und Plastiken, natürlich sämtlich Originale von bekannten Künstlern, kostbares altes Porzellan und liebevoll gepflegte Accessoires.

Am schönsten aber war der botanische Garten hinter dem Haus mit seinen exotischen, üppig blühenden Pflanzen. Die Türen des gläsernen Gewächshauses standen weit offen, denn der Abend war mild und windstill, und geschickt verteilte Beleuchtungskörper hüllten Blumen und Sträucher in ein feenhaftes Licht.

Konrad Maienstedt hatte diesen Abend genossen. Es stimmte, was er Inge gesagt hatte: Hamburg tat ihm gut. Dennoch spürte er, als es auf Mitternacht zuging, dass er sich ein wenig übernommen hatte an diesem mit Eindrücken und Begegnungen so vollgepackten Tag.

Da war er wieder, der verhasste und gleichzeitig fast vertraute Schmerz in der Brust, der das Atmen erschwerte. Maienstedt wurde ein wenig schwindlig und übel, und er tastete nach den Tabletten in seiner Jackentasche.

Hastig nahm er zwei davon und spülte sie mit dem Mineralwasser hinunter, das neben seinem Rattansessel auf einem runden Tisch stand.

Glücklicherweise waren die meisten Gäste schon gegangen. Ellen Vondrowski begleitete gerade ein älteres Ehepaar durch das Haus zur Straße, und der letzte Gast, Architekt Schulte, hatte sich schon seinen Trench bringen lassen.

Inge stand bei ihm. Ganz offensichtlich gefiel es ihr, dass Schulte von ihr fasziniert war.

Spielerisch zupfte sie eine Orchideenblüte von einem Zweig und wollte sie durch das Knopfloch seines Revers' schieben.

»Die Chinesen essen sie kandiert«, sagte sie, und er nahm ihr die Blüte ab, um sie ihr ins Haar zu stecken.

»Und die Hamburger schmücken ihre Liebsten damit.«

Aus dem Augenwinkel sah er, dass Ellen Vondrowski zurückkam, und küsste Inge die Hand. »Sie sind bezaubernd, und ich bin froh, Sie bald für immer in Hamburg zu wissen. Gute Nacht.«

Dann verabschiedete er sich von Maienstedt und der Vondrowski. Die drei blieben allein im Gewächshaus zurück.

Inge zündete sich eine Zigarette an und nahm eine angebrochene Champagnerflasche aus dem Kühler, um sich noch ein Glas einzuschenken. Die Vondrowski beschränkte sich auf Mineralwasser.

Konrad Maienstedt stieß einen Seufzer der Erleichterung aus. »Die Menschen sind weg. Die Pflanzen atmen auf. Und ich auch.«

Sofort wandte sich die Vondrowski ihm besorgt zu. »War es zu anstrengend für Sie?«

Inge trank einen Schluck Champagner und lachte spöttisch auf. »Die Pflanzen waren ihm schon immer lieber als die Menschen. Nicht wahr Konrad? Denen muss man nicht zuhören …«

Dann jedoch setzte sie eine mitleidige Miene auf. »Wissen Sie, Ellen, Konrad ist einfach nicht so belastbar, wie er aussieht. Äußerlich ein Eichenbaum …«

»Inge!«, warf der Professor peinlich berührt dazwischen, doch sie ließ sich nicht bremsen.

»Es ist das Herz«, setzte sie der Vondrowski scheinbar betrübt auseinander. »Natürlich hat er Ihnen nichts davon gesagt. Aber ich fürchte, Sie müssen es wissen – falls er plötzlich umfällt.«

Betroffen sah Ellen den Professor an. Er versuchte, Inges Worte abzuschwächen, indem er sie ins Lächerliche zog. »Meine Frau ist eine Meisterin des schwarzen Humors. In unserer Hochzeitsnacht hat sie meine grauen Haare gezählt. Und zu meinem sechzigsten Geburtstag hat sie mir einen Altmännerspazierstock geschenkt.«

Er lachte. »Gib's zu, Inge, irgendwo in deinem Schrank hast du schon ein schwarzes Witwenkostüm versteckt und ein Hütchen mit Schleier.«

Sie nickte mit funkelnden Augen. »Und schwarze Pumps mit elf Zentimeter hohen Absätzen. Tack, tack, tack … Witwenschuhe.«

Sie machte die Schritte in ihren hochhackigen Abendsandaletten vor und wandte sich dem Haus zu. Mit einem lauten, schrillen Lachen verschwand sie.

Maienstedt und die Vondrowski blieben zurück. Und sie hätte ihn am liebsten in die Arme genommen, weil er ihr so leid tat in seiner hilflosen Verlegenheit.

Erik hatte Sarah noch nicht gesagt, dass die Balireise vermutlich ausfiel. Stattdessen hatte er mit ihr einen kleinen Spaziergang zum Bootshaus gemacht. Er hatte ein Fotoalbum hervorgekramt und blätterte es durch. Sarah saß neben ihm auf der Bank des Segelbootes. Sie trug ein blaues Herrenhemd, das Erik ihr geliehen hatte.

Er deutete auf ein Foto. »Das bin ich mit meinem ersten Lachs. Mein Vater hat immer gesagt, ein richtiger Schwede muss vor seinem zwölften Geburtstag zwei Dinge getan haben: einen Lachs gefangen und eine Frau geküsst.«

Sie betrachtete erst das Foto und dann ihn. Er war ein hübscher Junge gewesen, aber jetzt war er ein faszinierender Mann. Er hatte schönste sensible Hände und einen weichen Mund. Und er besaß genügend Charme, um die gesamte Klosterschule Marienberg in Aufregung zu versetzen.

»Den Lachs hast du gefangen«, sagte Sarah und streichelte mit den Augen sein Gesicht. »Und das andere?«

Er grinste jungenhaft. »Sie war zwei Jahre jünger als ich. Und konnte nur zwei Worte schwedisch.«

»Und?« forschte sie interessiert.

Er legte theatralisch die Hand auf die Brust. »Sie hat mir das Herz gebrochen. Sie hat jeden geküsst.«

Sie lachte. »Dann bist du ja doch ein richtiger Schwede.«

»Vergiss meine Mutter nicht. Ihre Hälfte in mir ist deutsch.«

Sarah beugte sich wieder über das Album. Sie zeigte auf ein Foto. »Ist das dein Vater?«

»Ja, vor unserem Jagdhaus auf den Schären. Oestrot.«

Sie sprach das Wort langsam nach. »Oestrot – das klingt schön. Nach Meer und Wald. Und nach riesengroßen Elchen … Und von deinem Hotel in Stockholm, davon hast du kein Foto?«

Er blätterte ein paar Seiten weiter. »Na sicher, hier. So sah es aus, als mein Urgroßvater es gebaut hat.«

»Prachtvolles Gemäuer«, meinte sie bewundernd. »Und da bist du der Chef? Da muss ich ja richtig Respekt haben vor dir.«

Sie stand auf und reckte sich auf dem schwankenden Boot. »So! Und jetzt geh' ich schwimmen. Ich halt's hier nicht mehr aus.«

Er sprang ebenfalls auf. »Kommt gar nicht in Frage. Das ist noch viel zu früh.«

Sie trat so dicht vor ihn, dass er ihren Atem spürte. »Du bist zwar mein Lebensretter, aber deswegen muss ich dir noch lange nicht gehorchen.«

Als sie an ihm vorbei zur Leiter wollte, die nach oben führte, hielt Erik sie an den Schultern fest. »Bleib … bitte …«

Sie antwortete nichts darauf, sondern sah ihn nur regungslos an. Auch als er sie wieder losließ, rührte sie sich nicht. Und sie nahm keinen Blick von ihm.

»Warum küsst du mich nicht?«, fragte sie verhalten. »Seit du mir die Kette umgelegt hast, willst du mich doch küssen …«

Er zögerte. »Schon vorher …«, gestand er dann und umschloss ihr Gesicht mit seinen Händen.

Er konnte sich nicht länger wehren. Und er wollte es auch nicht. Er küsste ihr Haar, ihre Stirn, die Augen. Und dann berührte er mit seinen Lippen ihren Mund, sehr zärtlich zuerst und voller Innigkeit, bis sie die Arme hob und sie um seinen Hals legte. Er spürte, wie sie ihre Lippen öffnete und sich gegen ihn lehnte, und es war wie ein Rausch, der Erik Wylander erfasste und von dem er wusste, dass er ihn von nun an immer wieder erleben wollte.

Als sie sich voneinander lösten und sich ansahen, schien Sarahs Gesicht von innen her zu leuchten. Ein tiefes Wohlgefühl breitete sich in ihr aus. Sie hatte es erreicht, dass Erik sie küsste. Und dies war erst der Beginn …

Sie lachte plötzlich, so wie nur sie lachen konnte, und warf den Kopf zurück. Dann nahm sie Erik an der Hand und zog ihn mit sich.

Sie war erbarmungswürdig ahnungslos.

Beim Abendessen saß sie zwischen Erik und seiner Mutter. Sie sprachen über Schweden, das Sarah nicht kannte, und das Wylandersche Grand Hotel in Stockholm. Sarah fragte viel und amüsierte sich, als Carmen einige heitere Begebenheiten mit prominenten Hotelgästen erzählte.

Aber dazwischen wanderten ihre Blicke immer wieder

zu Erik. Sie beobachtete ihn, wie er aß, und sie hatte das Empfinden, dass in ihrem Herzen ein kleiner heißer Stein saß, der wuchs und wuchs und sie mit Wellen von Wärme erfüllte.

Später gingen sie auf die Terrasse, und als Carmen erklärte, für sie sei es Zeit, zu Bett zu gehen, sagte Sarah: »Ich möchte noch einen Spaziergang am See machen. Kommst du mit, Erik?«

Natürlich kam er mit.

Unten am Ufer, als man sie vom Haus aus nicht mehr sehen konnte, fielen sie einander in die Arme und küssten sich lange, ehe sie engumschlungen weitergingen.

Am Himmel stand ein fast voller runder Mond und warf eine breite Lichtbahn auf den See. Das Wasser war ruhig; nur kleine glucksende Wellen überspülten den Ufersand. Von Utting wehte dünn der Klang einer Kirchenglocke herüber. Irgendwo im Schilf schrie ein Vogel.

Sarah hatte den Kopf gegen Eriks Schulter gelehnt, doch er blieb plötzlich stehen und machte sich los. »Wir sind verrückt«, stieß er hervor und wandte sich dem Haus zu.

Sie folgte ihm und umarmte ihn im Schein einer Gartenlaterne von hinten. Dann legte sie eine Hand gegen das helle Glas.

»Was siehst du, wenn du durch meine Hand schaust?« wollte sie wissen, als er den Kopf ein wenig ins Licht hob.

»Wenn ich durch deine Hand schaue, ist die ganze Welt rot.«

Er drehte sich zu ihr um und küsste sie wieder. Sie spürte, wie er schneller atmete.

»Es ist spät geworden«, sagte er zwischen zwei Küssen. »Lass uns zurückgehen.«

Sarah schüttelte stumm den Kopf. Wieder sahen sie einander an, und er erkannte die Hingabe in ihren Augen.

»Du bist so schön«, murmelte er selbstvergessen. Er wusste, dass er sie haben konnte, jetzt und hier. Er brauchte nur die Hand auszustrecken.

Aber er konnte es nicht tun.

Mit einem Ruck wandte er sich ab und ließ Sarah stehen. Sie schaute ihm nach, wie er mit schnellen Schritten davonging. Er sah aus, als liefe er vor ihr weg.

So ein Feigling, dachte sie verblüfft.

Sie strich sich das Haar aus dem Gesicht und lächelte verträumt. Er würde nicht immer davonlaufen.

Am nächsten Morgen kam Sarah schon sehr früh auf die Terrasse, wo der Kaffeetisch gedeckt war. Carmen und Erik saßen bereits beim Frühstück. Captain war bei ihnen, sprang aber mit einem freudigen Winseln auf Sarah zu, um sie zu begrüßen. Sie kauerte sich vor den Hund und tätschelte ihn liebevoll.

Sie trug ein kurzes gelbes Sommerkleid und sah gesund und fröhlich aus.

»Willst du uns schon verlassen?«, fragte Carmen freundlich. »Ich dachte, Vicenta hat bis morgen Urlaub.«

»Erik besteht darauf, dass mich Dr. Speidl noch mal

anschaut«, erwiderte Sarah schulterzuckend. »Als wenn es so viel zu sehen gäbe an mir! Danach spendiert er mir aber ein Eis. Hat er versprochen.« Sie kicherte. »Du kennst ihn doch ganz gut. Meinst du, er wird sein Wort halten?«

Carmen zog eine kleine Grimasse und wiegte bedenklich den Kopf. Aber bevor sie etwas antworten konnte, stand Erik auf und nahm Sarahs Hand. »Hast du gut geschlafen?«

Sie nickte und reckte die Arme. »Wie ein fettes Murmeltier.«

Dann hakte sie sich bei Erik unter. »Und jetzt los. Dr. Speidl soll mich schließlich heute gesund schreiben.«

Mit nachdenklich gerunzelter Stirn blickte Carmen Wylander den beiden nach, wie sie um das Haus herum zur Garage gingen, in der Eriks offener schwedischer Sportwagen parkte.

Da sie telefonisch angemeldet war, brauchte Sarah in Dr. Speidls Praxis nicht lange zu warten. Den breiten Verbandstreifen hatte er schon zuvor in der Villa Wylander entfernt. Jetzt teilte der Arzt ihr dunkles Haar.

»Achtung, ich löse das Pflaster«, kündigte er an und zog die Leukoplaststreifen mit dem Mulltupfer mit einem Ruck ab. »Aua«, rief Sarah protestierend, und er lachte.

»Schon vorbei!«

Er entfernte die Reste des Pflasters mit Alkohol. Zufrieden betrachtete er die fast verheilte Wunde. »Noch ein paar Tage, dann löst sich der Schorf. Kopfschmerzen?«

»Nein.«

»Übelkeit? Schwindel?«, forschte er weiter und betrachtete mit einem väterlichen Lächeln ihr hübsches Gesicht.

Sarah lächelte zurück. »Auch nicht.«

Dr. Speidl hob warnend die Hand. »Trotzdem – vorläufig noch keine Kopfsprünge vom Zehnmeterbrett. Aber nach Bali könntest du ohne weiteres fliegen.«

»Aber ich könnte auch hier bleiben?«, erkundigte sie sich verschmitzt, und er gab ihr die Hand und begleitete sie zur Tür.

»Ja, du könntest auch hier bleiben«, bestätigte er verwundert. Eigentlich wartete er auf eine Erklärung von ihr, doch Sarah verließ das Sprechzimmer. Dr. Speidl kehrte an seinen Schreibtisch zurück, als sie noch einmal hereingerannt kam. Sie gab dem verdutzten Arzt einen Kuss auf die Wange.

»Danke!«, rief sie fröhlich und lief wieder hinaus. Er sah ihr lächelnd nach.

Erik hatte in seinem Wagen vor der Praxis gewartet und las in einem Wirtschaftsmagazin.

Sarah kam aus dem Haus und öffnete schwungvoll die Fahrertür. »Los, rutsch rüber!«, rief sie unternehmungslustig. »Jetzt fahr' ich!«

»He«, sagte er protestierend, gab aber nach, als sie sich auf seinen Sitz zwängte. Der Zündschlüssel steckte im Schloss. Zufrieden drehte Sarah ihn, und der Motor des offenen Sportcoupés sprang mit einem satten Brummen an.

»Auf geht's zum Eis essen!«, rief sie fröhlich. »Du hast es mir versprochen.«

»He, wo willst du hin?«, fragte er, als sie den Wagen auf die Ausfallstraße lenkte und Gas gab.

»Eis essen«, wiederholte sie vergnügt. »Zu Xaverio nach Como. Der macht das beste Eis der Welt.«

»Nach Como?«, wiederholte er ungläubig.

Für einen kleinen Moment blickte sie ihn an. Ihre Augen glänzten, und die offenen Haare wehten im Fahrtwind. »Genau. Nach Como.«

Erik wollte etwas entgegnen, aber seine Widerrede erstarb, als er sie anschaute.

»Sarah, du bist verrückt«, sagte er nur und lehnte sich im Beifahrersitz zurück. Er hatte sich in sein Schicksal ergeben.

Am frühen Nachmittag machten sie in einem kleinen Ort in Österreich halt, in dem sich eine Tankstelle mit einem Shop und ein Rasthaus befanden. Sie nahmen ein verspätetes Mittagessen ein. Während Erik anschließend den Wagen volltankte, verschwand Sarah in dem Shop. Rasch hatte sie gefunden, was sie suchte: eine Reisepackung mit Zahnbürste und Zahnpasta. Zufrieden bezahlte sie den Kaufpreis und ließ die Packung in ihrer Tasche verschwinden.

Im Hinausgehen entdeckte sie ein Paar Gartenzwerge in der Größe eines Babys. Der männliche Zwerg hockte auf einem Stein und hatte eine Laterne bei sich, die Zwergin hielt eine Ente auf dem Schoß.

Kurz entschlossen kaufte Sarah den Zwergenmann. Ihn fest an sich gedrückt, marschierte sie zum Auto zurück und setzte ihn vorsichtig auf den Rücksitz.

Verwundert begutachtete Erik den ungewöhnlichen Kauf, und Sarah erklärte: »Ich dachte, eine Lampe kann nicht schaden, falls mal wieder ein Blitz einschlägt.«

»Er ist hässlich«, stellte Erik fest, und sie runzelte missbilligend die Stirn.

»Ich sehe, du verstehst nichts von Zwergen. Er ist der schönste Zwerg, der mir je begegnet ist. Und zufällig will er genau dorthin, wo wir hinwollen.«

Sie mieden die belebten Fernstraßen und fuhren, bis es Abend wurde. An einem alten Passhaus, einem lang gestreckten Holzbau mit steinernem Fundament und einem breiten, tief herabgezogenen Dach auf der Höhe des Stilfzer Jochs, hielten sie an.

Es war, als wären sie die einzigen Menschen in dieser einsamen, grandiosen Berglandschaft.

Erik und Sarah stiegen aus und gingen schweigend zu der kleinen Anhöhe hinter dem Passhaus. Von Westen her schickte die untergehende Sonne ihre letzten schrägen Strahlen über das alte Gebäude. Erik und Sarah setzten sich in das noch warme, trockene Berggras.

Nach einer langen Weile unterbrach Erik das Schweigen. »Wenn wir im Passhaus nach einem Zimmer fragen, werden sie denken, wir sind frisch verheiratet«, meinte er zögernd.

Sarah erwiderte nichts darauf. Auf einmal war die schwebende Leichtigkeit fort, die sie den ganzen Tag über empfunden hatte. Sie fühlte sich unsicher, befangen – und wusste doch gleichzeitig, dass sie nichts an diesem herrlichen, verrückten Tag anders machen würde, wenn sie die Zeit hätte zurückdrehen können.

»Paare auf der Hochzeitsreise haben Gepäck dabei«, sagte sie schließlich. »Wir haben kein Gepäck.«

Unvermittelt sprang sie auf und zog Erik mit sich zum Wagen. Im Kofferraum lagen eine große Segeltasche und eine Decke.

»Wir wickeln die Decke um unseren Zwerg und legen ihn in die Tasche – und schon haben wir ein respektables Gepäckstück«, erklärte sie, und Erik nickte anerkennend.

»Und wenn sie kein Zimmer haben, schlafen wir im Heu«, setzte Sarah hinzu, während sie das »Gepäck« zusammenstellte.

Das Zimmer war eine Kammer mit hölzernen Wänden. Die Möbel waren aus Kiefernholz gefertigt: ein Bauernschrank, ein Tisch mit zwei Stühlen, ein Waschtisch, ein breites Doppelbett in einem Alkoven unter der Dachschräge.

Eine Petroleumlampe verbreitete ihr sanftes, safranfarbenes Licht.

Die Wirtin, eine ältere füllige Frau mit zu einem Knoten aufgesteckten Zopf, hatte Erik und Sarah ein einfaches Nachtmahl in der nebenan liegenden Gaststube aufgetischt – Bauernbrot mit Speck – und brachte jetzt noch einen Krug mit warmem Wasser und frische Handtücher in die Schlafkammer. Beides trug sie zum Waschtisch.

»Ich wünsche Ihnen eine gute Nacht«, sagte sie und bedachte die beiden verliebten jungen Menschen mit einem verständnisinnigen Blick. Dann ging sie hinaus und schloss die Tür hinter sich.

Sarah und Erik blieben allein und sahen sich an. Und jetzt? schienen ihre Augen zu fragen.

Sarah war die erste, die aufstand und sich in eine heftige Aktivität flüchtete. Sie öffnete den Bauernschrank, in dem in einem Fach zusätzliche Wolldecken lagen, riss das kleine Fenster auf und sog tief die Luft in ihre Lungen.

Erik beobachtete sie. »Wir sind verrückt, weißt du das?«, sagte er leise, und sie drehte sich zu ihm um und nickte. Mit einem schiefen Lächeln hob er die Schultern. »Ich hab' nicht mal eine Zahnbürste.«

Sarah kehrte zum Tisch zurück, auf dem ihre Tasche stand. Sie kramte darin herum und förderte schließlich stolz die Reisepackung mit Zahnpasta und Zahnbürste zutage.

Erik sah auf das Preisschild, das noch immer darauf klebte. »Das hast du in der Raststätte gekauft ...«

»Moskitonetze hatten sie nicht«, antwortete sie grinsend wie ein Lausbub, und Erik zog sie in die Arme.

»Und da heißt es«, sagte er zwischen zwei Küssen, »Mädchen, die im Kloster erzogen wurden, sind weltfremde Wesen ...«

»... die mit den Kleidern ins Bett gehen aus Angst vor dem Teufel«, vollendete Sarah atemlos. Sie streifte die Schuhe von den Füßen und schlüpfte angezogen ins Bett. Die dicke Zudecke zog sie bis zum Kinn.

»Obwohl sie wissen, dass der Teufel, im Plumeau versteckt, auf sie wartet«, neckte er sie zärtlich. Er wollte zu ihr kommen, doch Sarah war mit einem Satz wieder aus dem Bett.

»Ja? Dann schlaf' ich lieber im Freien.« Sie wickelte

sich in die Bettdecke mit dem karierten Bezug und stürmte aus dem Zimmer. Erik war zu verblüfft, um sie aufzuhalten.

Als er ihr schließlich ins Freie folgte, lief Sarah bereits auf den Wald zu. Er lächelte versonnen und ging ihr langsam nach. Jetzt hatte er es nicht mehr eilig. Er wusste, das er sie auf jeden Fall einholen würde.

Ein paarmal war Sarah seinen Blicken entschwunden. Doch dann entdeckte er sie in einiger Entfernung. Sie lehnte an einem Baumstamm, das Plumeau immer noch um sich gewickelt. Sie stand ganz still, das Gesicht dem Himmel zugewandt, und das helle Mondlicht ließ sie irgendwie unwirklich erscheinen wie eine lebendig gewordene Marmorstatue.

Als Erik zu ihr kam, lehnte sie sich gegen ihn. »Du, ich kann den Großen Wagen nicht finden. Siehst du ihn?«

Er deutete nach oben. »Wenn man ihn sehen will, muss man um diesen hohen Berg herumgehen. Er ist nämlich auf der anderen Seite der Welt.«

»Holst du mir einen Stern vom Himmel?«, fragte sie, und er nickte lächelnd.

»Welchen willst du? Den Aldebaran, den Beteigeuze, die Kapella oder den Algol?«

Doch Sarah schüttelte zu seiner Aufzählung jedes Mal den Kopf. Plötzlich fiel ihr Blick auf etwas Blinkendes am Boden. Es lag in einiger Entfernung zwischen Tannennadeln und armdicken Baumwurzeln.

»Da ist ein Stern vom Himmel gefallen«, rief sie mit dem Staunen eines Kindes. »Sieh mal!«

Erik ging auf den glitzernden Gegenstand zu und hob ihn auf. »Ein silbernes Zigarettenetui«, stellte er überrascht fest.

Als er sich wieder zu Sarah umwandte, schlug sie die Decke auseinander, und Erik sah, dass sie darunter nackt war. Ihr süßer, junger und doch ganz weiblicher Körper leuchtete hell zwischen den dunklen Baumstämmen, als sei er vom Mondlicht übergossen.

Ein paar Sekunden stand Erik ganz still da und schaute sie nur an. Dann ging er langsam auf sie zu und schloss sie in die Arme.

Voller Zärtlichkeit drückte er sie an sich und küsste sie. Sie drängte sich ihm entgegen und ließ sich mit ihm forttragen von den Wellen ihres Verlangens.

Und es war so, wie sie beide es sich erträumt hatten, ein Geben und Nehmen, ein Ineinander-Aufgehen.

Sarah lag mit geschlossenen Augen da. Sie spürte Eriks Lippen und Zunge, die über ihren Hals glitten, ihre Brüste liebkosten, und die Wärme in ihr verwandelte sich in Glut, die überall in ihrem Körper aufflammte und sie atemlos machte. Sie war nur noch Hitze und Erwartung und bewegte sich unruhig unter ihm. Als er sie losließ, um sich hastig seiner Kleider zu entledigen, fühlte sie sich beraubt. »Komm«, flüsterte sie. »Bitte, bitte …«

Sie schrie unterdrückt auf, als sie gleich darauf seine nackte Haut auf ihrer fühlte und Erik ganz zu ihr kam.

Es war das, was sie gewollt hatte, und es war noch viel mehr, denn sie hatte nicht geahnt, dass es so sein konnte.

Konrad und Inge Maienstedt waren von Ellen Vondrowski zu einem Ballettabend in der Staatsoper eingeladen worden. Bevor sie ihre Hotelsuite verließen, rief Inge noch rasch bei Carmen Wylander an, um mit Sarah zu sprechen. Carmen hatte ihr gesagt, dass Sarah bei ihnen bleiben würde, solange Vicenta Urlaub hatte.

Schon nach dem zweiten Klingeln nahm Eriks Mutter den Hörer ab. Sie saß im Wohnzimmer mit einem Buch in der Couchecke und hatte das Telefon auf einem Beistelltisch neben sich.

Die beiden Frauen wechselten ein paar Worte miteinander, dann fragte Inge nach Sarah.

Carmen Wylander hatte das erwartet und sich schon eine Ausrede zurechtgelegt.

»Tut mir leid, aber deine Tochter ist im Kino.«

Erik hatte sie von unterwegs angerufen und gesagt, dass er mit Sarah einen Ausflug unternähme. Wahrscheinlich kämen sie erst morgen oder übermorgen oder noch später nach Hause, Carmen solle sich keine Sorgen machen.

»Dann grüße Sarah von mir«, bat Inge. »Ich melde mich morgen noch einmal.« Konrad Maienstedt hatte dem Telefonat nur mit halbem Ohr zugehört. Er saß am Schreibtisch und studierte die Pläne für das Forschungszentrum, die Architekt Schulte ihm mitgegeben hatte.

Mit einem Seufzer warf Inge den Hörer auf die Gabel zurück. »Ich hab' Sarah gar nicht gesprochen. Carmen sagt, sie ist im Kino.«

Maienstedt blickte auf. Er wirkte nun doch etwas beunruhigt. »Ich hab' das Gefühl, sie ist dauernd im Kino. Irgendetwas stimmt doch da nicht.«

Inge zog spöttisch die Augenbrauen hoch. »Du und deine Tochter! Jetzt darf sie noch nicht einmal mehr ins Kino gehen!«

Er warf einen Blick auf seine Armbanduhr. »Ruf später noch einmal an. Jetzt müssen wir gehen. Wir sind spät dran.«

Als er sich zur Tür wandte, grub Inge ihre langen, sorgfältig manikürten Fingernägel in ihren Strumpf und zerriss ihn, ohne dass ihr Mann es merkte.

»So ein Mist«, sagte sie ärgerlich. »Ich hab' eine Laufmasche. Ich muss neue Strümpfe anziehen. Geh schon mal vor. Ich komm' gleich nach.«

Sie wartete, bis er das Zimmer verlassen hatte, und tippte hastig die Nummer der Wylanders in den Telefonapparat.

»Ich bin's nochmal«, sagte sie, nachdem Carmen sich gemeldet hatte. »Gib mir Erik, bitte.«

Ihr Gesicht wurde starr und weiß, als sie Carmens Antwort hörte. »Erik konnte nicht länger bleiben. Er ist heute vormittag abgereist.«

Ohne sich zu verabschieden, legte Inge auf.

Wut und Angst stritten in ihr. Sie hatte das Empfinden, dass ihr alles unter den Fingern zerrann, was sie haben und festhalten wollte. Konrad würde nach Hamburg gehen, ob sie nun mit ihm kam oder nicht. Schließlich hatte er hier die Vondrowski. Und Erik entzog sich ihr. Warum? Was war geschehen?

Und da war sie wieder, diese fast unerträgliche Spannung, die in Inge hochstieg – wie immer, wenn sie sich zur Seite geschoben fühlte. Sie hätte schreien mögen, irgendetwas zerschlagen, zerstören, anderen weh tun, wie man ihrer Meinung nach ihr weh getan hatte, um sich von dem inneren Druck zu befreien.

Es dauerte eine ganze Weile, ehe Inge in die Hotelhalle hinunterkam, aber wenigstens hatte sie sich so weit in der Gewalt, dass sie äußerlich ruhig wirkte.

Nur Konrad Maienstedt spürte, dass es unter ihrer scheinbar glatten Oberfläche gärte. Er versuchte, besonders geduldig und liebevoll zu Inge zu sein, aber seine Bemühungen glitten an ihr ab wie Wasser an einer Ölhaut. Sie blieb starr und still, und ihre glitzernden Augen beobachteten ihn und die Vondrowski unablässig.

Der Ausbruch kam am nächsten Tag.

Ellen Vondrowski besaß eine elegante Eigentumswohnung an der Binnenalster, die sie für ihre persönlichen oder geschäftlichen Gäste reserviert hatte. Im Augenblick war sie frei, und die Vondrowski hatte Inge und Konrad am vergangenen Abend vorgeschlagen, die Wohnung für die Übergangszeit zu beziehen.

Gegen zehn Uhr vormittags kam sie ins Hotel, um die beiden abzuholen. Die Wohnung war groß und sehr geschmackvoll eingerichtet, mit einem herrlichen Blick über das Wasser.

»Sie können hier bleiben, bis Sie etwas anderes gefunden haben«, sagte Ellen Vondrowski, während sie Inge und Konrad durch die hohen, hellen Räume führte. »Oder auch länger. Wie Sie wollen.«

Es war ein sehr heißer Tag, und Professor Maienstedt

hatte um die Erlaubnis gebeten, sein Jackett ausziehen zu dürfen. Es hing in der Diele über einem Stuhl. Inge beobachtete, dass ihr Mann feine Schweißperlen auf Stirn und Oberlippe hatte und nach den Tabletten in seiner Hosentasche tastete.

Dann öffnete er aufs Geratewohl eine Tür, hinter der sich tatsächlich ein Badezimmer befand. Es war reiner Zufall, aber für Inge stand es in diesem Moment fest, dass ihr Mann bei seinen ersten Verhandlungen mit der Vondrowski, zu denen er allein nach Hamburg geflogen war, bereits in dieser Wohnung gewesen war. Wie sonst konnte er, ohne zu fragen, im Badezimmer verschwinden?

Inge wandte sich dem deckenhohen Dielenspiegel zu. Sie klappte ihre Handtasche auf und holte einen Lippenstift heraus.

Während sie sich den Mund schminkte, spülte Konrad Maienstedt im Bad zwei Tabletten mit einem Glas Wasser hinunter. Inge hörte, wie der Wasserhahn aufgedreht wurde, und warf hastig den Lippenstift in die Tasche zurück. Dann zog sie das goldene Feuerzeug ihres Mannes aus seiner Jackettasche.

Sie hielt es in der Hand versteckt, während sie durch die Wohnung schlenderte. Sie fand das Schlafzimmer, huschte hinein und legte das Feuerzeug auf einen der Nachttische.

Ellen Vondrowski, die bis dahin in der Wohnhalle gewartet hatte, tauchte in der Tür auf. »Ja, das ist das Schlafzimmer«, sagte sie mit einem freundlichen Lächeln.

»Wohl eher das Fundbüro!«, entgegnete Inge bissig.

Sie nahm das Feuerzeug vom Nachttisch und zeigte es der Vondrowski. Verständnislos schaute diese sie an. In diesem Moment kam Konrad Maienstedt aus dem Bad. Inge ging auf ihn zu. »Sieh mal, was ich gefunden habe!«

»Aber …«, setzte er an, doch seine Frau drehte sich abrupt zu Ellen Vondrowski um.

»Seit wann schlafen Sie mit meinem Mann?«

Ihre Stimme klang schrill, bösartig. Sie flog am ganzen Körper, und für einen Augenblick glaubte die Vondrowski, dass Inge sich auf sie stürzen würde. Sie atmete keuchend, und ihr Gesicht war so voller Hass, dass die Vondrowski unwillkürlich einen Schritt zurückwich. Aber dann warf Inge sich herum und rannte hinaus. Die Wohnungstür fiel krachend hinter ihr ins Schloss.

»Was war das denn?«, fragte Ellen Vondrowski nach einer kleinen Weile leise. Sie war völlig perplex.

Konrad Maienstedt presste die Hand auf sein Herz, ließ sie aber sofort wieder sinken, als er Ellens besorgten Blick auffing. Seufzend hob er die Schultern. Inges Auftritt war ihm entsetzlich peinlich.

»Sie wird sich wieder beruhigen. Schneller als Sie denken. Es ist nicht das erste Mal, dass sie so … überreagiert.«

Die Vondrowski betrachtete ihn. Er tat ihr unendlich leid, dieser so durch und durch anständige, liebenswerte Mann. Und dann sagte sie etwas Überraschendes, sagte es mit einem herzlichen, offenen Lächeln:

»Sie hat einen guten Instinkt.«

Inge Maienstedt jedoch dachte gar nicht daran, sich zu beruhigen. Sie flog mit der nächsten Maschine nach München zurück, ein zitterndes Nervenbündel. Von Anfang an hatte sie die Vondrowski verdächtigt, ein Verhältnis mit Konrad zu haben. Und jetzt war Inge sich dessen sicher. Es spielte keine Rolle für sie, dass sie selbst diesen Eklat inszeniert hatte. Schon immer war sie im Stande gewesen, an ihre eigenen Lügen zu glauben, so unbeirrbar, als seien sie tatsächlich wahr.

Ihre zerrissene, zwiespältige Persönlichkeit ließ keine andere Einsicht zu.

In München nahm sie sich ein Taxi und fuhr nach Hause.

Die Villa war leer und verlassen. Vicenta war noch in Urlaub und Sarah vermutlich drüben bei Carmen Wylander.

Inge lief durch das Haus, riss da und dort eine Tür auf und ließ sich schließlich erschöpft in einen Sessel fallen. Das Feuerzeug ihres Mannes befand sich in ihrer Jackentasche. Sie holte es heraus, drehte es zwischen ihren Fingern und warf es schließlich mit einem hysterischen Aufschluchzen zu Boden. Sie legte die Hände vor das Gesicht und weinte voller Selbstmitleid und Verzweiflung.

Zehn Minuten später rannte sie durch den Park zum Haus der Wylanders hinüber. Carmen kam ihr auf der Terrasse entgegen.

»Wo ist Sarah?«, fragte Inge grußlos.

Im ersten Moment war Carmen erleichtert, sie zu sehen. »Was ist passiert? Dein Mann hat schon ein paarmal angerufen.«

Schluchzend brach Inge zusammen. »Es ist aus«, stieß sie hervor. »Es ist aus zwischen Maienstedt und mir. Er betrügt mich, schon lange. Er will bloß nach Hamburg wegen der Vondrowski. Ich hab's ja gleich gewusst, sie …« Sie legte das Gesicht in die Hände. Ihre Schultern bebten.

Carmen wusste nicht, ob sie Inge glauben konnte. Natürlich wäre es möglich, dass Konrad Maienstedt nach den jahrelangen Querelen und Demütigungen in seiner Ehe noch einmal einen Neuanfang mit einer anderen Frau anstrebte. Aber genauso gut konnte es sein, dass Inge eine geradezu hysterische, unbegründete Eifersucht entwickelt hatte.

Egal, dachte Carmen. Im Augenblick braucht sie Hilfe. Und das Schlimmste weiß sie ja noch gar nicht …

Sie legte Inge die Hand auf die Schulter. »Jetzt komm«, sagte sie ruhig. »Ich bring' dich rüber. Du musst dich erst mal ausschlafen.« Ihre Stimme klang, als redete sie einem verstörten, verzweifelten Kind zu. »Du bist ja völlig erschöpft. Morgen kannst du dann in aller Ruhe über alles nachdenken.«

Inges Weinen wurde leiser. Sie ließ sich von Carmen unterhaken und nach Hause führen.

Drüben in der Maienstedt-Villa brachte sie Inge in ihr Schlafzimmer. Während sich Inge angezogen aufs Bett warf, schloss Carmen die Fenstervorhänge. Dann ging sie in das angrenzende Bad und nahm ein Tablettenbriefchen mit Valium aus der Hausapotheke. Sie füllte Wasser in ein Zahnputzglas und kehrte zu Inge zurück.

»Hier, nimm das«, sagte sie mitfühlend.

Inge wehrte ab. »Nein, kein Beruhigungsmittel.« Sie sprang auf und griff nach einer Kristallkaraffe auf dem Nachttisch, in der sich Wodka befand.

Mit einem entschiedenen Griff nahm Carmen ihr die Flasche fort. Sie sah so energisch dabei aus, dass Inge es zuließ. Stumm legte sie sich ins Bett, und Carmen zog fürsorglich die Decke über sie.

»Soll ich bei dir bleiben, bist du eingeschlafen bist?«

Wortlos schüttelte Inge den Kopf.

»Kann ich noch etwas tun?«, fragte Carmen und erhielt wieder ein Kopfschütteln zur Antwort.

»Ich will schlafen«, murmelte Inge mit einer vom Weinen heiseren Stimme und presste ihr Gesicht in das Kopfkissen.

Carmen strich ihr über das Haar.

»Dann gute Nacht.«

An der Tür löschte sie die Deckenbeleuchtung und verließ das Zimmer. Inge hörte ihre Schritte sich entfernen. Dann wurde die Haustür geschlossen.

Ein paar Sekunden später schaltete Inge die Nachttischlampe an. Auf Strümpfen ging sie zum Bad, wo Carmen die Valiumtabletten und das Wasserglas abgestellt hatte. Inge drückte drei Stück des starken Beruhigungsmittels aus der Folie und nahm sie ein.

Sarah und Erik hatten am Morgen beschlossen, nicht nach Como weiterzufahren, sondern lieber die Heimreise anzutreten. Diesesmal saß Erik am Steuer. Sarah hatte das Autoradio angeschaltet. Irgendein italienischer Tenor sang ein Lied von einer *bella ragazza*. Sie hörte verträumt zu, während ihre Blicke zwischen der wunderschönen Berglandschaft, die sie durchfuhren, und Eriks Profil hin und her wanderte.

Plötzlich jedoch wandte sie sich zum Rücksitz um und stieß einen ärgerlichen kleinen Schrei aus. »Jetzt haben wir doch den Zwerg vergessen! Wir müssen umdrehen.«

Er verlangsamte für einen kurzen Moment das Tempo, um sie rasch auf die Wange zu küssen.

»Unmöglich!«, meinte er lachend. »Aber irgendwann fahren wir wieder ins Passhaus und holen ihn.«

»Versprochen?«, fragte Sarah, und er nickte.

»Versprochen.«

Unterwegs hielten sie wieder an der Raststätte, wo sie am vorigen Tag getankt hatten. Die Gartenzwergin mit der weißen Ente stand einsam und verlassen am Eingang zum Andenkenladen.

Sarah sprang aus dem Auto und kaufte sie. Als Erik protestieren wollte, sah sie ihn strafend an.

»Sie ist seine Frau. Und wenn sie ihn nicht bald wieder sieht, wird sie an gebrochenem Herzen sterben. Und du bist schuld.«

Sie strich der Zwergin über den Kopf und verstaute sie vorsichtig auf dem Rücksitz. »Ist dir aufgefallen, dass sie dir ähnlich sieht?«

Erik musste lachen. »Mir?«

»Ja, aber das ist kein Wunder. Sie heißt ja Erika.«

Sarah stieg wieder ein und holte tief Luft. »So! Und jetzt reden wir über uns.«

Erik hatte erwartet, dass sie früher oder später dieses Thema anschneiden würde, und sich den Kopf zermartert, was er ihr sagen sollte. Aber er wusste es immer noch nicht. Er wusste nur, dass er zuerst mit Inge sprechen musste, um klare Verhältnisse zu schaffen.

Klare Verhältnisse ... Als ob das so einfach wäre bei einer Frau wie Inge. Und überhaupt – wie sollte er ihr das alles erklären?

Liebe Inge, zwischen uns ist es zu Ende, denn ich habe mich in deine Tochter verliebt. Und nun sei bitte so gut und vergiss, dass wir jemals miteinander liiert waren. Tu einfach so, als wäre es niemals passiert.

Inges Reaktion darauf konnte er sich nur zu gut vorstellen.

Als Erik schwieg und Sarah nur unsicher ansah, setzte sie hinzu:

»Ich meine, wie das mit uns weitergeht.«

Er antwortete immer noch nicht, und sie fuhr arglos fort: »Ist doch blöd. Du bist die meiste Zeit in Stockholm und ich am Ammersee. Das kann ja nicht gut gehen.«

»Und? Hast du eine andere Idee?«, fragte er zögernd.

»Klar!« Sie nickte mit strahlenden Augen. »Ich komm' mit dir nach Stockholm. Da mach' ich eine Lehre in deinem Hotel – als Zimmermädchen ... oder Spülerin ... Egal als was. Hauptsache, ich bin bei dir!« Lachend stieß sie ihn in die Seite. »Mutter wird glücklich sein, dass aus mir was Vernünftiges wird.«

Dann beugte sie sich zu ihm und küsste ihn auf den Mund. »Was meinst du? Gute Idee, oder?«

Ihr Lachen steckte ihn an. Sie war so mitreißend, und er wollte sie behalten. Er konnte sie einfach nicht mehr hergeben.

»Du bist einfach umwerfend«, sagte er leise und erwiderte ihren Kuss.

Sie fuhren erst auseinander, als hinter ihnen lang und anhaltend gehupt wurde. Eriks Wagen blockierte die Ausfahrt der Tankstelle.

Lachend winkte Erik dem anderen Autofahrer zu, startete und fuhr weiter.

Es war Nachmittag, als sie am Ammersee eintrafen. Carmen Wylander kam gerade von Inge zurück. Als sie Sarah auf der Terrasse sitzen sah, neben sich die Gartenzwergin und ihre Schultertasche, atmete sie auf.

Carmen hatte keine Ahnung gehabt, wie sie Inge Sarahs Abwesenheit hätte erklären können. Glücklicherweise hatte diese bis jetzt noch nicht nach ihrer Tochter gefragt.

Erik war kurz ins Haus gegangen, um die Segeltasche in sein Zimmer zu bringen.

»Sarah, Gott sei Dank, dass ihr wieder da seid«, rief Carmen Wylander. «Deine Mutter ist aus Hamburg zurück. Sie ist völlig erschöpft. Sie soll erst mal ausschlafen.«

Erschrocken sprang Sarah auf. »Ich gehe gleich zu ihr.«

Carmen wehrte ab. »Nein, lass sie schlafen. Wenn sie aufwacht, wird sie wissen wollen, wo du warst. Überleg dir gut, was du sagst.«

Sarah nahm die Gartenzwergin und ihre Tasche. »Ich werde leise sein, ganz leise.«

Sie war schon im Garten, als Carmens lächelnde Frage sie noch einmal aufhielt. »Das Eis hat wohl geschmeckt?«

Sarah sah das Verständnis in Carmens Augen und nickte. »Himmlisch«, erwiderte sie mit einem tiefen, glücklichen Seufzer.

In der Maienstedt-Villa stellte sie ihre Tasche und die Zwergin erst einmal in der Halle ab, zog die Schuhe aus und tappte auf bloßen Füßen zum Schlafzimmer ihrer Mutter. Leise öffnete sie die Tür und schlich sich zum Bett.

Inge erwachte nicht. Sie hatte mittlerweile ein Nachthemd angezogen, lag halb auf der Seite und schlief fest. Sie sah blass und verweint aus. Mitleidig betrachtete Sarah sie.

Was mochte in Hamburg passiert sein, dass ihre Mutter allein zurückgekehrt war? Nun, sie würde später ihren Vater anrufen. Er würde es ihr sicher sagen.

Leise, wie sie gekommen war, verließ Sarah den Raum wieder und ging in ihr eigenes Zimmer hinüber.

Vorsichtig stellte sie die Gartenzwergin auf den Tisch neben ihrem Bett. Dann leerte sie den Inhalt ihrer Schultertasche auf dem Bett aus. Das erste, was ihr entgegenfiel, war Eriks Filofax. Bei ihrem Aufbruch heute morgen hatte sie es in ihre Tasche gestopft, während Erik bei der Wirtin des alten Passhauses die Rechnung beglich.

Sarah lächelte verträumt. Was für eine Nacht war das gewesen und was für ein Tag! Nein, sie wollte sich nicht das Herz schwer machen, weil es offenbar zwischen ihren Eltern ein Zerwürfnis gegeben hatte. Dazu war sie viel zu glücklich über das, was mit ihr geschehen war.

Sarah griff nach Eriks Filofax und streichelte den Einband. Dann öffnete sie es. Sie nahm eine Visitenkarte heraus und versuchte, sich seine Stockholmer Telefonnummer einzuprägen.

Murmelnd wiederholte sie die Zahlen, bis sie sicher war, dass sie sie behalten würde.

Auf dem Schreibtisch standen immer noch die drei Fotos, rechts das Bild ihrer Mutter, in der Mitte das von ihr selbst und links daneben das von ihrem Vater. Sarah nahm ihr eigenes Foto aus dem Rahmen und legte es in Eriks Filofax. Dann klappte sie es zu und lief noch einmal zur Villa Wylander hinüber.

Dort hatte Carmen ihrem Sohn indessen eröffnet, dass Inge Maienstedt aus Hamburg zurück war und ihren Mann verlassen wollte. Erik wollte sofort zum Nachbarhaus hinüber und mit ihr sprechen, doch seine Mutter hielt ihn zurück.

»Nein, Erik, nicht jetzt«, sagte sie eindringlich.

»Ich muss!«, beharrte er. Wenn er Inge gestand, was geschehen war, würde sie ihre Scheidungsabsichten vielleicht fallen lassen.

Erik Wylander war sich darüber im klaren, dass er im Augenblick keine besonders glückliche Rolle spielte. Aber das, was in den letzten vierundzwanzig Stunden über ihn hereingebrochen war, mit einer so elementaren Gewalt, dass er sich nicht hatte dagegen wehren können, war der Beginn eines ganz neuen, wichtigen Lebensabschnitts. Das Problem war nur, dass der alte Lebensabschnitt noch nicht beendet war.

Erik war nicht gewissenlos. Es fiel ihm schwer, Inge weh zu tun, aber es gab keine andere Möglichkeit. Er liebte sie nicht mehr, seit alles in ihm, sein Herz, seine Seele, sein Körper, nach Sarah verlangte.

Erik hatte es immer belächelt, wenn jemand sich angeblich von einer Stunde zur anderen so leidenschaftlich verliebte, dass nichts mehr daneben Bestand hatte. Doch mit Sarah hatte er genau das erlebt, diesen »Coup de foudre«, der sein ganzes Denken und Fühlen erfüllte. Alles, was er jetzt noch wünschte, war, so rasch wie möglich Ordnung in sein Leben zu bringen, aus dem er sich Sarah nicht mehr wegdenken konnte.

»Ich muss sofort mit Inge reden«, wiederholte er, und Carmen legte ihm die Hand auf den Arm.

»Und was ist mit Sarah? Soll sie etwa dabei sein?«

Er erstarrte, weil ihm erst jetzt in vollem Umfang bewusst wurde, wie schrecklich verfahren seine Lage war. »O Gott, Mutter, was soll ich tun?«, fragte er verzweifelt.

Sie streichelte seinen Jackenärmel. Er tat ihr leid, weil er sich selbst in etwas hineinmanövriert hatte, aus dem er ohne Verwundung nicht herauskommen konnte. Sie würden alle Wunden davon tragen, auch Inge und Sarah, falls diese jemals die Wahrheit erfuhr. Und wie würde Konrad Maienstedt sich dazu stellen, dass seine Tochter ausgerechnet den Mann liebte, der der Geliebte seiner Frau gewesen war?

Carmen Wylander und Professor Maienstedt hatten nie darüber gesprochen, aber sie war sicher, dass er Bescheid wusste. Vermutlich würde er alles daransetzen, Sarah von Erik fernzuhalten. Erik war in Maienstedts Augen ganz gewiss nicht der Mann, dem man sein einziges geliebtes Kind anvertraute.

»Ja, mein Lieber«, sagte Carmen Wylander in der für sie typischen zurückhaltenden Art, »jetzt wirst du eine Entscheidung treffen müssen. Wohl oder übel ...«

»Du hast recht.« Erik fuhr sich über das Gesicht, als müsse er Spinnweben fortwischen. »Und ich weiß auch, wie die Entscheidung aussieht. Aber ich habe keine Ahnung, wie ich sie Inge mitteilen soll, ohne sie zu verletzen.«

Carmen seufzte. »Vielleicht solltest du in aller Ruhe nachdenken. Aber nicht hier.« »Hast du nicht auch das Gefühl, dass du dringend in Stockholm gebraucht wirst?«

Er warf ihr einen dankbaren Blick zu. »Ja, du hast Recht.«

Als Sarah herüberkam, war Erik in seinem Zimmer und packte einen kleinen Koffer mit dem nötigsten, das er für den Flug nach Stockholm brauchte. Dort hatte er eine Wohnung, in der sich genügend Kleidung, Wäsche und alles andere befanden, so dass er hier nichts mitnehmen musste.

Aber er vermisste sein Filofax. Am Boden lag die Segeltasche, die er aus dem Auto geholt hatte. Erik hob sie auf, griff suchend hinein und schüttelte sie zu guter Letzt aus – ohne Ergebnis.

»Mist«, murmelte er ärgerlich.

In diesem Augenblick klopfte Sarah an die Tür und trat gleich darauf ein. Sie sah ihn mit der Segeltasche mitten im Zimmer stehen und hielt ihm das Filofax hin. »Suchst du das vielleicht?«

»Bei dir ist es gelandet!«, sagte er erleichtert und legte es auf den Tisch. Dann zog er Sarah an sich. »Kannst du mir sagen, warum wir jetzt hier sind und nicht in Italien?«

Sie lachte ein wenig. »Liegt alles am Rückwärtsgang.«

Er legte sein Gesicht in ihr Haar, weil er sie nicht ansehen mochte. »Hör zu Sarah. Ich muss nach Stockholm fliegen ...«

Ihr Kopf fuhr hoch. »Ich komme mit.«

Einen Moment lang starrte er sie verblüfft an. Erleichterung über diese einfache Lösung erfasste ihn. »Genau! Du kommst einfach mit.«

Sie forschte in seinem Gesicht. Etwas darin irritierte sie. Er wirkte verkrampft und versuchte, es vor ihr zu verbergen.

Irgendetwas stimmte nicht mit Erik.

Er wollte sie küssen, aber sie machte sich los. »Was ist passiert?«

»Nichts«, erwiderte er leichthin, aber instinktiv spürte sie, dass er log. Trotzdem war sie nicht gekränkt darüber. Und sie versuchte auch nicht, ihn weiter auszufragen. Erik würde ihr schon sagen, was geschehen war, wenn er es für richtig hielt. Sie vertraute ihm ganz einfach.

»Flieg allein«, sagte sie ruhig. »Ich muss mich um Mutter kümmern. Sie braucht mich.«

Noch einmal kam sie in seine Arme und küsste ihn voller Zärtlichkeit.

Erik nahm eine Visitenkarte aus seinem Filofax. »Unter der zweiten Telefonnummer erreichst du mich rund um die Uhr.«

Sarah kicherte. »Ist es die 0046/8/8 77 21 23?«, rasselte sie herunter.

»Sag mal …«, begann er, und sie lachte über sein verblüfftes Gesicht.

»Ich stelle mir unter jeder Zahl eine andere italienische Eissorte vor.«

Erik blieb ernst. »Sarah, ich liebe dich«, sagte er innig und zog sie von neuem in seine Umarmung. Er sagte es ihr zum ersten Mal, und es war die Wahrheit.

Sie nahmen Abschied voneinander, weil Erik noch die Abendmaschine nach Stockholm erreichen wollte. Wieder und wieder küssten sie sich, und Sarah weinte ein wenig. Aber dann dachte sie daran, was Erik gerade gesagt hatte, und nahm sich vor, sich damit zu trösten. Vorerst wenigstens. Außerdem würde Erik nicht lange fortbleiben, das hatte er ihr versprochen. Und natürlich würden sie jeden Tag miteinander telefonieren.

Halbwegs getröstet machte Sarah sich schließlich zusammen mit Captain, der während ihres Italientrips bei Carmen geblieben war, auf den Heimweg. Es würde auch schön sein, sich an alles zu erinnern, was hinter ihr lag, und darauf zu warten, dass sie sich wieder sahen. Wenn man liebte, war eben alles schön.

Als Sarah heimkam, kramte sie noch eine Weile in ihrem Zimmer herum. Draußen vor dem Haus stoppte ein Wagen, und gleich darauf wurde ihre Zimmertür aufgerissen. Es war Markus Loew. Er war auch am Vortag hiergewesen und am heutigen Morgen ebenfalls, nachdem Carmen Wylander ihm gesagt hatte, Sarah sei nicht mehr bei ihr.

In dieser ganzen Zeit hatte Markus zwischen Wut und Sorge geschwankt. Was war mit Sarah los? Carmen Wylander hatte ihn zwar zu beruhigen versucht; er solle sich keine Gedanken machen, es sei alles in Ordnung mit Sarah, aber genützt hatte es nichts.

»Markus ...«, sagte Sarah überrascht.

Er musterte sie aufgebracht. »Wo warst du? Vierundzwanzig Stunden Eis essen?«

Um Zeit zu gewinnen, rückte sie die Fotos auf dem Schreibtisch gerade. Dann deutete sie auf die Zwergin.« »Frag doch Erika ...«

»Jetzt reicht's!«, explodierte er wütend. »Hör auf mit dem Theater! Sag mir, wo du warst!«

Am liebsten hätte er sie gepackt und geschüttelt, als sie schweigend an ihm vorbei zum Fenster ging. Er bohrte die Fäuste in die Hosentaschen. »Behandle mich nicht wie einen Idioten!«

Sarah blickte auf den See vor ihrem Fenster. Er lag da im letzten Nachmittagslicht. Ein kleiner Vogel, eine Heckenbraunelle, schaukelte auf dem Ast der Birke, die neben dem Haus stand. Als Sarah das Tier beobachtete, legte es den Kopf schräg, um sie zu beäugen, und flatterte dann zum Wasser davon.

»Ich weiß nicht, wo ich war«, sagte Sarah verträumt.

Markus verschlug es die Sprache. Er war vor Empörung hochrot im Gesicht. Ein paarmal setzte er zu einer Entgegnung an, aber ihm fiel nichts ein, womit er seinem

Zorn so richtig Luft machen konnte. Stattdessen marschierte er hinaus und knallte die Tür lautstark hinter sich zu.

Gleich darauf fiel ebenso heftig die Haustür ins Schloss. Captain, der mit Sarah ins Haus gekommen war, drängte sich an sie und winselte leise. Er konnte es nicht haben, wenn es Streit gab.

Sarah beugte sich zu ihm und kraulte seinen Kopf.

»Du verstehst mich, nicht wahr? Dir kann ich ja sagen, wie es war.« Sie sprach leise, als erzähle sie dem Hund ein Märchen. »Ich habe das Fenster aufgemacht und habe mir gewünscht, Flügel zu haben.« Sie atmete tief durch und richtete sich auf. »Und plötzlich hatte ich Flügel, und ich habe sie ausgebreitet, und ich war ein roter Vogel und bin in den Süden geflogen …«

Mit weit ausgebreiteten Armen begann sie durch das Zimmer zu tanzen, nach einer Melodie, die nur sie hörte. Captain, der das für ein neues, aufregendes Spiel hielt, machte mit. Bellend sprang er um Sarah herum, bis Inge Maienstedt plötzlich die Tür aufriss. Sie war im Negligé.

»Muss das so laut sein?«, schimpfte sie. »Das Haus zittert ja!«

Sarah hatte die Arme sinken lassen und wandte sich ihrer Mutter zu.

Gereizt fragte Inge: »Und was soll dieser alberne Gartenzwerg hier? Typisch Markus.«

»Der ist nicht von Markus«, sagte Sarah, und ihre Mutter musterte sie prüfend.

»So was stellt man sich nur ins Zimmer, wenn man verliebt ist.«

»Dann bin ich eben verliebt«, gestand Sarah leichthin.

Inge trat neugierig auf sie zu. »Wer ist es?«

»Rate«, forderte Sarah sie verspielt auf. Und sie dachte: Eigentlich müsste sie von selbst darauf kommen …

Aber Inge drängte nur: »Sag's schon!«

Sarah schüttelte sacht den Kopf. Sie wollte ihr Geheimnis noch ein Weilchen für sich behalten. Das war viel schöner, fand sie.

Sie deutete auf die Zwergin. »Hast du auch schon so was Albernes gemacht?«, wollte sie wissen. »Was war es bei euch?«

Für einen Augenblick war Inge stumm. Sie dachte an die Zeit, als sie sich in Konrad Maienstedt verliebt hatte. Genauso alt wie Sarah war sie damals gewesen. Ein weicher Ausdruck trat in ihre hellen Augen.

»Am Anfang ist jede Liebe schön. Ich hätte ihn nur nicht heiraten dürfen.«

Ihr Mund wurde wieder schmal und bitter, und die Weichheit ihrer Augen verlor sich.

Dann drehte sie sich abrupt um und ging hinaus.

3

Erik Wylanders Maschine landete pünktlich in Arlanda, dem Stockholmer Flughafen. Da er sein Kommen telefonisch angekündigt hatte, holte ihn ein hoteleigener Wagen mit Chauffeur ab. Während der etwa vierzigminütigen Fahrt hatte Erik genügend Zeit, um über seine Situation nachzudenken.

Sie war schlimm genug. Trotzdem fühlte er sich nicht wirklich unglücklich, weil er hauptsächlich an Sarah dachte.

Er vermisste sie jetzt schon und überlegte, wie er es bewerkstelligen konnte, dass sie in den nächsten Tagen zu ihm kam.

Ob er zuerst mit ihr reden, ihr alles gestehen sollte? Oder war es vernünftiger, vorher mit Inge zu sprechen?

Vielleicht war Inge ja überraschend einsichtig und wollte ihrer Tochter nicht weh tun? Dann brauchte Sarah überhaupt nichts zu erfahren.

Erik klammerte sich an diese Möglichkeit, obwohl er in seinem Inneren genau wusste, wie vage sie war.

Inge war keine wirklich liebevolle Mutter, dazu war sie zu egozentrisch. Und dass es ausgerechnet Sarah war, die ihr den Geliebten genommen hatte, konnte sogar bewirken, dass ihre gelegentlichen mütterlichen Gefühle in nackten, zerstörerischen Hass umschlugen.

Also war es wohl doch besser, zuerst Sarah alles zu gestehen.

Während der Fahrt rauchte Erik eine Zigarette nach der andern und wurde erst ein wenig ruhiger, als der Wagen Stockholm erreichte.

Das Grand Hotel Wylander lag am Riddarfjärden und bot einen traumhaften Blick über das Wasser und die Gamla Stan. Erik hatte einen großen Teil seiner Kindheit und Jugend in Stockholm verbracht; er liebte dieses »Venedig des Nordens«, wie die Stadt häufig genannt wurde, zwischen Mälarsee und der Ostsee gelegen, mit ihren unzähligen vorgelagerten Schären, den großen Parks und altehrwürdigen Palästen, mittelalterlichen Gassen und Kirchen. Er liebte das Wasser, das die Stadt umschloss, die vielen Schiffsanlegestellen und Bootshäfen und das Geschrei der Möwen, die allgegenwärtig am klaren Himmel dahinschossen.

Hier wurden ihm der Kopf klar und das Herz frei, und während der Wagen über die Skeppsbron in Richtung Södermalm fuhr und am Karl Johans Torg zum Söder Mälarstrand abbog, öffnete er das Seitenfenster und atmete tief die salzgeschwängerte Luft ein.

Als das Hotel in Sicht kam, empfand Erik wie jedes

Mal beim Anblick dieses Prachtbaus mit seiner hellbraunen Fassade, den blinkenden Fensterreihen und Balkonen, die von steinernen Figuren getragen wurden, Stolz und Freude.

Fahnen wehten auf dem Vorplatz im Wind, die schwedische Nationalfahne, die Stadtfahne von Stockholm und noch etliche ausländische Flaggen des internationalen Publikums, das im Grand Hotel Wylander abstieg.

Als Eriks Wagen vorfuhr und hielt, riss der Portier eilfertig den Wagenschlag auf. Er winkte einem Hotelpagen, der Eriks kleinen Koffer nahm und in die Halle trug.

Auch hier war alles Tradition und Eleganz. Eine hohe Glaskuppel im Jugendstil mit farbigen Blumenmotiven wölbte sich über dem riesigen Foyer. In der Mitte befand sich ein plätschernder, von Grünpflanzen umgebener Springbrunnen. Hotelgäste kamen und gingen, standen an der Rezeption oder saßen in den tiefen Fauteuils, die überall im Raum verstreut waren.

Eriks Ankunft wurde von den Hotelangestellten umgehend registriert, und gleich darauf eilte ihm der Hotelmanager Sven Rasmussen entgegen. Er war ein Mann, dessen kantige Gesichtszüge Zuverlässigkeit und Klugheit verrieten, und seit langem Eriks bester Freund.

Jetzt wirkte er beunruhigt. »Erik, ist etwas passiert? Ich habe dich erst in zwei Wochen zurückerwartet.«

Die beiden Männer schüttelten sich die Hände, und Erik Wylander erwiderte, während er sich in der Halle umsah: »Soll ich dir mal was sagen: Es kommt mir vor, als wäre ich zwei Jahre weg gewesen.«

Rasmussen blickte ihn interessiert an, aber Erik verzichtete auf eine nähere Erklärung, sondern fragte nur: »War etwas Besonderes?«

Rasmussen nickte ernst. »Das kann man wohl sagen. Die Tirtowa. Sie hatte einen schweren Herzanfall. Wir haben das Schlimmste befürchtet.«

»Krankenhaus?«, fragte Erik betroffen. Er kannte die Tirtowa seit Jahren. Wenn sie in Stockholm war, wohnte sie immer hier im Hotel und immer in derselben Suite. Sie war eine international berühmte Kostümbildnerin, die nicht nur zahlreiche Hollywoodfilme ausgestattet hatte, sondern mindestens ebenso viele Opern- und Ballettaufführungen auf der ganzen Welt.

Sie hatte mit allen Größen von Theater und Film zusammengearbeitet und war trotz ihres Alters immer noch eine faszinierende Frau, die es schaffte, auch in der illustresten Gesellschaft glänzender Mittelpunkt zu sein, ohne sich besonders darum zu bemühen.

Sie war in Stockholm, weil sie die Ausstattung des Balletts »Der Feuervogel« übernommen hatte.

Sven Rasmussen schüttelte auf Eriks Frage mit einem kleinen Lächeln den Kopf. »Du kennst sie doch. Vor der Premiere geht sie doch nicht in ein Krankenhaus.« Er begleitete den Freund zum Lift. »Sie ist von morgens bis abends im Theater. Gerade dass sie sich mittags ein Stündchen Ruhe gönnt.«

Während ihres kurzen Gesprächs waren sie vor den Fahrstühlen stehen geblieben. Einer kam gerade aus den oberen Stockwerken herunter und hielt. Die Türen glitten auseinander, und eine alte Dame im Rollstuhl wurde von einem bildschönen jungen Mann herausgeschoben.

Es war die Tirtowa. Sie war schlank und zartgliedrig, mit wunderschönen großen, fast schwarzen Augen, in denen eine ungebrochene Lebenskraft funkelte. Man sah, dass sie einmal sehr schön gewesen sein musste, und trotz ihres Alters hatte ihr Gesicht seine anmutigen, ebenmäßigen Konturen behalten.

Erik bewunderte sie, seit er sie kannte. »Madame Tirtowa«, sagte er und musterte sie halb vorwurfsvoll, halb besorgt, ehe er ihr die Hand küsste.

Die Tirtowa lachte leise. »Erik! Machen Sie doch kein so erschrockenes Gesicht. Ich lebe ja noch. Und den Rollstuhl benutze ich nur ihm zuliebe.«

Sie deutete mit dem Kopf auf den jungen Mann hinter ihr. »Er soll sich keine Gedanken machen. Er tanzt den Feuervogel.«

Der hübsche Junge schmolz förmlich dahin, als er ihren liebevollen Blick auffing, küsste ihr ebenfalls die Hand und durchquerte dann mit dem schwebenden Schritt des Tänzers die Halle, um nachzusehen, ob der für die Tirtowa bestellte Wagen da war, der sie ins Opernhaus am Gustav Adolfs Torg bringen sollte.

Sven Rasmussen war hinter den Rollstuhl getreten, um die Tirtowa – sie war wie immer hochelegant in einem schwarzweißen Seidenensemble mit breitrandigem Hut und erlesenem Schmuck – zum Ausgang zu schieben.

Die Tirtowa betrachtete Erik mit lächelndem Wohlgefallen. »Irgendetwas ist anders an Ihnen, Erik«, stellte sie mit ihrer hellen Stimme fest und ergänzte, als er sie fragend anblickte: »Mir können Sie nichts vormachen.

Ich sehe sofort, wenn mit einem Mann etwas nicht stimmt. Warten Sie nur, ich werde es schon herausbekommen.«

Sie könnte das fertig bringen, dachte Erik, während er und Rasmussen die alte Dame nach draußen begleiteten, wo der Wagen für sie bereits wartete. Der Chauffeur stieg aus, grüßte ehrerbietig und öffnete ihr die Fondtür.

»Wie geht es Ihrem Herzen?«, fragte Erik leise, und die Tirtowa lächelte zu ihm auf.

»Der Arzt sagt, ein Herz könne man das eigentlich gar nicht mehr nennen. Es sei ein kleiner hundertjähriger Vogel, der in meiner Brust herumflattert.«

Von Erik gestützt, erhob sie sich aus dem Rollstuhl und ließ sich von ihm in den Wagen helfen. Der Chauffeur klappte den Stuhl zusammen und verstaute ihn im Kofferraum. Die Tirtowa hob grüßend die Hand, als der Wagen gleich darauf die Auffahrt zur Straße hinunterfuhr.

Erik und Sven Rasmussen sahen ihm nach.

»Sie ist ein Phänomen«, meinte Rasmussen halb bewundernd, halb besorgt. »Der Arzt wollte, dass sie ins Krankenhaus geht. Sie hat ihn nur ausgelacht und ihm den Probenplan für den »Feuervogel« unter die Nase gehalten. Die Kostüme, die sie entworfen hat, müssen sensationell sein. Ich habe gehört, sie soll sich selbst übertroffen haben.«

Langsam kehrten die beiden Männer ins Hotel zurück. Im Foyer blieb Erik stehen.

»Was meinst du? Sollen wir hier im Haus eine Premierenfeier geben?«

Rasmussen nickte. Die Idee gefiel ihm außerordentlich. »Ich kümmere mich darum«, versprach er dem Freund und klopfte ihm zum Abschied auf die Schulter.

Sarah hatte es in dem stillen Haus nicht ausgehalten. Ihre Mutter war nicht mehr zum Vorschein gekommen; offensichtlich schlief sie wieder, und Vicenta hatte noch bis morgen früh Urlaub.

Aber Sarahs Herz war von allem, was in den letzten Tagen auf sie eingestürmt war, so voll, dass sie unbedingt mit einem Menschen darüber reden musste.

Mit Carmen Wylander? Nein, dachte sie. So verständnisvoll Carmen auch ist – sie ist Eriks Mutter. Es wäre nicht richtig, ihr alles zu sagen, bevor Erik es getan hat.

Und dann fiel ihr Peregrina ein. Wie hatte sie zum Abschied in Marienberg gesagt? »Und doch wird jede von euch den Tag erleben, da sie erkennt, Marienberg war ein Paradies. Dann denkt daran: Die Tür zu diesem Paradies steht euch immer offen.«

Zehn Minuten später war Sarah mit dem Wagen ihrer Mutter unterwegs nach Marienberg. Peregrina war überrascht und erfreut, als ihr die Schwester Pförtnerin telefonisch den Besuch meldete.

Sarah umarmte ihre Tante herzlich. »Ich wollte mal sehen, wie es dir geht«, erklärte sie, »und ob du gesund bist. Außerdem habe ich Sehnsucht nach dir gehabt.«

Die beiden tranken Tee miteinander, zu dem Peregrina kleine köstliche Petits fours aus einer nahe gelegenen

Konditorei servieren ließ, die das Kloster gelegentlich mit Gebäck belieferte. Dann machten sie einen Spaziergang durch die weitläufige Klosteranlage.

Hatte Sarah anfangs sehr lebhaft von allem möglichen erzählt, so war sie nun zunehmend schweigsamer geworden. Peregrina beobachtete sie von der Seite und gewahrte das verträumte Lächeln, das plötzlich um Sarahs Mund spielte. Die Oberin blieb stehen und drehte ihre Nichte an den Schultern zu sich herum.

»So, und jetzt raus mit der Sprache«, sagte sie resolut. »Du bist doch nicht gekommen, um dich nach meiner Gesundheit zu erkundigen.«

Sarah holte tief Luft. Eine leise Scheu hatte sie bis jetzt davon abgehalten, über das zu sprechen, was sie bewegte. Es war ihr schwer gefallen, den Anfang zu finden. Doch nun platzte sie erleichtert heraus:

»Warst du einmal verliebt? Ich meine, so richtig, mit Haut und Haaren? So mit Kribbeln in allen Gliedern und Schmetterlingen im Bauch?«

Im nächsten Moment erschrak sie. War das eine Frage, die man einer Nonne stellen durfte?

Aber Peregrinas Lächeln war verständnisvoll und nicht im geringsten pikiert. »Das ging ja schnell. Dich hat's richtig erwischt!«

Sarah nickte eifrig. »Ja, nicht wahr? Und soll ich dir mal was sagen: Es ist toll!«

Peregrinas Blick wurde aufmerksam. »Du redest nicht von Markus?«

Eigentlich war es keine Frage, sondern eine Feststellung.

Sarahs Gesicht verschattete sich ein wenig. »Der arme Markus. Er tut mir leid. Ich war nicht sehr nett zu ihm.«

»Und was kann ich für dich tun?«, erkundigte Peregrina sich liebevoll.

Einen kurzen Moment dachte Sarah nach. »Ja, was eigentlich?« Dann lachte sie auf. »Ich ... ich glaube, ich wollte nur mit jemandem reden.«

In einer heftigen Gefühlsaufwallung umarmte sie Peregrina und drückte sich fest an sie. Ihr Gesicht war ein einziges Strahlen.

»Ich bin so glücklich. Ich hätte nicht gedacht, dass das Leben so schön sein kann!«

Als Sarah nach Hause zurückkehrte, lag die Villa immer noch still und im Dunkeln da. Einzig Captain rannte in der Diele schwanzwedelnd auf sie zu, um sie zu begrüßen.

Sie tätschelte ihn und ließ ihn dann hinaus, damit er seine abendliche Runde durch den Park und am Seeufer drehen konnte.

Sarah ging ins Wohnzimmer und zog das Telefon zu sich heran. Sie wählte die Nummer ihres Vaters in seinem Hamburger Hotel, aber die Telefonistin, die das Gespräch entgegennahm, erklärte ihr, dass Professor Maienstedt nicht im Hause sei.

Sarah bat, ihm Grüße auszurichten, und legte wieder auf. Allmählich machte sie sich ernstliche Gedanken. Was war zwischen ihren Eltern passiert?

Hoffentlich nichts, was sich nicht wieder reparieren lässt, dachte sie und nahm sich vor, früh am nächsten Morgen noch einmal in Hamburg anzurufen.

Inge Maienstedt versuchte ebenfalls, ihren Mann telefonisch in seinem Hotel zu erreichen. Das war allerdings weit nach Mitternacht, nachdem Inge aus ihrem tiefen, betäubungsähnlichen Schlaf aufgewacht war. Auch jetzt war sie noch halb benommen, und in ihren Schläfen bohrte ein zunehmend heftiger werdender Schmerz.

Die freundliche Telefonistin teilte Inge in bedauerndem Ton mit, dass Professor Maienstedt leider nicht in seinem Zimmer sei.

»Und im Restaurant?«, erkundigte Inge sich nervös. »Bitte lassen Sie ihn dort ausrufen.«

Sie rieb sich den schmerzenden Kopf, während aus dem Hörer die übliche feenhafte Stimme »Bitte, warten Sie!«, verkündete, dann das gleiche in Englisch und Französisch wiederholte, ehe Orchestermusik erklang.

Es dauerte eine Weile, bis die Telefonistin sich wieder meldete. »Ich bedaure, aber Professor Maienstedt befindet sich auch nicht im Restaurant.«

»Nicht im Restaurant …«, murmelte Inge. »Und mein Mann hat nicht hinterlassen, wo ich ihn erreichen kann?«

Wieder musste sie warten, allerdings ohne Erfolg. Konrad Maienstedt hatte an der Rezeption keinen Bescheid gegeben, wo er sich aufhielt.

»Moment«, sagte Inge, als die Telefonistin das Gespräch beenden wollte. »Dann richten Sie ihm bitte aus, dass er zu Hause anrufen soll. Es ist dringend, haben Sie verstanden?«

Sie runzelte die Stirn über die nächste Frage. »Mein

Name? Ich bin seine Frau. Ich erwarte seinen Anruf, egal, wie spät es ist.« Damit warf sie grußlos den Hörer auf die Gabel.

Sie knipste die Nachttischlampe aus und legte sich wieder ins Bett. Der Schmerz in ihrem Kopf wurde heftiger. Sie holte zitternd Luft und presste die Handballen gegen die Schläfen.

Ich kann mir denken, wo er ist, schoss es ihr durch den Kopf. Bei diesem Miststück Vondrowski …

Konrad Maienstedt war tatsächlich dort. Ellen Vondrowski hatte sich nach Inges wütendem Aufbruch in geradezu rührender Weise um ihn gekümmert.

Sie hatte alle geschäftlichen Termine abgesagt, war mit ihm noch einmal an den See gefahren, wo das Institut entstehen sollte – »Ihr Institut, Professor«, wie sie betonte –, und hatte in seinem Hotel geduldig auf ihn gewartet, während er einige Male vergeblich versucht hatte, Sarah oder Inge anzurufen, und schließlich Carmen Wylander informiert hatte.

Anschließend hatten er und Ellen eine Kleinigkeit gegessen und waren danach zu ihrem Haus gefahren.

Sie hatte ihrer Haushälterin Bescheid gesagt, dass sie noch einen Gast mitbrächte, und sie gebeten, eine Bowle anzusetzen.

Wieder war Konrad Maienstedt von der geschmackvollen Eleganz beeindruckt, mit der die Villa eingerichtet war. Vor allem aber hatte es ihm der Baustil angetan mit seinen Erkern und Türmchen und dem Innenhof, um den herum das Haus gebaut worden war, so dass die Fenster der Zimmer, die auf den Hof hinaus gingen, jeweils von zwei Seiten einander gegenüberlagen.

Als Ellen und Konrad die Villa betraten, hatte die Haushälterin sich bereits zurückgezogen. Die Vondrowski nahm ihm ihren Aktenkoffer ab, den er für sie getragen hatte, und stellte ihn in die Garderobe.

»Und jetzt sollten wir nochmals am Ammersee anrufen«, schlug sie vor. »Ihre Frau ist bestimmt schon zu Hause.«

Er winkte ab. Noch immer war ihm die ganze Sache unsagbar peinlich. »Inge ist wie ein Vulkan. Man kann nur warten, bis es vorbei ist. Vorher braucht man sie nicht anzusprechen.«

»Wenn sie wenigstens einen Grund für ihre Eifersucht hätte…« Sie ließ den Satz in der Luft hängen, und Maienstedt war sicher, dass eine Spur von Bedauern in ihrer Stimme mitschwang.

Im übrigen erging es ihm nicht anders.

»Was dann?«, fragte er leise und sah ihr in die Augen.

Sie schwieg und ging ihm voraus in die Küche.

»Wollen Sie mir nicht antworten?«, Er kam ihr nach und wollte sie an den Schultern zu sich herumdrehen, damit sie ihm ins Gesicht schauen musste. Doch er schaffte es nicht. Auf einmal war der Schmerz wieder da, der sein Herz umkrampfte. Die Luft wurde ihm knapp, und er holte hastig aus seiner Tasche die Tabletten, die er immer bei sich trug. Diesmal schluckte er sie ohne Wasser.

Das Mittel wirkte schnell, der Krampf löste sich, und Maienstedt richtete sich auf und holte tief Atem.

Ellen hatte indessen die Bowlenschüssel entdeckt, die auf der Bar aus grünem Marmor bereit stand. Sie hob den Deckel ab und winkte Maienstedt. Natürlich hatte sie bemerkt, dass er gerade Tabletten eingenommen hatte, und empfand Besorgnis. Aber sie sagte nichts, nicht jetzt.

Konrad schnupperte an der Bowle.

»Weiße Pfirsiche«, stellte er begeistert fest. »Wie kommen Sie an weiße Pfirsiche? Das ist heutzutage eine Rarität.«

Erleichtert stellte sie fest, dass es ihm wieder besser ging, und antwortete lächelnd: »Dreimal in die Hände klatschen …«

Konrads Kopf war immer noch über die kristallene Bowlenschüssel gebeugt. »Der Duft allein macht beschwipst.«

»Wir setzen uns auf die Terrasse«, schlug Ellen vor. »Nehmen Sie die Bowle, ich bringe die Gläser mit.«

Das Malheur passierte, als Konrad von der Treppe aus die Terrasse betreten wollte. Er blieb mit dem Absatz an der Türleiste hängen.

»Passen Sie auf!«, rief die Vondrowski, aber es war schon zu spät. Er stolperte und versuchte vergeblich, die Bowlenschüssel festzuhalten. Sie entglitt seinen Händen und zerbrach klirrend am Boden.

Die Bowle spritzte über seinen Anzug, und auch Ellen bekam noch einen gehörigen Schwall ab.

»Sie sind ja klatschnass!«, stellte sie fest, und dann brachen beide in Gelächter aus.

Sie wollte die Scherben aufsammeln, doch Konrad hielt ihre Hand fest. »Nicht in die Splitter greifen.« Dann küsste er ihre Finger und schmeckte die verschüttete Bowle auf seinen Lippen.

»Ein köstlicher Tropfen«, sagte er, noch immer lachend. Sie sahen einander an, und Ellen war die erste, die ernst wurde. Ihr Blick wurde weich, und ihre Lippen öffneten sich, als warte sie auf seinen Kuss.

Ellen Vondrowski hatte nie einen Hehl daraus gemacht, dass Konrad Maienstedt ihr gefiel. Ihre Ehe war glücklich gewesen, aber ihr Mann war tot, vor vier Jahren gestorben. Seitdem lebte sie allein. Sie hatte lange und aufrichtig getrauert und sich in ihrer Aufgabe als Konzernchefin manchmal mit regelrechter Verbissenheit einen neuen Inhalt für ihr Dasein gesucht.

Indessen war sie in die beruflichen Fußstapfen ihres Mannes hineingewachsen und galt in der Geschäftswelt als kühle Rechnerin mit großem Verhandlungsgeschick, manchmal eisenhart, aber auch durchaus fähig zu kühnen Experimenten, die sie mit Verve und Phantasie durchsetzte und zum Erfolg führte.

Sie vergaloppierte sich nicht, sondern blieb trotz ihrer Visionen immer auf dem Boden.

Ihre Erfolge freuten sie. Aber in den letzten Monaten war es Ellen immer häufiger zum Bewusstsein gekommen, dass es daneben noch etwas anderes gab, an dem sie seit dem Tode ihres Mannes keinen Anteil mehr gehabt hatte. Bisher war es immer eine eher unbestimmte Sehnsucht nach einem Menschen gewesen, der zu ihrem Leben gehörte, wenn sie ihr Chefbüro im Vondrowski-Konzern verließ. Aber nun hatte diese Sehnsucht ein Gesicht bekommen: das von Konrad Maienstedt.

Er spürte die Spannung, die sich zwischen ihm und Ellen aufgebaut hatte, und für einen flüchtigen Augenblick erwog er den Gedanken, dass es vielleicht besser wäre, wenn er sich jetzt verabschiedete und ging. Wenn nicht, würde es unendliche Komplikationen geben.

Aber er ging nicht. Nach jahrelangen Demütigungen und Zurückweisungen durch Inge tat es so gut, bei einer anderen Frau Wärme und Verlangen zu spüren. Und Konrad Maienstedt fand, dass er jedes Recht der Welt hatte, es anzunehmen.

Fast gleichzeitig machten sie eine Bewegung aufeinander zu. Sie umarmten sich und küssten sich lange, behutsam zuerst, um einander kennen zu lernen, aber dann immer heftiger und leidenschaftlicher.

Konrad blieb die Nacht über bei Ellen Vondrowski, und er bereute keine Sekunde davon.

Am Morgen stand Ellen als erste auf und bat ihre Haushälterin, die gerade das Frühstück vorbereiten wollte, doch auf dem schnellsten Wege zum Fischmarkt zu fahren, um dort fangfrische Seezungen für das Mittagessen zu besorgen.

»Ich kümmere mich selbst um das Frühstück«, sagte sie. »Ach ja, und sehen Sie anschließend noch bei Steenbeck in der Mönckebergstraße vorbei, um weiße Pfirsiche zu holen. Die gestrige Bowle ist auf dem Fußboden gelandet, weil ich gestolpert bin, aber ich möchte unbedingt, dass Sie für heute Abend noch mal eine zubereiten, Frau Heuser. Und wenn Sie sonst noch etwas in der City zu erledigen haben, tun Sie es; ich brauche Sie heute vormittag nicht.«

Es war nicht so, dass Ellen sich vor ihrer Haushälterin genierte, weil ein Mann bei ihr übernachtet hatte. Aber sie wollte gern noch eine Weile mit Konrad Maienstedt allein sein. Deshalb bestellte sie auch die Reinemachefrau ab, die nicht im Haus wohnte, aber normalerweise jeden Tag kam, um sauberzumachen.

Während Konrad im Bad war, deckte Ellen den Frühstückstisch im Speisezimmer und kehrte dann noch einmal mit den neuesten Zeitungen in ihr Schlafzimmer zurück, um sie durchzublättern.

Die Fenster gingen, genau wie die des gegenüberliegenden Bades auf den Innenhof hinaus. Als Ellen mit einer Zeitung zum Badezimmer hinüberwinkte, erschien Konrad Maienstedts Kopf im Rahmen. Er hatte noch Rasierschaum im Gesicht, und sein Haar war nass vom Duschen.

»Eins muss ich sagen«, rief er fröhlich zu Ellen hinüber, »dein Bad ist bestens ausgerüstet für Herrenbesuche.«

Sie erwiderte nichts darauf, sondern deutete auf das Blatt in ihrer Hand. »Wir sind in den Zeitungen …«

Wenig später kam er zu ihr ins Schlafzimmer, in einen schwarzen Seidenmantel gehüllt, den Ellen ihm herausgelegt hatte.

Sie hatte eine Zeitung aufgeschlagen auf dem Bett liegen.

»Vondrowski-Konzern angelt Nobelpreisträger«, las Maienstedt vor und warf Ellen einen verblüfften Blick zu.

Sie senkte den Kopf. »Das ist meine Schuld. Ich hab' dem Reporter gesagt: Maienstedt ist der nächste Nobelpreisträger.«

Er setzte sich neben sie auf das Bett und nahm ihr Gesicht zwischen seine großen, kräftigen Hände. Lächelnd hielt sie seinem Blick stand.

»Bist du Hellseherin?«, fragte er leise und zärtlich, und sie nickte.

»Ja.«

Als er sie in die Kissen drücken wollte, befreite sie sich sanft aus seiner Umarmung.

»Ich möchte einen Termin für dich mit Professor Ruhland ausmachen.« Zuneigung und Sorge standen in ihren Augen. »Er ist eine Kapazität auf dem Gebiet der Kardiologie.«

Konrad lachte. »Ich weiß genau, was er mir sagen wird, deine Kapazität: ›Was wollen Sie überhaupt hier? Ihnen fehlt doch gar nichts!‹«

Sie betrachtete ihn zweifelnd. »Das würde ich gerne von ihm selbst hören.«

Aber diesesmal wehrte sie sich nicht, als er sie von neuem umarmte.

Dank ihrer guten Verbindungen gelang es Ellen Vondrowski, einen Termin für Konrad Maienstedt in der Privatklinik von Professor Ruhland schon am nächsten Morgen zu bekommen.

Maienstedt und Ellen hatten auch diese Nacht gemeinsam verbracht. Nach der kardiologischen Untersuchung, so hatten sie beschlossen, würde Konrad in sein Hotel fahren, um seine Sachen zu packen. Er hatte bereits den Flug nach München gebucht. Inge hatte Geburtstag, und Konrad wollte nicht, dass sie den Tag ohne ihn beging. Außerdem wurde es Zeit für eine Aussprache mit ihr.

Aber er würde nach Hamburg zurückkehren, so oder so.

Während Konrad bei Professor Ruhland war, saß Ellen Vondrowski in dem an einen Palmengarten erinnernden Wartezimmer. Die großen Pflanzen wuchsen bis unter das Glasdach. Überall im Raum standen Rattansessel und kleine Tische.

Ellen hatte in einiger Entfernung von Ruhlands Sprechzimmer Platz genommen und blätterte in einer Zeitschrift. Ab und zu warf sie einen Blick auf ihre Armbanduhr. Sie war nervös, und es wollte ihr einfach nicht gelingen, die bohrenden Fragen über Konrads Gesundheitszustand aus ihrem Kopf zu verscheuchen.

Professor Ruhland war ein Mann von Mitte Vierzig mit graublondem Haar und Vertrauen erweckenden Augen. Weil Maienstedt ihm gesagt hatte, dass er noch heute nach München zurückfliegen wollte, hatte der Professor auf allzu umfangreiche diagnostische Maßnahmen verzichtet. Aber nach Belastungs-EKG und Ultraschall war ihm klar, dass Konrad Maienstedt in der Tat ein Risikopatient für einen Herzinfarkt war.

»Ich muss dem Kollegen Speidl in allen Punkten Recht geben«, sagte der Professor daher, nachdem Konrad sich wieder angezogen hatte. »Wir sollten so bald wie möglich eine Untersuchung mit dem Herzkatheter machen. Eigentlich sollte ich Sie gar nicht mehr weglassen.«

Konrad schüttelte entschieden den Kopf. Er hatte Ruhland erzählt, warum er nach Hamburg gekommen war. »Ich kann es mir nicht erlauben, jetzt krank zu sein. Verstehen Sie nicht? Wenn man eine derartige Chance geboten bekommt wie ich, legt man sich nicht ins Bett und spielt krank.«

Ruhland öffnete die Tür zum Wartezimmer. »Diese Einstellung ist nicht ungefährlich«, warnte er. »Ist Ihnen das klar?«

Ellen Vondrowski legte die Zeitschrift auf den Tisch zurück und kam auf die beiden Herren zu. »Und? Wie geht es ihm, Professor?«

Maienstedt nahm sie beim Arm und kam Ruhlands Antwort zuvor. »Ich hab' das alles schon vorher gewusst. Alt bin ich halt. Und ein bisschen vorsehen muss ich mich. Und irgendwann komm' ich wieder hierher und lass' mich mal richtig durchchecken.«

Während er Ellen mit sich zur Tür zog, winkte er Ruhland zum Abschied zu. »Wiedersehen, Herr Professor!«

Der Arzt begleitete die beiden zum Ausgang. »Auf Wiedersehen. Und, Professor Maienstedt, lassen Sie mich nicht zu lange warten.«

Konrad wedelte ausgelassen mit der Hand und nickte. Dann waren er und Ellen draußen.

Auf dem Parkplatz des Klinikgeländes wartete ihr Wagen mit dem Chauffeur. Die Vondrowski blieb vor einem dicht mit Sommerblumen bepflanzten Rondell stehen. »Was hat Ruhland gesagt?«, forschte sie unruhig.

Statt einer Antwort bückte Konrad sich und pflückte eine kleine hellrote Nelke aus dem Beet. »Die Blume der Diebe in der Farbe der Liebe«, reimte er, während er sie Ellen an das Revers ihres dunklen Kostüms steckte. »Beim Essen dichten wir weiter.«

»Du Feigling!«, schalt sie liebevoll und warf einen Blick auf ihre Armbanduhr. »Dein Flugzeug nach München …«

»Die Blume der Diebe in der Farbe der Liebe«, wiederholte er scheinbar geknickt. »Ist das nicht so gut?«

»Es gibt nur die eine Maschine«, drängte Ellen, und er breitete mit einem pathetischen Seufzer die Arme aus.

»Poeten sterben einsam. Es ist eine Schande.«

Nun musste sie doch lachen, und obwohl sie ziemlich sicher war, dass ihr Chauffeur sie vom Wagenfenster aus beobachtete, umarmte sie Konrad und küsste ihn.

Erik Wylander hatte versucht, seine tiefe innere Unruhe und das Gedankenkarussell, das sich fast unablässig um Inge und Sarah drehte, durch Arbeit zu verdrängen. Es war ihm nur unvollkommen gelungen.

Der Hotelbetrieb, den er sonst liebte, machte ihn nervös. Seine Wohnung, in Stockholms Prachtstraße Strandvägen in einem um die Jahrhundertwende erbauten Patrizierhaus mit beeindruckender Fassade gelegen, hatte Erik sich ganz nach seinem Geschmack ausgebaut und eingerichtet – nämlich wie das Admiralsschiff von Lord Nelson. Er kam sonst gerne nach Hause, freute sich an der Schönheit der antiken, sorgfältig restaurierten Möbel und dem Flair vergangener Jahrhunderte, doch diesmal versagte auch der Zauber dieses Ambiente. Unrast und Zerrissenheit blieben.

Er sehnte sich nach Sarah, machte sich Vorwürfe, dass er nicht am Ammersee geblieben, sondern vor seinen Problemen davongelaufen war, um sich im nächsten Moment einzureden, dass er in seiner augenblicklichen Situation gar nicht anders hätte handeln können. Er brauchte den räumlichen Abstand von Inge, um zu überlegen, wie er ihr die Wahrheit so schonend wie möglich beibringen konnte.

Sein Freund Sven Rasmussen beobachtete Eriks verändertes Verhalten mit Sorge. Allerdings stellte er keine Fragen, sondern wartete ab, ob Erik nicht von selbst zu ihm käme.

Aber Erik schwieg. Er war sonst ausgesprochen freundlich und liebenswürdig zu den Hotelangestellten. Doch diesmal stellte Sven Rasmussen fest, dass der Freund nicht einmal ein Dankeschön für Frau Lindgren, seine Sekretärin, hatte, als sie ihm die Unterschriftenmappe mit den Briefen vorlegte.

Wortlos und mit seinen Gedanken anscheinend ganz woanders unterzeichnete er die Briefe.

»Bitte, denken Sie an den Termin mit …«, wollte die Sekretärin ihn leise erinnern, doch Erik fiel ihr gereizt ins Wort.

»Das sagen Sie mir schon zum dritten Mal!«

Sie blieb ziemlich unbeeindruckt. »Weil Sie ihn beim letzten Mal eine halbe Stunde warten ließen.«

Erik klappte die rotlederne Mappe zu und gab sie ihr. Mit einem kurzen, bezeichnenden Blick zu Sven Rasmussen hinüber, der sich bis jetzt im Hintergrund gehalten hatte, verließ Frau Lindgren das Büro.

Rasmussen entnahm dem eingebauten Barfach in der Bücherwand eine Flasche Cognac. »Du brauchst einen Schluck«, sagte er, während er einen Schwenker vollschenkte und ihn Erik reichte.

Der winkte ab. »Danke, nicht für mich.«

Sven Rasmussen zog die Augenbrauen hoch. »Weißt du, dass du unausstehlich bist?«

»Ich fühl' mich auch so«, gestand Erik, ohne eine Miene zu verziehen. Rasmussen wartete, ob er noch irgendeine Erklärung abgeben würde, und setzte dann, als Erik hartnäckig schwieg, den Cognacschwenker auf den Schreibtisch.

»Gut, dann noch viel Vergnügen. Mich zieht's zu Weib und Kind.«

Erik blickte ihm nach, wie er zur Tür ging. Weib und Kind … Früher hatte er Sven, so gern er ihn mochte, ein bisschen belächelt wegen seiner Familienidylle, die ihm selbst wenig erstrebenswert erschienen war. Doch nun auf einmal beneidete er den Freund fast um sein überschaubares, unproblematisches Dasein.

Rasmussen hatte die Türklinke schon in der Hand, als Erik ihn zurückrief. »Bleib da.« Er brachte ein schiefes Grinsen zustande. »Ich sitz' verdammt in der Klemme.«

Wortlos kam Rasmussen zu ihm zurück, drückte ihm nun doch das Cognacglas in die Hand und wartete, bis

Erik es auf einen Zug geleert hatte. Danach blickte er seinen Freund hilflos an.

»Wie sagt man einer Frau, mit der man sieben Jahre lang ein Verhältnis hat, dass man sich in ihre Tochter verliebt hat?«

Wenige Minuten später kannte Sven Rasmussen die ganze Geschichte. Er war betroffen und gleichzeitig erschrocken. In was für einem Dilemma steckte Erik da! Und was sollte er ihm raten?

Sven Rasmussen war Inge in den vergangenen Jahren mehrmals in Stockholm begegnet, wenn sie Erik besucht hatte. Und er hatte nie versucht, sich in diese Beziehung einzumischen, genau wie Carmen Wylander das nicht getan hatte. Dennoch hatte er Erik eine andere Frau gewünscht und insgeheim gehofft, dass er eines Tages einer begegnete, mit der er glücklicher sein konnte. Rasmussen hatte Erik sehr gern und immer gefunden, dass er etwas Besseres als Inge Maienstedt verdient hatte.

Aber musste es ausgerechnet ihre Tochter sein, in die der Freund sich verliebte?

Die beiden Männer sprachen sehr lange miteinander an diesem Nachmittag. Das heißt, in der Hauptsache sprach Erik, und es tat ihm gut, sich endlich einmal alles von der Seele zu reden.

Rasmussen hörte zu, aber einen Rat für den Freund hatte er auch nicht – außer dem, den Erik sich schon selber gegeben hatte. Er musste reinen Tisch machen.

Freilich, das Risiko, dass Sarah, wenn sie die Wahrheit kannte, sich von ihm zurückziehen würde, war groß. Sie vergötterte ihren Vater, und dass ausgerechnet Erik es war, der sich in seine Ehe gedrängt hatte, mochte einem so jungen, kompromisslosen Geschöpf unverzeihlich erscheinen.

Trotzdem musste sie die Wahrheit erfahren, und dann lag es an ihr, was daraus wurde.

Als Rasmussen gegangen war, stützte Erik den Kopf in die Hände und schloss die Augen. Es hatte ihn erleichtert, mit Sven zu sprechen, aber darüber hinaus hatte das nichts geändert.

Nach wie vor lasteten Zentnergewichte auf Erik Wylander, und er wusste nicht, wie er sich davon befreien sollte. Nur Sarah konnte sie ihm abnehmen, falls sie sich entschied, trotz allem bei ihm zu bleiben. Aber würde sie das tun?

Ich kann sie nicht mehr hergeben, dachte Erik verzweifelt. Ich brauche sie, und ich liebe sie. Sie ist die erste Frau, die ich wirklich liebe. Ich würde alles tun, um ihr Kummer zu ersparen. Aber er wusste: Genau das konnte er nicht.

Inge Maienstedt hätte ihren Geburtstag am liebsten verschlafen, ohne etwas zu sehen oder zu hören. Sie hatte am Abend zuvor wieder Valiumtabletten geschluckt, dazu eine gehörige Portion Wodka, und als Sarah am späten Vormittag an ihre Schlafzimmertür klopfte, reagierte ihre Mutter nicht. Schließlich trat Sarah ein.

Sie hielt eine kleine Spieldose in der Hand, die sie aufzog, während sie sich dem Bett näherte.

Die Melodie *Happy Birthday* erklang, und Inge, halbwegs erwacht, drehte sich auf die andere Seite und zog die Decke über den Kopf.

Sarah berührte sie an der Schulter. »Alles Liebe zum Geburtstag.«

Ein schmerzender, bitterer Kloß ballte sich in Inges Kehle zusammen.

Ihr Geburtstag ... Und Konrad war in Hamburg bei der Vondrowski. Er hatte nicht angerufen. Vermutlich war er die Nacht über gar nicht in sein Hotel gekommen, und das bedeutete nichts anderes als ...

Abrupt warf Inge sich im Bett herum und schüttelte Sarahs Hand ab.

»Bitte lass mich zufrieden. Mir ist nicht nach Geburtstag!« Das *Happy Birthday* zerrte an ihren Nerven, und sie verlangte barsch: »Stell das Ding ab!«

Als Sarah nicht sofort reagierte, riss Inge ihr die Spieldose aus der Hand und warf sie in weitem Bogen durch das geöffnete Fenster in den Garten.

Zitternd setzte Inge sich auf. »Jetzt lass mich allein!«

Von draußen bellte Captain. Die Spieldose war knapp vor seiner Nase ins Gras gefallen und hatte ihn erschreckt. Vorsichtig kam der Golden Retriever näher und beschnüffelte das merkwürdige Ding. Es spielte nicht mehr, sondern war zerbrochen.

Inge wollte ins Badezimmer gehen, blieb aber auf halbem Weg stehen. Aus schmalen Augen musterte sie ihre Tochter.

»Wo warst du eigentlich? Ich komme aus Hamburg, und du bist nicht da …«

Sarah beschloss, die Frage mit einer Gegenfrage zu beantworten.

»Warum bist du überhaupt hier? Und was ist mit Vater?«

Zu ihrer Erleichterung ließ Inge sich ablenken. Sie riss ihr Negligé vom Bügel und zog es über. Mit einem hastigen Ruck band sie den Gürtel zusammen. »Ein Institut aufbauen, in seinem Alter. Das ist doch absurd!«

Sarah sah sie ratlos an. »Ich versteh' dich nicht …«

Mit einem gehässigen Lächeln hob Inge die Schultern. »Mir ist egal, was er macht. Wir werden uns trennen.«

Der Schrecken über diese Eröffnung ließ Sarah blass werden. Natürlich wusste sie, dass es zwischen ihren Eltern hin und wieder Auseinandersetzungen gab, natürlich hatte ihre Mutter auch Sarah gegenüber nicht mit spitzen Bemerkungen gegen ihren Mann gespart, doch sie hatte das alles für durchaus normale Schwierigkeiten zwischen Eheleuten gehalten, die über zwanzig Jahre miteinander verheiratet waren.

In ihrer Vorstellung war ihr Elternhaus trotzdem intakt gewesen, mit einem Vater und einer Mutter, die sie lieb hatten und die zusammengehörten.

»Das glaube ich nicht«, stieß Sarah entsetzt hervor, aber Inge Maienstedt ließ ihre Reaktion kalt.

»Seit Jahren schon will ich das. Ich hätte schon lange weggehen sollen, und jetzt werde ich es tun!«

In einer flehenden Geste hob Sarah die Hände. »So was darfst du nicht sagen, Mama …«

Inge lachte. Es klang freudlos und böse. »Ihr werdet euch alle noch wundern!«

Damit verschwand sie im Badezimmer und ließ Sarah verstört zurück.

Sie versuchte sich einzureden, dass es diesmal zwar ein sehr ernstes Zerwürfnis zwischen ihren Eltern gegeben hatte, aber dass es sich mit beiderseitigem guten Willen beilegen ließ.

Trennung? Scheidung?

Natürlich kam so etwas vor; Sarah hatte es öfter erlebt, dass die Eltern ihrer Mitschülerinnen auseinander gingen, doch dann hatte sie immer gedacht: Uns wird das nicht passieren.

Hatte sie sich wirklich so schrecklich geirrt und auf so törichte Weise sicher gefühlt?

Als Sarah in den Garten kam, hatte Vicenta auf der Terrasse den Frühstückstisch gedeckt, mit Silber, gutem Porzellan und Kerzen.

Captain kam über den Rasen gerannt, um Sarah zu begrüßen. Er kläffte auffordernd, um sie zum Stöckchenwerfen zu animieren, doch sie reagierte nicht darauf, sondern suchte auf der Wiese nach der Spieldose, die ihre Mutter aus dem Fenster geworfen hatte. Der Deckel war abgebrochen, und der kleine Holzkasten, der das Spielwerk enthielt, lag ein Stückchen weiter.

Sarah sammelte beides auf und ging damit zum Haus.

Vicenta kam auf die Terrasse. »Was ist mit deiner Mutter?«, fragte sie. »Ist sie krank?«

Während Sarah noch nach einer plausiblen Erklärung für Inges Verhalten suchte, läutete es an der Haustür.

»Das ist der Postbote«, erklärte Vicenta und ging ins Haus zurück, um die Tür zu öffnen.

Aber draußen stand nicht der Briefträger, sondern Peregrina. Sie hatte eine Reisetasche und ein hübsch eingewickeltes Geschenk dabei.

Als Sarah ihre Tante erblickte, fiel die bedrückte Stimmung von ihr ab. Erleichtert umarmte sie sie. »Dich schickt der Himmel!« Sie drückte sie an sich »Aber warum hast du nichts gesagt? Ich hätte dich doch abgeholt.«

»Dann wäre es keine Überraschung mehr gewesen«, erklärte Peregrina fröhlich und hakte sich bei Sarah unter. Gemeinsam gingen sie zum Frühstückstisch.

Vicenta war inzwischen wieder in der Küche verschwunden.

Verwundert blickte Peregrina auf die leeren Stühle. »Aber wo ist das Geburtstagskind? Und warum ist nur für zwei Personen gedeckt? Ist dein Vater noch nicht da?«

Sarah senkte den Kopf. »Vater ist noch in Hamburg. Sie haben Krach gehabt, und Mutter ist allein zurückgekommen.«

»Wo ist sie?« Peregrinas Stimme klang alarmiert.

»Oben«, erwiderte Sarah, und Peregrina wandte sich zum Haus.

»Ich rede mit ihr.«

Während sie die Treppe ins obere Stockwerk hinaufstieg, saß Inge auf ihrem Bett. Sie rauchte und hatte gerade die Nummer von Eriks Hotel in Stockholm gewählt.

»Herrn Wylander bitte«, verlangte sie, als die Rezeptionistin sich meldete.

»Herr Wylander ist im Augenblick leider nicht im Hause«, antwortete die fremde Frauenstimme in Deutsch. »Soll ich ihm eine Nachricht hinterlassen?«

»Nicht im Haus«, wiederholte Inge nervös. »Nein, danke, Sie brauchen nichts auszurichten. Ich rufe später wieder an.«

Sie zuckte zusammen, als es an die Tür klopfte, die sie nach Sarahs Weggang abgeschlossen hatte. »Oder nein, warten Sie«, fügte sie hektisch hinzu. »Richten Sie ihm aus, er soll mich anrufen. Maienstedt in Deutschland … Er weiß dann schon. Und sagen Sie ihm, es ist wichtig.«

Ohne eine Antwort abzuwarten, legte sie den Hörer auf.

Draußen klopfte es wieder. Dann wurde die Klinke heruntergedrückt. »Sarah, ich hab' dir doch gesagt, ich will nicht gestört werden …«, rief Inge gereizt.

»Mach auf, Inge«, sagte Peregrina von draußen. »Ich bin's.«

Hastig drückte Inge ihre Zigarette in dem Aschenbecher auf dem Nachttisch aus und ging zur Tür.

»Moment …« Sie drehte den Schlüssel im Schloss und ließ ihre Schwester eintreten. Spöttisch musterte sie sie. »Du musst früh aufgestanden sein.«

»Um fünf Uhr – und du bist jetzt noch im Nachthemd«, entgegnete Peregrina heiter. »Wie sollen wir deinen Geburtstag feiern, wenn du dich einsperrst.«

»Mir ist nicht nach feiern«, stieß Inge hervor. »Ich lasse mich scheiden.«

Sie stopfte die Fäuste in die Taschen ihres Morgenmantels. »Seit Jahren spiel' ich euch allen etwas vor. Und mir selber auch. Jetzt muss endlich Schluss sein.«

»Und?«, fragte Peregrina leise und sehr direkt.

»Was und?«, wiederholte Inge unsicher. »Ich bin hier, und Maienstedt ist in Hamburg. An meinem Geburtstag.«

»Aber du bist doch weggelaufen«, stellte Peregrina ruhig fest, und Inge ging zu ihrem Toilettentisch und kämmte ihr Haar.

»Er hat sich hinter meinem Rücken ein neues Leben aufgebaut. Er betrügt mich, und ich bin die Dumme.« Ihre Stimme bekam einen hysterischen Unterton. »Er wahrt ja nicht einmal die Form: keine Blumen, kein Telegramm. Er merkt ja nicht einmal, dass es mich gibt.«

Natürlich kannte Peregrina die Ehe der Maienstedts nur aus der Distanz. Aber sie kannte ihre Schwester. Trotzdem tat sie ihr jetzt leid. Mit einer impulsiven Geste legte sie ihr den Arm um die Schultern.

Inge ließ den Kopf gegen Peregrinas Brust sinken und begann zu weinen. »Es ist einfach ungerecht. Er fängt ein neues Leben an. Und ich?«

Noch während sie weinte, schob Peregrina sie ein Stück von sich, um ihr ins Gesicht zu sehen. Inge las in ihrem Blick, dass sie ihr nur bedingt glaubte.

»Hamburg ist eine Schnapsidee!«, fuhr Inge deshalb anklagend fort. »Er ist zu alt für diese Aufgabe. Und er ist nicht gesund. Er sollte sich besser operieren lassen, statt sich wie ein dummer, verliebter Junge aufzuführen!«

Peregrina nahm keinen Blick von ihr. »Gib mir eine ehrliche Antwort: Hast du ihn jemals geliebt?«

Inge wich ihren Augen aus. »Ich weiß nur eines: Ich hätte ihn nie heiraten sollen.«

Hättest du es doch nicht getan, dachte Peregrina. Er wäre darüber hinweggekommen. Und dann hätte er vielleicht gemerkt, dass es auch mich noch gab. Aber er hatte damals ja nur Augen für Inge. Natürlich wusste sie, dass ich darunter litt. Solche Sachen wusste sie immer, rein instinktiv. Und von da an stand es für sie fest, dass sie Maienstedt haben wollte. Das war seit jeher ihr liebstes Spiel: etwas zu bekommen, das andere gern wollten. Es ihnen fortzunehmen.

»Du hast ihn nie geliebt«, sagte Peregrina. »Du weißt gar nicht, was Liebe ist. Du willst immer nur, dass andere dich lieben. Und was gibst du ihnen zurück?«

Inge zog die Schultern hoch. »Er vergisst meinen Geburtstag, und ich bin es, die ihn nicht liebt … Dann sind wir ja quitt!«

Sie lachte unter Tränen und verstummte erst, als Peregrina ihre Oberarme umfasste. »Du hast kein Herz – aber vielleicht hast du wenigstens ein Gewissen. Ich kann dir nicht befehlen, ihn zu lieben, aber eines kann ich: Ich verbiete dir, ihn unglücklich zu machen.«

Unterdessen hatte Sarah sich allein an den Frühstückstisch gesetzt: Sie hatte sich die Geburtstagstorte herangezogen und naschte von den Erdbeeren, mit denen sie belegt war.

Das Telefon klingelte im Haus, aber bevor Sarah darauf reagieren konnte, hatte Vicenta drinnen schon den

Hörer abgenommen und kam wenige Augenblicke später mit dem Apparat nach draußen.

»Für dich, Sarah.«

Es war Erik. Sarahs Miene hellte sich auf, als sie seine Stimme erkannte.

»Hast du was zum Schreiben?«, fragte er hastig.

Unwillkürlich schüttelte sie den Kopf, obwohl er das ja nicht sehen konnte. »Was?«

»Stift und Papier. Pass auf: München ab 12 Uhr 10, Stockholm an 15 Uhr. Ich hol' dich ab.«

Wieder schüttelte sie den Kopf. »Sag mal, spinnst du?« erkundigte sie sich lachend. »Ich kann doch nicht einfach …«

»Komm zu mir«, unterbrach er sie weich.

»Ich kann nicht. Mutter hat Geburtstag.«

Er hörte kaum hin, was sie sagte. »Es gibt noch eine andere Möglichkeit, da musst du aber umsteigen.«

»Erik …«, setzte sie an, doch er ließ sie nicht zu Wort kommen.

»Das Ticket ist auf deinen Namen hinterlegt. Nimm einfach die nächste Maschine.« Er wartete, ob sie etwas erwiderte, und fügte drängend hinzu: »Sarah … hast du gehört? Du musst zu mir kommen. Ich vermisse dich.«

»Ich dich auch«, antwortete sie leise und zärtlich. In diesem Moment hörte sie, wie die Haustür aufgeschlossen wurde, und gleich darauf die Stimme ihres Vaters, der Vicenta begrüßte.

»Ich muss aufhören«, sagte Sarah eilig, legte aber noch nicht auf.

»Sarah …«, Eriks Stimme schien sie zu streicheln.

»Ja?«, fragte sie erwartungsvoll.

»Ich liebe dich.«

Sarahs Augen strahlten auf.

»Nicht so sehr wie ich dich.« Und dann flüsterte sie schnell: »Ich liebe dich, ich liebe dich, ich liebe dich …«

Gleich darauf kam ihr Vater auf die Terrasse, und Sarah sprang auf. Gott sei Dank, er war gekommen! Er hatte Mamas Geburtstag nicht vergessen!

Sie verabschiedete sich von Erik. »Ich ruf' wieder an. Ciao.« Dann unterbrach sie die Verbindung und rannte auf ihren Vater zu. Glücklich fiel sie ihm um den Hals.

Captain kam aus dem Garten und sprang, winselnd vor Wiedersehensfreude, an seinem Herrchen hoch. Konrad Maienstedt tätschelte ihn und hielt mit der anderen Hand ein in Cellophan verpacktes Orchideengebinde in die Höhe, damit der Hund es nicht erwischte.

Sarah lachte und gab ihren Vater nach ein paar stürmischen Küssen endlich frei. Sie hatte Peregrina und ihre Mutter entdeckt, die zögernd ins Freie traten.

Inge hatte sich angekleidet, aber darauf verzichtet, Make-up aufzulegen. Sie sah erbarmungswürdig aus, und Maienstedt erschrak bei ihrem Anblick. Noch immer berührte es ihn, wenn sie litt, egal, was sie ihm zugefügt haben mochte. Langsam ging er auf sie zu, während Peregrina Sarah den Arm und die Schultern legte.

»Für dich«, sagte Maienstedt und hielt Inge die Orchideen hin. Als sie keine Anstalten machte, sie zu nehmen, umarmte er sie unbeholfen. »Alles Gute zu deinem Geburtstag.«

Inge reagierte nicht. Sie strahlte nichts als Feindseligkeit aus.

Maienstedt legte den Arm um ihre Schultern und führte sie zum See hinunter. Sie begleitete ihn nur widerstrebend, aber Vicenta meinte erleichtert zu Sarah: »Jetzt wird's ja doch noch ein richtiger Geburtstag.«

Die Portugiesin war schon einige Jahre bei den Maienstedts und fühlte sich zur Familie gehörig. Deshalb hatte es sie bedrückt, dass Konrad und Inge offenbar im Streit auseinander gegangen waren.

Sarah nickte eifrig. »Hol den Champagner. Ich kümmere mich um die Gläser.« Untergehakt verschwanden die beiden im Haus, während Peregrina am Tisch Platz nahm. Sie stützte den Kopf in die Hände und starrte auf die Tischdecke.

Das Herz war ihr schwer.

Inge und Konrad gingen am Seeufer entlang. Er hatte ihr das Orchideengebinde einfach in die Hand gedrückt, nachdem sie es nicht von selbst genommen hatte. Sie entfernte die Cellophanverpackung und warf sie ins Ufergras. Dann wandte sie sich dem Wasser zu.

Maienstedt trat hinter sie und legte ihr die Hände auf die Schultern. »Lass uns Frieden schließen«, bat er herzlich, und sie fuhr zu ihm herum.

»Frieden schließen?«, wiederholte sie aggressiv. »Du meinst, einen Waffenstillstand – auf meine Kosten. Ich soll alles schlucken, ich soll alles großartig finden, was du machst, ich soll so tun, als wäre die Vondrowski meine beste Freundin, ich soll nie Fragen stellen … Das nennst du Frieden schließen. Ohne mich!«

Während sie sprach, hatte sie begonnen, ein Orchideenblatt nach dem anderen abzureißen.

Ihr heftiger Ausbruch überraschte Maienstedt nicht. Er hatte ihn erwartet. Aber diesmal würde er nicht schweigen und sich von Inge als den Schuldigen anprangern lassen. Er hatte lange genug geschwiegen. Während er noch überlegte, wie er beginnen sollte, fuhr Inge anklagend fort:

»Gib zu, dass du auch gar nicht wegen meines Geburtstags hier bist. Du willst bloß sicher sein, dass ich nicht in Hamburg aufkreuze und dich störe.«

Er holte tief Atem. »Jetzt hör mir mal zu.« Er versuchte, seine Stimme ruhig und beherrscht klingen zu lassen, aber es gelang ihm nicht ganz. Trotzdem sprach er das aus, von dem er meinte, dass es endlich einmal gesagt werden musste. »Ich glaube, du musst nach Stockholm fahren.«

Er sah, wie sie zusammenzuckte. Die Wut wich aus ihren Augen, machte tiefem Erschrecken Platz. Inge Maienstedt hatte immer die Rolle des armen Opfers geliebt. Nahm man sie ihr jetzt fort?

»Du musst dir dort einmal alles ansehen«, sagte Maienstedt, bemüht, noch immer Verständnis für sie aufzubringen. »Ohne jeden Druck. In aller Ruhe. Und dann musst du dich entscheiden.«

Inge brachte kein Wort heraus. Fast tat sie ihm schon wieder leid. Er versuchte, ihr zuzulächeln. »Den anderen sagen wir, dass du mich auf dem Kongress der Limnologen vertrittst. Ich hatte sowieso nicht mehr vor, dorthin zu fahren.«

»Du weißt es?« Ihr versagte fast die Stimme. »Seit wann?«

Sein Lächeln wurde schmerzlich. »Schon lange. Aber falls du in Stockholm nicht das findest, was du zu finden hoffst: Dieses Haus hier ist dein Haus. Es steht dir immer offen, egal, was geschieht.«

Sie begriff, dass er dieses Angebot aufrichtig meinte, und seine Güte und sein Verständnis machten, dass für einen Augenblick die Ablehnung in ihr zerbrach. Sie begann zu weinen und legte den Kopf an seine Schulter. Unbeholfen umarmte er sie.

Aber dann stieg sofort wieder Misstrauen in Inge auf. Bestimmt erwartete er jetzt, dass sie ihn um Verzeihung bat und versprach, mit ihm nach Hamburg zu gehen. Es war gewiss nur eine Finte von ihm, dass er jetzt den Großmütigen spielte. Aber sie würde nicht darauf hereinfallen!

Der Tag schleppte sich dahin. Eine unbeschwerte Stimmung mochte nicht aufkommen, so sehr Peregrina und Sarah sich auch darum bemühten. Spannung lag in der Luft, die auch Carmen Wylander sofort spürte, als sie gegen Abend herüberkam, um Inge zum Geburtstag zu gratulieren.

Vicenta hatte eine köstliche kalte Platte vorbereitet und Wein serviert. Der sonnige Tag war in einen milden Abend übergegangen, so dass alle auf der Terrasse saßen. Es war noch hell. Trotzdem hatte Sarah ein paar Kerzen entzündet. Sie saß zwischen ihrem Vater und Peregrina. Ihre Tante betrachtete sie liebevoll.

»Und eure Balireise habt ihr endgültig abgesagt?«, erkundigte sie sich, doch Sarah schüttelte entschieden den Kopf.

»Nein, gar nicht. Nur verschoben.«

»Ich muss erst mal nach Stockholm«, erklärte Inge plötzlich, und alle starrten sie an. Sie lachte. »Ja, es scheint, als hätte sich die ganze Familie der Wissenschaft verschrieben. Ich vertrete Konrad auf dem Limnologen-Kongress. Er hat keine Zeit dafür.«

Sarah war die erste, die sich von ihrer Überraschung erholte. »Du fährst nach Stockholm? Super! Da fahre ich mit.«

Unangenehm berührt winkte ihre Mutter ab. »Ich warne dich. Das wird furchtbar langweilig für dich.«

Sarah blickte Carmen Wylander an. »In deinem Hotel ist es doch sicher nicht langweilig.«

Carmen verneinte, auch wenn sie durch Sarahs plötzlichen Entschluss Komplikationen vorausahnte. Aber verhindern konnte man sie ohnehin nicht. Früher oder später würden sie auftauchen.

»Und überhaupt«, fuhr Sarah fort. »Meine Abiturreise hab' ich auch nicht gekriegt. Ich fahr' mit, auch wenn es dir nicht passt!«

Am nächsten Morgen packte sie gleich nach dem Frühstück ihren Koffer. Von Carmen hatte sie sich ein Lehrbuch für Schwedisch ausgeliehen. Es lag aufgeklappt auf dem Tisch, und Sarah warf immer wieder einen Blick hinein.

»Hur star det till?«, murmelte sie halblaut vor sich hin und wiederholte gleich noch einmal: *»Hur star det till?«*

Captain, der auf dem Bettvorleger lag, hob den Kopf.

Es irritierte ihn, dass er kein Wort von dem verstand, was sein kleines Frauchen da sagte. Sarah fing seinen fragenden Blick auf und erklärte lachend: »Das ist schwedisch, Captain, und heißt: Wie geht es dir?«

Markus Loew kam über die Außentreppe herein, die zu Sarahs Balkon führte. Er trug zwei riesige Eisbecher in den Händen. »Links oder rechts?«, fragte er, und Sarah erwiderte fröhlich:

»Links *und* rechts.« Dann gab sie ihm einen Kuss.

Sie hatte Markus nach seinem zornigen Aufbruch angerufen und versucht, ihn zu versöhnen. Natürlich war es ihr gelungen. Er war viel zu erleichtert gewesen, dass sie sich von sich aus gemeldet hatte, um noch länger wütend auf sie zu sein. Sarah ist eben kein gewöhnliches Mädchen, hatte er sich gesagt. Sie tut manchmal verrückte Dinge. Man darf dann nicht versuchen, sie einzuengen.

Natürlich konnte sie ihn um den Finger wickeln, darüber war Markus Loew sich völlig im klaren. Aber es gab niemanden, von dem er sich das hätte lieber gefallen lassen. Er liebte sie eben, und das zum Teil wohl auch, weil sie so anders war als andere Mädchen.

Trotzdem war es ein herber Schlag für ihn gewesen, als Sarah ihm gestern Abend von ihrer bevorstehenden Stockholmreise erzählt hatte. Aber er hatte sich vorgenommen, sich nichts anmerken zu lassen. Doch als er jetzt den Koffer auf dem Bett sah, konnte er es sich doch nicht verkneifen, zu fragen: »Musst du wirklich diese Reise nach Stockholm machen?«

Er hatte die beiden Pappbecher mit dem Eis auf den

Tisch gestellt, und Sarah nahm einen kleinen Plastiklöffel, um das Eis abwechselnd zu probieren.

»Was heißt hier ›muss‹? Ich will! Ich bin sozusagen schon unterwegs. Was du hier vor dir siehst, ist nur meine materielle Hülle.«

»Und wie lange willst du in Schweden bleiben?«, erkundigte er sich.

»Vier Tage!« Sie lächelte verträumt. »Aber vielleicht werden vierzig Jahre daraus, wer weiß ...«

Und das, so fand Markus Loew, war wieder einmal so ein typischer Sarah-Satz.

Inge hatte im Grand Hotel Wylander angerufen und Erik ausrichten lassen, dass sie nach Stockholm käme. Er war zum Flughafen gefahren, um sie abzuholen.

Innerlich war er in heller Aufruhr. Was bedeutete diese plötzliche Reise? Hatte Inge ihrem Mann reinen Wein eingeschenkt und kam nun her, um ihre Scheidung in die Wege zu leiten?

Freilich war sie in den vergangenen sieben Jahren öfter hier gewesen, allerdings immer nur dann, wenn ihr Mann zu einer Vortragsreise oder ähnlichem unterwegs war. Oder sie hatte den Besuch bei irgendeiner Freundin vorgeschoben.

Das konnte natürlich auch jetzt der Fall sein, versuchte Erik sich einzureden. Aber tief im Inneren wusste er, dass es diesmal anders war. Es hatte ein ernsthaftes Zerwürfnis zwischen den Maienstedts gegeben, und Inge war allein zum Ammersee zurückgekehrt, während der Professor in Hamburg geblieben war. Das hatten seine Mutter und Sarah ihm berichtet.

War es bei diesem Zerwürfnis um ihn, Erik, gegangen?

Während er in der Ankunfthalle auf und ab ging und darauf wartete, dass die Maschine der SAS landete, spürte er, dass ihm heiß wurde. Er wischte sich über die Stirn und lockerte seinen Hemdkragen.

Vor einer Woche noch hatte er Inge den Vorschlag gemacht, sich von ihrem Mann zu trennen. Es war nicht einmal halbherzig geschehen; damals hatte er sie wirklich heiraten wollen. Wie hätte er ahnen können, dass sich alles von einem Tag, nein, von einer Stunde auf die andere ändern würde!

Aber es hatte sich geändert. Das war das einzige, was Erik Wylander trotz seiner inneren Zerrissenheit ganz genau wusste.

Die Frau, die er heiraten und mit der er sein Leben verbringen wollte, hieß nicht mehr Inge, sondern Sarah Maienstedt.

Über Lautsprecher wurde die Landung der SAS-Maschine bekanntgegeben, und wenig später kamen die ersten Passagiere die Treppe zur Anflughalle hinunter. Als Erik Inge erspähte, hob er winkend den Arm. Seine Bewegung erstarrte, als er neben ihr Sarah gewahrte.

Irgendwie schaffte er es, Inge zu begrüßen, ohne sich seinen innere Aufruhr anmerken zu lassen. Und er beneidete Sarah fast um die Unbefangenheit, mit der sie ihm die Hand gab. Sie lachte fröhlich zu ihm auf, als er ihr einen formvollendeten Handkuss gab.

»Da staunst du was? Aber ich wollte schon immer mal nach Stockholm.«

Als Inge ein paar Schritte vorausging, warf Sarah ihm rasch mit gespitzten Lippen einen imaginären Kuss zu.

Während der Fahrt nach Stockholm rief Erik im Hotel an, damit noch ein zweites Hotelzimmer für Sarah zur Verfügung stand.

Glücklicherweise waren noch einige Zimmer frei, trotz des Limnologen-Kongresses, der in Wylanders Grand Hotel stattfand und dessen Teilnehmer auch dort logierten.

Erik gab seinem Chauffeur Anweisung, ein paar Umwege zu fahren, damit Sarah die schönsten Plätze und Sehenswürdigkeiten von Stockholm sehen konnte.

Sie blickte aus dem Fenster wie ein staunendes Kind. Dass Stockholm eine so faszinierende Stadt war, hatte sie nicht einmal geahnt.

Endlich erreichten sie das Hotel.

Schon die prachtvolle Fassade beeindruckte Sarah tief, aber als sie die Halle betrat, war sie geradezu überwältigt von soviel Eleganz. Und ebenso angetan von dem Service.

Der Türsteher hatte ihr beim Aussteigen geholfen, ein livrierter Page sich der Koffer bemächtigt, die er nun zum Lift trug.

Es entging Sarah nicht, wie respektvoll die Hotelangestellten Erik grüßten, und die Ausstattung des Foyers nahm ihr fast den Atem.

Frau Lindgren stand in der Nähe der Rezeption und hielt die Zimmerschlüssel in die Höhe. »Guten Tag, Chef.«

Erik nahm die Schlüssel. »Danke. Sind die Blumen auf den Zimmern?«

Die Sekretärin nickte. »Ich hab' mich selbst darum gekümmert, Chef.«

»Sehr gut«, lobte Erik. Er wandte sich zu Sarah und Inge um. »Bitte die Damen, mir zu folgen.«

Inge belächelte Sarahs Begeisterung. Sie ging zum Lift, während Sarah sich unbefangen bei Erik einhängte.

»Erik, das ist ja toll hier. Ich hab' gar nicht gewusst, dass dein Hotel so ein Luxuskasten ist.«

Er lachte und betrachtete ihr schönes Gesicht. Sie war da. Sie war bei ihm, wie er es sich gewünscht hatte. Und für einen kleinen Moment war Erik Wylander ganz einfach nur glücklich.

Erik und Inge begleiteten zunächst Sarah zu ihrem Hotelzimmer, in das der Page schon ihr Gepäck gestellt hatte.

Dann brachte er Inge zu ihrem Zimmer.

Am liebsten hätte er sich vor der Tür von ihr verabschiedet, aber er wusste, dass das unmöglich war. Inge erwartete, dass er sich um sie kümmerte, und im Grunde hatte sie auch einen Anspruch darauf.

Das Programm des Kongresses lag auf dem Tisch, Erik blätterte es durch und las dann vor:

»Um 18 Uhr 30 Begrüßungscocktail …«

»Ungezwungen!«, behauptete Inge. Sie hatte im angrenzenden Bad Wasser in die Wanne laufen lassen und begonnen, sich auszuziehen.

»Zwanzig Uhr Dinner …«, las Erik weiter.

Inge kam zu ihm und zündete sich eine Zigarette an. Sie trug nur noch ein schwarzes Seidenhemdchen. Erik ließ das Programm sinken. »Jeden Moment kann Sarah hereinkommen«, sagte er unbehaglich.

Inge küsste ihn. »Ich hab' das Versteckspiel sowieso satt. Du glaubst doch nicht, dass ich hier im Hotel bleibe? Ich möchte bei dir wohnen und ich möchte mal wieder in dein Jagdhaus. Komm, Erik, lass uns abhauen und nach Oestrot fahren.«

Er stand auf. Inges verführerischer Anblick ließ ihn kalt. Er fühlte nichts mehr für sie – außer Mitleid. Ein tödliches Gefühl, nachdem sie doch einmal ein Liebespaar gewesen waren.

»Alles der Reihe nach«, sagte Erik. »Erst der Kongress bitte …«

Sie lachte. »Ich mache nur ein Kurzprogramm, und das sieht so aus: Der Begrüßungscocktail, das Dinner – und morgen ist Schluss. Aus, Amen. Du, mein Lieber, wirst dich heute Abend um Sarah kümmern. Geh mit ihr essen, zeig ihr was von Stockholm.«

Noch immer lachend, küsste sie ihn auf die Wange. »Sarah ist anspruchsvoll. Also streng dich an.«

Sarah war in ihrem Zimmer damit beschäftigt, ihren Koffer auszupacken. Während sie ihre Kleider in den Wandschrank hängte, hörte sie auf dem Korridor ein Geräusch. Sie ging leise zur Tür und riss sie auf.

Der Gang war leer bis auf einen Zimmerkellner, der einen Servierwagen vor sich herschob.

Ich hör' schon Geister, dachte Sarah, und wollte die

Tür gerade wieder schließen, als Erik aus dem schräg gegenüberliegenden Zimmer von Inge trat. Er hatte Sarah noch nicht gesehen, und sie huschte eilig zurück und versteckte sich in dem Wandschrank neben der Tür, die sie einen Spaltbreit offen ließ.

Gleich darauf klopfte Erik, merkte, dass die Tür nur angelehnt war, und schob sie vorsichtig auf. Während er eintrat, blickte er sich suchend um, und Sarah verließ ihr Versteck. Gleich darauf lag sie in seinen Armen.

»Endlich!«, stöhnte er, während er sie an sich drückte und küsste. »Ich hab's fast nicht mehr ausgehalten.«

Ich auch nicht, dachte Sarah. Ich auch nicht …

Und es war wie in dem alten Passhaus, in dem sie sich zum ersten Mal geliebt hatten. Sie fielen auf das Bett, küssten und streichelten sich, zitterten vor Verlangen, während sie ihre Kleider abstreiften, um ihre nackte Haut aufeinander zu spüren.

Sie rieben sich aneinander, erforschten sich gegenseitig mit Händen und Lippen, und als sie sich ungeduldig vereinigten, war es, als verschmölzen sie zu einem einzigen Wesen, das in einem wilden Wirbel der Lust emporgeschleudert wurde und in der Hitze ihrer Umarmung zu verglühen schien.

Es war früher Abend, als Erik und Sarah in die Hotelhalle hinunterkamen, aber draußen war es noch hell.

Im Foyer herrschte der übliche abendliche Hotelbetrieb. Ausgehfertig gekleidete Gäste umlagerten die Rezeption oder hatten in den zahlreichen Sitzgruppen Platz genommen. Andere reisten gerade erst an und erledigten die Anmeldeformalitäten, und Sätze und Wortfetzen in den verschiedensten Sprachen drangen an Sarahs Ohr.

Sie trug ein kleines kurzes Abendkleid in Hellgelb mit einer großen Schleife über der Brust, und Erik hatte sich in seinen Smoking geworfen.

Das schöne Paar zog viele Blicke auf sich.

Inge Maienstedt stand in einer Gruppe von Kongressteilnehmern, auch sie hochelegant in ihrem Seidenkleid mit Jacke, und lächelte Erik an, als er mit Sarah auf sie zusteuerte.

»Ich bin schon zur Professorin avanciert«, flüsterte Inge ihrer Tochter zu. Sie deutete mit dem Kopf auf einen weißgelockten Herrn. »Der alte Engländer dort ist fest entschlossen, meinen Vortrag auf Band aufzunehmen.«

Sarah kicherte. »Der aussieht wie eine männliche Miss Marple?«

»Er ist ein Glocester«, erklärte Inge mit gespielter Ehrfurcht, und diesmal lachte Sarah ganz ungeniert.

»Dann frag ihn, wie viele Weiße Damen in seinem Schloss spuken.«

Sie küsste ihre Mutter auf die Wange und ließ sich von Erik zum Ausgang führen.

Die gläsernen Drehtüren ließen von draußen die Tirtowa in ihrem Rollstuhl herein. Wieder war es der junge Tänzer, der ihn schob.

»Bis jetzt auf den Proben?«, erkundigte sich Erik ein wenig vorwurfsvoll.

»Überstunden in der Schneiderwerkstatt«, antwortete Madame Tirtowa leichthin. Überrascht betrachtete sie

Sarah. »Warum haben Sie diesen Engel bisher vor mir versteckt?«

Erik beugte sich zu ihr und küsste ihre Hand. »Entschuldigen Sie, Madame Tirtowa. Das ist Sarah. Ein Engel, der mir eben erst zugeflogen ist.«

Unwillkürlich vollführte Sarah einen kleinen Knicks vor der großen alten Dame, und die Tirtowa lächelte. Es bestand kein Zweifel daran, dass sie Sarah große Sympathien entgegenbrachte.

»Dann geben Sie gut acht, Erik!«, sagte sie mit erhobenem Zeigefinger. »Engel verschwinden so unerwartet, wie sie kommen.«

An diesem Abend erschien Sarah Stockholm als die schönste Stadt der Welt. Erik und sie fuhren mit einem Taxi auf die Altstadtinsel Gamla Stan, die sie dann zu Fuß durchstreiften. Erik kannte Stockholm sehr gut und wusste auch vieles aus der historischen Vergangenheit der Stadt zu erzählen. Sarah hörte ihm fasziniert zu. Sie bestaunte die prachtvollen Renaissance- und Barockfassaden der Häuser, die Kirchen und Standbilder der schwedischen Könige und anderer berühmter Söhne der Stadt. Hand in Hand schlenderten sie durch das ehemalige Viertel der deutschen Kaufleute mit seinen engen, verwinkelten Gassen, küssten sich zärtlich und selbstvergessen auf einem idyllischen Platz, der, wie Erik erzählte, Brända Tomten hieß und wo es eine riesige Kastanie und Bänke zum Ausruhen gab. Schließlich erreichten sie den Schlosshügel, auf dem der Königspalast stand, in dem die königliche Familie allerdings nur noch zu offiziellen Anlässen residierte, während sie sonst Schloss Drottningholm als Aufenthaltsort bevorzugte.

Sie bummelten über die große Einkaufsstraße von Västerlanggatan, hörten den Straßenmusikanten zu und bewunderten die Schaufensterauslagen der unzähligen Geschäfte.

Irgendwann, als sie wieder einmal eine Ruhepause auf einer Parkbank einlegten, fragte Erik: »Sag mal, hast du eigentlich mit deinen Eltern über uns geredet?«

Sie gewahrte nicht die Unruhe in seinen Augen, sondern erwiderte arglos: »Noch nicht. Es ist unser Geheimnis. Und du darfst auch nichts sagen. Niemandem. Versprochen?«

»Versprochen«, erwiderte er erleichtert und küsste sie auf die Stirn.

Sarah blieb vor einem Brunnen stehen, den ein steinernes Standbild zierte. »Ich hab' im Flugzeug ein paar Brocken schwedisch gelernt, aber jetzt kann ich mich an nichts mehr erinnern.«

Er lachte. »Ich bin ein guter Lehrer.«

Sie blinzelte ihm zu. »Du gibst auch nachts Unterricht?«

Er küsste sie wieder, diesmal auf ihr dunkles Haar. »Da es in Schweden nur selten Tag ist, geht es gar nicht anders.«

Sarah umarmte ihn und lehnte sich eng an seine Brust. »Dann lass uns sofort damit anfangen.«

Mit einem Taxi fuhren sie zu seiner Wohnung. Sarah bewunderte das prachtvolle alte Bürgerhaus, aber noch mehr versetzte die Wohnung selbst sie in Erstaunen. Erik hatte sie über zwei Etagen so ausgebaut, dass man meinen konnte, sich auf einem Admiralsschiff aus dem vorigen Jahrhundert zu befinden.

Er hatte alles Lord Nelsons berühmten Schiff *Agamemnon* nachempfunden. Es gab eine Terrasse, die wie ein Schiffsdeck aussah, schmale, steile Holztreppen zwischen den beiden Wohnebenen und viele altertümliche Petroleumlampen. Natürlich besass die Wohnung auch einen elektrischen Anschluss, doch Erik bevorzugte das sanft brennende Öllicht oder Kerzen. Auf einem Tisch stand eine Büste Lord Nelsons mit einem echten alten Admiralshut aus dem 19. Jahrhundert.

Die Einrichtung verblüffte und faszinierte Sarah gleichermaßen, und es schien ihr, als entdecke sie hier eine bisher unbekannte Seite von Eriks Wesen: einen Hang zu Romantik und Tradition, gepaart mit der Lust am Abenteuerlichen.

Sie blieb vor der Büste von Horatio Nelson stehen. »Sag mal, steht sie schief, oder haben wir Seegang?«

Er lachte leise. »In meiner Wohnung herrscht immer Windstärke zwölf.«

Mit seitlich gelegtem Kopf betrachtete sie die Büste. »Er sieht seekrank aus.«

Erik nahm zwei Kerzenleuchter aus einem Wandregal und zündete die hohen schmalen Lichter an. »Die Diagnose stimmt. Admiral Nelson hatte zwei chronische Leiden. Beide unheilbar. Die Seekrankheit – und seine Liebe zu Lady Hamilton.«

»Armer Kerl«, meinte Sarah mitleidig und setzte sich respektloserweise den Admiralshut auf. Sie ging zu der steilen Treppe, die in den unteren Teil der Wohnung führte. »Knie nieder«, forderte sie Erik auf. »Tu, was ich sage«, setzte sie hinzu, als sie sein Zögern bemerkte, und er gehorchte.

Er lachte über ihren Anblick mit dem Hut, doch Sarah blieb ernst.

An der Wand neben der Treppe hing eine dreizinkige, langstielige Messinggabel, von der Sarah nicht wusste, wozu sie gebraucht wurde. Sie nahm sie herunter. »Sprich mir nach: Ich gelobe, nie seekrank zu werden.«

»Ich gelobe, nie seekrank zu werden«, wiederholte er feierlich.

»Ich gelobe, dich unheilbar zu lieben ...«

»Ich gelobe, dich unheilbar zu lieben ...«, sprach er ihr nach, und er wusste, dass es die Wahrheit war. Seine Liebe zu Sarah war unheilbar.

Mit großer Geste nahm sie den Admiralshut vom Kopf und setzte ihn Erik auf. Dann berührte sie mit der Gabel rechts und links seine Schultern, als wollte sie ihn zum Ritter schlagen, ehe sie ihn anschließend mit den Zinken in den Magen piekste.

Sie lachten beide, und der Hut fiel zu Boden, als Erik sich über Sarah beugte, um sie zu küssen. Ihre Lippen waren weich und verlangend, und als Erik sie zu Boden drückte, umschlang sie ihn mit aller Kraft.

Unheilbar ... dachte er verschwommen, während er sie an sich presste.

Sie liebten sich mit einer Heftigkeit, als wäre es das letzte Mal, so dass es Sarah fast weh tat. Aber der Schmerz wurde Lust, und das Feuer, das Erik in ihr entfachte, war so wunderbar, dass sie wusste, sie würde es wieder und wieder erleben wollen.

Etwa um dieselbe Zeit saß Konrad Maienstedt mit seiner Schwägerin im Wohnzimmer seines Hauses und spielte eine Partie Schach mit ihr.

Peregrina hatte von Anfang an vorgehabt, zwei Tage am Ammersee zu bleiben, und Inges und Sarahs Stockholmreise hatte nichts daran geändert. Morgen früh wollte sie dann wieder nach Marienberg zurückfahren.

Es brannte nur eine Tischlampe, aber sie spendete genügend Licht, dass Peregrina den grüblerischen Ausdruck in Konrads Gesicht erkennen konnte. Er wirkte unsicher und beunruhigt.

Schließlich tat er einen Zug mit seinem Turm. »Schach«, sagte er, und Peregrina schüttelte den Kopf.

»Du bist mit deinen Gedanken nicht dabei«, beschwerte sie sich freundschaftlich und attackierte mit ihrem Springer seine Dame. »Gardez! Aber du hast noch die Chance, deine Dame zu retten.«

Er erwiderte nichts darauf, sondern griff nach dem neben ihm stehenden Cognacschwenker und der Flasche und goss sich ein Glas ein.

»Gibst du mir auch einen?«, bat Peregrina.

Verblüfft sah er sie an, und sie lachte.

»Du hast wohl gedacht, ich hätte überhaupt keine Laster mehr, nicht wahr?« Als der Schwenker vor ihr stand, trank sie einen Schluck. »Aber manchmal kommt es auf so etwas nicht an.«

Sie schwiegen ein paar Sekunden. Maienstedt blickte auf das Schachbrett, ohne es wahrzunehmen, und fragte nach einer Weile stockend: »Glaubst du, Inge kommt aus Stockholm zurück? Schone mich nicht.«

»Sie kommt zurück«, sagte Peregrina überzeugt. Und sie dachte: Dann wird alles wieder von vorn beginnen.

Maienstedt stützte den Kopf in die Hände. »Ich bin nicht sicher, ob ich sie noch liebe. Aber ich bin sicher, dass ich sie nicht verletzten möchte.« Er warf Peregrina einen unglücklichen Blick zu. »Inge und ich, unsere Beziehung ist im Grunde längst zu Ende. Ich habe sie nur nicht verlassen, weil sie mich braucht, ohne es zu wissen.«

»Glaubst du, sie ist krank?«, fragte Peregrina, und er nickte stumm und leerte sein Glas.

Sie betrachtete ihn voller Mitleid. »Ich bin sicher, dass ich sie nicht verletzten möchte«, hatte dieser liebenswerte, grundgütige und grundanständige Mann gesagt. Wann hätte Inge jemals darauf geachtet, einem anderen nicht weh zu tun?

Natürlich war es nicht besonders christlich, ihr das nachzutragen, schon gar nicht von einer Klosterschwester. Aber Peregrina hatte manchmal Schwierigkeiten, allen alles zu verzeihen.

Sie war tolerant, wenn irgend ein kleiner Sünder über die Fallstricke des Lebens und seiner Mitmenschen stolperte. Aber wenn jemand immer nur sich selbst und seine eigenen Bedürfnisse und Probleme sah und nicht davor zurückschreckte, zur persönlichen Befriedigung anderen Schmerz zuzufügen, dann reagierte Peregrina absolut nicht sanftmütig.

Ganz sicher war Inge psychisch nicht sehr stabil, vielleicht sogar wirklich krank. Aber war das für alles eine Entschuldigung?

In Inges Augen waren es immer nur die anderen, die ihr Unrecht zufügten, und das machte es so schwer, mit ihr umzugehen. Sie würde auch mit Erik Wylander nicht glücklich werden, falls sie bei ihm blieb.

Und sie würde hier einen Scherbenhaufen zurücklassen.

Aber wahrscheinlich kam es gar nicht so weit. Peregrina war sehr sicher, dass Inge zurückkommen würde.

Doch eine Lösung ist das auch nicht, dachte sie bedrückt.

Die Halle des Grand Hotels Wylander war leer bis auf einen jungen Rezeptionisten, der auf seinen Feierabend oder richtiger: Feiermorgen wartete, als Sarah durch die gläserne Drehtür hereinkam. Sie grüßte freundlich und ließ sich ihren Zimmerschlüssel aushändigen. Dann fuhr sie mit dem Lift nach oben.

Sie war im Taxi zum Hotel gekommen. Erik hatte sie begleiten wollen, doch das hatte sie ihm ausgeredet. Er solle versuchen, noch ein paar Stunden zu schlafen, hatte sie gemeint. Schließlich müsse er arbeiten, während sie im Bett liegen könne, solange sie wolle.

In ihrem Zimmer machte Sarah sich, leise vor sich hinsummend, rasch für die Nacht fertig, und sie schlief ein, kaum dass ihr Kopf das Kissen berührt hatte. Vor den zugezogenen Vorhängen dämmerte allmählich der Morgen herauf.

Inge Maienstedt hatte eine unruhige Nacht verbracht. Sie war immer wieder aus dem Schlaf hochgeschreckt und hatte versucht, Erik anzurufen. Nach sieben Uhr in der Frühe probierte sie es noch einmal und wählte die Nummer seiner Wohnung.

»Erik?«, fragte sie nervös, als das Freizeichen verstummte. Sie lauschte ein paar Sekunden in den Hörer und warf ihn dann auf die Gabel zurück. »Wieder der Anrufbeantworter … verdammt!«, murmelte sie. Kopfschüttelnd zündete sie sich eine Zigarette an. »Das gibt's doch nicht. Wo steckt er bloß?«

Dann griff sie wieder nach dem Telefon und wählte. Diesmal hinterließ sie eine Nachricht auf dem Anrufbeantworter.

»Hier ist die Geisterstimme von Inge … SOS an Geisterstimme Erik. Seit Mitternacht versuche ich dich zu erreichen. Im Büro bist du nicht, zu Hause auch nicht.«

Ihre letzten Worte hörte Erik auf dem Band. Er kam gerade aus der Dusche, hatte nasse Haare und ein Handtuch um die Hüften gewickelt.

»Jetzt habe ich eine bessere Idee«, fuhr Inge am Telefon fort. »Ich nehme ein Taxi und fahre nach Oestrot. Falls du noch in der Stadt bist, mach schnell. Auf meiner Uhr ist es jetzt sieben Uhr siebzehn. Ich fahre sofort los.«

Damit beendete sie das Gespräch.

Erik war blass geworden. Verdammt, dachte er und erwog kurz, Inge im Hotel anzurufen und ihr das Vorhaben auszureden. Aber dann sah er ein, dass das Versteckspiel endgültig ein Ende haben musste. Er würde in Oestrot mit Inge sprechen.

In Windeseile begann er sich anzuziehen.

Sarah wurde unterdessen von einem lauten Klopfen an ihrer Zimmertür geweckt. Sie erkannte die Stimme ihrer Mutter. »Sarah, ich bin's. Mach schon auf.«

Auf bloßen Füßen tappte Sarah zur Tür und löste die Verriegelung. Inge stand ausgehfertig in einem sehr schicken, sportlichen Ensemble aus Kleid und passendem Mantel auf dem Hotelflur.

»Tut mir leid, dass ich dich geweckt habe …« Sie trat ein, blieb aber im Vorraum stehen. »Ich mache jetzt doch den Damenausflug mit. Und du? Was hast du vor?«

Sarah gähnte. »Ich geh' ins Wasa-Museum.«

Ihre Mutter umarmte sie flüchtig. »Hattest du einen netten Abend?«

Sarah nickte betont beiläufig. »Ja …«

Inge küsste sie auf die Wange. »Mach dir's schön heute. Bis später.«

Eilig verließ sie das Zimmer, und Sarah verschloss die Tür wieder hinter ihr. Sie reckte sich, lächelte und dachte an Erik. Es war schrecklich; sie hatte schon wieder Sehnsucht nach ihm.

Entschlossen ging sie zum Telefon. Vielleicht war Erik ja schon im Hotel? Er hatte ihr gesagt, dass er in der Regel gegen halb acht kam. Frau Lindgren, seine Sekretärin, meldete sich. Wie die meisten Angestellten, sprach sie ein sehr gutes Deutsch.

»Sarah Maienstedt am Apparat. Herrn Wylander bitte …«

Ein kleiner Schatten huschte über Sarahs Gesicht, als sie die Antwort der Sekretärin hörte.

»Tut mir leid. Herr Wylander ist nicht im Hause. Er ist weggefahren …«

»Ach«, murmelte Sarah enttäuscht. »Und wohin?«

Natürlich wusste Frau Lindgren, dass Sarah Maienstedt eine Sonderstellung im Hause einnahm. Einer guten Sekretärin entgeht so etwas nicht. Deshalb sah sie auch keine Veranlassung, in diesem Fall das Fahrtziel ihres Chefs zu verschweigen.

Er hatte vor zehn Minuten bei Frau Lindgren angerufen und ihr mitgeteilt, dass er in sein Jagdhaus müsse. Er würde vermutlich erst gegen Mittag im Hotel sein.

Sarahs Miene erhellte sich bei Frau Lindgrens Antwort. »Nach Oestrot … aha. Danke.«

Nachdem sie aufgelegt hatte, blickte sie einen Moment lang auf den Apparat. »Oestrot …«, wiederholte sie und lief zum Fenster, um die schweren Vorhänge aufzuziehen. »Das kann ja nicht aus der Welt sein.«

Erfreut stellte sie fest, dass draußen die Sonne schien, und zog sich schon auf dem Weg zum Badezimmer ihr Nachthemd aus. Erik würde Augen machen, wenn sie plötzlich in seinem Jagdhaus auftauchte.

Bestimmt konnte man ihr an der Rezeption einen Mietwagen besorgen und ihr den Weg nach Oestrot erklären.

Inge wusste, dass ein Schlüssel zum Jagdhaus immer unter einem losen Stein neben der Haustür versteckt war. Deshalb wartete sie bereits im Haus auf Erik. Sie hörte seinen Wagen kommen und beobachtete vom Fenster aus, wie Erik auf dem ein Stück unterhalb des Hauses gelegenen Parkplatz ausstieg.

Dass er so rasch hier sein würde, hatte sie gar nicht erwartet.

Während er eilig den etwas steilen Weg heraufkam, ging Inge zur Tür. Auf den letzten Metern lief sie ihm entgegen und warf sich an seine Brust.

»Erik, endlich! Ich hatte solche Sehnsucht nach dir. Du darfst mich nie mehr so lange allein lassen.«

Sie überschüttete sein Gesicht mit Küssen und merkte gar nicht, dass er reglos, mit herunterhängenden Armen dastand.

Schließlich schob er sie von sich. »Wir müssen miteinander reden.«

Inge lächelte. »Ich will nicht reden. Ich will dich lieben …«

Er zog sie ins Haus und warf die Tür hinter sich zu. »Ich mach' uns einen Kaffee.«

Noch immer spürte sie nicht, wie verändert er war. Sie war voller Verlangen nach ihm und konnte an nichts anderes denken als: Ich brauche ihn so sehr. Und ich werde hier bleiben, wie er es gewollt hat …

Die Jagdhütte bestand aus einem einzigen großen Raum. Im Hintergrund stand ein breites Doppelbett, über das eine helle Webdecke gebreitet war. Inge warf sich darauf und streckte die Arme nach Erik aus.

»Wie lange ist es her, dass wir hier waren«, sagte sie. Sie sah jung und verführerisch aus. »Komm her ...«

Erik zog sie vom Bett hoch und drückte sie auf einen der rustikalen Stühle beim Tisch.

»Setz dich ... Ich muss dir was sagen.«

Er hatte die Hände auf die Stuhllehne gelegt, und Inge drehte sich ihm zu. Sie sah, wie er tief Atem holte. »Ich habe viel nachgedacht ...«, setzte er an, doch sie unterbrach ihn mit einem amüsierten Lachen.

»Du bist süß! Jetzt, wo alles entschieden ist, beginnst du nachzudenken.« Sie umfasste seine Hüften und lehnte ihr Gesicht gegen seine Brust. »Erik, ich bin frei. Ich habe Maienstedt verlassen. Für immer.«

Sie sagte es in der felsenfesten Erwartung, ihm damit ein wundervolles Geschenk zu machen. Schließlich hatte er sie heiraten wollen ...

Erik Wylander spürte, wie ihm der Schweiß ausbrach. »Wir müssen Schluss machen«, stieß er hervor. »Es ist ...«

Wieder lachte sie und zog seinen Kopf zu sich herunter. »Wunderbar, wir machen wieder mal Schluss. Darin sind wir ja Weltmeister.«

»Inge, bitte!«, flehte er und versuchte, ihren Küssen auszuweichen. »Es muss sein.«

»Hast du Skrupel wegen meines Mannes? Oder ist es wegen Sarah? Sie wird sich abfinden müssen mit der neuen Situation.«

»Lass Sarah aus dem Spiel«, sagte er gepresst. Er drückte Inges Arme herunter und ging ein paar Schritte von ihr fort. »Du hast immer prophezeit, dass es einmal passieren wird ... Es gibt eine andere Frau.«

Er hatte Tränen erwartet, Wut, vielleicht sogar einen völligen Zusammenbruch. Aber Inge lachte noch immer, als hätte sie nichts begriffen. »Eine andere?«, wiederholte sie, und es klang beinahe nebensächlich, so als sprächen sie beide über irgendeine fremde Beziehung, die kaputtzugehen drohte. Small Talk auf einer Party. »Schon länger?«

Sie rutschte vom Stuhl, und Erik nahm ihren Mantel, den sie gleich bei ihrer Ankunft über den Tisch geworfen hatte.

»Ich bring' dich zurück in die Stadt. Wir reden unterwegs.«

Er wollte ihr den Mantel geben, aber Inge nahm ihn nicht. Stattdessen ergriff sie seine Hand und schmiegte ihre Wange hinein. »Nicht so … nicht reden«, stieß sie hervor. Ihre Stimme klang brüchig. Ganz allmählich sickerte es in sie ein, was Erik gerade gesagt hatte. Aber sie lächelte immer noch und wandte sich mit einer geschmeidigen Bewegung zum Bett. Ihr Kleid war vorn durchgeknöpft, und sie öffnete es mit fliegenden Fingern.

»Erzähl mir von der Neuen … Zeig mir, wie du mit ihr schläfst«, sagte sie, immer noch mit dieser gläsernen, unwirklichen Stimme. »Teile dein Glück mit mir …«

Es war viel schlimmer, als wenn sie ihm eine Szene gemacht hätte.

Erik nahm sie bei den Schultern, versuchte, sie vom Bett zu ziehen, während sie sich keuchend an ihn klammerte.

»Schluss jetzt! Es ist aus. Du musst das begreifen.«

In diesem Augenblick ertönte unten in der Zufahrt ein lautes, langanhaltendes Hupen. Vom Fenster aus sah

Erik, dass ein roter Wagen hielt, und das Herz blieb ihm fast stehen vor Schrecken, als er Sarah aussteigen sah.

Es war wie in einem Alptraum. Er wusste, dass er etwas tun musste, um das Zusammentreffen zwischen Sarah und Inge zu verhindern. Aber was *konnte* er tun? Erik stand wie gelähmt und sah zu, wie Sarah den Weg zur Hütte hinaufkam. Zwischendurch blieb sie ein paarmal stehen und sah sich um, nahm die Weite und Einsamkeit der Landschaft zwischen Wald und Wasser in sich auf.

Endlich, Sarah hatte fast die Treppe erreicht, die zur Haustür führte, fiel die Starre von Erik ab. Er rannte ihr entgegen und sah, wie sie ihm zulachte, während sie die Arme ausbreitete. »Erik, es ist wunderschön hier …«

Er legte ihr den Arm um die Schultern. »Sarah, ich muss dir etwas erklären. Ich …«

Im gleichen Moment trat Inge vor die Tür der Jagdhütte. Ihr Kleid war immer noch aufgeknöpft. Der weiße Spitzenbody schimmerte in der Sonne, und ihr Haar war zerzaust.

Sarah wurde schneeweiß, als sie ihre Mutter erkannte. Sekundenlang stand sie still da, und Erik sah, wie sich Begreifen und Entsetzen in ihren Augen spiegelten und schließlich einem so ungeheuren Schmerz wichen, dass Erik ihn fast körperlich empfand.

»Mutter!«, brachte Sarah schließlich hervor, und Inge trat noch einen Schritt nach vorn. Sie machte sich nicht die Mühe, ihr Kleid zu schließen.

»Sarah, was willst du hier?«, fragte sie zornig. »Ah, ich weiß, du spionierst mir nach. Der eigenen Mutter!«

Dann jedoch wurde sie ruhiger, fast siegessicher. Sie warf den Kopf in den Nacken. »Irgendwann musstest du es ja doch erfahren. Warum nicht jetzt? Ich habe mich von deinem Vater getrennt – wegen Erik. Wir werden heiraten.«

»Halt doch den Mund, Inge!«, schrie Erik. Er umfasste Sarahs Schultern. »Sarah, bitte, hör mir zu …«

Noch immer war dieser namenlose Schmerz in ihren Augen. Mit einer abrupten Bewegung stieß sie Eriks Hände von sich und drehte sich um. Dann rannte sie davon, den Weg zum Auto zurück.

Erik lief ihr nach. »Sarah … warte! Sarah … bitte!«

Aber sie war schneller als er und warf sich in den Wagen. Gleich darauf heulte der Motor auf. Erik versuchte, sie aufzuhalten. »Sarah! Bitte …« Er wollte die Beifahrertür aufreißen und zu ihr ins Auto springen, aber Sarah wendete so scharf, dass sie ihn fast über den Haufen gefahren hätte.

Gleich darauf war der rote Wagen hinter der nächsten Wegbiegung verschwunden.

Inge stand noch immer oben auf der Treppe. »Lass sie«, sagte sie lächelnd, als Erik zu ihr heraufkam. »Nur wir sind jetzt wichtig. Jetzt ist endlich alles klar, Erik. Jetzt können wir heiraten.«

Er ergriff ihren Arm und führte sie in die Hütte zurück. »Hör auf, Inge. Siehst du nicht, was du angerichtet hast? Setz dich!«

Als sie nicht sofort reagierte, drückte er sie unsanft auf einen Stuhl an der Wand.

»Sarah ist nicht zum Spionieren gekommen. Sie dachte, ich bin hier allein. Das wollte ich dir die ganze Zeit sagen. Sarah und ich ... wir lieben uns.«

Jetzt endlich wich die lächelnde Gelassenheit aus ihrem Gesicht. Es wurde weiß und starr. »Sarah und du ...«, stieß sie nach einem Moment des Schweigens hervor. Sie wandte den Kopf zur Seite und legte die Hände über die Augen.

»Ja, es ist Sarah«, gestand Erik. »Ich liebe sie.«

Die Haustür stand noch immer offen, und er trat einen Schritt ins Freie, weil er meinte, in der Hütte keine Luft mehr zu bekommen.

Inge ließ die Hände sinken und starrte auf seinen Rücken. Erik und Sarah, dachte sie stumpf. Sarah und Erik ... Die Worte dröhnten in ihrem Kopf. Meine Tochter und mein Geliebter ... Nein, das halte ich nicht aus. Das ist unerträglich ...

Und das Dröhnen schwoll an, und Inge hatte das Empfinden, dass es ihr den Kopf auseinandersprengte. Mit beiden Händen fasste sie in ihr Haar, presste sie gegen ihre Schläfen.

Ihr Blick irrte durch den Raum, und dabei entdeckte sie die Gewehre, die hinter ihrem Stuhl an der Wand hingen.

Inge dachte nicht mehr, sie handelte nur noch ganz instinktiv, als sei das, was sie tun musste, das einzige, was sie von ihrer Qual befreien konnte.

Sie riss ein Gewehr herunter und entsicherte es. »Erik!«, rief sie scharf, und er drehte sich zu ihr um.

Im selben Augenblick feuerte sie zweimal kurz hintereinander. Die Kugeln trafen Erik in die Brust. Mit einem dumpfen Geräusch stürzte er vornüber zu Boden.

Sarah war wie in Trance nach Stockholm gefahren. Sie weinte nicht, sie schaltete, bremste, sie gab Gas – alles völlig automatisch. Erst als sie auf der Autobahn in Richtung Stockholm das Hinweisschild zum Flughafen Arlanda entdeckte, zerriss die Betäubung, die sie bis jetzt erfüllt hatte, und sie dachte: Ja, ich muss zum Flughafen. Nicht mehr ins Hotel zurück ... nicht Erik begegnen – und auch meiner Mutter nicht. Sie setzte den Blinker und verließ die Stadtautobahn.

Eine Dreiviertelstunde später hatte sie den Flughafen erreicht. Sie ließ den Mietwagen einfach stehen, nahm ihre Handtasche vom Beifahrersitz und zog den hellen Blazer, den sie mitgenommen hatte, über ihr schwarzes kniekurzes Kleid. In der Abflughalle entdeckte sie eine freie Telefonzelle. Sie warf ein paar Münzen ein und wählte ihre Nummer zu Hause. Ihr Vater meldete sich kurz darauf.

Als Sarah seine Stimme hörte, kamen ihr zum ersten Mal die Tränen, und sie brachte kein Wort heraus. Nein, sie konnte ihm nicht sagen, was geschehen war. Sie konnte es niemandem sagen. Es war zu schrecklich.

Ohne ein Wort hängte sie ein. Dann ging sie zu einer Abflugtafel und suchte sich den nächsten Flug nach München heraus. Als sie am Schalter nach einem Ticket fragte, blätterte die junge Frau dahinter in ihren Passagierlisten und schüttelte bedauernd den Kopf. »Heute sind leider alle Maschinen nach München ausgebucht. Es ist nichts mehr frei«, erklärte sie in stark akzentgefärbtem Englisch.

Stumm wandte Sarah sich ab. Sie setzte sich in der riesigen Halle auf eine der gepolsterten Bänke und lehnte den Kopf gegen den grauen Stoff. Und jetzt konnte sie endlich weinen.

Sie kämpfte dagegen an, aber sie schaffte es nicht. Ihr ganzes Elend, das unerträglich demütigende Gefühl, dass sie für Erik nur eine vergnügliche kleine Affäre zwischendurch gewesen war, der Kummer um ihre erste große, so schmählich missbrauchte Liebe – alles brach sich in einer heftigen Tränenflut Bahn.

Erik Wylander lebte noch, als der Rettungswagen mit dem Notarzt bei der Jagdhütte eintraf. Der Arzt legte ihm eine kreislaufstabilisierende Infusion und wies die Sanitäter an, dem Bewusstlosen die Atemmaske aufzusetzen. Dann wurde er vorsichtig auf eine Trage gebettet und zum Rettungswagen hinuntergebracht. Inge folgte, ohne einen Blick von Erik zu lassen.

Neben dem Rettungswagen hielt mit kreischenden Bremsen ein anderes Auto. Es gehörte Sven Rasmussen. Inge hatte ihn telefonisch alarmiert, nachdem sie den Notarzt angerufen hatte.

Rasmussen stieg aus und lief mit langen Schritten auf den Arzt zu. »Wie geht es ihm? Wird er durchkommen?«

Der noch junge Mann hob die Schultern. »Er ist sehr schwer verletzt«, sagte er bedenklich. »er muss so schnell wie möglich operiert werden. Dann wissen wir mehr.«

Sven Rasmussen blickte in das blutleere Gesicht seines Freundes und versuchte vergeblich, die Angst zu verdrängen, die in ihm aufstieg. Er ging zu Inge. »Gut, dass Sie mich angerufen haben ...«

Ihre Lippen zitterten. »Er darf nicht sterben!«, würgte sie hervor und fiel ihm schluchzend um den Hals. Rasmussen hielt sie einen Moment lang fest. Als die Sanitäter die Trage mit Erik in den Wagen geschoben hatten, stürzte sie hinterher. »Ich möchte mit ...«

Rasmussen hielt sie fest. »Sie fahren mit mir«, sagte er so entschieden, dass sie keinen Widerspruch wagte.

Der Rettungswagen setzte sich in Bewegung. Der Fahrer hatte Blaulicht und Sirene eingeschaltet. Rasmussen folgte mit seinem Wagen in kurzem Abstand.

Inge liefen noch immer Tränen über das Gesicht, und sie wühlte mit nervösen Bewegungen in ihrer Handtasche. »Darf ich rauchen?«, fragte sie, als sie endlich die Packung mit den Zigaretten gefunden hatte.

»Selbstverständlich«, erwiderte Rasmussen. Er wartete, bis Inge sich eine Zigarette angezündet und ein paar hastige Züge gemacht hatte. Danach fragte er: »Wie ist es passiert?«

Inge schwieg ein paar Sekunden. Dann erklärte sie fahrig: »Er wollte mir zeigen, wie man mit einem Gewehr umgeht ...« Sie stockte, und Sven Rasmussen hakte nach: »Sie sind keine Jägerin?«

Fast hysterisch schüttelte sie den Kopf. »Nein. Ich hatte zum ersten Mal so ein Ding in der Hand. Ich wusste nicht, dass es geladen ist.«

Vergeblich wartete sie, dass er etwas sagte. Er schwieg und blickte starr auf die Straße. Inge warf ihm einen Seitenblick zu. »Sie glauben mir nicht?« Ihre Stimme flatterte.

Seine Lippen waren schmal und zusammengepresst. »Es kommt nicht darauf an, was ich glaube. Es kommt nur darauf an, dass Erik nicht stirbt.«

4

Sarah wusste, dass sie irgendetwas unternehmen musste. Sie musste sich ein Ticket besorgen – wenn nicht heute, dann für den nächsten Tag. Vielleicht gab es auch eine andere Flugverbindung nach Deutschland, nach Frankfurt beispielsweise, von wo sie dann nach München weiterfliegen konnte.

Aber sie saß immer noch auf der grau gepolsterten Bank in der Abflughalle und war unfähig, einen Entschluss zu fassen. Noch immer weinte sie, aber die Tränen erleichterten sie nicht, sondern machten alles nur noch schlimmer. Es tat so entsetzlich weh …

Für eine flüchtigen Moment schoss es ihr durch den Kopf, dass sie vielleicht doch ins Hotel zurückfahren sollte, um ihr Gepäck zu holen. Dort befand sich auch ihr Rückflugticket.

Sarahs Tränen flossen heftiger. Nein, nicht ins Hotel, dachte sie. Vielleicht sind Erik und meine Mutter dort.

Ich will sie nicht sehen. Ich will überhaupt niemanden vom Hotel sehen. Sie werden doch alle gewusst haben, dass Erik und Mutter …

Sie biss sich auf die Lippen und presste ihr tränennasses Gesicht gegen die Lehne ihres Sitzes.

In diesem Augenblick kam Madame Tirtowa in die Abflughalle, wie immer hochelegant in Schwarzweiß gekleidet und sorgfältig zurechtgemacht. Sie saß im Rollstuhl, den wieder der blonde junge Tänzer schob, der zwei Tage zuvor die Premiere des »Feuervogels« getanzt hatte. Die Aufführung war ein sensationeller Erfolg gewesen, mit Standing Ovations für Tänzer, Solisten, Orchester und die Choreographie – und nicht zuletzt für die grandiose Ausstattung der Tirtowa. Nach der Premierenfeier im Hotel und einem Tag des Ausruhens von den anstrengenden Probenwochen wollte sie heute unbedingt nach Venedig zurückfliegen, wo sie in einem alten Palazzo lebte.

Ihrem Rollstuhl folgte ein Angestellter des Bodenpersonals mit einem Gepäckwagen, auf dem sich ein Berg von Lederkoffern türmte.

Wie immer blickte die Tirtowa sich mit lebhaftem Interesse um, betrachtete die Reisenden, die vorübereilten, und entdeckte auch das junge Mädchen in dem schwarzen kniekurzen Kleid mit dem hellen Blazer darüber.

Als ob Sarah den Blick der Tirtowa gespürt hätte, sah sie im selben Moment hoch. »Madame Tirtowa …« Sie sprang auf und versuchte ein Lächeln, das kläglich verrutschte.

Die Tirtowa runzelte die sorgfältig gezupften Brauen.

»Sie sind doch … Ihr Name ist Sarah, nicht wahr? Erik Wylander hat Sie mir vorgestellt. Im Grand Hotel.«

Natürlich bemerkte sie, dass Sarah geweint hatte, und erkundigte sich resolut: »Was ist los? Sie machen ein Gesicht, als wäre der Leibhaftige hinter Ihnen her. Und überhaupt, Sie sind doch gestern erst angekommen. Wieso reisen Sie schon wieder ab?«

»Ich muss weg. Schnell …«, gestand Sarah und kämpfte schon wieder mit den Tränen.

Die Tirtowa beugte sich vor. »Was ist los mit Ihnen?«

Statt einer Antwort griff Sarah nach ihrer Tasche. »Ich muss gehen. Ich habe noch kein Ticket. Entschuldigen Sie bitte …«

Sie wirkte so verwirrt, dass die Tirtowa sie auf keinen Fall sich selbst überlassen wollte. »Einen Moment«, bat sie und streckte die Hand aus. »Sehen Sie nicht, Sarah. Ich brauche Sie.«

Unschlüssig blieb Sarah stehen, und die Tirtowa setzte hinzu: »Mein Flugzeug geht von Gate neun.«

Eine uniformierte Flughafenhostess näherte sich. »Ihre Tickets, Madame Tirtowa«, sagte sie höflich. »Drei, wie immer.«

Die Tirtowa nahm die Billets mit lächelnder Grandezza entgegen. »Danke.« Dann hielt sie ihre Hand wieder Sarah hin, als brauche sie Hilfe, um zu ihrer Maschine zu kommen. Automatisch griff Sarah die schlanken, ringgeschmückten Finger.

Die Hostess wandte sich an ihren Kollegen, der den Gepäckwagen schob. »Kommst du mit?«

Der junge Mann nickte und folgte ihr mit dem Wagen

zum Flugsteig, wo die Maschine der SAS nach Italien bereits abflugbereit stand.

»Wohin fliegen Sie eigentlich?«, erkundigte Sarah sich, und die Tirtowa lachte.

»Nach Hause natürlich. Nach Venedig. Warst du schon einmal dort?«

Sarah schüttelte den Kopf. »Nein, noch nie.«

»Du wirst es lieben«, prophezeite ihr die Tirtowa. Sie hatten ihren Entschluss gefasst, so spontan, wie sie immer in ihrem Leben gehandelt hatte. Sie würde dieses reizende und offensichtlich todtraurige junge Geschöpf nicht allein hier stehen lassen. Es brauchte Hilfe, und die sollte es bekommen.

»Weißt du es nicht?«, entgegnete sie auf Sarahs erstaunten Blick hin. »Du kommst mit mir.«

»Nach Venedig?« Wieder schüttelte Sarah den Kopf. »Ich habe doch kein Ticket.«

Wie die Karten eines Spiels entfaltete die Tirtowa die drei Flugscheine. »Du nicht«, erklärte sie heiter. »Aber ich.« Und sie überreichte Sarah mit großer Geste eines der Tickets.

Fassungslos blickte Sarah darauf. Zum erstenmal flog der Schimmer eines Lächelns über ihr verweintes Gesicht. »Sie können zaubern!«

»Manchmal ja«, behauptete die Tirtowa. »Das liegt bei uns in der Familie. Beim Fliegen nehme ich immer drei Tickets. Eines für mich, eines für mein Handgepäck und eines für Mademoiselle Zufall.« Sie deutete auf Sarahs Tasche. »Deinen Pass.«

Sarah öffnet ihre Tasche. Auf einmal schien alles

ganz einfach und selbstverständlich. Ja, sie würde Madame Tirtowa nach Venedig begleiten. Das war besser, viel besser, als nach Hause zurückzukehren. Dort würde ihr Vater Fragen stellen, die sie nicht beantworten konnte. Er würde wissen wollen, was denn um Himmels willen in Stockholm passiert sei, dass sie so Hals über Kopf abgereist war. Was sollte sie ihm antworten?

»Ich hab mich in Erik Wylander verliebt. Natürlich hat er es gemerkt und ausgenutzt. Ich wusste ja nicht, dass er ein Verhältnis mit meiner Mutter hat. Ich war dumm und vertrauensselig, verstehst du, Vater? Ich habe mit einem Mann geschlafen, der meine Mutter heiraten wird. Warum lachst du nicht darüber? Im Grunde ist es doch eine Groteske. Es wäre richtig, darüber zu lachen. Über die ahnungslose Gans Sarah und über Erik Wylander, der es geschafft hat, Mutter und Tochter in sein Bett zu bekommen.«

Nein, das konnte sie ihrem Vater nicht sagen. Er liebte sie, und was Erik ihr angetan hatte, würde ihn ins Herz treffen.

Später einmal, wenn sie ruhiger geworden war und mehr Abstand gewonnen hatte, konnte sie ihrem Vater erklären, dass sie mit Erik nichts mehr zu tun haben wollte, weil er die Ehe ihrer Eltern zerstört hatte. Daher sei sie mit der Tirtowa nach Venedig geflogen.

Sarah hatte ihren Pass gefunden und gab ihn der Tirtowa. Die beiden lächelten einander zu.

Venedig … Es klang wie ein Zauberwort. Und die Tirtowa war wirklich eine Zauberin. Eine gute weise Frau, die sie, Sarah, bei der Hand nahm, um sie in ihr Reich mitzunehmen.

Vielleicht war es dort, wie es in den alten Märchen hieß? Dass niemand mehr Kummer hatte und alle Wunden heilten, die Menschen sich gegenseitig zugefügt hatten …

Und wieder hielt die Tirtowa Sarah bei der Hand, während sie den Weg zu ihrer Maschine antraten.

Sie erreichten Venedig am Nachmittag. Schon aus dem Flugzeug bot sich Sarah ein überwältigender Ausblick auf die zauberhafte Lagunenstadt mit ihren Kirchen, Wasserstraßen und Palästen. Sie lag da in dem für sie so typisch pastellfarbenen Licht, das auch den tristesten der abblätternden Fassaden einen Hauch von Schönheit verlieh und die herrlichen Palazzi und Kirchen zu wahren Wunderwerken der Architektur und Farben werden ließ.

Auf dem Flughafen Marco Polo wurde die Tirtowa von einem weißhaarigen Herrn erwartet, der einen weißen Dieneranzug mit einer Art Chauffeursmütze in Dunkelblau trug. Allerdings wirkte er nicht wie ein Bediensteter, sondern eher wie ein feinsinniger Privatgelehrter oder Kunstsammler.

Während Sarah den Rollstuhl schob, kümmerte er sich um das umfangreiche Gepäck.

An der Anlegestelle beim Flughafen wartete das Motorboot der Tirtowa. Wie die venezianischen Gondeln war es schwarz, hatte aber einen weißen Deckaufbau und recht bequeme Sitzbänke.

Die Tirtowa beobachtete Sarah während der Fahrt. Zum erstenmal seit ihrer Begegnung auf dem Flughafen Arlanda wirkte ihr Gesicht wieder entspannt, und der Blick, mit dem sie die großartige Kulisse zu beiden Seiten des Canal Grande in sich aufnahm, war hell und voller Staunen wie bei einem Kind, das in eine Wunderwelt versetzt worden war.

Und es war ja auch eine Wunderwelt. Selbst die Tirtowa empfand es jedes Mal von neuem, wenn sie nach Venedig, der »Serenissima«, heimkehrte, wie die Venezianer ihre Stadt voller Ehrerbietung nennen.

Das weiche, pastellfarbene Licht verlieh den Fassaden der gotischen oder aus der Renaissance stammenden Palazzi und Häuser einen unirdischen Zauber. Hier war jahrhundertealte Historie so lebendig, als sei es heitere, sonnenbeglänzte Gegenwart. Sarah betrachtete die Gondeln und Vaporetti, die an ihnen vorüberglitten, die farbigen Marmorintarsien am Palazzo Dario, die Kuppeln und Türme der vielen Kirchen, die fast schwerelos wirkende filigrane Bauweise des Palazzo Bernardo oder die Ca'd'Oro, deren einst goldene Fassade zwar im Lauf der Jahrhunderte abgeblättert war, die aber gleichwohl in ungebrochener Schönheit in weißem Marmor erstrahlte. Der geflügelte Markuslöwe, Venedigs Wahrzeichen, tauchte immer wieder, in Stein gehauen, vergoldet, als Standbild oder Relief an den prächtigen Hausportalen auf.

Das Boot fuhr unter der Rialtobrücke hindurch und

steuerte dann einen schmalen Seitenkanal an. Sarah wandte sich zu Madame Tirtowa um und sah, wie die alte Dame ihrer Handtasche eine kleine goldene Pillendose entnahm. Hastig zerkaute sie zwei Tabletten.

»Ist Ihnen nicht gut?«, erkundigte Sarah sich besorgt, und die Tirtowa schnitt eine kleine Grimasse und nahm noch eine dritte Tablette.

Der alte Herr im Dieneranzug, der bis jetzt neben dem bärtigen Schiffsführer am Bug gestanden hatte, kam sofort zu ihr und schenkte ihr aus einer flachen Taschenflasche ein Glas Wasser ein. Sie nahm es dankbar entgegen. Dann wandte sie sich an Sarah.

»Weißt du, mein Herz war einmal stark wie ein Schiffsmotor. Jetzt ist es nur noch ein Wrack ... Die Ärzte wollen es schon lange flicken, aber da tu' ich nicht mit. Was ist schon dabei, wenn es eines Tages stehen bleibt ...« Sie lehnte sich zurück und lächelte Sarah an. »Ich wünsch' mir nur, dass es aus Freude stehen bleibt.«

Sie deutete auf einen Palazzo mit wunderschönen steinernen Rundbögen über den hohen Fenstern. »Hier wohne ich.«

Sie wartete, bis das Boot die Anlegestelle erreicht hatte, und stand dann auf. Verblüfft beobachtete Sarah, wie sie graziös von Bord ging und ohne fremde Hilfe zum Portal hinaufstieg.

»Madame Tirtowa ...«, rief Sarah, und die alte Dame wandte ihr mit einem vergnügten Lächeln den Kopf zu.

»Ja?«

»Wo ist der Rollstuhl?«

Die Tirtowa wechselte mit dem weißhaarigen alten

Herrn einen verschmitzten Blick. Beide grinsten wie zwei Kinder, die einen Streich ausgeheckt hatten.

»Rollstuhl?«, wiederholte sie dann gedehnt und hob ihre schwarzen Seidenhosen an, so dass man die schlanken Beine in eleganten Pumps sehen konnte. »Meine Beine sind in Ordnung. Meine Beine waren immer das Beste an mir.«

»Aber …«, setzte Sarah an, und die Tirtowa führte sie lachend ins Haus. »Wenn man in meinem Alter reisen will, muss man sich in einen Rollstuhl setzen, sonst kommt man als Krüppel zurück.«

Einigermaßen fassungslos schüttelte Sarah den Kopf. »Und ich dachte …«

»Madame ist eine hervorragende Schauspielerin«, erklärte ihr der weißhaarige Herr. Die Tirtowa trat zu ihm und stellte sich auf die Zehenspitzen, um ihm die Mütze vom Kopf zu nehmen.

»Kein Wunder bei so einem Partner«, sagte sie liebevoll und winkte Sarah heran.

»Darf ich dir Jules Dussere vorstellen – mein Notar, mein bester Freund … Und hin und wieder, wenn ich ihn darum bitte, zieht er diese Livree an und spielt meinen Diener. Jules ist halb Franzose, halb Italiener. Gerade die richtige Mischung für eine in Venedig gestrandete alte Russin wie mich.«

Sie drückte ihm die Mütze in die Hand. »Mein lieber Jules, zieh die Livree aus, sonst glaubt Sarah uns nicht.«

Er schüttelte lächelnd den Kopf und ging noch einmal nach draußen, um das Gepäck vom Boot zu holen.

Die Tirtowa blickte ihm nach. Dann streckte sie Sarah beide Hände entgegen. »Willkommen bei mir … in meinem Haus und in meinem Herzen!«

Sarah stiegen schon wieder Tränen in die Augen. »Wie soll ich Ihnen danken«, murmelte sie erstickt, und die Tirtowa lachte und hielt ihre Hände fest.

»Wofür willst du mir danken? Wozu sind drei Plätze im Flugzeug schon gut, wenn zwei davon leer bleiben? Und wozu so alt werden, wenn man den Freunden keine Enkelin präsentieren kann, damit alle sehen, wie man selbst früher einmal war? Auch ich war nämlich früher so ein Rosenlippenmädchen wie du …«

Damit zog sie Sarah die breite, gewundene Treppe in das obere Stockwerk hinauf.

In Stockholm wurde Erik Wylander sofort in das Karolinska-Krankenhaus gebracht. Der junge Notarzt hatte schon während der Fahrt über Funk dort Bescheid gegeben, so dass bei seiner Ankunft alles für eine sofortige Operation vorbereitet war.

Inge und Sven Rasmussen begleiteten die fahrbare Trage, auf der Erik lag, bis vor den OP. Dann schlossen sich die automatischen Türen hinter dem Bewusstlosen.

Rasmussen griff nach Inges Arm. »Ich bringe Sie ins Hotel«, sagte er, doch sie wehrte ab.

»Danke, ich bleibe hier«, erklärte sie entschlossen.

Er versuchte erst gar nicht, sie umzustimmen. Außerdem wollte auch er lieber hier auf den Ausgang der Operation warten. Er wäre viel zu unruhig gewesen, um im Hotel irgendetwas Vernünftiges tun zu können.

Die Zeit schien dahinzukriechen. Es gab einen Warteraum vor dem OP, in den sie sich setzten. Inge rauchte fast unablässig. Dann sprang sie wieder auf und rannte wie ein gefangenes Tier hin und her. Ihr Laufen machte Rasmussen nervös, aber er sagte nichts. Inge sah schrecklich aus, mit unsteten, flackernden Augen und fahler, fleckiger Gesichtsfarbe.

Sie sprachen kaum miteinander. Was auch?

Wird Erik durchkommen? Werden die Ärzte es schaffen, ihn zu retten? O Gott, er muss durchhalten. Er darf nicht sterben …

Sie dachten es beide unablässig. Es auszusprechen, hätte das Warten nur noch schlimmer gemacht.

Einmal schoss es Rasmussen durch den Kopf, dass er Carmen Wylander anrufen müsste, um sie zu informieren. Aber er verschob das vorerst. Es war vernünftiger, Eriks Mutter erst zu benachrichtigen, wenn man Genaueres über seinen Zustand wusste.

Auch Sarah Maienstedt würde er es sagen müssen. Sven Rasmussen wusste ja nicht, dass sie in Oestrot gewesen war. Er vermutete sie im Hotel.

Am Abend ihrer Ankunft hatte Erik sie seinem Freund vorgestellt.

»Das ist sie«, hatte er gesagt, »das ist Sarah …«

Er hatte so glücklich dabei ausgesehen …

Endlich, seit Eriks Einlieferung waren Stunden vergangen, wurde er aus dem OP gefahren. Man brachte ihn in ein Einzelzimmer auf der Intensivstation, wo er an verschiedene Überwachungsgeräte angeschlossen wurde. Eine Schwester hielt Sitzwache bei ihm, eine zweite kam wenig später herein, um die Infusion zu überprüfen, die man ihm gelegt hatte.

Inge und Rasmussen hatten gesehen, wie Erik auf der fahrbaren Trage an ihnen vorübergeschoben wurde. Er lebte also. Aber wie die Operation verlaufen war, konnten ihnen die beiden Pfleger nicht sagen, die ihn brachten.

Seitdem warteten sie vor seinem Zimmer.

Sven war nur einmal kurz telefonieren gegangen, um Eriks Mutter anzurufen.

Irgendwann wurde Erik unruhig. Er bewegte den Kopf und versuchte, etwas zu sagen, aber die Worte blieben unverständlich. Die Schwester neben seinem Bett stand auf und beugte sich über ihn. »Schmerzen?«, fragte sie und ergriff seine Hand. »Hören Sie mich?«

Eriks Augen blieben geschlossen, doch die Schwester sah, wie sich die Spur eines Lächelns um seinen Mund abzeichnete. »Sarah …«, murmelte er. Und noch einmal: »Sarah …«, bevor er wieder in seinen Narkoseschlaf zurückfiel.

Draußen auf dem Flur lief Inge wieder ruhelos auf und ab. Sie unterbrach ihre Wanderung erst, als die Schwester aus Eriks Zimmer trat. »Wie geht es ihm? Wird er durchkommen?«, fragte sie angstvoll.

Die Schwester hob die Schultern. »Es tut mir leid, das kann Ihnen nur der Arzt sagen.«

»Ich will zu ihm«, verlangte Inge hysterisch, und die Pflegerin schüttelte den Kopf.

»Das geht nicht.«

»Ich will sofort den Arzt sprechen!«, beharrte Inge und griff nach dem Arm der Schwester.

Diese befreite sich unsanft. »Sobald er Zeit hat. Aber jetzt geht es nicht. Es wurde eben noch ein Notfall eingeliefert.«

Hastig ging sie weiter und verschwand hinter einer Tür.

Inge ballte die Fäuste. »Dieser verdammte Arzt! Ich muss ihn sprechen!«

Sven Rasmussen, der bis dahin in einiger Entfernung an einem Fenster gestanden und hinausgestarrt hatte, kam zu ihr und legte ihr ihren Mantel über die Schultern. »Sie haben doch gehört: Er operiert …«

Sie starrte ihn an, und ihre Lippen zitterten wie in einem Krampf. Er bemerkte, dass sie kurz vor einem hysterischen Ausbruch stand, und wollte sie nach draußen führen.

»Eriks Mutter kommt mit dem nächsten Flugzeug«, sagte er, und Panik trat in Inges Augen.

Sie packte Sven an den Aufschlägen seines Jacketts. »Ich war es nicht …«, stieß sie wie von Sinnen hervor und schüttelte ihn. »Ich war es nicht …«

Dann warf sie sich herum und rannte zum Ausgang.

Carmen Wylander war bei Konrad Maienstedt, als der Anruf aus Stockholm kam. Sie war zu der Nachbarvilla hinübergegangen, weil sie ein wenig beunruhigt war, dass Erik sich nicht bei ihr gemeldet hatte. Vielleicht hatte wenigstens Sarah ihren Vater angerufen.

Konrad Maienstedt befand sich im Wohnzimmer und packte einige Unterlagen aus seinem Labor und dem Schreibtisch in einen Aktenkoffer.

Nach Peregrinas Abreise hatte er seinen Entschluss gefasst: Er würde hier nicht abwarten, wie sich die Dinge in Stockholm entwickelten, sondern nach Hamburg fliegen.

Hier vergeudete er seine Zeit nur mit endlosen und fruchtlosen Grübeleien. In Hamburg dagegen wartete Arbeit auf ihn. Und Ellen war da …

Carmen betrat das Haus durch die Terrassentür. »Sie packen?«, fragte sie. »Geht es nach Hamburg? Ich dachte, Sie fahren erst, wenn Ihr Forschungszentrum fertig gestellt ist?«

»Es gibt viel zu tun«, erwiderte er verschlossen und klappte den Aktenkoffer zu. Dann griff er nach der Krawatte, die er über eine Sessellehne geworfen hatte, und band sie sich um.

Carmen warf ihm einen lächelnden Blick zu. »Ein neuer Lebensabschnitt. Ich freu' mich für Sie.«

»Auf jeden Fall bin ich dann hier schon mal aus dem Weg«, erklärte er ruppig, und sie biss sich auf die Unterlippe.

»So habe ich das aber nicht gemeint.«

Er wandte sich ihr zu und betrachtete sie mit hochgezogenen Brauen. »Nein? Ich schon!«

Er ging zum Schreibtisch und suchte noch einige Notizen zusammen, die er mitnehmen wollte.

»Sehen Sie, einer von uns hat hier versagt. Und das bin ich.«

Carmen wollte etwas einwenden, doch er winkte ab. Mit gerunzelter Stirn blickte er auf den Teppich zu seinen Füßen. »Wahrscheinlich bin ich der falsche Mann für die falsche Frau. Ich schick' sie nach Schweden, wo ich sie eigentlich nach Hamburg mitnehmen wollte. Versuche, dem Schicksal einen Streich zu spielen, statt einfach zu sagen: Bleib bei mir, ich brauch' dich ... Und bilde mir auch noch ein, dass meine Tochter das Ganze retten könnte. Ich bin ein Trottel!«

Sein Ausbruch war Carmen etwas unangenehm. Sie wusste nicht, wie sie darauf reagieren sollte. Natürlich verstand sie ihn. Und immerhin war es ihr Sohn, der in Konrad Maienstedts Ehe eingebrochen war.

»Haben Sie etwas aus Stockholm gehört?«, fragte sie schließlich, und Konrad Maienstedt zuckte mit den Schultern.

»Nein! Und ich will auch nichts hören. Die glauben wohl, ich würde hinter ihnen hertelefonieren. Inge muss selber sehen, wie sie zurechtkommt.«

Carmens Haushälterin Mathilde unterbrach das Gespräch. Sie tauchte auf der Terrassentür auf. »Frau Wylander, hier sind Sie! Schnell, Sie müssen rüberkommen. Ein Anruf aus Schweden, dringend. Sie sollen sofort zurückrufen.«

Carmen nickte und wandte sich nach draußen. Doch dann blieb sie noch einmal stehen. »Soll ich etwas ausrichten?«, fragte sie Maienstedt, und seine Miene wurde noch abweisender.

»Nein«, erwiderte er grob. »Das Ganze geht mich nichts an.«

Sie wollte noch etwas sagen, aber Mathilde drängte: »Kommen Sie. Es ist wirklich dringend.«

Konrad blickte den beiden nach, wie sie durch den Park davongingen. Dann ließ er sich erschöpft in einen Sessel fallen. Captain drängte sich an seine Beine, und Konrad streichelte ihn.

Carmen Wylander erreichte die Nachmittagsmaschine nach Stockholm. Sven Rasmussen holte sie am Flughafen ab und fuhr sofort mit ihr ins Krankenhaus.

Als sie die Intensivstation betraten, kam ihnen ein älterer Arzt entgegen. Es war Professor Henningsen, der Erik operiert hatte. Er hatte gerade nach seinem Patienten gesehen.

Carmen lief auf ihn zu. In ihrer Aufregung vergass sie, dem Professor zu sagen, wer sie war. Aber Henningsen begriff sofort, dass er Erik Wylanders Mutter vor sich hatte, als er in ihr angstvolles Gesicht blickte.

»Jetzt sagen Sie schon, wie geht es meinem Sohn?«, fragte sie, schwer nach Atem ringend. »Kann ich zu ihm?«

Henningsen nickte. »Es war knapp. Diese verfluchte Jagd. Meinen eigenen Vater hat es bei der Elchjagd erwischt.«

Er ging ihr voran und öffnete die Tür zu Eriks Zimmer. Dort blieb er noch einmal stehen. »Was ich noch fragen wollte: Ist Frau Maienstedt eine Verwandte?« erkundigte er sich.

Carmens Augen waren plötzlich voller Abwehr. »Nein. Hat sie das behauptet?«

Der Professor erwiderte nichts darauf, sondern ließ sie eintreten.

Erik lag mit geschlossenen Augen im Bett. Er hatte Schweißperlen auf der Stirn. Sein Gesicht war blutleer und eingefallen.

Die Apparate und Infusionen, an die er angeschlossen war, erschreckten Carmen. Weder sie noch Erik waren bisher ernsthaft krank gewesen, daher hatte sie keine Erfahrung im Umgang mit diesen intensiv-medizinischen Geräten. Sie erschienen ihr nur unheimlich.

Zögernd ging sie auf Erik zu, während Sven Rasmussen vom Flur aus durch eine Glasscheibe in den Raum blickte. Von innen war eine Jalousie angebracht, die Professor Henningsen ein wenig hochgezogen hatte.

Als Carmen aus ihrer Tasche ein weißes Spitzentuch nahm und ihrem Sohn damit den Schweiß abtupfte, schlug er die Augen auf.

»Ich hab' dich am Schritt erkannt«, sagte er schwach. »Aber ich dachte, ich phantasiere …«

Sie war glücklich, dass er bei Bewusstsein war, aber sie sah auch, wie schlecht es ihm ging. Es war schlimmer, als sie es sich vorgestellt hatte.

Sie drückte ihm das Taschentuch in die Hand. »Heute Abend komme ich wieder«, versprach sie. Aber das hörte Erik schon nicht mehr. Die Augen waren ihm wieder zugefallen, und er glitt zurück in jenen Zustand aus

Betäubung und Schwäche, der alles fern rücken ließ – die Schmerzen und seine Angst um Sarah.

Professor Henningsen hatte noch einmal Eriks Puls gefühlt, dann folgte er Carmen auf den Flur.

Sven Rasmussen hielt sich taktvoll in einiger Entfernung.

Carmen sah den Professor an. »Wird Erik durchkommen?«, fragte sie ihn geradeheraus. Sie war kein Mensch, der Ausflüchte hören wollte, sie wollte die Wahrheit kennen, um sich notfalls darauf einzustellen. Zeit ihres Lebens war sie eine starke Frau gewesen; sie gestattete es sich auch jetzt nicht, in Tränen auszubrechen oder in panische Furcht zu verfallen.

Henningsen antwortete nicht sofort. Er blickte auf seine Hände. Dann wandte er sich Carmen wieder zu. »Es tut mir leid. Sein Zustand ist … sehr kritisch.« Er sah, wie das Blut aus ihrem Gesicht wich und sie sekundenlang um Beherrschung kämpfte. Sie atmete ein paarmal tief durch, dann hatte sie sich wieder in der Gewalt.

»Wir haben alles getan, was wir konnten«, setzte Henningsen hinzu. Er griff in die Tasche seines weißen Arztmantels und holte das silberne Zigarettenetui hervor, das Erik und Sarah beim alten Passhaus gefunden hatten. Erik hatte es seitdem immer bei sich getragen.

»Dieses Zigarettenetui hat die Kugel abgelenkt. Sonst wäre sie direkt ins Herz gegangen.«

Er reichte Carmen das Etui, und sie drehte es verwundert hin und her.

»Das kenne ich gar nicht.«

Henningsen deutete auf die Vorderseite. »Sehen Sie wo die Kugel aufgeprallt ist?«

Sie nickte. »Und wo ist die Kugel? Ich will sie haben«, fügte sie hinzu, als sie seinen fragenden Blick auffing.

Der Professor zögerte, holte dann aber doch ein Säckchen aus durchsichtigem Plastik aus seiner Kitteltasche und gab es Carmen. Sie befühlte es, und ihr Blick wurde starr.

»Zwei Kugeln«, sagte sie gedehnt. Ihr war klar, was das bedeutete, und am Gesichtsausdruck des Professors erkannte sie, dass er es ebenso wusste, auch wenn er schwieg.

Ein paar Sekunden sahen sie einander schweigend an, dann warf Carmen das Zigarettenetui und das Plastiksäckchen mit den Kugeln in ihre Handtasche und klappte sie mit einer entschlossenen Geste zu.

Sie wollte sich verabschieden, doch der Professor hielt sie zurück.

»Noch eine Frage: Wer ist Sarah? Jedes Mal, wenn er zu Bewusstsein kommt, sagt er diesen Namen.«

Nachdenklich hob Carmen die Schultern. Sarah konnte von den Vorgängen in Oestrot nichts wissen, sonst wäre sie ganz gewiss bei Erik im Krankenhaus. »Sarah ...«, wiederholte Carmen Wylander beunruhigt. »Wo ist sie?«

Sven Rasmussen brachte sie ins Grand Hotel. Auch Inge war dort. Nach ihrer überstürzten Flucht aus dem Krankenhaus war sie ins Hotel gefahren und hatte sich an der Rezeption Sarahs Zimmerschlüssel aushändigen lassen. Das Zimmer war leer, aber Sarahs Sachen hingen im Wandschrank, und ihr Rückflugticket lag auf dem Schreibtisch.

Also ist sie wahrscheinlich noch in Stockholm, dachte Inge.

Sie konnte sich jetzt nicht auch noch Sorgen um ihre Tochter machen. Alles, was sie beschäftigte, war Erik und ob man ihr die Geschichte von dem versehentlich abgegebenen Schuss glaubte.

Vor allem aber musste sie wissen, ob Erik außer Lebensgefahr war.

Inge ging in ihr eigenes Zimmer hinüber und zog sich hastig um. Dann fuhr sie mit dem Lift hinunter in die Halle. Während sie an der Rezeption ihren und Sarahs Zimmerschlüssel abgab, sagte sie: »Falls meine Tochter kommt, richten Sie ihr bitte aus, ich sei im Karolinska-Krankenhaus.«

Sie wandte sich um und wollte die teppichbelegte Treppe zu der gläsernen Drehtür hinuntergehen, als Carmen Wylander das Hotel betrat.

Sven Rasmussen hatte sie untergehakt, um sie zu stützen.

Doch nun ließ Carmen seinen Arm los und steuerte mit festen Schritten auf Inge zu. »Wir haben zu reden«, sagte sie mit kaum beherrschtem Zorn. »Aber das tun wir besser unter vier Augen.«

Inge war zusammengezuckt. Furcht stand in ihren Augen. »Ich wüsste nicht, was …«, stieß sie abwehrend hervor und wollte Carmen einfach stehen lassen. Doch die ergriff ihren Arm.

»Du kommst mit mir«, ordnete sie so entschieden an, dass Inge keine Gegenwehr mehr wagte.

Carmen hatte ebenfalls ein Büro im Hotel. Es lag neben dem von Erik. Während Inge an der Tür stehen blieb, ging Carmen entschlossen zu der Gegensprechanlage, die sie mit dem Vorzimmer verband.

»Lindgren«, sagte sie, als die Sekretärin sich gemeldet hatte. »Buchen Sie einen Flug für Frau Maienstedt nach München. Sie fliegt mit der nächsten Maschine zurück, meinetwegen über Timbuktu, aber sie fliegt noch heute.« Dann unterbrach sie die Verbindung und setzte sich hinter ihren Schreibtisch.

Die eisige Feindseligkeit, die von ihr ausging, ließ Inge die Beherrschung verlieren.

»Ich bin unschuldig …«, beteuerte sie zitternd und begann zu weinen.

»Ich glaub dir kein Wort«, erwiderte Carmen, ohne den Blick von ihr zu nehmen.

Schwankend ging Inge auf den Besucherstuhl vor dem Schreibtisch zu und umklammerte haltsuchend mit beiden Händen die Rückenlehne.

»Ich hab's nicht getan …«

Langsam schüttelte Carmen den Kopf. »Du willst deine Haut retten. Weil du Angst vor der Polizei hast.«

Inge wandte das Gesicht ab. »Was weißt du schon von Erik und mir …« Hass und Furcht schwangen in ihrer Stimme. Die Frau dort hinter dem Schreibtisch war ihre Feindin. Vielleicht war sie es schon immer gewesen und hatte es nur hinter scheinbarer Freundschaft und Großzügigkeit versteckt.

Ganz gewiss war es so. In Wirklichkeit hatte Carmen Wylander nur auf eine Gelegenheit gelauert, sie, Inge, von Erik zu trennen. Und jetzt war sie da, die Gelegenheit …

Schweigend stellte Carmen ihre weiße Handtasche auf die Schreibtischplatte und öffnete sie. Sie holte das Plastiksäckchen mit den Kugeln heraus und zeigte es Inge.

»Zwei Kugeln ...«, sagte sie hart. »Die erste mag ein Unfall gewesen sein. Aber die zweite?«

Inge war wie unter einem Schlag zusammengezuckt. Sie weinte heftiger. »Es war der Schock«, beteuerte sie. »Das Gewehr ist mir aus den Händen gefallen. Ich war so erschrocken ...« Sie machte ein paar unsichere Schritte auf Eriks Mutter zu. »Carmen, du glaubst doch nicht ... Ich wollte doch nicht ...« Sie brach ab und kämpfte vergeblich um Fassung. »Ich bin so durcheinander.«

»Halt den Mund und hör mir zu!«, befahl Carmen. Sie stand auf und zwang Inge, sie anzusehen. »Du hast beinahe einen Menschen umgebracht. Meinen Sohn. Aber für die Polizei ist es ein Jagdunfall. Es wird also keine Ermittlungen geben, keinen Prozess. Weil Rasmussen den Mund halten wird. Und ich auch.«

Inge wollte etwas erwidern, doch Carmen ließ sie nicht zu Wort kommen.

»Sei still, glaub nicht, dass ich das alles für dich tue. Ich tu' es für mich. Für meinen Namen. Ich lasse mir meinen Namen nicht von dir beschmutzen. Also schütze ich mich vor dir. Und ich schütze auch den Namen deines Mannes. Denn er ist auch der Name deiner Tochter.«

Sie stockte und fragte dann: »Was ist mit Sarah? War sie etwa dabei? Wo ist sie überhaupt?«

Inge hatte Mühe, die Antwort zu formulieren. »Sarah

… Sie war in Oestrot. Aber sie ist weggelaufen. Sie …«

»Weiß sie, was passiert ist?«

Stumm schüttelte Inge den Kopf. Sie weinte jetzt nicht mehr, sondern starrte leer und wie ausgebrannt vor sich hin. Carmen war ihr Anblick widerwärtig.

»Du packst jetzt deine Sachen und verschwindest«, sagte sie grob. »Ein Flug ist für dich reserviert.«

Inge riss den Kopf hoch. Sie wollte nicht weg. Sie wollte hier bleiben, bei Erik. Sie musste doch wissen, wie es ihm ging …

»Aber …«, setzte sie an, doch Carmens Antwort klang wie ein Peitschenknall.

»Geh!«

Ein paar Sekunden fixierten sie einander schweigend. Dann drehte Inge sich um und verließ den Raum. Krachend warf sie die Tür hinter sich zu.

Am späten Nachmittag ging es Erik ein wenig besser. Er war bei Bewusstsein, doch das bedeutete auch, dass er sich wieder vollständig daran erinnerte, was in Oestrot geschehen war. Er musste mit Sarah sprechen, musste ihr alles erklären. Wenn sie hörte, dass er im Krankenhaus lag, kam sie vielleicht zu ihm.

Er bat die Schwester, im Grand Hotel anzurufen. Aber dort war Sarah nicht. Und sie war auch nicht zu Hause am Ammersee, wie er gleich darauf erfuhr. Die Schwester sprach nur mit Vicenta und legte dann wieder auf.

»Fräulein Maienstedt ist nicht zu Hause, und man

weiß nicht, wann sie zurückkommt«, sagte sie, und Erik schloss die Augen.

Wo, um Himmels willen, war Sarah?

Die gleiche Frage stellten sich auch Carmen Wylander und Sven Rasmussen. Sie hatten mit dem Portier gesprochen, der Sarah am frühen Morgen den Mietwagen besorgt hatte, mit dem sie nach Oestrot gefahren war. Seitdem war sie wie vom Erdboden verschluckt.

Carmen hegte noch die vage Hoffnung, dass das junge Mädchen mit Inge zurückgeflogen war. Vielleicht hatten die beiden sich unterwegs getroffen.

Doch auch das erwies sich als irrig. Weder hatte der Chauffeur, der Inge zum Flughafen gebracht hatte, Sarah gesehen noch war sie in Inges Maschine gewesen.

»Wenn sie nicht bald auftaucht, bleibt uns nur die Polizei«, meinte Rasmussen bedrückt, während er mit Carmen im Lift zu ihrem Büro fuhr.

Sie schüttelte den Kopf. »Wir müssen Sarah selbst finden.«

Sie überlegte. Markus Loew fiel ihr ein. Er liebte Sarah, und es war möglich, dass sie sich in ihrer Verwirrung zu ihm geflüchtet hatte.

Carmen rief auf dem Reiterhof an. Markus war selbst am Apparat. Er geriet in helle Aufregung, als er hörte, dass Sarah seit dem Morgen vermisst wurde.

»Bei mir hat sie sich nicht gemeldet«, sagte er. »Wenn sie es tut, werde ich Ihnen sofort Bescheid geben. Und bitte, rufen Sie mich ebenfalls an, wenn Sie etwas von Sarah hören, meinetwegen auch mitten in der Nacht.«

Carmen versprach es und legte deprimiert den Hörer

auf. Allmählich machte sie sich ernstliche Sorgen um Sarah. Sie musste in einer entsetzlichen Verfassung sein, nachdem sie heute morgen ihre Mutter und Erik im Jagdhaus überrascht hatte. Hoffentlich beging sie keine Kurzschlusshandlung.

»Ich fürchte, wir müssen doch die Polizei einschalten«, sagte Rasmussen, und Carmen schwieg ein paar Sekunden lang. Sie war völlig ratlos.

Dann jedoch hob sie entschlossen den Kopf. Es gab noch eine andere Möglichkeit. Sarah konnte nach Arlanda gefahren sein und dort irgendeinen anderen Flug gebucht haben.

Bestimmt wollte sie Stockholm so schnell wie möglich verlassen.

»Wir haben doch ein Reisebüro im Haus«, erklärte Carmen Wylander. »Der Computer kann uns die Passagierliste vom Flughafen verschaffen. Dann wissen wir, ob Sarah dort abgeflogen ist und wohin.«

Rasmussen blickte auf seine Armbanduhr. »Das Reisebüro ist um diese Zeit nicht mehr besetzt.«

Sie runzelte die Stirn. »So etwas sagen Sie mir, Rasmussen? Egal wie – finden Sie jemanden, der sich mit dem Computer auskennt. Ich will die Passagierlisten noch heute haben.«

Rasmussen nickte und verließ das Büro.

Carmen fuhr noch einmal zum Karolinska-Krankenhaus. Sie blieb eine halbe Stunde bei Erik. Er war zwar noch nicht außer Lebensgefahr, wie Professor Henningsen sagte. Aber der Arzt wirkte dennoch etwas zuversichtlicher.

Den Rest des Abends verbrachte Carmen wieder in ihrem Büro. Sie versuchte zu arbeiten, weil sie seit langem erkannt hatte, dass Arbeit das beste Mittel war, um sich von Ängsten und Grübeleien abzulenken.

Trotzdem kreisten ihre Gedanken zwischendurch immer wieder um Erik und Sarah. Wie sollte sie ihrem Sohn nur beibringen, dass das junge Mädchen verschwunden war?

Nach einem kurzen Anklopfen betrat Sven Rasmussen den Raum. Er wirkte erregt, und Carmen hob abwehrend den Kopf.

»Bitte keine schlechten Nachrichten. Mein Bedarf ist gedeckt.«

Rasmussen scharf geschnittenes Gesicht verzog sich zu einem Lächeln. »Computer wissen doch mehr als Menschen. Sarah ist um zwölf Uhr dreißig nach Venedig geflogen, auf einem Platz, den ursprünglich Madame Tirtowa gebucht hatte.«

»Das heißt, die Tirtowa ist nicht geflogen?«, fragte Carmen überrascht. Ihr war ein Stein vom Herzen gefallen. Sarah lebte, und sie hatten endlich eine Spur von ihr.

»Doch«, antwortete Rasmussen. »Sie hatte drei Plätze auf ihren Namen gebucht. Einen davon hat sie an Sarah abgetreten.«

Die Erleichterung ließ Carmen lächeln. »Sarah ist in Venedig ... Da ist sie gut aufgehoben. Jetzt bin ich beruhigt.«

Er kam zum Schreibtisch und reichte ihr einen Notizzettel. »Adresse und Telefon von Madame Tirtowa.«

»Heute rufe ich dort nicht mehr an«, entschied Carmen nach einem Blick auf die Uhr. »Das hat bis morgen Zeit.«

Rasmussen nickte. »Brauchen Sie mich noch?«, erkundigte er sich respektvoll.

»Nein, vielen Dank.«

Erst als er schon bei der Tür war, hielt sie ihn zurück. »Sven, ich glaube, ich brauche jemanden zum Reden. Schenken Sie uns einen Cognac ein?«

Bereitwillig holte er die Flasche und zwei Cognacschwenker aus dem eingebauten Barschrank. Er schenkte sie voll und kam damit zum Tisch zurück. Während er sich setzte, nahm Carmen ihr Glas und trank einen Schluck.

»Haben Sie Sarah kennen gelernt?«, erkundigte sie sich, und er nickte lächelnd.

»Sie ist ganz anders als ihre Mutter«, sagte er betont.

Carmen unterdrückte einen Seufzer. »Erik liebt sie ...«

Wieder nickte er, und sie fuhr nachdenklich fort: »Soll ich ihm sagen, dass wir sie gefunden haben? Und ihn damit in ihre Arme treiben?« Sie lehnte sich in ihrem Sessel zurück. »Muss ich meinen Sohn nicht von einem so jungen Mädchen fern halten? Sie hat ihm nur Unglück gebracht ...«

»Das war nicht Sarah«, erwiderte Sven Rasmussen überzeugt. »Das war Inge.«

Sie dachte einen Moment nach, dann entspannte sich ihre Miene. Zweifellos hatte er damit recht.

Es war längst dunkel geworden, als Inge Maienstedt nach Hause kam. Vicenta war nicht da. Konrad hatte ihr freigegeben, und die Portugiesin war am Abend zu einer Freundin in den Nachbarort gefahren. Da sie dort über Nacht bleiben wollte, hatte sie Captain mitgenommen.

Der Hund tat ihr leid. Er spürte instinktiv, dass irgendetwas Unheildrohendes in der Luft lag, und nach der Abreise seines Herrchens war er voller Unruhe gewesen und winselnd durch alle Zimmer gelaufen. Vicenta hatte ihn kaum trösten können.

Inge hatte ein Taxi genommen. Sie schleppte ihren Koffer und die Reisetasche ins Wohnzimmer und schaltete überall das Licht ein. Dann öffnete sie die Terrassentür und knipste auch die Außenbeleuchtung an. Eine kleine Weile stand sie im Freien und atmete tief die Nachtluft ein.

Den Flug von Stockholm nach München hatte Inge wie betäubt überstanden. Jetzt jedoch, in der Stille des leeren Hauses, brachen Wut und Verzweiflung ungehemmt aus ihr heraus.

Sie hatte Erik verloren. Carmen Wylander hatte sie wie eine Verbrecherin behandelt und hinausgeworfen, und Sarah …

Inge ballte die Fäuste. Sarah war die eigentliche Urheberin des ganzen Unglücks.

Erik hatte sie, Inge, heiraten wollen. Er hatte es ihr gesagt an dem Tag, an dem Sarah aus Marienberg zurückgekommen war. Und dann hatte dieses durchtriebene kleine Luder sich ihm an den Hals geworfen.

Ja, so musste es gewesen sein. Sarah hatte sich bei den

Wylanders einquartiert, während sie, Inge, mit Konrad in Hamburg war. Wahrscheinlich hatte sie sogar ziemlich leichtes Spiel gehabt, denn Erik war nicht nur ein leidenschaftlicher, leicht entflammbarer Mann, sondern ganz gewiss wegen Inges Hamburgreise wütend und enttäuscht gewesen.

Oder war es Sarahs Jugend, die ihm den Kopf heiß gemacht hatte?

Nicht mehr daran denken, alles vergessen, schlafen …

Oh, warum hatte man keinen Schalter im Gehirn, mit dem man die quälenden Gedanken einfach ausknipsen konnte!

Inge drehte sich um und kehrte in den Wohnraum zurück. Mit fliegenden Händen zog sie die bis zum Boden reichenden Vorhänge vor der Terrassentür zu. Sie löschte das Außenlicht, dann die Deckenlampe. Nun war das große Zimmer nur noch in das sanfte warme Licht der Wandleuchten und Tischlampen getaucht.

Aber es war Inge immer noch zu hell. Sie wollte Dunkelheit. Vielleicht verschwanden dann dic Bilder, die sie verfolgten.

Erik, wie er ihr sagte, dass er Sarah liebe. Wie die beiden Schüsse ihn trafen und sein Hemd über der Brust blutig wurde, ehe er zu Boden stürzte. Sein Anblick auf der Trage, die man in den Notarztwagen schob. Das Warten im Krankenhaus. Und dann Carmen Wylander mit kalten, feindseligen Augen: »Zwei Kugeln. Die erste mag ein Unfall gewesen sein. Aber die zweite?«

Zwar hatte sie gesagt, es werde keine polizeilichen Ermittlungen und keinen Prozess geben. Aber was war, wenn Erik starb? Würde Carmen dann nicht doch darauf bestehen, dass sie, Inge, als seine Mörderin vor Gericht gestellt wurde?

Inge warf sich in eine Couchecke und schlug die Hände vor das Gesicht. Doch gleich darauf sprang sie wieder auf und begann von neuem, in dem großen Raum hin und her zu wandern. Dabei stolperte sie über ihr Gepäck. Wie von Sinnen rappelte sie sich wieder hoch und versetzte dem Koffer einen Tritt, dass er ein Stück weiter flog. Dann stürzte sie zum Tisch und griff nach der Cognac-Karaffe, die dort stand. Sie setzte sie einfach an den Mund und trank gierig.

Die Wirkung setzte fast augenblicklich ein. Ihre Beine gaben nach, und sie sank in die Kissen der Couch.

Während sie die Karaffe zurückstellte, entdeckte sie den Briefbogen auf dem Tisch. Er enthielt nur wenige Zeilen.

»Liebe Inge, meine Entscheidung ist gefallen. Ich gehe nach Hamburg. Konrad.«

Inge starrte ein paar Sekunden auf das Blatt, dann ließ sie es auf den Tisch fallen.

Wieder nahm sie die Karaffe, und diesmal leerte sie sie bis zur Neige. Dann schleuderte sie sie auf den Teppich. Anschließend knipste Inge alle Lampen aus. Zusammengekrümmt wie ein furchtsames, verlassenes Kind drückte sie sich in die Couchecke und schloss die Augen.

Sie hatte nicht gehört, dass draußen ein Wagen vorgefahren war und gehalten hatte.

Markus saß am Steuer. Er war noch einmal zur Maienstedt-Villa gefahren, in der Hoffnung, dass Sarah vielleicht inzwischen nach Hause gekommen sei.

Von weitem hatte er gesehen, dass Haus und Terrasse hell erleuchtet waren. Gleich darauf waren nacheinander alle Lampen ausgegangen.

Also war jemand im Haus. Sarah, dachte Markus. Gott sei Dank, sie ist hier.

Er stieg aus dem Wagen und lief zur Terrasse. Als er sah, dass die zweiflüglige Glastür nur angelehnt war, drückte er sie vorsichtig auf.

Ein schmaler Streifen Mondlicht beleuchtete den Koffer und die Reisetasche auf dem Teppich.

»Sarah?«, fragte Markus leise. »Ich bin's Markus. Ich weiß, dass du da bist …«

Er wartete ein paar Sekunden auf eine Antwort, und als alles still blieb, betrat er den Raum. Während er vergeblich nach einem Lichtschalter suchte, stieß er mit dem Fuß an die leere Cognac-Karaffe. Sie rollte klirrend ein Stück über den Boden.

Das Geräusch ließ Inge hochfahren. Sie schaltete die Lampe neben der Couch ein und drehte sich zu Markus um. Sie war völlig benommen.

»Was ist los?«, fragte sie mit schwerer Zunge.

Er war über ihren Anblick erschrocken. So hatte er Inge noch nie gesehen. »Frau Maienstedt, ich suche Sarah …«, stammelte er.

Es dauerte einen Moment, bis Inges benebeltes Hirn den Sinn seiner Worte begriff.

»Sarah schläft«, sagte sie, während sie mühsam aufzustehen versuchte.

»Aber …«, setzte Markus an, doch sie fiel ihm aufgebracht ins Wort.

»Verschwinde. Verschwinde, hab' ich gesagt!«

Schwankend hielt sie sich an der Couchlehne fest.

Markus kam noch einen Schritt näher. »Wo ist Sarah? Frau Wylander hat mich aus Stockholm angerufen. Sarah ist nicht mehr dort. Sie müssen doch wissen, wo sie ist …«

Die Besorgnis in seiner Miene ließ Inges Wut ins Uferlose wachsen. Sie torkelte auf Markus zu und packte ihn an den Oberarmen.

»Raus mit dir!«, schrie sie. »Verschwinde …«

Der Stoß, mit dem sie ihn zur Terrassentür hinausbeförderte, war überraschend kräftig, zumal Markus viel zu perplex war, um an Gegenwehr zu denken.

Er stolperte über den draußen stehenden Gartentisch, kam wieder auf die Füße und verschwand im Park.

Inge Maienstedt schloss hinter ihm die Tür. Erschöpft suchte sie am Türrahmen Halt, während sie hörte, wie draußen Markus' Wagen ansprang und davonfuhr.

Niedergeschlagen kehrte Markus nach Hause zurück. Er war zu aufgewühlt, um schlafen zu gehen, deshalb sah er noch einmal in den Stallungen nach dem Rechten.

Als das Wandtelefon klingelte, war er mit zwei Schritten am Apparat und riss den Hörer ans Ohr.

Carmen Wylander meldete sich auf der Gegenseite. Markus fiel eine zentnerschwere Last von der Seele, als er hörte, dass Sarah gefunden und in Venedig bei Madame Tirtowa sei, auch wenn ihm nicht klar war, was das alles bedeutete.

»Warum ist sie nach Venedig gefahren?«, erkundigte er sich verwirrt. »Und wer ist diese Madame Tirtowa?«

»Eine Künstlerin«, antwortete Carmen. »Du brauchst dir keine Sorgen zu machen. Bei ihr ist Sarah gut aufgehoben. Und jetzt gute Nacht.«

Bevor er noch weitere Fragen stellen konnte, hatte sie aufgelegt. Markus hängte ebenfalls ein. Was will Sarah bloß in Venedig, dachte er und straffte den Rücken. Ich werde das herausfinden.

Inge Maienstedt hielt es nicht mehr aus in dem stillen dunklen Haus. Sie musste weg hier … Sie musste irgend etwas tun, damit alle begriffen, wie gemein und niederträchtig sie zu ihr waren. Konrad, der sie verlassen hatte. Erik, der sie betrog. Sarah, die ihre ärgste Widersacherin geworden war …

Ja, dachte Inge, ich werde ein Fanal setzten, das sie schaudern macht …

Der Gedanke bohrte sich in ihren betrunkenen Kopf und trieb sie an.

Noch immer torkelnd rannte sie zum Schreibtisch, auf dem die Schlüssel des Range Rovers lagen. Daneben entdeckte sie das goldene Feuerzeug ihres Mannes, das er offenbar vergessen hatte. Inge steckte beides ein und lief, wie von Furien gehetzt, aus dem Haus. Sie ließ die Tür offen und überall das Licht brennen.

Wenige Augenblicke später heulte der Motor des Range Rovers auf. Inge gab so heftig Gas, dass Kies und Erdbrocken unter den Reifen aufspritzten.

Ihr Ziel war Marienberg.

Das Kloster, so fand sie, war der richtige Ort, um zu tun, was sie sich vorgenommen hatte. Peregrina und ihre Klosterschwestern würden entsetzt sein. Und Peregrina würde vielleicht sagen: »Die arme Inge! Sie hat keinen Ausweg mehr gesehen, so verlassen wie sie war.«

Verlassen … verlassen … hämmerte es in Inges Kopf, während sie über die nächtliche Landstraße jagte. Sie haben mich verraten und verlassen. Es ist alles zu Ende.

Es grenzte an ein Wunder, dass sie trotz ihres Zustandes unbeschadet Marienberg erreichte. Sie lenkte den Wagen in die Toreinfahrt und brachte ihn vor dem verschlossenen Portal zum Stehen.

Dann stieg sie aus. Sie öffnete die Heckklappe und wuchtete den schweren Benzinkanister ins Freie. Keuchend und schluchzend schleppte sie ihn zur Frontseite und klickte den Verschluss auf.

Unter Aufbietung all ihrer Kräfte schaffte sie es, das Benzin über die Motorhaube zu kippen. Es floß zur Erde und bildete eine breite Lache. Wieder und wieder goss Inge einen Schwall Benzin über den Wagen. Dabei redete sie unablässig vor sich hin.

»Sei nicht feige. Tu's jetzt … hier. Sie werden das Feuer sehen. Aber es ist zu spät. Sie werden das Feuer löschen. Aber es ist zu spät. Sie werden die Glocken läuten, aber es ist zu spät …«

Es klang wie eine wilde Beschwörung.

Schließlich entglitt der Kanister ihren Händen und fiel zu Boden. Inge holte das Feuerzeug aus ihrer Tasche und wollte es anzünden. Gleich, dachte sie, gleich ist es vorüber.

Aber das Feuerzeug funktionierte nicht. Es war leer.

»Komm, komm!«, flehte Inge und drückte wie eine Wahnsinnige auf den Anzünder, der die Flamme auslösen sollte. »Mach schon …«

Als sie begriff, dass alles vergebens war, schleuderte sie das kleine goldene Ding mit einem Aufschrei von sich. Die Kräfte verließen sie. Sie schaffte es gerade noch, in den Wagen zu kriechen. Dann brach sie zusammen.

Drei Stunden später fand man sie.

Die Schwester Pförtnerin, deren erster Weg es allmorgendlich war, das Portal aufzuschließen und die Tauben aus ihrem Schlag herauszulassen, entdeckte den Range Rover und die riesige Benzinlache. Erschrocken machte sie kehrt, um Peregrina zu alarmieren.

Sie war bereits auf und angekleidet. Mit großen Schritten rannte sie über den Klosterhof und öffnete die Wagentür. Inge lag quer über den Vordersitzen und schlief.

Als Peregrina sie aufzurichten versuchte, erwachte sie. Im ersten Augenblick wusste sie nicht, wo sie war. Benommen blickte sie ihre Schwester an.

Einige Klosterschwestern waren Peregrina gefolgt. Aufgeregt umstanden sie das Auto. Peregrina schickte sie mit einer Handbewegung weg.

Dann legte sie Inge den Arm um die Schultern und half ihr auszusteigen. Schwankend lehnte Inge sich gegen sie.

»Ich wollte sterben ... Ich wollte das Auto anzünden ... aber das Feuerzeug ging nicht ...«

Sie begann zu weinen, und diesesmal empfand Peregrina wirklich tiefes Mitleid für sie.

»Du bleibst jetzt erstmal bei uns«, sagte sie liebevoll und führte sie zum Haus.

Sie half Inge, sich ein wenig frisch zu machen, brachte sie in ihr Büro und holte dann für sie aus der Klosterküche ein Tablett mit Frühstück. Aus stumpfen Augen starrte Inge es an.

Peregrina schenkte ihr eine Tasse Kaffee ein. »Trink was«, bat sie. »Du brauchst das jetzt.«

Langsam schüttelte Inge den Kopf. »Ich kann nicht.«

»Du musst«, beharrte Peregrina, und ihre Schwester presste eigensinnig die Lippen zusammen.

»Ich will nicht.«

Peregrina gab es auf, sie umzustimmen. Sie trat hinter ihren Stuhl und legte ihr die Hände auf die Schultern.

Inge bog den Kopf zurück. »Du hast es gut hier ...« murmelte sie mit geschlossenen Augen. »Nur Frauen ... keine Männer.«

Als Peregrina nichts erwiderte, drehte Inge sich zu ihr um.

»Maienstedt ist ein Teufel. Ich geh' nicht mehr zu ihm zurück. Ich will ihn nie mehr sehen ...«

Sie begann am ganzen Körper zu zittern und umklammerte Peregrina. Die strich ihr das Haar aus dem Gesicht.

»Du bist krank. Du brauchst Ruhe ...«

Urplötzlich veränderte sich Inges Gesichtsausdruck, wurde misstrauisch und feindselig.

»Ich hätte mich mit dem Auto verbrennen sollen, dann hätte ich es hinter mir. Dann könntest du Maienstedt anrufen und ihm sagen: Inge lebt nicht mehr. Und er würde fragen: Wie ist es passiert? Und du: Sie hat sich und ihr Auto mit Benzin übergossen und angezündet. Und er: Es musste so kommen, sie war verrückt …«

Eine Klosterschwester, Peregrinas Sekretärin, hatte die ganze Zeit im Hintergrund am Schreibtisch gestanden und einige Papiere sortiert. Von dem am anderen Ende des großen Raumes sehr leise geführten Gespräch zwischen Inge und Peregrina hatte sie nur ein paar Wortfetzen verstanden, doch sie genügten, dass die ältliche Schwester immer wieder zu den beiden hinüberblickte.

Peregrina ging zu ihr und unterzeichnete verschiedene Briefe, die in einer Mappe lagen. Dann drückte sie sie der Schwester in die Hand und schickte sie hinaus.

Reglos hatte Inge in ihrem Stuhl gekauert. Peregrina betrachtete sie seufzend. »Willst du mir nicht endlich sagen, was passiert ist?«

Inges Augen wurden schmal. »Du hast mit Konrad telefoniert? Und mit Sarah?«

Mit einem sanften Lächeln schüttelte Peregrina den Kopf. »Nein, aber du solltest sie anrufen. Sie werden sich Sorgen machen.«

Inge zog die Mundwinkel nach unten. »Du lebst auf einem anderen Stern. Du kennst die Menschen nicht. Konrad ist es egal, was aus mir wird … Und Sarah … Sarah ist an allem schuld! Ich wünschte, sie wäre nie nach Hause gekommen!« Peregrina warf ihr einen alarmierten Blick zu. Aber sie stellte keine Fragen. Statt dessen legte sie Inge wieder den Arm um die Schultern. »Komm, du brauchst Ruhe …«

Sie wollte sie in das Zimmer führen, das man inzwischen für Inge hergerichtet hatte, aber sie wehrt sich.

Sie hatte Angst davor, allein zu sein. Dann kamen die Erinnerungen wieder …

»Ich hätte nicht herkommen dürfen«, murmelte sie mit gesenktem Kopf. »Du kannst mir nicht helfen. Niemand kann mir helfen.«

»Komm«, wiederholte Peregrina. »Du musst wieder gesund werden.«

Inge atmete mit offenem Mund. Sie war zu Tode erschöpft. »Du meinst es gut … Aber sag mir lieber, wie das Sterben geht.«

Diesesmal ließ sie sich tatsächlich zu Bett bringen. Sie schlief auch eine kleine Weile, unruhig, von unangenehmen Träumen geplagt, und als sie erwachte, saß Peregrina neben ihr und lächelte sie an.

»Schlaf weiter«, sagte sie, doch Inge schüttelte den Kopf. Sie war sicher, keine Ruhe mehr zu finden.

Statt dessen begann sie zu reden. Von Konrad, von der Vondrowski, von ihrem Widerwillen, nach Hamburg zu übersiedeln. Es waren die ewig gleichen Anklagen. Zwischendurch stand sie auf und zog sich an. Erik und Sarah erwähnte sie mit keinem Wort. Was in Stockholm passiert war, durfte hier niemand wissen, auch Peregrina nicht.

In der Hoffnung, dass Inge jetzt endlich etwas essen würde, brachte Peregrina sie in ihr Büro zurück. Aber Inge saß nur da auf ihrem Stuhl und fuhr mit ihren Anschuldigungen und Verdächtigungen fort, als gäbe es nichts anderes, über das es sich zu sprechen lohnte.

Peregrina blieb vor ihr stehen. »Die anderen sind schuld. Ich weiß schon. Solange du so denkst, wirst du dein Leben nie in den Griff bekommen.«

Der leise Tadel in ihrer Stimme weckte Inges Aggressivität erneut. »Du bist auch gegen mich …«, stieß sie feindselig hervor.

Peregrina schüttelte den Kopf. Sie versuchte, so liebevoll wie nur möglich zu klingen. »Niemand ist gegen dich. Du bist deine eigene Feindin.« Sie beugte sich zu ihrer Schwester und nahm ihre Hand.

»Jeder von uns ist an einen Platz gestellt«, sagte sie eindringlich. »Und an diesem Platz müssen wir ausharren, ob's uns gefällt oder nicht. Du musst endlich erwachsen werden, Inge.«

Mit einer abrupten Bewegung entzog Inge ihr ihre Finger. Ihre Augen glitzerten. »Ausharren, ausharren! Ich bin doch keine von deinen muffigen Reliquien!«

Sie sprang auf und ging zu dem Tisch in einer Nische, auf dem eine Figur der heiligen Barbara stand. Eine Bibel lag dort, und Peregrina hatte eine Anzahl kleiner, verschieden geformter Fläschchen mit geweihtem Barbara-Öl und anderen Essenzen darum gruppiert. Es war, wie sie manchmal lachend sagte, ihre ganz private Reliquiensammlung.

Inge griff sich ein Fläschchen und lächelte böse, als Peregrina ihr beunruhigt nachkam.

»Keine Angst, ich lass es schon nicht fallen.«

Sie zog den Stöpsel heraus und roch an dem Inhalt.

Angewidert verzog sie das Gesicht. »Puh! Genauso ranzig kommt mir mein Leben vor.«

Peregrina war blass geworden und sehr ärgerlich. Mit einer entschiedenen Bewegung nahm sie Inge das Fläschchen aus der Hand und stellte es auf den Tisch zurück.

»Rühr das nicht an!«

»Nein?«, fragte Inge gehässig. »Ich beschmutze deine heiligen Dinge schon nicht.«

»Es ist genug!«, sagte Peregrina fest, und Inge begann zu schreien.

»Ja, es ist genug! Du hast recht, liebe Schwester!«

Noch immer schreiend, fegte sie mit einer weit ausholenden Geste sämtliche Flaschen vom Tisch. Sie fielen zu Boden, und der größte Teil zerbrach.

Triumphierend blickte Inge auf die Scherben, ehe sie unvermittelt den Arm sinken ließ. Ihre Schultern sackten nach vorn, und sie begann wieder zu weinen.

Ein paar Sekunden blieb Peregrina regungslos stehen, ehe sie sich umwandte und mit schnellen Schritten zu ihrem Schreibtisch ging.

Sie wusste, wo sie Konrad Maienstedt erreichen konnte. Er hatte sie am Vorabend von Hamburg aus angerufen und ihr seine neue Adresse und die Telefonnummer mitgeteilt.

Konrad wohnte jetzt in der Gästewohnung der Vondrowski. Sie hatte ihn am Flughafen abgeholt, und als er die Wohnung wieder sah, die zwar schon immer gut ausgestattet, wenn auch etwas nüchtern und zweckmäßig war, zog er Ellen spontan in die Arme.

Sie hatte es geschafft, ein Zuhause daraus zu machen, in dem er leben und arbeiten konnte. Überall waren Blumen und Grünpflanzen verteilt, eine Obstschale stand auf der Anrichte, und Ellen hatte sogar einige Möbel gekauft, die das Ambiente noch behaglicher machten.

Konrad entdeckte einen neuen Schreibtisch und eine Computeranlage vor dem großen Panoramafenster im Arbeitszimmer und einen weißen Flügel im Wohnzimmer und war begeistert.

»Du kannst zaubern«, hatte er gesagt. »Es ist herrlich hier.«

Sie hatte ihn angelächelt. »Zufrieden? In jedem Fall ist es besser als das ewige Hotel, oder? Du kannst hier bleiben solange du willst.«

Sie hatten mit Cognac auf seine Ankunft anstoßen wollen. »Meine Lieblingsmarke«, wie Maienstedt erklärt hatte, als er die Flasche sah. »Woher wusstest du das?«

»Weibliche Intuition«, hatte sie nur erwidert und die Gläser geholt. Den kurzen Moment hatte er benutzt, um wieder einmal seine Herztabletten zu nehmen.

Als Ellen zurückkam und den Cognac einschenkte, war der schmerzhafte Krampf in seiner Brust vorüber. Er konnte schon wieder lächeln. Ellen hatte ihr Glas gehoben.

»Worauf trinken wir?«

»Auf das Leben!«, hatte Konrad erwidert. »Und auf uns.«

Auf uns. Das klang gut, fand Ellen. So, als ob er sie in sein Leben mit einschließen wollte.

Wenn sie nur wüsste, was ihn dazu bewogen hatte, so rasch hierher zurückzukehren? Hatte es Schwierigkeiten mit Inge gegeben? Ellen mochte nicht direkt danach fragen. Sie erkundigte sich nur:

»Hast du etwas aus Schweden gehört? Wie geht's deiner Frau und deiner Tochter?«

Ein Schatten glitt über sein Gesicht. »Nein, sie haben sich nicht gemeldet. Inge wird keine Zeit haben. Der Kongress … Was weiß ich …«

Er unterbrach sich für einen kurzen Moment. Nein, er brachte es nicht fertig, Ellen von Erik Wylander zu erzählen. Noch nicht.

»Und Sarah?«, ergänzte er mit einem Schulterzucken. »Kinder rufen nur an, wenn sie etwas brauchen.«

Ellen war in der Nacht bei Konrad geblieben. Und sie hatte in der Firma Bescheid gegeben, dass sie am folgenden Tag nicht ins Büro käme.

Sie schliefen lange, frühstückten im Bett, und gegen Mittag verließ Ellen die Wohnung, um eine delikate kalte Platte in einem Feinkostgeschäft zu besorgen. Abends wollten sie dann zum Essen ausgehen.

Als sie zurückkam, saß Konrad am Flügel und spielte selbstvergessen. Leise trat sie näher und nahm die Zellophanumhüllung von der Platte. Er wandte den Kopf und lächelte sie an, spielte aber noch eine Weile weiter.

Dann wandte er sich ihr schwungvoll zu. »Bin ich engagiert?«, fragte er heiter.

Sie setzte die Platte ab und legte die Arme um seinen Hals.

»Du bist der jüngste Mensch, der mir je begegnet ist.«

Er zog sie an sich. »Das ist allein deine Schuld. Noch gestern war ich ein verstaubter Greis.«

Es war wahr, was er sagte. Ellen Vondrowski tat ihm gut. Wenn er bei ihr war, fühlte er sich stark und gesund – und geliebt.

Während sie sich küssten, schrillte das Telefon. Widerstrebend ging Konrad an den Apparat und meldete sich. »Maienstedt.«

Ellen sah, dass er verwundert, ja, befremdet reagierte. »Peregrina, du?«

Sie wollte den Raum verlassen, doch er bedeutete ihr durch Handzeichen, dass sie bleiben sollte.

»Inge ist seit gestern bei mir«, sagte Peregrina mit ihrer dunklen, ruhigen Stimme. »Es geht ihr nicht gut. Sie steht unter Schock.«

Sie wartete einen Moment, ob Konrad etwas antworten würde, aber er schwieg.

»Irgendetwas muss in Schweden passiert sein«, setzte sie deshalb hinzu. »Kannst du dir vorstellen, was?«

»Nein«, erwiderte er beunruhigt.

Peregrinas nächste Worte klangen drängend. »Bitte komm. Sofort.«

Er atmete tief durch. »Ich komme«, versprach er und legte auf.

Ein paar Sekunden starrte er auf das Telefon, dann sah er die Vondrowski an. »Es tut mir leid, Ellen. Ich muss zu Inge.«

Sie nickte. Ihre Antwort kam leise, und er sah ihr an, dass sie getroffen war.

»Natürlich.«

Er nahm sie bei den Schultern. »Du verstehst das doch? Es geht ihr schlecht. Ich kann sie nicht allein lassen. Ich käme mir vor wie ein Schuft.«

»Das sollst du nicht«, erwiderte sie rasch.

Selbstverständlich verstand sie ihn. Er war eben so, ein Mensch, der meistens zuletzt an sich selbst dachte. Der immer da war, wenn andere ihn brauchten. Gerade deshalb hatte sie ihn ja lieb.

»Also fahr.« Ihr Blick war voller Zuneigung. »Ich buche dir einen Flug.«

»Danke«, erwiderte Konrad Maienstedt erleichtert.

Die Wohnung der Tirtowa erinnerte Sarah ein wenig an die Bühnendekoration einer Salonkomödie aus den zwanziger Jahren.

Gleichwohl fand sie sie wunderschön mit den vielen Fauteuils und Sofas, den echten alten Möbeln, venezianischen Spiegeln und Kristalllüstern, Pflanzenarrangements und Samtdraperien.

Sie entdeckte Skulpturen in den Wandnischen und im Atelier der Tirtowa bunt zusammengewürfelte Bilder, altersdunkle Gemälde, vergilbte Fotografien und viele Skizzen in Farbe und Schwarzweiß. Letztere stellten Figurinen in Kostümen der verschiedensten Stilepochen dar.

In den Schränken hingen alle möglichen Kleider,

Schuhe waren auf dem Boden verstreut, Hüte, Tücher und Taschen lagen auf der Ottomane, auf der die Tirtowa saß.

Sarah stand vor ihr. Sie trug einen weiten Rock mit aufgestickten Margeriten und darüber vorläufig noch ihren eigenen Blazer.

Die Tirtowa legte ihr einen breiten Lackgürtel um die Taille und schloss die kunstvolle Schnalle.

»Vor vierzig Jahren habe ich mir den Rock genäht«, erklärte sie zufrieden. »Rita Hayworth trug so ein Ding in einem Film.«

Sarah fasste mit beiden Händen den Rocksaum und hob ihn hoch. Dann drehte sie sich einmal um die eigene Achse, bis der Rock einen flatternden Teller um sie bildete. Sie hatte das Haar aufgesteckt, und die Tirtowa stellte erleichtert fest, dass sie lächelte und offensichtlich Gefallen an ihrem neuen Aussehen fand.

»Ein anderes Gefühl als Jeans …«, meinte die Tirtowa und kramte zwischen den Schuhen am Boden herum. Dann zog sie ein Paar weiße Sandaletten mit halbhoher durchgehender Plateausohle heraus. »Auch vierzig Jahre alt.«

Sarah schlüpfte in die Sandaletten. »Wie für mich gemacht«, stellte sie fest und band die weißen Seidenbänder um die Knöchel.

Die Tirtowa staffierte sie noch mit einer leichten, zartgelben Bluse aus und drückte ihr dann ein Täschchen aus schwarzgrünem Lackleder in die Hand.

»Da ist alles drin, was du brauchst: Stadtplan, Geld, Hausschlüssel.«

»Sie kommen nicht mit?«, fragte Sarah enttäuscht, während sie die Bluse in den Rockbund stopfte.

Die Tirtowa ging zu einem Sekretär und schrieb ihre eigene Adresse und den Namen eines Restaurants am Markusplatz auf. Dort wollte sie sich gegen Abend mit Sarah treffen.

»Dein erster Tag in Venedig«, sagte sie mit ihrer weichen Altfrauenstimme. »Da muss man laufen, laufen. Man muss sich verirren, muss tausend Bettler und kleine Buben nach dem Markusplatz fragen. Und jeder von ihnen zeigt in eine andere Richtung.«

Sie kicherte und küsste Sarah auf beide Wangen. »Jetzt geh. Venedig wartet.«

Dankbar erwiderte Sarah ihren Kuss. Dann nahm sie den Zettel mit den Adressen und verstaute ihn sorgfältig in ihrer Tasche.

»Ich erwarte dich im Restaurant«, sagte die Tirtowa und schob sie zur Tür. »Jede Katze Venedigs kann dich hinbringen.«

Sarahs Streifzug führte sie zunächst durch verwinkelte, ein wenig düstere Gassen, die von Kanälen durchzogen waren. Sie überquerte alte, halbverfallene Brücken mit wunderschönen steinernen Brüstungen, sah den Gondeln und Motorbooten nach, die unter ihr dahinglitten, ging einem schwarzgekleideten Gondoliere mit dem traditionellen bebänderten flachen Strohhut aus dem Weg, der ihr allzu feurige Blicke zuwarf, und gelangte schließlich nach vielen Umwegen an den Canal Grande.

Sie schlenderte über den Rialto-Markt mit seinem Menschengewimmel um die Stände, an denen die Händler lautstark und temperamentvoll Obst und Gemüse, Geflügel, Eier, Taschen und Schuhe, Pullover, bunte sommerliche Hängerkleidchen und allerlei Schnickschnack anpriesen.

Vom ersten Augenblick an hatte Sarah sich nicht fremd in Venedig gefühlt, sondern das Empfinden gehabt, hier etwas Vertrautem, Wunderschönem zu begegnen. Schon gestern bei ihrer Ankunft hatte sie eine Affinität zu dieser Stadt verspürt, die, je länger sie sie durchwanderte, sich noch vertiefte.

Natürlich sah sie auch die Spuren des Zerfalls und erinnerte sich, dass viele von Venedig sagten, es sei eine sterbende Stadt.

Aber das war Unsinn in Sarahs Augen. Venedig starb nicht; es lebte, lebte in der Heiterkeit seiner Menschen und der traumhaften Schönheit seiner Straßen und Plätze, die dem Meer entstiegen zu sein schienen.

Sie war verzweifelt, aller Illusionen beraubt hierher gekommen, und der Schmerz darüber saß immer noch wie ein scharfkantig geschliffener Stein in ihr. Aber irgendwie, so empfand sie es, war er hier dennoch erträglicher geworden.

Sie fuhr ein Stück mit dem Vaporetto über den Canal Grande, und während sie in das Wasser blickte, in dem sich die Fassaden der Palazzi und Kirchen zu beiden Seiten und der Himmel darüber widerspiegelten, dachte sie: Es ist gut, dass ich hier bin. Irgendwann werde ich es schaffen, hier wieder ich selbst zu werden.

An der Accademia-Brücke verließ sie das Schiff und ging zu Fuß weiter zum Markusplatz.

Die Tauben, die so zahm waren, dass sie den Touristen Brot, Körner und was man ihnen sonst noch gab aus der Hand pickten, entzückten Sarah. Die Kuppel von San Marco fing die letzten Strahlen der Sonne ein, und der Campanile, der den Dom noch um ein Beträchtliches überragte, wirkte wie mit rotem Gold übergossen.

Die Tirtowa und Jules Dussere warteten schon auf Sarah, als sie das Restaurant in der Nähe des Dogenpalastes erreichte. Sie saßen im Freien mit Blick auf den Bacino di San Marco, jeder einen Espresso corretto vor sich, und die Tirtowa umarmte Sarah zur Begrüßung und drückte sie in den Sessel neben sich.

Während sie ein Eis löffelte, musste Sarah natürlich zuerst erzählen, wo sie überall gewesen war und was sie gesehen hatte. Sie tat es bereitwillig, und man merkte ihr an, dass Venedig ihr Herz erobert hatte.

Die Tirtowa lächelte zufrieden. Sie hatte Sarah aufrichtig lieb gewonnen. Es war schön, dass sie bei ihr war und gewiss noch eine Weile bleiben würde. Am liebsten würde die Tirtowa sie gar nicht mehr fortlassen.

Vorhin noch hatte sie mit Jules darüber gesprochen, und er hatte ihr einen Vorschlag gemacht, der ihr sehr gefiel und den sie sofort in die Tat umsetzen wollte. Jules hatte versprochen, noch am selben Abend alles in die Wege zu leiten. Sarah würde staunen, wenn sie davon erfuhr. Aber das hatte noch ein paar Tage Zeit …

Jules Dussere warf einen Blick auf seine Armbanduhr und sah dann die Tirtowa an. »Ich habe noch eine Verabredung im Palazzo Pisani. Ich hoffe sehr, dass du mitkommst.«

Die Tirtowa winkte ab. »Ich bleib' dabei, ich schaue mir die Ausstellung erst am Tag der Vernissage an.«

Sarah wusste, wovon die beiden sprachen. Im Palazzo Pisani sollte eine Ausstellung mit den schönsten Kostümen, Ausstattungsstücken, Figurinen und Skizzen der Tirtowa stattfinden. Die Eröffnung war übermorgen.

Während die Tirtowa in Stockholm gewesen war, hatte Jules Dussere eine wahre Mammutarbeit geleistet, um die Exponate zusammenzustellen. Nun brannte er selbstverständlich darauf, ihr alles zu zeigen.

Ihre Ablehnung machte ihn ein bisschen traurig. Er seufzte. »Zwingen kann ich dich nicht.«

Die Tirtowa bat ihn mit einem kleinen Lächeln um Verzeihung, und sofort war er wieder versöhnt.

Er stand auf, beugte sich über den Tisch und küsste sie auf die Wange. Dann verabschiedete er sich von Sarah und ging durch die Tischreihen davon.

Die Tirtowa blickte ihm nach. »Seit fünfundzwanzig Jahren sind wir schon Freunde«, sagte sie leise und dankbar. Als Sarah nichts erwiderte, drehte sie sich zu ihr um.

Sarah hatte gar nicht zugehört. Sie blickte auf das Wasser, das in der Dämmerung eine fast tintenblaue Farbe angenommen hatte, und sah wieder so unglücklich aus, dass die Tirtowa sie am liebsten in die Arme genommen hätte. Wenn sie nur wüsste, was für einen Kummer Sarah mit sich herumschleppte!

Die Tirtowa berührte sie sanft am Arm. »Sarah?«, fragte sie behutsam. »Bist du immer noch sicher, dass du dich zu Hause nicht melden willst?«

Sarah nickte stumm.

»Deine Mutter macht sich Sorgen …«, drängte die Tirtowa, und Sarahs Gesicht wurde hart.

»Ich habe keine Mutter.«

Die Tirtowa nahm ihre Hand und streichelte sie. »Vorerst hast du mich«, sagte sie herzlich und sah erleichtert, wie sich Sarahs Miene entspannte. Sie lächelte der Tirtowa zu und drückte ihr rasch einen Kuss auf die Wange.

»Eines steht fest«, meinte die alte Dame verschmitzt. »Angst vor dem Leben hast du nicht. Ohne Gepäck, ohne Billett auf dem Flughafen … und du kommst genau dort an, wo du hin musst. Wenn ich mal nicht mehr weiter wusste, habe ich es auch so gemacht. Auf jeden Fall habe ich nie versucht, dem Leben etwas beizubringen.«

Ein paar Sekunden sahen sie einander in stillschweigendem Einverständnis an, dann legte die Tirtowa den Arm um Sarahs Schultern.

»Schau uns zwei an. Hat das Leben das nicht gut gemacht?«

Erik Wylander war von der Intensivstation in ein Einzelzimmer auf der Privatstation verlegt worden. Es ging ihm viel besser, und Professor Henningsen hatte Carmen erleichtert mitgeteilt, dass ihr Sohn nun völlig außer Lebensgefahr sei.

Als Carmen ihn an diesem Vormittag besuchte, saß er halb aufgerichtet im Bett. Er war immer noch blass, aber seine Augen blickten klar. Carmen küsste ihn zur Begrüßung.

»Du siehst viel besser aus«, stellte sie fest, und er schob die Augenbrauen zusammen.

»Ich würde mich noch besser fühlen, wenn ich wüsste, wo Sarah ist. Sie kann doch nicht vom Erdboden verschwunden sein!«

Sie setzte sich an sein Bett und sah auf ihre Hände hinunter.

Erik umfasste ihre Schultern. »Du verschweigst mir etwas. Was ist los? Ist Sarah etwas zugestoßen, Mutter?«

Die Angst in seiner Stimme machte ihr klar, dass sie ihn nicht länger im Ungewissen lassen durfte.

»Sie ist in besten Händen«, erwiderte sie trotzdem noch immer ausweichend.

Er drehte sie zu sich herum, so dass sie ihn ansehen musste. »Wo ist sie?«

»In Venedig«, sagte Carmen mit einem Seufzer. »Madame Tirtowa hat sie bei sich aufgenommen.«

»Ich fahre sofort nach Venedig!« Erik umfasste den Griff, der an einem Gestell über seinem Bett hing, und wollte sich daran hochziehen, um aufzustehen. Doch das bekam ihm nicht. Seine Operationswunde machte sich mit einem stechenden Schmerz bemerkbar, und Erik fiel auf sein Kissen zurück.

»Siehst du«, sagte Carmen, »das wollte ich vermeiden. Ein paar Tage musst du dich noch gedulden. Und ich habe den Eindruck, dass Sarah diese Zeit gut gebrauchen kann.«

Vielleicht hatte sie recht. Vielleicht aber war auch jeder Tag, den er tatenlos verstreichen ließ, ein Grund mehr für Sarah, sich weiter von ihm zu entfernen.

»Mutter!« Er blickte Carmen unglücklich an. »Ich darf Sarah nicht verlieren. Ich liebe sie.«

Als ob sie das nicht wüsste! Und nicht zum erstenmal verfluchte Carmen Wylander die teuflische Konstellation, die sich das Schicksal da ausgedacht hatte. Musste es ausgerechnet Inge Maienstedts Tochter sein, die in Erik dieses Gefühl ausgelöst hatte!

Als sie gegangen war, legte Erik sich zurück und schloss die Augen. Er war erleichtert, dass Sarah bei der Tirotwa war. So war sie wenigstens nicht allein, und die Tirtowa in ihrer herzlichen, großzügigen Art konnte ein wirkliche Hilfe für sie sein.

Trotzdem war er entschlossen, so schnell wie möglich nach Venedig zu fliegen. Zwei, drei Tage noch, dann war er bestimmt kräftig genug, um das Krankenhaus zu verlassen. Professor Henningsen konnte ihn nicht gegen seinen Willen noch länger hierbehalten.

Erik kannte Venedig sehr gut. Die Wylanders besaßen dort ebenfalls ein Hotel, und er kam mehrmals im Jahr dorthin.

Er versuchte, sich Sarah in Venedig vorzustellen. Gefiel es ihr? Sie war schon von Stockholm so begeistert gewesen. Ganz gewiss würde auch die unwiderstehliche Magie Venedigs sie in ihren Bann schlagen.

War sie schon mit einer der schwarzen Gondeln gefahren? Am schönsten war es ganz früh morgens oder spät abends, wenn die Stadt nicht mehr so von Touristenschwärmen bevölkert war. In diesen Stunden, die wie

Samt und Seide waren, entfaltete Venedig seinen ganzen geheimnisvollen Zauber.

Eines Tages wollte Erik solch eine Gondelfahrt mit Sarah machen, nahm er sich vor. Er wollte mit ihr in die Kirche Santa Maria dei Miracoli gehen und den Campanile besteigen, wo ihnen die Stadt zu Füßen lag, er wollte vom Dogenpalast über die Seufzerbrücke mit ihr wandern, und im Gritti Palace mit ihr dinieren …

Ach, Sarah, Sarah … Spürte sie, dass er an sie dachte? Er kannte den Palazzo der Tirtowa und versuchte seine Gedanken darauf zu konzentrieren. Vielleicht gab es das ja, auch über Tausende von Kilometern hinweg, dass jemand fühlte, wenn ein anderer eine so intensive geistige Verbindung suchte?

Es war jedenfalls tröstlich, sich das vorzustellen …

Etwa um dieselbe Zeit saß Sarah mit der Tirtowa auf einer Chaiselongue im Atelier. Von dem großen Fenster aus konnte man auf den Canal Grande blicken.

Sarah trug ein Kleid, das die Tirtowa aus ihren schier unerschöpflichen Schränken herausgesucht hatte. In den schwarzen Grund waren in üppiger Fülle bunte Sommerblumen gewebt. Ein breiter weißer Spitzenkragen umgab den Halsausschnitt.

Die Tirtowa hielt eine Schmuckschatulle auf dem Schoss. Sie holte eine große juwelenbesetzte Brosche heraus und hielt sie prüfend an Sarahs Kleid. Sarah nahm sie ihr aus der Hand.

»Das ist viel zu schön für mich. Sie sollten die Brosche tragen. Ich habe noch nie so etwas Schönes gesehen.«

Es war der Tag der Ausstellungseröffnung.

Madame Tirtowa war bereits für den festlichen Anlass angezogen. Sie trug ein Kostüm aus kostbarer schwarzer Spitze und einen breitrandigen Hut aus dem gleichen Material. Sarah fand, dass sie wunderschön aussah.

»Eine Frau hat diese Brosche gemacht«, sagte die Tirtowa, während sie Sarah das Schmuckstück wieder abnahm. »Die Belperon. Sie war meine Freundin. Sie hat ausschließlich für Freunde gearbeitet. Jedes Stück nur einmal. Die Brosche wurde nicht mehr ganz fertig ...«

Sie deutete mit dem Finger darauf. »Siehst du, hier fehlen ein paar kleine Steine ... Ihr Herz ist stehen geblieben, während sie daran gearbeitet hat.«

Mit einem Lächeln hob sie den Kopf. »Ist das nicht wunderbar? Weißt du was? Steck mir die Brosche an, sie soll mich zur Vernissage begleiten ...«

Vorsichtig befestigte Sarah das Schmuckstück an dem schwarzen Spitzenstoff, und die Tirtowa stand auf, um sich in einem hohen Wandspiegel zu betrachten.

»Ich bin so ungeduldig«, gestand sie. »Verrückt – zuerst habe ich mich gegen die Ausstellung gewehrt, und jetzt bin ich aufgeregt wie eine Braut.« Sie drehte sich vor dem Spiegel einmal um sich selbst und breitete die Arme aus. »Ist das Leben nicht wunderbar?«

Sarah antwortete nicht. Sie saß auf der Chaiselongue und starrte vor sich hin. Ihre Schultern waren nach vorn gesunken.

Die Tirtowa sah es im Spiegel und ließ die Arme sinken. »Jetzt ist das Gespenst wieder da«, sagte sie betroffen.

Sarah blickte zu ihr hin und nickte unmerklich.

»Hat das Gespenst einen Namen?«, forschte die Tirtowa behutsam und fügte, als Sarah immer noch schwieg, energischer hinzu: »Nenn es beim Namen, dann verschwindet es.«

Sarah schluckte. »Es wird nie verschwinden«, erwiderte sie mutlos.

Die Tirtowa wandte sich vom Spiegel ab und kam zu ihr. »Mal sehen«, meinte sie, während sie Sarahs Hände ergriff. »Ich bin schon mit mehr Gespenstern fertig geworden.«

»Nein, nicht mit dem. Ich bin mit ihm eingesperrt – da drinnen geht es auf und ab ...« Sie deutete auf ihren Kopf.

Und dann sprach sie es endlich aus, was ihr geschehen war. »Er holt mich nach Stockholm. Er sagt, dass er mich liebt. Und ein paar Stunden später finde ich ihn mit meiner Mutter.«

Die Tirtowa gab sich keine Mühe, ihre Betroffenheit zu verbergen. Natürlich begriff sie, dass Sarah von Erik Wylander sprach. Durch ihn hatte sie das junge Mädchen ja kennen gelernt und sofort gespürt, dass zwischen den beiden viel mehr war als nur Sympathie.

»Eines Tages wirst du weinen können. Dann wird das Gespenst gehen.« Die Tirtowa setzte sich neben Sarah und legte den Arm um sie.

Die Ausstellung sollte am frühen Nachmittag eröffnet werden. Zuvor nahmen Sarah und die Tirtowa noch einen leichten Imbiss ein. Während sie selbst kaum etwas hinunterbrachte, stellte sie zufrieden fest, dass Sarah mit gutem Appetit aß.

»Möchtest du noch etwas Zuppa Inglese?«, fragte sie, als Sarah ihren Teller von sich schob.

Sie schüttelte den Kopf. »Nein, danke.«

Die Tirtowa lachte leise. »Ich hatte schon Angst, du verhungerst mir … Besser?«

Sarah nickte lächelnd. In diesem Augenblick läutet es an der Tür, und ihr Lächeln erstarb. Sie wurde blass. Hilflos blickte sie die Tirtowa an.

»Sei ehrlich«, sagte diese. »Jedes Mal wenn es läutet, denkst du, es ist Erik.«

Sarah hob die Schultern. »Nein. Oder … doch. Ich weiß nicht, ob ich etwas denke. Ich weiß nur, dass ich jedes Mal zu Tode erschrocken bin.«

Die Tirtowa legte ihre Serviette zur Seite. »Soll ich öffnen?«

Sarah atmete tief durch. Noch immer verspürte sie Angst. Aber sie sagte: »Nein, nein, ich gehe.«

Während sie in das Foyer ging, ertönte die Klingel von neuem, diesmal länger und anhaltender. Sie verstummte erst, als Sarah die Tür aufriss.

Es war nicht Erik, der draußen stand. Es war Markus.

Ein paar Sekunden starrte Sarah ihn an, als sähe sie eine Erscheinung. Überraschung, Erleichterung, aber auch eine leise Enttäuschung, dass es nicht Erik war, erfassten sie.

Markus war mit dem Wagen gekommen. Er war unrasiert und übernächtig, weil er ganz früh am Morgen, noch in der Dunkelheit aufgebrochen war.

»Markus, du Verrückter«, rief Sarah und fiel ihm um den Hals. Es tat gut, ihn wieder zu sehen, trotz allem. Sie küsste ihn auf den Mund, und er drückte sie an sich. Er hatte sie wieder! Dafür wäre er drei Nächte und drei Tage durchgefahren. Oder sogar noch länger …

Nach seiner Ankunft in Venedig hatte er sich zuerst ein preiswertes Hotelzimmer in der Vorstadt Mestre gesucht und war dann mit einem Linienboot zum Palazzo der Tirtowa gefahren.

»Ich wollte schon lange mal wieder nach Venedig«, sagte er salopp, um seine Rührung zu überspielen.

Sarah hielt ihn noch immer umarmt. Lieber, guter, treuer Markus, dachte sie und blickte zu ihm hoch.

»Wie hast du mich gefunden?«

Grinsend zog er ein Foto aus seiner Jackentasche. Es zeigte Sarah als Klosterschülerin von Marienberg.

»Ich bin von Tür zu Tür gegangen und habe dein Bild gezeigt.«

Sie lachte ein wenig. »Komm rein.«

Die Tirtowa erschien im Foyer. Sie hatte auf die Stimmen an der Tür gelauscht und war sicher, dass es nicht Erik war, der da gekommen war.

»Das ist Markus Loew«, stellte Sarah den Freund ihrer Kinder- und Jugendjahre vor und hakte ihn unter.

Madame Tirtowa streckte ihm die Hand hin. »Willkommen, Markus. Willkommen in Venedig und in meinem Haus.«

Er betrachtete sie abschätzend und sogar ein wenig

misstrauisch. Aber dann lächelte er und deutete eine Verbeugung an. Er war von der Tirtowa sichtlich beeindruckt. Und noch mehr von ihrer herzlichen Art.

Sie musterte ihn ungeniert. Was sie sah, gefiel ihr. Deshalb zog sie ihn ins Foyer. »Du kommst wie gerufen. Wir wollen ausgehen, und es hapert nur an einem Kavalier für Sarah. Meine Freunde sind alles ältere Herren. Aber jetzt ist das Problem ja gelöst.«

Ihr Blick glitt über seine zerknittere Hose und das Schuhwerk. »Das heißt – hast du außer den Turnschuhen noch etwas anderes dabei?«

Er nickte, und sie forschte weiter. »Vielleicht auch ein weißes Hemd und dunkle Hosen?«

»Wie viel Zeit habe ich?«, antwortete er. Er strahlte. Die Tirtowa schien ihn zu akzeptieren. Und Sarah hatte ihn zur Begrüßung auf den Mund geküsst …

»Wir erwarten dich in einer Stunde«, erklärte die Tirtowa, und er drehte sich auf dem Absatz um.

»Ich werde da sein!«, rief er und rannte mit langen Sprüngen die Treppe hinunter. Gleich darauf fiel die schwere Tür, die zur Straße führte und der Anlegestelle am Wasser gegenüber lag, hinter ihm zu.

Die Tirtowa hakte Sarah unter. »Weiß er von dem anderen?«

Sarah zuckte mit den Achseln. Sie hatte es Markus nicht gesagt. Die Tirtowa seufzte mitfühlend. »Er ahnt es. Der Ärmste!«

Markus brauchte weniger als eine Stunde, um sich zu duschen, zu rasieren und umzuziehen. Er erledigte alles in fliegender Eile und nahm ein Bootstaxi, um schneller bei der Tirtowa zu sein. Zu dritt fuhren sie dann zum Palazzo Pisani.

Jules war dort und dirigierte die Arbeiter, die noch große Grünpflanzen in Terrakottakübeln und Blumenarrangements auf die Säle verteilten, in denen die Arbeiten aus dem langen Berufsleben der Tirtowa zu sehen waren.

Die Ausstellung versprach ein voller Erfolg zu werden. Natürlich war die international berühmte Kostümdesignerin seit langem ein Begriff in Venedig, und schon am ersten Tag erschienen zahlreiche Besucher, um die Puppen in den phantastischen Gewändern, die vielen Accessoires und zahlreichen Entwürfe zu bestaunen.

Solch eine Vernissage war ja auch immer ein gesellschaftliches Ereignis, und deshalb waren die Reichen und Schönen Venedigs ebenso vertreten wie Künstler, Studenten und Wissenschaftler.

Jules, der Fürsorgliche, hatte für die Tirtowa einen Rollstuhl besorgt – beileibe kein modernes Gefährt, sondern ganz stilvoll einen aus der Zeit der Jahrhundertwende, mit dem sie zwischen den Gästen hin- und herfuhr, da alte Freunde begrüßte und dort Blumen und Komplimente entgegennahm.

Sie genoss diesen Tag aus vollem Herzen.

Es gab Champagner und delikate Häppchen, von Antico Martini geliefert, und die Säle des Palazzo Pisani mit ihren Fresken und kostbaren Marmorböden, den venezianischen Spiegeln und Kronleuchtern bildeten eine prachtvolle Ergänzung zu den farbenfrohen Kostümen der Tirtowa.

Sarah konnte gar nicht genug davon sehen. Immer wieder blieb sie vor einer der lebensgroßen Puppen stehen, strich mit den Fingerspitzen über Samt und Seidenstoffe, bewunderte die Stickereien und den Schmuck.

Die Tirtowa betrachtete sie zufrieden. Es freute sie, dass Sarah so fasziniert von dieser fremden Welt war. Irgendwie, so fand die Tirtowa, passte sie hierher, und sie hoffte, dass Sarah das genauso empfand.

Auch Markus war anfangs recht beeindruckt von der Vernissage gewesen. Aber inzwischen fühlte er sich zunehmend unbehaglich. Sarah schien ihm völlig verändert, und natürlich schrieb er das dem Einfluss der Tirtowa zu. So etwas Verrücktes – einfach nach Venedig zu fliegen und niemandem mitzuteilen, wo sie war! Die Tirtowa musste sie völlig in ihren Bann geschlagen haben. Es wurde Zeit, dass man Sarah von ihr befreite!

Allmählich gingen die Ausstellungsbesucher. Die Säle leerten sich, und Jules Dussere begleitete einige prominente Gäste noch bis nach draußen.

Die Tirtowa hielt ein wunderschönes Blumenbukett im Arm, das ihr ein alter Bewunderer beim Abschied überreicht hatte. Sie saß noch im Rollstuhl und hatte jetzt endlich die Muße, ihre Kostüme zu betrachten. So viele Erinnerungen wurden dabei wach!

Sie winkte Sarah heran.

»Sieh dir das an«, sagte sie und deutete auf eine maskierte Puppe in einem goldfarbenen Kleid, die eine juwelenbesetzte Tasche über dem Arm trug. »Aus ›Don Giovanni‹. Das Täschchen der Donna Elvira. Was war das für eine Aufregung, als es kurz vor der Premiere verschwunden war …«

Sie lachte und lenkte den Stuhl ein Stück weiter. »Weißt du was? Im nächsten Leben möchte ich Sänger sein. Aber kein Tenor, bloß nicht. Ich will den Don Giovanni singen …«

Mit einer anmutigen Geste warf sie den Kopf zurück und summte: »Reich mir die Hand, mein Leben …«

Markus' Unbehagen wuchs, als er sah, mit welcher Bewunderung Sarah die Tirtowa anblickte. Zugegeben, sie war auf ihre Art eine faszinierende alte Dame, die ihn sehr liebenswürdig behandelt hatte. Aber sie war in seinen Augen auch reichlich überspannt. Wieso merkte Sarah das nicht?

Er ergriff ihren Arm, während die Tirtowa, noch immer singend, durch den breiten Mittelgang fuhr, an dessen Seiten die Puppen standen.

»Sarah, bitte«, flehte er, »fahr mit mir zurück. Nach Hause.«

Übermütig lachte sie ihn an. »Schau nicht wie ein Pferd. Was willst du? Ich bin hier zu Hause.«

»Deine Eltern …«, setzte er an, doch sie ließ ihn nicht zu Wort kommen.

»Wenn du so ein Gesicht machst, bleib' ich für immer hier!«, trumpfte sie auf, und damit hatte sie ihn ernstlich gekränkt. Wieder einmal …

»Viel Glück!«, stieß er wütend hervor und ließ sie stehen.

Mit langen Schritten stürmte er zum Ausgang.

Sarah blickte ihm nach und wandte sich dann der Tirtowa zu, die die kleine Szene aus einiger Entfernung interessiert beobachtet hatte. Aber sie sagte nichts.

Sarah beugte sich zu ihr und legte ihr einen Arm um die Schulter. »Eines Tages werden Sie meinen Vater kennen lernen. Sie werden ihn lieben. Er würde jetzt für uns einen Walzer spielen.«

Die Tirtowa stand auf und legte ihr Blumenbukett in den Stuhl. Lachend begann sie eine Walzermelodie zu trällern und machte ein paar Tanzschritte.

Sarah fiel in die Melodie ein und tanzte mit ausgebreiteten Armen durch den Saal, immer ausgelassener, immer wilder.

Und plötzlich war ihr zumute, als höre sie Geigenspiel. Nein, ein ganzes Orchester war es, das die Walzermelodie aufnahm und Sarah immer rascher herumwirbeln ließ.

Sie hob ihren Rock an, dass er um ihre nackten Waden flog, lauschte auf die imaginäre Musik und tanzte weiter, ganz hingegeben an den schwungvollen Rhythmus.

Auf einmal schienen auch die Puppen in ihren Kostümen zu geheimnisvollem Leben zu erwachen. Sie hoben die Arme und wiegten sich hin und her, und einige verneigten sich sogar vor Sarah.

Natürlich wusste sie, dass das nicht wirklich war. Es rührte gewiss von ihrem Tanz her, dass ihr ein wenig schwindelig wurde und sich deshalb alles um sie bewegte.

Aber es war trotzdem schön, an die lebendig gewordenen Puppen zu glauben und der Musik zu lauschen.

Auch die Tirtowa hatte eine kleine Weile weiter getanzt. Sie hielt erst inne, als sie spürte, wie ihr Herz aussetzte, ein, zwei Schläge lang, und dann einen heftigen Trommelwirbel schlug. Der kleine, flatternde, hundertjährige Vogel in ihrer Brust, wie sie ihr Herz manchmal nannte.

Die Tirtowa kannte das – nach ein paar Sekunden oder Minuten wurde es besser, der Herzschlag beruhigte sich. Sie musste sich nur hinsetzen.

Nach Luft ringend, tastete sie sich zu ihrem Rollstuhl zurück und nahm das Blumenbukett in die Hand, während sie sich auf den Sitz fallen ließ.

Mit leicht zurückgelehnten Kopf wartete sie.

Aber es wurde nicht besser. Wieder setzte das Herz aus, wieder stolperte es, und dann schlug es so langsam weiter, als habe man es zu Tode gehetzt.

Schade, dachte die Tirtowa verschwommen. Ich hätte so gern noch eine Zeit lang mit Sarah verbracht …

Es kam ihr so vor, als würde es dunkler im Saal, weil jemand einen dichten Schleiervorhang vor die im Sonnenlicht liegenden Fenster geschoben hatte. Aber sie verspürte keine Angst.

Hatte sie sich nicht immer gewünscht, dass ihr Herz einmal nicht aus Kummer, sondern aus Freude stehen bleiben würde? Und genau das geschah ihr nun …

Sie lehnte sich zurück und schloss die Augen.

Danke, dachte sie noch, dann entglitt der Blumenstrauß ihren Händen und fiel zu Boden.

Sarah, die gerade durch den Saal zurücktanzte, sah ihn dort liegen. Erschrocken stockte sie einen Atemzug lang und rannte dann darauf zu.

Mit einem Schlag war es so still um sie, dass sie das Rauschen ihres Blutes in den Ohren hören konnte. Die Musik war verstummt, und die kostümierten Puppen standen starr auf ihren Plätzen.

»Madame Tirtowa«, stammelte Sarah, als sie die regungslose Gestalt im Rollstuhl entdeckte. Sie kniete sich neben sie und ergriff ihre schlaff herunterhängende Hand. »Madame Tirtowa ... Wir wollten doch tanzen ...«

Dann begann sie hilflos zu weinen.

5

Der Tag, an dem die Tirtowa zu Grabe getragen wurde, war trübe und verhangen. Es war, als hätte Venedig selbst Trauer angelegt, weil es um einen besonderen Menschen ärmer geworden war.

Drei Gondeln waren es, die den Leichenzug bildeten.

In der ersten, die von zwei Gondolieri gerudert wurde, stand der von einem Kreuz aus weißen Rosen bedeckte Sarg, dahinter ein bärtiger Pope in schwarzem Ornat.

Als nächstes kam die Gondel mit einer Unzahl von Kränzen und Blumengestecken.

Sarah, Jules und Markus folgten in der dritten Gondel.

Sarah hatte den alten Mann untergehakt und streichelte seine Hände. Er wirkte völlig gebrochen. Auch Sarah liefen Tränen über das Gesicht, denn ihr war zumute, als hätte sie jemanden verloren, den sie ihr ganzes Leben lang gekannt und lieb gehabt hatte.

Auf einer Brücke stand der Chor der russisch-orthodoxen Gemeinde von Venedig. Sie sangen ein Requiem und warfen weiße Rosen auf den Sarg. Ihre herrlichen Stimmen klangen überirdisch schön, während die Gondeln langsam unter dem Brückenbogen hindurchglitten.

Der Gesang wehte über das Wasser und begleitete die drei Gondeln über eine weite Wegstrecke.

Die Tirtowa wurde auf dem orthodoxen Teil des Friedhofs von San Michele begraben, nicht weit von den Grabstätten ihrer berühmten Landsleute Sergej Diaghilew und Igor Strawinsky, dessen »Feuervogel« sie als ihre letzte große Arbeit so grandios ausgestattet hatte.

Es war der Wunsch der Tirtowa gewesen, ohne eine bombastische Trauerfeier bestattet zu werden. Eigentlich hatte nur Jules hinter ihrem Sarg hergehen sollen – und nun natürlich auch Sarah. Aber Jules hatte gemeint, dass Markus auf diesem schweren Weg bei ihr sein sollte.

Er selbst kehrte nach der Beisetzung in sein Haus zurück, um mit seiner Trauer und seinen Erinnerungen an die Frau, die er ein Vierteljahrhundert lang angebetet hatte, allein zu sein.

Markus begleitete Sarah in den Palazzo der Tirtowa.

Von den Freunden und Bewunderern der Toten waren viele Blumengebinde gekommen, die Sarah im Atelier hatte aufstellen lassen.

Dort befand sich seit dem Tod der Tirtowa auch ein Intarsientisch mit einer blumengeschmückten Ikone der Madonna von Kasachstan.

Sarah setzte sich davor und zündete zwei große weiße

Kerzen an. Den schwarzen Spitzenschal, den sie während der Beerdigung über Kopf und Schulter getragen hatte, hatte sie über die Stuhllehne geworfen. Sie faltete die Hände und dachte an die Tirtowa. Es war tröstlich, zu wissen, dass sie so leicht gestorben war. Trotzdem vermisste Sarah sie schrecklich.

Markus blickte auf ihren gesenkten Kopf. »Weißt du was?«, fragte er. »Wir fahren noch heute zurück …«

Er empfand die ganze Atmosphäre in dem alten, stillen Palazzo als bedrückend, und er war sicher, dass es Sarah nicht gut tat, wenn sie noch länger hierblieb.

Da klingelte es am Portal.

»Gehst du?«, bat Sarah, ohne ihre Haltung zu verändern. »Es sind sicher wieder Blumen.«

Er nickte und lief durch das Treppenhaus ins Vestibül hinunter.

Doch es war kein Blumenbote, der vor der Tür stand. Es war Erik Wylander.

Er war heute früh überraschend im Büro seiner Mutter erschienen. Sie saß am Schreibtisch und unterzeichnete einige Briefe, die Frau Lindgren ihr vorgelegt hatte. Die beiden Frauen waren völlig fassungslos, als er hereinkam.

Carmen sprang auf. »Erik, bist du verrückt geworden? Du gehörst ins Bett.«

Er umarmte sie und ließ sich von ihr auf die Wangen küssen. Dann wandte er sich der Sekretärin zu. »Ich brauche ein Ticket nach Venedig. Suchen Sie mir die schnellste Verbindung heraus.«

Die Lindgren nickte und verschwand im Vorzimmer.

Durch die offene Tür hörte Erik, wie sie mit der Fluggesellschaft telefonierte.

Carmen Wylander kehrte zum Schreibtisch zurück und hielt ihrem Sohn eine doppelseitige Büttenkarte mit breitem schwarzem Rand hin.

»Wenn du deswegen nach Venedig willst – die Beerdigung dürfte dann bereits vorbei sein.«

Betroffen las er die Todesanzeige. »Die Tirtowa! Also war es für den kleinen Vogel doch zu anstrengend …«

Er schwieg ein paar Augenblicke und hing seinen Gedanken nach. »Sie hat mir gesagt, ich soll gut auf Sarah aufpassen«, erinnerte er sich. »Sonst flöge sie mir davon. Und jetzt ist sie allein.«

Mit einem Ruck wandte er sich zu seiner Mutter um. »Ich muss zu ihr.«

Carmen musterte ihn besorgt. »Es ist zu früh. Sie wird Zeit brauchen.«

Aber er ließ sich nicht von seinem Vorhaben abbringen. Heute morgen hatte er sich selbst aus dem Karolinska-Krankenhaus entlassen, obwohl Professor Henningsen erhebliche Bedenken angemeldet hatte. Natürlich bereitete die Narbe Erik noch Schmerzen, doch er spürte, dass er kräftig genug war, um nach Venedig zu fliegen.

»Sarah braucht mich«, erklärte er seiner Mutter. »Und ich brauche sie.«

Und nun stand er also vor dem Palazzo der Tirtowa. Er war mit einem Wassertaxi gekommen, und, wie ihm schien, gerade im richtigen Augenblick. Wieso war Markus Loew bei Sarah?

Markus starrte ihn entgeistert an. »Herr Wylander? Was wollen Sie hier?«

Erik, der bereits mit einem flüchtigen Gruß an ihm vorbei zur Treppe gegangen war, wandte den Kopf. »Sarah …«

Markus schloss die Haustür wieder. »Sarah ist im Atelier«, gab er widerwillig Auskunft. Dann folgte er Erik hastig in die Wohnung.

Sarah sprang auf, als er hereinkam. Sie wurde schneeweiß. Ein paar Sekunden sahen sie einander schweigend an. Dann drehte Erik sich zu Markus um.

»Markus, was ich Sarah zu sagen habe, ist nur für sie allein bestimmt.«

Der junge Mann wandte sich zögernd zur Tür, doch Sarahs Stimme hielt ihn zurück.

»Markus, bleib da, ich bitte dich!« Es klang wie ein Hilfeschrei.

»Sarah …« Erik tat einen Schritt auf sie zu, doch sie wich vor ihm zurück.

»Wenn du Dinge zu sagen hast, die Markus nicht hören soll, will ich sie auch nicht hören!«

»Bitte, Markus, lass uns allein«, drängte Erik, doch sie lief zu dem Freund und ergriff seine Hand.

»Was mich angeht, geht auch ihn an«, stieß sie hervor und setzte nach einem tiefen Atemzug hinzu: »Markus und ich … Wir werden nämlich heiraten.«

Ihre Eröffnung traf Erik mit solcher Wucht, dass er gar nicht bemerkte, wie verblüfft auch Markus darüber war.

Ein paar Sekunden war es still. Dann drehte Erik sich auf dem Absatz um und verließ das Atelier. Sarah hörte, wie er den Vorsaal durchquerte. Seine Schritte verklangen auf der Treppe nach unten. Danach fiel die Haustür krachend hinter ihm zu.

Sarah senkte den Kopf. Hastig wollte auch sie hinausgehen, doch Markus hielt sie zurück. An den Schultern drehte er sie zu sich um.

»Was ist hier eigentlich los? Was soll das mit dem Heiraten?«

Als sie nicht antwortete, wurde sein Griff fester. »Ich will jetzt endlich wissen, was in Schweden passiert ist!«

Sie wich seinem Blick aus und schüttelte stumm den Kopf. »Was war los zwischen dir und Erik?«, beharrte er.

Sie streifte seine Arme ab und ging in den Salon hinüber. »Frag nicht, bitte. Ich möchte nicht mehr daran denken. Bitte …«

Er kam ihr nach, als sie sich auf eine Chaiselongue setzte. Sie sah so elend aus, und der Ausdruck in ihren Augen war so flehend, dass er alle weiteren Fragen hinunterschluckte. Statt dessen bat er wieder: »Lass uns nach Hause fahren.«

Sie legte den Kopf gegen die Rückenlehne. »Du verstehst das nicht. Ich fühle mich hier zu Hause. Ich kann's nicht erklären, aber ich will hier bleiben. Hier bin ich daheim.«

Er kniete sich vor sie auf den Boden und nahm ihre Hände.

»Wenn du das ernst gemeint hast mit dem Heiraten …« Sein Gesicht wurde ganz weich, und sein ganzes Herz lag in seinen Augen. »Sarah, du weißt, dass du mich damit zum glücklichsten Menschen auf der Welt machst.

Ich liebe dich. Ich werde auf dich aufpassen. Ich werde dir jeden Wunsch von den Augen ablesen …«

Sie wehrte sich nicht, als er ihr Gesicht zwischen seine Hände nahm und sie küsste. Es tat gut, zu wissen, dass er sie liebte. Es half, das Gespenst aus ihrem Kopf zu vertreiben. Markus war lieb und ehrlich. Und war sie nicht früher sogar ein bisschen ihn in verliebt gewesen?

Früher, dachte Sarah. In einem anderen Leben …

Sie richtete sich auf. »Ich habe nur einen Wunsch: Ich möchte noch einmal in diesem Haus schlafen. Morgen früh können wir dann meinetwegen fahren.«

Als er etwas einwenden wollte, legte sie ihm den Finger über die Lippen. Dann küsste sie ihn, und er schmolz förmlich dahin.

»Okay, okay, fahren wir morgen früh.« Zögernd blickte er sich um. »Aber willst du wirklich allein hier übernachten? Ist dir das nicht unheimlich?«

»Ich bin hier nicht allein«, sagte Sarah mit einem kleinen Lächeln.

Innerlich schüttelte Markus den Kopf über sie, aber er schwieg. Morgen, hatte sie gesagt. Das war mehr, als er gehofft hatte.

Erik war aus dem Haus gestürmt. Doch nach ein paar Schritten hatte er innegehalten. Er musste noch einmal mit Sarah sprechen, aber unter vier Augen. Vielleicht gelang es ihm dann, dass sie ihm zuhörte und er sie überzeugen konnte …

Er brauchte nur zu warten, bis Markus Loew das Haus verließ.

Erik blickte sich um und ging ein Stück weiter zu der Anlegestelle eines benachbarten Hauses. Dort blieb er stehen, von einem Mauervorsprung nur ungenügend verdeckt. Hoffentlich ging Markus bald …

Er musste nicht lange warten. Kaum eine Viertelstunde später sah Erik ihn aus dem Haus kommen. Er blickte sich nicht um, sondern winkte einem Taxiboot, das sogleich herangefahren kam, und stieg ein. Im Davonfahren kehrte er Erik den Rücken zu.

Wenige Augenblicke später betrat Erik von neuem den Palazzo der Tirtowa. Noch während er die breite Treppe hinaufstieg, hörte er von oben aus der Wohnung Klavierspiel.

Erik ging den Tönen nach und fand Sarah im Salon, wo sie am Flügel saß und selbstvergessen eine kleine, wehmütige Melodie spielte.

Sie drehte Erik den Rücken zu, und er blieb für einen Moment im Türrahmen stehen, um ihren Anblick in sich aufzunehmen.

Der Himmel hatte aufgeklart, und die Sonne schien durch das Fenster, vor dem der Flügel stand. Als Sarah den Kopf hob, sah sie Erik, der sich in der Fensterscheibe spiegelte. Sofort ließ sie die Hände von den Tasten sinken.

»Spiel weiter«, bat er weich, doch sie sprang auf und floh vor ihm in eine entfernte Ecke des Zimmers.

Er kam ihr nach und hielt sie fest.

»Schick mich nicht weg. Hör mir zu. Jeder Angeklagte hat das Recht, sich zu verteidigen.«

Sie musste gegen zwei Feinde kämpfen: gegen diesen Mann hier und gegen ihr eigenes Herz.

»Du hast nicht einmal das Recht, hier zu sein«, presste sie zitternd hervor und riss sich los. »Also geh!«

»Hör mich an …«

»Geh!«, wiederholte sie schreiend.

Er schüttelte den Kopf. »Erst, wenn ich dir erklärt habe …«

Wieder lief sie ihm davon. Sie flog jetzt am ganzen Körper.

»Neue Lügen, was?« Ihre Stimme kippte über.

»Ich habe deine Mutter nicht mehr gesehen. Was zwischen ihr und mir war, ist vorbei.«

»Zu spät!«, rief sie schluchzend. Sie wollte das Zimmer verlassen, doch Erik war mit einem Satz bei ihr und verstellte ihr den Weg.

»Du musst mich anhören«, flehte er.

Keuchend stieß sie ihn von sich. »Rühr mich nicht an!«

Wieder griff er nach ihr, und sie wehrte sich heftig.

Sie war kräftig, für den Augenblick kräftiger als Erik, der von seinem Krankenhausaufenthalt noch geschwächt war.

Sarah versetzte ihm einen neuen Stoß, der ihn auf die Couch zurücktaumeln ließ. Doch noch immer hielt er Sarah fest.

Verbissen kämpfte sie mit ihm, und dabei riss sie das Hemd auf, das er trug.

Die noch kaum verheilte, rote Narbe wurde sichtbar.

Sarah starrte darauf. »Was ist das? Was ist passiert?«

»Nichts, nichts«, versuchte er sie zu beruhigen, aber sie wiederholte:

»Was ist passiert?«

Da gestand er ihr endlich die Wahrheit. »Deine Mutter. Sie ... sie hat auf mich geschossen.«

Ein paar Sekunden lang war sie wie gelähmt. »Meine Mutter?«, wiederholte sie tonlos. Sie blickte in Eriks Gesicht und erkannte, dass er die Wahrheit sagte. Das war kein Trick, um sie zum Nachgeben zu bewegen. Und die Narbe war ohnehin Beweis genug.

»Sie wollte dich töten?«, fragte Sarah, immer noch mit dieser entsetzten, wie zerbrochen klingenden Stimme.

»Sie wusste nicht, was sie tat ...« Nein, er war zu anständig, um Inge anzuklagen. Und er wollte es vor allem Sarahs wegen nicht.

Erik lächelte plötzlich. »Und weißt du, was mich gerettet hat? Unser Zigarettenetui, das wir damals am Passhaus gefunden haben. In unserer ersten Nacht.«

Sarahs Augen schwammen in Tränen. Sie warf sich über Erik, küsste seine Brust, und er spürte die Nässe ihrer Tränen auf seiner Haut.

»Ich bin schuld«, stammelte sie. »Ich bin schuld an allem. Wenn ich nicht gekommen wäre ...«

Sie war vollkommen außer sich, und diesmal wehrte sie sich nicht, als Erik die Arme um sie legte und sie fest hielt.

»Niemand ist schuld«, sagte er beschwörend. »Deine Mutter und ich, das ist eine lange Geschichte. Hör mir einfach zu.«

Wild schüttelte sie den Kopf. »Nein, nicht jetzt ... Das ist alles unwichtig.«

Weinend umarmte sie ihn. »Du wärst beinahe gestorben. Ich hätte dich nie mehr wieder gesehen.«

Sie umfasste sein Gesicht und presste ihre Lippen auf seinen Mund.

»Ich will, dass du mich liebst«, stieß sie hervor.

Noch immer schluchzend, verbarg sie ihr Gesicht an seiner Schulter.

»Ich hätte in ein Flugzeug nach Amerika steigen sollen – oder nach Japan.«

Er streichelte ihren bebenden Rücken. »Ich hätte dich überall gefunden. Auch am Ende der Welt.«

»Über unserer Liebe steht kein guter Stern …«, murmelte sie verzweifelt.

»Wegen des Kratzers da«, versuchte er seine Verletzung abzuwiegeln. Er musste erreichen, dass Sarah mit dem Weinen aufhörte. Er lachte leise.

»Ich wäre gar kein richtiger Wylander, wenn ich ganz ohne Schramme durchs Leben gekommen wäre. Mein Urgroßvater hat sich wegen einer Frau duelliert, mein Großvater holte sich fast den Tod, als er eine im Eis eingebrochene Schlittschuhläuferin aus dem Wasser zog …«

»Und dein Ururgroßvater?«, fragte Sarah unwillkürlich, und er hob ihr Gesicht an, um sie erneut zu küssen.

»Diese Geschichte würde dich im Traum verfolgen.«

Er zog ihren Körper ganz über sich und begann sie zu streicheln. Sarah half ihm, als er ihr das Kleid abzustreifen versuchte. Es gab keine Schranken mehr – nicht jetzt, nicht heute.

Sie wollte, dass Erik sie liebte, und er war felsenfest davon überzeugt, dass er sie zurückgewonnen hatte. Alles wurde gut.

Es dunkelte schon, als er sie verließ, und er hatte ihr gesagt, dass er morgen wiederkommen werde, um mit ihr nach Stockholm zu fliegen.

Auch ihn hatte Sarah gebeten, diese eine Nacht noch allein im Palazzo der Tirtowa verbringen zu dürfen. Widerstrebend hatte Erik zugestimmt.

Am liebsten hätte er Sarah gar nicht mehr aus seinen Armen und aus seinem Leben fortgelassen.

Am Abend kam Jules Dussere. Er brachte ein Päckchen Briefe mit, die mit einem roten Band zusammengebunden waren. Bunte Briefmarken klebten darauf und die blauen Streifen, auf denen »*Airmail*« oder »*Par avion*« standen – je nachdem, wo die Tirtowa gerade gewesen war, als sie Jules geschrieben hatte.

Sarah ging mit ihm nach draußen zur Bootsanlegestelle.

Sie stand neben ihm, als er die Briefe ins Wasser warf. Er hatte sie alle aufgehoben und immer wieder gelesen – heute zum letzten Mal. Nun, so meinte er, musste er sich von ihnen trennen. Sie sollten keinem anderen in die Hände fallen, wenn er einmal nicht mehr lebte.

»*Il ne faut jamais dire adieu*«, murmelte Jules. »*Toujours au revoir.*«

Sarah verstand die Worte. »Sag niemals adieu, immer auf Wiedersehen.«

Sie warf eine weiße Rose ins Wasser. »Auf Wiedersehen«, murmelte sie mit schwankender Stimme.

Gemeinsam blickten sie der Blume und dem kleinen

bebänderten Päckchen nach, wie sie von der Strömung davongetragen wurden und schließlich im Wasser versanken.

Jules legte Sarah den Arm um die Schultern. »Sie liebte Feste, sie liebte große Bälle. Aber sie blieb nie bis zum Schluss, sie verschwand immer lange vorher.«

Sie lehnte ihre Wange gegen seinen Handrücken. So gingen sie miteinander ins Haus.

Als Erik am nächsten Vormittag aus einem Wassertaxi stieg, um Sarah abzuholen, erwartete Jules ihn.

»Herr Wylander«, sagte er und forderte Erik mit einer Handbewegung auf, ins Haus zu kommen.

Erik folgte ihm. »Ist Sarah noch nicht fertig?«

Mit einem bedauerndem Lächeln zog Jules einen Brief aus seiner Jackentasche. »Für Sie … Sarah ist abgereist.«

Erik war wie vom Blitz getroffen. »Nein!«

Jules betrachtete ihn mitfühlend. »Tut mir leid.«

»Wo ist sie?«, fragte Erik, während er den weißen Briefumschlag in den Händen drehte, ohne ihn zu öffnen.

Jules Dusseres faltiges Gesicht war voller Trauer. »Sie hat mir nur den Brief für Sie gegeben.«

Mit einer abrupten Bewegung riss Erik das Kuvert auf und zog den Bogen heraus. Er kehrte Jules den Rücken zu, während er las. Als er sich ihm wieder zuwandte, kämpfte er mühsam um Beherrschung – ein Mensch, der sich seines Glückes ganz sicher gewesen war und nun vor einem Scherbenhaufen stand.

»Sie sollten Sarah im Moment nicht nachreisen«, sagte Jules leise. »Versuchen Sie nicht, dem Leben Ihren Willen aufzuzwingen. Vertrauen Sie der Zeit. Wenn Sarah Ihnen zugedacht ist, dann führt das Leben sie Ihnen von selber wieder zu, auch wenn sie jetzt bei einem anderen im Auto sitzt.«

Eriks Augen schimmerten fast schwarz. »Haben Sie nie gekämpft um eine Frau?«

Mit einer resignierenden Geste hob Jules Dussere beide Hände. »Gekämpft – und verloren.«

Konrad Maienstedt war spät am Abend in München angekommen. Trotzdem war er noch nach Marienberg gefahren. Bei seiner Ankunft schlief Inge schon, und auch am nächsten Tag wirkte sie so elend und erschöpft, dass Maienstedt beschloss, erst am folgenden Nachmittag mit ihr an den Ammersee zurückzukehren.

Es war unmöglich gewesen, mit Inge zu reden. Sie hatte sich hinter einer Bastion des Schweigens verschanzt, und er wusste aus langer, bitterer Erfahrung, dass es zwecklos war, dagegen anzugehen.

Während Inge sich noch für die Heimfahrt fertig machte, ging Konrad mit Peregrina nach draußen, wo der Range Rover im Hof parkte. Er drückte Peregrinas Hände.

»Ich danke dir«, sagte er in seiner warmherzigen Art. »Ich glaube, du warst der einzige Mensch, der ihr helfen konnte.«

Ihr Gesicht blieb ernst. »Nein. Ich konnte ihr nicht helfen, Ich weiß nicht, ob überhaupt jemand das kann.« Sie wollte ihre Finger zurückziehen, doch Maienstedt hielt sie fest.

Sie fand, dass er müde und krank aussah, und eine heiße Welle des Mitleids erfasste sie.

»Bist du sicher, dass du es nochmals versuchen willst? Wärst du nicht lieber in Hamburg?«

Er schwieg einen Moment und dachte nach. Dann atmete er tief durch. »Ich habe mich für Hamburg entschieden. Auch wenn es gegen Inge ist. Aber erst, wenn es ihr besser geht. Das bin ich ihr schuldig.«

Oben klappte eine Tür. Inge kam die Steintreppe herunter. Sie war sorgfältig zurechtgemacht und sah besser aus als an den vorangegangenen Tagen.

Gut gelaunt hakte sie sich bei Maienstedt unter. »Wir können fahren.« Dann ließ sie ihn noch einmal los und küsste Peregrina lächelnd auf die Wange.

»Bis zum nächsten Mal. Es war zauberhaft hier. Die klösterliche Ruhe hat mir gutgetan …«

Es klang so oberflächlich liebenswürdig, als ob sich von irgendwelchen Gastgebern nach einem gelungenen Wochenendausflug verabschiedete. So, als wäre überhaupt nichts geschehen.

Peregrina schluckte. Flüchtig berührte sie mit den Lippen Inges Stirn. »Pass auf dich auf«, bat sie eindringlich.

Konrad Maienstedt drückte ihr nochmals die Hand. »Danke«, sagte er bewegt, ehe er zum Auto ging und für Inge die Beifahrertür öffnete. Sie ließ sich von ihm beim Einsteigen helfen. Ihr eben noch glattes, lächelndes Gesicht war völlig verändert.

»Was hat sie gesagt?«, fragte sie misstrauisch. »Sag's mir! Sie ist bestimmt über mich hergezogen.«

Konrad erwiderte nichts darauf. Er schloss die Beifahrertür und ging um den Wagen herum. Kurz darauf startete er den Motor und fuhr an. Im Rückspiegel sah er, wie Peregrina ihnen nachwinkte.

Die Heimfahrt verlief einsilbig.

Inge hatte sich in ihrem Sitz zusammengekauert und sah aus dem Fenster. Konrad versuchte mehrmals, ein Gespräch in Gang zu bringen, aber es versandete jedes Mal, weil Inge kaum Antwort gab. Sie rauchte eine Zigarette nach der anderen und strahlte eine kalte, feindselige Unruhe aus.

Konrad war froh, als sie vor seinem Haus vorfuhren.

Inge war schon aus dem Wagen gestiegen, bevor er ihr helfen konnte. Er ließ sie in die Halle vorangehen und fragte, als sie schweigend auf die Treppe nach oben zusteuerte:

»Brauchst du noch etwas? Soll ich dir einen Tee bringen?«

Wortlos schüttelte sie den Kopf, während sie sich zu ihm umdrehte. Mit einem undefinierbaren Lächeln holte sie sein Feuerzeug aus ihrer Rocktasche und gab es ihm. Dann lief sie schnell nach oben und verschwand im Schlafzimmer.

Konrad seufzte und begann eine unruhige Wanderung durch das Wohnzimmer.

Er dachte an Ellen. Ihre heitere, frauliche Art fehlte ihm. Verstand sie wirklich, dass er jetzt bei Inge war? Oder nahm sie nur Rücksicht, um ihn nicht noch zusätzlich zu belasten? Wie viel konnte man einer Frau wie Ellen überhaupt zumuten?

Vielleicht bin ich ein Idiot, dass ich mich immer noch für Inge verantwortlich fühle, dachte er wieder einmal. Sie ist krank – ja. Aber hat ein Kranker das Recht, das Leben anderer zu zerstören?

Er blieb neben dem Telefon stehen und überlegte, ob er Ellen anrufen sollte. Doch dann entdeckte er den Zettel. Vicenta hatte ihm aufgeschrieben, dass Carmen Wylander in Stockholm um seinen Rückruf gebeten hatte.

Er verspürte Angst, als er die Nummer wählte. War etwas mit Sarah? Inge hatte behauptet, sie sei in Stockholm geblieben. Auf alle weiteren Fragen, weshalb sie selbst so überstürzt abgereist war, hatte sie keine Antwort gegeben. Aber warum rief Sarah nicht an?

Konrad Maienstedt erfuhr es, als Carmen mit ihm sprach. Sie hatte lange gezögert, ihm reinen Wein einzuschenken, sich aber dann doch zu der Ansicht durchgerungen, dass er die Wahrheit erfahren müsse.

Inges Tat entsetzte ihn zutiefst. Sie hatte versucht, Erik Wylander zu erschießen …

Schwer atmend lehnte Konrad sich in seinem Schreibtischsessel zurück. Er verspürte einen dumpfen Druck in der Brust. Mit der linken Hand tastete er nach den Herztabletten in seiner Jackentasche. Gott sei Dank, er hatte sie bei sich. Er hatte fast überall Tabletten – im Labor, im Wagen, im Schlafzimmer und in verschiedenen Kleidungsstücken.

»Und wie geht es Erik jetzt?«, fragte Maienstedt, während er noch immer um Fassung rang.

Carmens Antwort klang tröstlich. Er spürte, wie er leichter durchatmen konnte.

»Er ist aus dem Krankenhaus entlassen. Wissen Sie, ich habe mir gedacht, dass Inge Ihnen nicht die Wahrheit sagen konnte ...« Sie dämpfte ihre Stimme. »Im Grunde gehört sie in psychiatrische Behandlung. Ich habe das Gefühl, sie ist eine sehr kranke Frau.«

Dann kam sie auf Sarah zu sprechen. In ihrer sachlichen, ruhigen Art berichtete sie Konrad, dass Sarah Stockholm Hals über Kopf verlassen habe. Von den Schüssen auf Erik wisse sie nichts, nur, dass er und ihre Mutter eine Affäre gehabt hätten. Das hätte wohl genügt. Aber Konrad solle sie keine Sorgen machen. Sarah sei in Venedig bei Madame Tirtowa, einer alten Dame, die in der Theater- und Filmwelt eine Berühmtheit als Kostümbildnerin sei. Madame Tirtowa werde schon gut auf Sarah aufpassen.

Nach diesem Gespräch saß Konrad Maienstedt noch eine ganze Weile im Sessel und starrte vor sich hin. Dann stand er auf und ging nach oben in Inges Schlafzimmer. Sie schliefen schon seit langem getrennt.

Nach einem kurzen Anklopfen öffnete er die Tür. Inge hatte die Übergardinen vor alle Fenster gezogen, so dass der Raum im Halbdunkel lag. Die Tür zum Bad stand offen. Dort brannte Licht, und Maienstedt hörte, dass Inge sich die Haare fönte.

»Sarah ist in Venedig«, rief er in den Raum.

Inge tauchte mit dem Fön in der Hand in der Badezimmertür auf.

Sie hatte geduscht und sich die Haare gewaschen und trug einen hellen Frotteemantel.

»Was hast du gesagt?«

»Sarah ist in Venedig«, wiederholte er.

Sie stellte den Fön ab und begann, die noch immer nassen Haare mit einem Handtuch zu frottieren.

Dabei ging sie an Maienstedt vorbei zu dem alten, geschliffenen Spiegel im Schlafzimmer.

»Hat sie angerufen?«, fragte sie scheinbar gleichmütig, und Konrad trat hinter sie.

»Nein. Ich weiß es von Carmen.«

Im Spiegel konnte er sehen, wie sie erschrak. Für einen Moment sanken ihre Hände herab, und ihre Augenlider flatterten. Dann begann sie wieder, mit hektischen Bewegungen ihre Haare zu trocknen.

»Carmen ist meine Feindin«, erklärte sie scharf. Ihr Blick wurde lauernd. »Was hat sie dir erzählt?«

Erschöpft ließ Maienstedt sich in einen Sessel fallen.

»Inge, was geschehen ist, ist geschehen. Lassen wir es ruhen. Ich glaube nicht, dass es einen Sinn hat, darüber zu reden.«

Sie legte das Handtuch zur Seite und fuhr zu ihm herum.

»Alles zuschaufeln, begraben. Das ist es, was du willst. Aber nicht, weil du verzeihst. Nein, einfach, weil es so bequem ist. Du hast mich doch schon begraben, als wir geheiratet haben.«

Hör auf, dachte er gequält. Ich kann es nicht mehr aushalten. Der Druck im Magen war wieder da, steigerte sich zu einem Schmerz, der in den linken Arm und die Schulter ausstrahlte. Er schloss die Augen und rang nach Atem.

Inge sah es nicht. Sie stand wieder vor dem Spiegel und betrachtete sich darin.

»Das schöne junge Mädchen, das dachte, jetzt beginnt das Leben. Du hast es begraben.« Ihr Tonfall wurde hysterisch. »Aber ich weiß jetzt, was ich tun muss. Ich geh' zur Polizei. Ich sage ihnen alles. Ich will meinen Prozess. Ich will, dass alle wissen, was passiert ist.«

Konrad hatte inzwischen, von Inge unbemerkt, zwei Tabletten aus seiner Tasche genestelt und hastig geschluckt. Er hatte schon so viel Übung darin, dass er sie ohne Wasser einnehmen konnte.

Inge lachte böse. »Fragt sich nur, ob du für oder gegen mich aussagst.«

Wie immer setzte die Wirkung des gefäßerweiternden Medikaments fast augenblicklich ein. Konrad fühlte sich besser, und er konnte wieder ohne Schmerzen Luft holen.

Inge kam zu ihm und beugte sich mit funkelnden Augen über seinen Sessel, die Hände auf die Armlehnen gestützt. »Oder wärst du eher einer der Ankläger?«

Sie ist wirklich krank, dachte er. Aber wie kann man ihr helfen?

Er griff nach ihren Händen. »Inge, bitte! Ich bin nicht dein Feind. Ich bin es nie gewesen.«

Für einen winzigen Augenblick zerriss die Dunkelheit, in die Inge Maienstedt immer tiefer hineinglitt. Sie sah das ehrliche, immer noch liebevolle Gesicht ihres Mannes, und ihr Kinn sank auf ihre Brust. Wie ein furchtsames Kind begann sie zu weinen.

»Wo ist Sarah?«, fragte Carmen Wylander, als Erik ihr Büro in Stockholm betrat. »Ich dachte, du hast sie mitgebracht.«

»Ich dachte das auch«, entgegnete er finster und warf sein dunkles Jackett über einen Stuhl.

Sie stand auf und kam hinter ihrem Schreibtisch hervor. »Du hast sie gar nicht gesehen?«, erkundigte sie sich betroffen.

»Doch.« Mit einer heftigen Bewegung zog er Sarahs Brief aus der Tasche. »Das ist ja das Verrückte. Heute früh wollte ich sie abholen. Und da hat man mir diesen Brief gegeben.«

Carmen streckte die Hand aus. »Darf ich ihn lesen?«

Schulterzuckend übergab er ihn ihr. »Vielleicht verstehst du ihn. Ich versteh' ihn nicht.«

Während sie ihre Lesebrille aufsetzte und die wenigen Zeilen überflog, die Sarah geschrieben hatte, zündete er sich eine Zigarette an und durchquerte mit hastigen Schritten den Raum. Er inhalierte den Rauch in tiefen Zügen. Als seine Mutter den Brief sinken ließ, drehte er sich zu ihr um.

»Und? Verstehst du das? Sie liebt mich, und weil sie mich liebt, bittet sie mich, dass ich sie vergessen soll.«

Schweigend faltete Carmen das Blatt zusammen, steckte es in das Kuvert zurück und gab es Erik. Er sah gleichermaßen zornig und unglücklich aus.

»Ich habe Angst, dass ich sie verloren habe«, gestand er, drückte die Zigarette aus und zündete sich sofort die nächste an. »Wenn sie mir jetzt nicht verziehen hat, dann wird sie mir nie verzeihen.«

»Das hat nichts mit Verzeihen zu tun«, sagte Carmen nachdenklich.

»Womit denn?«, fragte er erbittert. »Ich weiß, sie liebt mich. Ich weiß es!«

Er ging zum Fenster und sah hinaus. »Ich habe nie erwartet, dass ich einmal so glücklich sein könnte wie mit Sarah. Ich kann's nicht ertragen, sie zu verlieren. Sag mir, was ich tun soll!«

Carmen hatte ihn schweigend beobachtet. Jetzt hob sie die Schultern. »Nichts. Gar nichts.«

Er fuhr herum. »Mutter! Du weißt nicht, was für mich auf dem Spiel steht!«

Natürlich wusste sie es. Aber sie wusste ebenso gut, dass Erik nicht unschuldig an der jetzigen Situation war. Doch was brachte es, ihn daran zu erinnern? Er hatte es ja selbst längst eingesehen.

Carmen machte sich allmählich ernstlich Sorgen um ihren Sohn.

Liebe war für ihn früher nur ein prickelndes erotisches Abenteuer gewesen, und seine Mutter hatte sich manchmal gefragt, ob ihm dies auf Dauer genügen würde.

Eriks innere Beziehungslosigkeit zu seinen Geliebten – und er hatte einige gehabt – hatte Carmen missfallen. Schließlich war sie auch eine Frau, und sie hätte sich nie damit abgefunden, nur eine amüsante Gespielin für einen Mann zu sein.

Doch dann war Inge gekommen, und Erik hatte zum ersten Mal ein tieferes Gefühl investiert. Es war nicht die Art von Beziehung, die Carmen aus ihrer Sorge entließ; sie hatte dabei immer die Befürchtung gehegt, dass das Ganze eines Tages in einer Katastrophe enden könnte.

Und nun war sie da, die Katastrophe, schlimmer noch, als Carmen es sich vorgestellt hatte.

Sie konnte aber auch Sarah verstehen. Der Schock, dass ihre Mutter Eriks Geliebte gewesen war, saß tief. Würde das junge Mädchen ihn jemals überwinden?

Carmen hatte Sven Rasmussen gebeten, sich ein wenig um Erik zu kümmern, ihn abzulenken. Und sie war erleichtert, als ihr Sohn dem Vorschlag seines Freundes zustimmte, am Nachmittag nach Oestrot hinauszufahren.

Alles war besser als die tatenlose Niedergeschlagenheit, die Erik seit seiner Rückkehr aus Venedig an den Tag legte.

Die beiden Männer gingen angeln. Sie nahmen auch die Gewehre mit, die sich im Jagdhaus befanden.

Nachdem sie das Boot am Ufer festgemacht und sich einen Platz in den Schären gesucht hatten, reinigte Rasmussen sie und lud sie neu.

Zwischendurch trank er einen Schluck Schnaps aus der flachen Jagdflasche, die sie bei sich hatten.

Dann hielt er sie Erik hin.

Der schrak auf und nahm einen tiefen Schluck. Aus trüben Augen blickte er Rasmussen an.

»Soll ich dir was sagen, Sven? Ich beneide dich, und ich wünschte, ich hätte es gemacht wie du. Eine Familie, Kinder …«

Der Freund grinste breit. »Ich hab' dich nicht daran gehindert.«

Erik blieb ernst. »Hast recht. Ich hab immer gedacht, das ist nichts für mich. Und jetzt, wo ich es mir vorstellen könnte ...« Er brach ab und senkte den Kopf.

»Was ist jetzt?« forschte Rasmussen.

»Ich fürchte, ich habe sie verloren«, gestand Erik, ohne aufzublicken. »Sie heiratet einen anderen.«

Erik nickte ein paarmal. »Das hab' ich auch gedacht. Verdammt, Sven, es geschieht mir recht. Ich hätte sofort mit Inge sprechen sollen. Aber ich war zu feige. Und das rächt sich jetzt. Ich habe Sarah verloren.«

»Du gibst auf?«, fragte Rasmussen ungläubig. »Bevor du richtig um sie gekämpft hast? Erik, so kenne ich dich ja gar nicht!«

Er versetzte ihm einen freundschaftlichen Stoß in den Rücken.

Erik sah hoch. »Aber du hast ja recht!«, sagte er fast verwundert und lächelte. »Ich muss um sie kämpfen.«

Er stand auf und reckte sich. Plötzlich war alle Lethargie von ihm abgefallen. Rasmussen bemerkte es zufrieden.

»Eins ist sicher: Ich verlass' diese Erde nicht, ohne mindestens drei Söhne zu haben!«, rief Erik und begann den Felsweg zum Jagdhaus hinaufzuklettern.

»Und ich werd' Patenonkel«, erklärte Sven Rasmussen vergnügt. »Es wird höchste Zeit.«

Er schlug Erik auf die Schulter.

Konrad Maienstedt machte sich gerade ein paar Notizen in seinem Labor, als Inge aus dem Haus kam.

Sie war hochelegant in einem schwarzen Abendkleid mit passender Spitzenjacke, hatte das Haar aufgesteckt und ein perfektes Make-up aufgelegt.

Konrad musterte sie erstaunt. »Du gehst also doch in die Oper?«

Ihre Antwort klang spitz. »Ich hab' mich seit Wochen um diese Vorstellung bemüht. Ich lasse meine Karte nicht verfallen.«

Er schüttelte den Kopf. »Ich versteh' dich nicht. Du weißt, dass Sarah heute Abend heimkommt …«

»Als Markus anrief, waren sie erst am Brenner«, fiel sie ihm ins Wort. »Das kann spät werden.«

Sehr gerade blickte Konrad ihr in die Augen. »Du hast Angst vor Sarah.«

Spöttisch zuckte sie mit den Schultern. »Ich wäre doch nur im Weg, wenn deine Tochter kommt. Ich bin doch immer nur im Weg. Du duldest mich doch nur.« Ihr Ton wurde provozierend. »Wenn du nur einen Funken Gefühl in dir hättest, könntest du mich überhaupt nicht ertragen.«

Er überging ihre Aggressivität. Mit seinem nettesten Lächeln fragte er: »Und wenn ich dich bitte, nicht zu gehen, sondern hier zu bleiben?«

Für einen Moment entspannte sich ihre Haltung. Doch gleich darauf funkelte schon wieder pure Boshaftigkeit in ihren Augen.

»Du möchtest, das wir unser Erfolgsstück ›Die glücklichen Maienstedts‹ wieder aufnehmen«, sagte sie ironisch. »Dass wir hier auf der Pergola sitzen und beim flackernden Schein eines Windlichts auf unsere geliebte Sarah warten. Und uns auf die Housewarming-Party in Hamburg freuen.« Sie lachte zornig. »Kinderspiel, denn bei der Gästeliste wird mich meine Busenfreundin Vondrowski beraten ... Und du wirst im Zentrum der Manege stehen, der Mann, der seine Raubtiernummer ohne Peitsche vorführt ... fast schon der liebe Gott!«

Konrad stand auf. Er war blass geworden, und seine Lippen waren bläulich verfärbt. »Wann hast du begonnen, mich zu hassen?«, fragte er tonlos.

Inge warf den Kopf zurück. »Vielleicht habe ich dich immer gehasst«, erwiderte sie und ließ ihn stehen.

Ihre hohen Absätze klapperten auf dem Plattenweg, als sie davonging. Maienstedt wollte ihr nach, aber er schaffte es nicht.

Mühsam nach Luft ringend, fiel er auf seinen Stuhl zurück und riss sich den Hemdkragen auf. Mit schmerzverzerrtem Gesicht presste er eine Hand auf die Brust, während er mit der anderen seine Tabletten aus der Hosentasche zog und einnahm.

Langsam wich der Krampf. Trotzdem blieb Konrad noch eine Weile sitzen, den Kopf zurückgelegt und fast gierig die Luft in seine Lungen pumpend.

Er machte sich nichts vor: Die Anfälle wurden schlimmer, und sie traten in immer kürzeren Abständen auf. Es wurde allerhöchste Zeit, dass er in die Klinik von Professor Ruhland ging.

Sarah und Markus erreichten das Voralpengebiet um den Ammersee gegen Abend. Es war noch hell, und Markus meinte, nachdem er einen Blick auf ein Straßenschild geworfen hatte:

»In einer halben Stunde haben wir es geschafft.«

Sarah erwiderte nichts darauf, und er warf ihr einen raschen Seitenblick zu. »Müde?«

Er erhielt ein stummes Kopfschütteln zur Antwort.

Je näher sie ihrem Zuhause kam, um so unbehaglicher fühlte Sarah sich.

Warum war sie nicht in Venedig geblieben! Und warum, um Himmels willen, hatte sie gesagt, dass sie Markus heiraten wollte!

Sie betrachtete sein Profil, seine kräftigen Hände, die das Steuerrad des Suzuki hielten, und fühlte sich, als wäre sie in eine Falle gelaufen.

Sie liebte Markus doch gar nicht.

Aber vielleicht war das sogar gut. Wenn man liebte, konnte man verletzt werden. Liebe machte leiden. Liebe schlug Wunden, die schlecht heilten und böse, schmerzhafte Narben hinterließen.

In der Ehe mit Markus würde ihr das nicht widerfahren.

Seine Stimme unterbrach ihre Gedanken. »Ist noch was zu essen da?«

Sarah griff hinter sich auf den Rücksitz und zog die große Reisetasche auf ihren Schoss. Sie wühlte darin herum und schüttelte dann den Kopf.

»Nein, tut mir leid.«

Markus lachte leise. »Wie ich Vicenta kenne, biegt

sich bei euch der Tisch unter portugiesischen Vorspeisen.«

Sie stellte die Tasche wieder nach hinten und verschränkte die Arme im Nacken. »Ich muss verrückt gewesen sein, mit dir zurückzufahren. Ich weiß nicht, was ich hier soll.«

»Wenn du willst«, sagte er sofort, »kannst du bei mir übernachten. Und morgen holen wir deine Sachen.«

Sarah atmete tief ein. »Nein. Ich muss da durch.«

Markus wollte sie begleiten, als sie die Maienstedt-Villa erreicht hatten, doch sie bat ihn, gleich zum Reiterhof weiterzufahren. Sie würden morgen miteinander telefonieren.

Es war ihm nicht recht, doch wie immer gab er nach.

Konrad Maienstedt saß am Seeufer. Captain war bei ihm, und der Hund war der erste, der Sarahs Ankunft bemerkte. Er sprang auf und rannte ihr freudig winselnd entgegen.

Sie entdeckte ihren Vater und lief auf ihn zu.

»Sarah, mein Kind«, sagte er leise und innig, als sie ihn erreicht hatte.

Sie umarmte ihn von hinten. »Vater ...«

Lange hielten sie einander fest. Maienstedt streichelte Sarahs Hände. »Dass du wieder da bist ...«

Er stellte keine Fragen, er hatte keine Vorwürfe für sie. Er war wirklich der wunderbarste Vater der Welt.

»Ich habe mir tatsächlich eingebildet, du brauchst mich«, meinte er lächelnd. »Dabei ist es umgekehrt. Ich brauche dich.« Sein Blick verschattete sich. »Du weißt, was geschehen ist?«

Sie nickte stumm und setzte sich zu ihm ins Ufergras. Eine Weile sahen sie still auf den See hinaus, auf dem die letzten Strahlen der Sonne glitzerten.

Sarah beugte sich nach vorn und hielt eine Hand ins Wasser. Als sie sie hob, perlten die Tropfen von ihrer Haut.

»Weißt du noch, wie wir früher gespielt haben: Wir streuen Sterne in den See?«, fragte sie, und Konrad Maienstedt nickte versonnen.

Sie sammelte ein paar Kieselsteine und warf sie nacheinander ins Wasser. Es spritzte auf, und dort, wo der Stein unterging, bildeten sich kleine Kreise. Im letzten Sonnenlicht hätte man tatsächlich meinen können, dass es Sterne waren, die im Wasser aufleuchteten.

Maienstedt lachte leise. »Ja, die anderen Sterne waren dir zu weit weg. Immer hast du mich damit geplagt, dass die Sterne dir zu weit weg sind. Nie hast du aufgehört zu fragen, warum das so ist.«

Ihre Augen waren groß und sehnsüchtig. »Und warum ist das so? Sag mir, warum die Sterne so weit weg sind …«

Voller Zärtlichkeit lehnte er die Stirn gegen ihr Haar.

Sarah ergriff seine Hand. »Ich muss dir etwas sagen. Ich werde Markus heiraten. Schon bald.«

Überrascht blickte er auf. »Markus? Ich dachte du liebst …«

Er verstummte und biss sich auf die Lippen. »Du bist so jung. Warum so überstürzt?«

»Ich muss hier raus«, sagte sie leise. Ihre weiche Stimmung war verflogen. »Mutter und ich, wir gehören nicht mehr unter ein Dach.«

»Willst du mit nach Hamburg kommen?«, fragte er. »Ich fahre morgen früh.«

Sie wehrte ab. »Davonlaufen will ich nicht.«

Er legte den Arm um ihre Schulter. »Sei mir nicht böse, wenn ich das frage: Wenn du Markus heiratest, ist das kein Davonlaufen?«

Er erhielt keine Antwort darauf.

Stattdessen legte Sarah den Kopf in seine Halsbeuge, und als Konrad sie fest hielt, schlug sie ein paarmal mit der zur Faust geballten Hand auf seine Brust. Sie kämpfte um Fassung, aber sie schaffte es nicht. Leise begann sie zu weinen.

Als sie zum Haus gingen, war die Sonne verschwunden. Captain hatte sie bis zur Tür begleitet, sich dann aber noch einmal in die Büsche geschlagen. Schnüffelnd rannte er einer Spur nach.

Im Wohnzimmer herrschte Halbdunkel. Die Gardinen vor den Fenstern waren zugezogen.

Konrad Maienstedt schaltete die Deckenbeleuchtung ein. Und da sah er Inge.

Sie trug noch das Abendkleid für die Oper, aber sie war nicht nach München gefahren. Sie kauerte auf der Polsterbank neben dem Kamin, und ihre Spitzenjacke lag am Boden.

Sarah war in der Tür stehen geblieben. Über die Distanz des großen Raumes hinweg sahen Inge und sie sich an, wortlos, regungslos.

Schließlich war es Inge, die den Kopf senkte und die Arme um sich schlang, als sei ihr kalt und sie müsse sich wärmen.

Irgend etwas zerbrach in Sarah in diesem Augenblick. Sie hatte gemeint, ihre Mutter zu hassen. Aber dafür hatte sie sie zu lange geliebt – ihre schöne Mutter, die sie als kleines Mädchen immer so bewundert hatte. O Gott, was war nur aus ihr geworden!

»Mama«, sagte Sarah erstickt und lief zu ihr. »Du frierst ja.« Sie hob die Jacke vom Boden auf und legte sie Inge um die Schultern. Dann zog sie sie in ihre Arme.

Konrad Maienstedt kam auf Inges andere Seite. Auch er umarmte sie und nahm ihre Hände, um sie zu streicheln. In diesem Augenblick stieg die Hoffnung in ihm auf, dass vielleicht doch noch alles gut werden würde.

Aber nichts wurde gut.

Erik hatte Sarah einen Brief geschrieben, den Inge an sich nahm, als sie am nächsten Vormittag den Briefkasten leerte.

Konrad war fort, mit der Frühmaschine nach Hamburg geflogen, und seitdem wurde Inge von quälender Unrast umgetrieben.

Alles zerrann ihr zwischen den Fingern. Alle verließen sie. Ihr ganzes Leben brach auseinander. Sie hatte Erik verloren und Konrad nun wohl ebenfalls. Die Vondrowski würde ihn mit offenen Armen aufnehmen.

Und Sarah?

Inges Mund wurde schmal. Sarah hasste sie gewiss am meisten. Gestern Abend hatte sie sich nur verstellt, um sie in Sicherheit zu wiegen. Sarah war Konrads Tochter, die beiden hatten immer zusammengehalten. Bestimmt würde Sarah ihr hinterherspionieren, alles, was sie tat, ihrem Vater nach Hamburg berichten und noch ein paar Lügen hinzufügen.

Noch vor der Haustür riss Inge das Kuvert auf, das an Sarah adressiert war und auf dem sie Eriks Handschrift erkannte hatte. Sie las den Brief, der darin steckte, und stopfte ihn in ihre Jeanstasche.

Im Haus legte Inge die übrige Post auf den Schreibtisch, um sie später durchzusehen. Dann las sie Eriks Brief an Sarah ein zweites Mal.

»Du wirst Sarah nie bekommen«, murmelte sie vor sich hin, zerknüllte das Blatt und zog das Telefon zu sich heran.

»Herrn Wylander bitte«, verlangte sie, als sich die Telefonistin des Stockholmer Grand Hotels meldete. Gleich darauf hatte sie Erik am Apparat.

»Ich bin's, Inge«, sagte sie und fuhr fort, ohne ihn zu Wort kommen zu lassen: »Ich sag' dir nur eines: Lass meine Tochter in Ruhe. Spar dir deine Briefe. Sarah wird sie nicht bekommen. Keinen.«

Dann unterbrach sie die Verbindung.

Erik hatten den Telefonhörer noch am Ohr. Kopfschüttelnd legte er ihn auf die Gabel zurück. Carmen, die am Fenster seines Büros gestanden hatte, drehte sich um.

»War das Inge?«, fragte sie ahnungsvoll.

Er nickte, und sie runzelte ärgerlich die Stirn. »Dass sie es wagt …«

»Sie hat den Brief abgefangen, den ich Sarah geschrieben habe«, gestand er niedergeschlagen.

Carmen kam an seinen Schreibtisch. »Jetzt hör mir mal zu. Deine Liebe zu Sarah steht unter einem schlechten Stern …« Sie wollte noch mehr sagen, doch er schnitt ihr das Wort ab.

»Ich glaube nicht an gute Sterne und nicht an schlechte. Ich weiß nur eins: Ich liebe Sarah.«

Wenig später – Carmen war in Sven Rasmussens Büro gegangen, um etwas mit ihm zu besprechen – klingelte wieder das Telefon in Eriks Büro.

Diesmal war es Sarah, die anrief. Sie wusste, dass es falsch und total verrückt war, aber sie wollte einfach Eriks Stimme hören. Bestimmt war er nach Stockholm zurückgekehrt.

Als er sich mit einem kurzen »Wylander« meldete, durchflutete sie eine Welle der Wärme. Wie sie ihn liebte! Sie hatte so schreckliche Sehnsucht nach ihm.

Sarah umklammerte den Telefonhörer und brachte kein Wort hervor. Was sollte sie Erik auch sagen? Sie hatte ihm doch alles geschrieben, was nötig war.

»Sarah?«, hörte sie ihn fragen. Ihr Schweigen verriet ihm, dass nur sie am anderen Ende der Leitung sein konnte. »Ich bin froh, dass du anrufst.«

Er hörte ein Rauschen und Knacken in der Leitung und bat hastig: »Sarah, bitte, leg nicht auf. Ich habe dir einen Brief geschrieben. Aber Inge … sie hat ihn abgefangen. Sarah … Ich hab' dir geschrieben, dass ich dich liebe …«

Diesmal meinte er ihren Atem zu hören. Aber noch

immer sagte sie kein Wort. Und dann wurde die Verbindung unterbrochen. Sie hatte einfach aufgelegt.

Sarah senkte den Kopf. Es war falsch gewesen, Erik anzurufen. Es machte alles nur noch schlimmer. Aber wenigstens wusste sie jetzt, dass er in Stockholm war. Carmen und Sven Rasmussen waren bei ihm. Und er hatte seine Aufgaben im Hotel. Das war gut so. Sie, Sarah, hatte nichts außer ihren quälenden Gedanken …

Langsam ging sie in ihr Zimmer hinüber.

Als sie die Tür öffnete, stand Inge an ihrem Schreibtisch und blätterte in dem Tagebuch, das Konrad Maienstedt Sarah bei ihrer Heimkehr aus Marienberg geschenkt hatte.

Sarah hatte keine Zeile hineingeschrieben. Wann auch?

Das Neue, das auf sie eingestürmt war, ihre Liebe zu Erik, ihre verrückte, herrliche Fahrt mit ihm in Richtung Süden, der Flug nach Stockholm und alles, was dort passiert war – es hatte sie so in Atem gehalten, dass sie keine Zeit gefunden hatte, es niederzuschreiben.

Es war alles so rasend schnell vorübergegangen.

Nur auf der ersten Seite, gleich hinter dem Umschlag, hatte Sarah die Abbildung eines orthodoxen Kreuzes in das Buch gelegt. Sie hatte sie im Haus der Tirtowa gefunden und an sich genommen.

Inge war nicht im mindesten verlegen, dass ihre Tochter sie hier vorfand.

Sie klappte das Buch zu.

»Komisches Tagebuch. Du bist wirklich die Tochter deines Vaters. Wer ist eigentlich diese Tirtowa?«

»Eine in Venedig gestrandete Russin«, gab Sarah Auskunft. Sie hätte vielleicht noch mehr über die Tirtowa erzählt, doch Inge interessierte sich nicht dafür. Sie legte das Buch auf den Tisch zurück.

»Es ist gut, dass du Markus heiraten willst. Du kannst mein Hochzeitskleid haben.«

Die Mutter, die Sarah geliebt und bewundert hatte, verblasste immer mehr, war nur noch ein Schemen, den es in Wirklichkeit vielleicht nie gegeben hatte …

»Danke«, antwortete Sarah spröde. »Aber ich will ein eigenes Kleid.«

Inge wanderte durch das Zimmer. Sie nahm die Gartenzwergin vom Regal und betrachtete sie missbilligend. Sarah nahm sie ihr fort.

Inge ließ es zu, aber sie blieb dicht vor Sarah stehen. Ihr Blick bohrte sich in deren Augen.

»Wann hat es begonnen zwischen dir und Erik?«

Sarah lächelte, ein fernes, schmerzliches Lächeln. »Es ist vorbei. Ich habe es vergessen. Vielleicht kannst du es nicht vergessen, Mutter?«

Inge lachte hysterisch. »Dabei hättet ihr so gut zusammengepasst. Erik hat kein Herz, und du hast kein Herz.«

Sarah nahm keinen Blick von ihr. »Aber du hast eines, nicht wahr, Mutter? Darum hast du auch seinen Brief abgefangen.«

Für einen Moment wusste Inge nicht, was sie erwidern sollte. Sie telefonierten also miteinander, Erik und dieses kleine Miststück …

Sie verzog den Mund. »Hat er das gesagt? Wie soll ich

einen Brief abfangen, der gar nicht gekommen ist?« Sie lachte wieder. »Du wartest auf einen Brief von ihm? Armes Kind! Männer wie er … Lieben soll man sie. Aber bilde dir nur nicht ein, dass er dich liebt. Du warst für ihn ein Spielzeug, genau wie ich.«

Nein, dachte Sarah. Mich liebt er, auch wenn du das nicht wahrhaben willst. Trotzdem musste ich ihn verlassen. Aber wahrscheinlich kannst du das überhaupt nicht verstehen … Für dich zählen nur Triumphe, egal, was du anderen damit antust.

Inge duckte sich unter ihrem Blick. »Was schaust du mich so an? Ich sage die Wahrheit. Schau mich nicht so an!« Ihre Stimme brach.

»Du tust mir leid, Mutter«, sagte Sarah, und sie meinte das ganz ehrlich. Noch immer sah sie Inge an, bis diese sich mit einem keuchenden Laut abwandte und aus dem Zimmer flüchtete.

Sarah ging zum Kassettenrecorder und legte ein Band ein. Musik klang auf, eine schwermütige, getragene Melodie.

När och ses vi igen, dachte Sarah. Es war ein Text aus ihrer Schwedisch-Kassette und bedeutete soviel wie: Kann ich dich wieder sehen?«

Sarah ging zum Fenster und starrte hinaus. Nein, es gab kein Wiedersehen.

Eine gute Stunde später kam Inge mit einem Koffer und einer Tasche die Treppe aus dem oberen Stockwerk herunter. Vicenta, die in der Halle die Blumen goss, blickte sie erstaunt an.

»Gnädige Frau! Sie haben mir gar nicht gesagt, dass Sie verreisen.«

»Ich fliege nach Hamburg«, sagte Inge, als sei dies die selbstverständlichste Sache der Welt. »Zu meinem Mann. Ich muss zu ihm.«

Vicenta blickte ihr kopfschüttelnd nach, wie sie das Haus verließ und draußen auf das Taxi wartete, das sie zum Münchner Flughafen bringen sollte.

Inge hatte ihren Entschluss ganz spontan gefasst. Sie würde nicht kampflos aufgeben. Konrad war immer noch ihr Mann, der einzige Mensch, der ihr geblieben war. Wieso sollte die Vondrowski ihn bekommen?

Er war nachgiebig und gutherzig. Ganz gewiss würde er seine Frau nicht fortschicken …

In ihren seltenen ehrlichen Momenten wusste Inge, dass sie ihm Unerhörtes zugemutet hatte. Trotzdem hatte er bis jetzt keine Konsequenzen daraus gezogen. Er würde es auch diesmal nicht tun. Es lag an ihr, das zu verhindern.

Sarah hatte die Abfahrt ihrer Mutter vom Fenster aus beobachtet. Sie hatte sich nicht von ihr verabschiedet, aber als Vicenta ihr berichtete, dass Inge nach Hamburg geflogen war, war sie erleichtert. Doch gleichzeitig bedrückte sie das Alleinsein.

Markus und sie hatten zwar ausgemacht, zunächst miteinander zu telefonieren, aber nun beschloss Sarah spontan, zu ihm auf den Reiterhof zu fahren.

Sie fand Markus bei den Pferdeboxen. Aber er beschäftigte sich nicht mit den Tieren, sondern bastelte an dem Oldtimer für Sarah herum.

Endlich hatte er das passende Lenkrad aufgetrieben und es auch schon angebracht. Als Sarah kam, lag er unter dem Wagen und drehte dort irgendwelche Schrauben fest.

Als sie ihn ansprach, kam er eilig hervorgekrabbelt. »Wir können übermorgen heiraten«, sagte er strahlend. »Dann ist er fertig.«

Sarah streichelte den Kopf eines Pferdes, das neugierig aus seiner Box schaute. »Ich hab' es nicht so furchtbar eilig.«

»Aber ich!«, konterte er. »Sonst überlegst du es dir wieder anders.«

Notdürftig putzte er sich die ölverschmierten Hände an einem alten Lappen ab.

Sarah betrachtete den schönen alten Wagen und strich mit den Fingerspitzen über den Lack. Markus zuckte erschrocken zusammen, als sie unvermittelt auf die Hupe drückte. Sie klang laut und quäkend.

»Ich hab' mit Vater geredet. Ich kann für uns das Dach ausbauen. Bis dahin wohnen wir in meinem Zimmer.«

Er wollte Sarah auf den Mund küssen, doch sie wandte das Gesicht zur Seite, so dass seine Lippen nur ihre Wange trafen.

»Vielleicht bleiben wir gar nicht hier«, meinte sie nervös. »Lass uns weggehen, Markus. Nach Amerika.«

»Oder nach Schweden?«, erkundigte er sich mit einem bei ihm seltenen Anflug von Bissigkeit.

»Nein!«, wehrte sie so heftig ab, dass ihm seine Worte schon wieder leid taten. Sarah senkte den Kopf.

Markus berührte ihr Kinn und zwang sie so, ihn anzusehen. Er wirkte auf einmal sehr ernst, fast streng.

»Nein, wir laufen nicht weg, vor niemandem«, erklärte er bestimmt. »Ich will eine richtige Hochzeit – hier in der Kirche mit unseren Familien.«

»Aber nicht in Weiß«, protestierte sie und blickte angelegentlich auf die Ledersitze des Wagens.

Markus drehte sie wieder zu sich herum. »Nur in Weiß«, widersprach er entschieden und küsste Sarah.

Sie begriff, wie er das meinte: Er wollte die Vergangenheit ignorieren. Er liebte sie so, wie sie war. Guter, lieber Markus! Sarah küsste ihn. Und dabei stand der Gedanke in aller Deutlichkeit vor ihr: Die Falle ist zugeschnappt. Und ich habe mich selbst hineinmanövriert.

Sie blieb nicht mehr lange bei Markus, sondern sagte ihm, dass sie noch nach Marienberg müsste. Peregrina wusste noch nichts von der bevorstehenden Hochzeit, und Sarah fand, dass sie ihr den Termin lieber persönlich statt telefonisch mitteilen sollte.

In Peregrinas Büro waren zwei Klosterschwestern damit beschäftigt, den großen Aktenschrank aufzuräumen. Deshalb gingen Sarah und ihre Tante nach draußen. Während sie den langen steinernen Korridor mit seinem Kreuzgewölbe durchschritten, rückte Sarah mit ihrer Neuigkeit heraus.

Peregrina blieb stehen. Sarah sah nicht gut aus, fand sie – und vor allem nicht glücklich. Genau genommen sah sie sogar todunglücklich aus.

»Du hast sicher viele Gründe, Markus zu heiraten«, sagte Peregrina vorsichtig. »Aber mich interessiert nur eines: Liebst du ihn?«

Als Sarah schwieg und an ihr vorbei auf die steinernen Wände blickte, nickte Peregrina. »Dein Schweigen ist auch eine Antwort.«

Mit einer hilflosen Geste strich Sarah sich das Haar aus dem Gesicht. »Der Mann, den ich liebe … Ich bin vor ihm weggelaufen.« Ihre Stimme klang dünn.

Peregrina schob die dunklen Brauen zusammen. »Willst du ihn strafen, indem du einen anderen heiratest? Aber du strafst damit vor allem dich selbst. Ich geb' dir einen Rat: Fahr nach Hause und sage die Hochzeit ab.«

Sarah zog die Schultern hoch. Ihr war kalt, trotz des langärmeligen Pullovers, den sie trug. »Es ist zu spät.«

»Wenn es zu spät ist, warum bist du dann gekommen?«, fragte Peregrina in ihrer offenen, zupackenden Art. »Was willst du von mir hören?«

Sarah blickte sie an. Sie wirkte wie ausgehöhlt vor Kummer. »Ich hatte keine Ahnung, wie kompliziert das Leben ist. Warum hat mir das keiner gesagt?«

»Den falschen Mann zu heiraten ist nicht kompliziert«, sagte Peregrina in der Hoffnung, Sarah damit wachzurütteln. »Das ist bloß blöd.«

Sarah gab keine Antwort darauf. Hand in Hand gingen sie weiter, und am Ende des Kreuzganges legte Peregrina den Arm um Sarahs Schultern.

Wenn sie ihr doch nur helfen könnte!

Konrad Maienstedt hatte gleich nach seiner Ankunft in Hamburg ein Zimmer in Professor Ruhlands Klinik bezogen. Ellen Vondrowski hatte dafür gesorgt. Sie hatte ihm klar gemacht, wie unverantwortlich es von ihm war, seine gesundheitlichen Schwierigkeiten dermaßen zu ignorieren. Er trüge Verantwortung, erstens für sich selbst, zweitens für Sarah und drittens für das Forschungsinstitut, das seinen ganzen Einsatz brauchte.

Das hatte den Ausschlag gegeben.

Er war allein in seinem Krankenzimmer, als es an die Tür klopfte. Die Schwester, die ihm vor wenigen Minuten den Blutdruck gemessen hatte, hatte ihn gebeten, hier zu bleiben, da noch einige Untersuchungen bei ihm durchgeführt werden sollten.

Bevor Konrad noch »Herein!«, rufen konnte, wurde die Türklinke heruntergedrückt, und Inge betrat den Raum.

Sie war vom Flughafen aus zur Gästewohnung der Vondrowski gefahren und hatte dort niemanden vorgefunden. Von einer Telefonzelle aus hatte sie im Vondrowski-Konzern angerufen und erfahren, wo ihr Mann war.

Ein Taxi hatte Inge zur Klinik gebracht.

Konrad Maienstedt konnte kaum glauben, was er sah. »Inge! Wo kommst du denn her? Und woher weißt du, dass ich hier bin?«

Sie wirkte völlig verändert, weich, liebevoll und besorgt. »Du lässt dich am Herzen operieren und sagst mir nichts davon. Ich bin doch deine Frau …«

Er schwieg und sah sie nur prüfend an. Meinte sie wirklich, was sie sagte? Oder spielte sie nur wieder einmal eine ihrer unzähligen Rollen?

Ihr Lächeln war klar und aufrichtig, als sie zu ihm kam und sich neben ihn auf das Bett setzte.

»Du brauchst mich doch, Konrad. Wann ist die Operation?«

»Ich weiß es nicht ...«

Sie legte ihm die Hände auf die Schultern. »Bitte, Konrad, sei einmal ernst.«

»Noch ungefähr zweitausend Voruntersuchungen«, erklärte er mürrisch. »Dann können sie anfangen, mich zu verstümmeln.«

Er betrachtete sie aufmerksam. »Du bist ganz bleich. Was ist los?«

Sie holte tief Atem und lächelte tapfer. »Das ist die Krankenhausluft. Da werd' ich immer leichenblass.«

Als er sie an sich zog, widerstrebte sie nicht, sondern schmiegte sich an seine Brust. Konrad Maienstedt war noch immer fassungslos, aber gleichzeitig stieg die überwältigende Hoffnung in ihm auf, dass Inge dieses Mal kein Theater spielte. Sie war aus freien Stücken hier, und offenbar hatte sie sich vorgenommen, ihre Beziehung zu kitten.

»Du hast recht«, sagte er lachend. »Krankenhausluft macht krank.«

Er ließ sie los und schlüpfte in seine Schuhe, die vor dem Bett standen. »Komm. Lass uns abhauen. Wir machen uns einen schicken Abend in Hamburg.«

»Aber die Operation?«, warf sie besorgt ein, doch er winkte ab und zog sein Jackett über. Insgeheim hatte er

Angst vor dem Eingriff, deshalb hielt er Inges Kommen für einen guten Grund, all dem, was Professor Ruhland mit ihm vorhatte, noch für eine Weile zu entwischen.

»Ich hab' die Operation so lange vor mir hergeschoben, da kommt es jetzt auch nicht mehr darauf an. Dass du zu mir gekommen bist, ist viel wichtiger.«

Er zog sie vom Bett hoch und nahm sie erneut in die Arme. Inge schloss die Augen, als er sie küsste. Wenigstens ihn hatte sie nicht verloren. Es lag nicht alles in Scherben in ihrem Leben.

Inge war mit Furcht im Herzen hergekommen. Was sollte sie tun, wenn Konrad sie wegschickte, weil Ellen Vondrowski ihm wichtiger geworden war? Auf einmal waren ihr Konrads Güte und sein geduldiges Verständnis als einziger Halt erschienen. Sie brauchte ihn; er war die Festung, die sie schützte.

Inge wusste, dass sie ihm Schreckliches zugefügt hatte, aber sie wollte es wieder gut machen. Wenn er sie nur nicht fortschickte!

In der Klinikverwaltung gab Konrad Maienstedt Bescheid, dass er für ein paar Tage das Krankenhaus verlassen müsse. Ja, ja, er werde wiederkommen, sobald es möglich sei. Dann nahm er Inge bei der Hand und lief übermütig mit ihr ins Freie.

Mit einem Taxi fuhren sie zur Gästewohnung an der Binnenalster.

Und hier setzte sich das Wunder fort, das in Konrad Maienstedts Augen mit Inge geschehen war.

Sie blieb sanft, fröhlich und anschmiegsam, wie sie früher einmal, vor langen Jahren, gewesen war.

Konrad bestellte telefonisch zwei Karten im Thalia Theater, in dem an diesem Abend eine erfolgreiche Komödie mit bekannten Stars aufgeführt wurde.

Inge bereitete eine kleine Mahlzeit aus den Dingen vor, die sie in der Küche im Kühlschrank und in der Speisekammer fand; dazu tranken sie Wein.

Danach wurde es Zeit, sich für den Theaterbesuch umzuziehen.

Konrad war bereits Ausgehfertig und klimperte eine kleine Melodie auf dem Flügel, als Inge mit nassen Haaren, nur in ein Badelaken gewickelt, hereinkam.

»Ich weiß, ich habe getrödelt«, sagte sie schuldbewusst. »Aber jetzt geht es ganz schnell.«

Konrad Maienstedt blickte sie an. Er fand, dass Inge ungeschminkt und ohne ihre üblichen Allüren besonders reizvoll aussah.

Als er die Arme nach ihr ausstreckte, kam sie näher. Er nahm ihr das Handtuch ab, mit dem sie ihre Haare frottieren wollte, und zog sie auf seinen Schoss.

»Du wirst ganz nass«, protestierte sie, aber er lachte nur und drückte sie an sich.

»Erinnerst du dich an den Mann, der einmal sagte, du seist viel zu schön für ihn?«

Sie zappelte in seinen Armen. »Ich mach' dein Hemd nass ...«

»Ich besitze noch eines ...« Seine Stimme klang dunkel und ein wenig atemlos.

»Das Theater fängt an!«, unternahm sie noch einen halbherzigen Versuch, ihn zur Vernunft zu bringen. Er scheiterte.

Maienstedt küsste ihre nassen Haare. »Der zweite Akt ist der schönste«, sagte er sehr zärtlich. Dann glitten seine Lippen über ihren Hals und die nackten Schultern. »Aber vielleicht müssen sie auch ganz ohne uns spielen.«

Sie sahen weder den zweiten noch den letzten Akt. Sie blieben zu Hause, und es war so zwischen ihnen wie in der ersten Zeit ihrer Liebe.

Inge verging in Konrads Armen. Sie genoss seine Berührungen, seine Küsse, seine kraftvolle Männlichkeit. Und er war wie berauscht von der Erkenntnis, dass er die Frau wieder gefunden hatte, die einmal alles für ihn gewesen war.

Irgendwann – der Tag war in eine sanfte, perlmutterfarbene Dämmerung übergegangen – klingelte das Telefon.

Maienstedt und Inge lagen auf dem zerwühlten Bett. Sie hatte sich eng an ihn gekuschelt und küsste seine nackte Brust. Er ließ es lange klingeln, bevor er sich umdrehte und nach dem Hörer auf dem Nachttisch griff.

Es war Sarah, die anrief.

Sie stand an dem Wandtelefon in den Stallungen des Reiterhofes und lauschte ungeduldig auf das Rufzeichen.

»Wenn Vater nicht kommt, fällt die Hochzeit aus«, sagte sie zu Markus, der hinter ihr stand.

Sie waren vorhin übereingekommen, noch in dieser Woche zu heiraten. Das heißt, Markus hatte es vorgeschlagen, und Sarah hatte zugestimmt.

Auf einmal wollte sie selbst nicht mehr lange warten. Mit der Hochzeit war alles entschieden; vielleicht fand sie dann endlich ihre innere Ruhe wieder.

Markus küsste ihren Nacken, und sie rückte ein Stück von ihm ab. Ihre Miene erhellte sich, als am anderen Ende der Leitung endlich der Hörer abgenommen wurde und Konrad Maienstedt sich meldete.

»Vater …«, sagte sie.

»Sarah?« Seine Stimme klang überrascht und erfreut. Inge schmiegte sich wieder an ihn. Er versuchte ihre Hand wegzuschieben, als sie ihn kitzelte, und sie beugte sich über ihn und knabberte an seinem Ohrläppchen.

»Wir heiraten am Freitag«, erklärte Sarah.

»Wann?«, fragte Maienstedt überrascht. »Schon so bald?« Wir kommen mit dem nächsten Flieger.« Er lachte. »Ich bin schon im Smoking. Bis dann, mein Kind.«

Er legte auf und blickte Inge an. »Sarah und Markus heiraten am Freitag. Freust du dich?«

Sie nickte strahlend. »Ja!«

Dann drängte sie sich wieder in seine Umarmung, und er hielt sie fest.

»Ich träume«, sagte er leise. »Früher waren wir gut im Tagträumen.«

»Wir werden immer besser.« Sie legte den Kopf auf seine Brust. »Wir können noch einmal ganz von vorne anfangen …«

In diesem Moment glaubte sie, was sie sagte, und Konrad glaubte es auch. Sie hatten wieder eine Chance.

»Und Hamburg?«, wollte er zögernd wissen.

Sie schloss die Augen, während ihre Zunge über seinen Brustkorb glitt und kleine Schauer in ihm hervorrief.

»Auch in Hamburg kann man träumen …«

Es war das Schönste, was sie ihm hätte sagen können!

Carmen Wylander hatte Erik auf seiner Segeljacht besucht, die in dem kleinen Hafen von seinem Wohnhaus vor Anker lag.

Als sie von Bord gingen, nahm sie seine Hand. »Komm, ich lade dich zu einem Drink ein.«

Er hob erstaunt die Augenbrauen. »Nachmittags um fünf?«

»Komm«, drängte Carmen und wollte ihn unterhaken. Doch er trat einen Schritt zurück. Er kannte seine Mutter gut genug, um zu wissen, dass sie nicht grundlos so überraschend hier aufgetaucht war. Normalerweise meldete sie sich vorher an.

»Spann mich nicht auf die Folter«, bat er, und sie lachte, weil er sie schon wieder durchschaut hatte.

»Wenn ich klug wäre, müsste ich meinen Mund halten.«

»Du weißt etwas von Sarah.« Es war keine Frage, sondern eine Feststellung, und Carmen nickte.

»Die Hochzeit ist am Freitag.«

Sie selbst hatte es auch erst vorhin erfahren, als sie Mathilde angerufen hatte. Die Haushälterin hatte ihr den Termin genannt.

Erik war wie vom Blitz getroffen. Er hatte erwartet dass Sarah sich noch ein paar Wochen Zeit ließ. Warum auf einmal diese Eile?

Er presste die Lippen zusammen. »Ich muss Sarah sehen.«

Carmen wusste, dass es wenig Sinn hatte zu versuchen, ihren Sohn zurückzuhalten. Trotzdem probierte sie es.

»Deine Liebe zu Sarah hat dir bisher nur Unglück gebracht. Du hättest fast mit dem Leben dafür bezahlt. Provozier nicht eine zweite Katastrophe!«

»Mutter, ich liebe Sarah«, erwiderte er, und sie gab es seufzend auf, ihn umstimmen zu wollen.

Erik flog schon am Abend nach München, aber er bezähmte seine Ungeduld und ging erst am nächsten Nachmittag auf das Maienstedtsche Grundstück hinüber.

Vicenta öffnete ihm und erklärte ihm, dass Sarah nicht zu Hause sei.

»Sie ist einkaufen«, berichtete die Portugiesin. »Aber sie ist schon seit heute früh unterwegs und müsste eigentlich jeden Moment wieder da sein. Wenn Sie so lange warten wollen, Herr Wylander …«

Sarah kam eine halbe Stunde später. Sie hatte ihr Brautkleid gekauft und nahm das in einen Plastiküberwurf eingeschlagene zarte Spitzengebilde vorsichtig aus dem Wagen.

Vicenta verließ die Küche, als sie Sarahs Schritte auf dem Marmorfußboden in der Halle hörte.

»Es ist jemand für dich da.« Die Portugiesin streckte die Arme aus. »Gib mir das Kleid, ich bringe es nach oben.«

»Wer ist es?«, erkundigte Sarah sich, während sie Vicenta den raschelnden Traum in Weiß mit dazugehörigem Brautkranz behutsam über die Unterarme legte.

»Herr Wylander«, gab Vicenta Auskunft, und Sarah nahm ihr das Kleid wieder ab.

»Wo ist er?«

»Auf der Pergola«, erklärte Vicenta, und Sarah ging, ihr Brautkleid vor sich hertragend wie einen Schutzschild, um das Haus herum.

Erik war auf der Pergola unruhig auf und ab gewandert. Vicenta hatte ihm ein Glas Saft gebracht. Er hatte es nicht einmal angerührt.

Als er Sarah kommen hörte, ging er ihr ein paar Schritte entgegen.

Sie blieb stehen und sah ihn an. »Du kommst zwei Tage zu früh. Hochzeit ist erst übermorgen.«

Er ging nicht auf ihren Spott ein. »Übermorgen wäre es zu spät«, sagte er ernst.

Sie musterte ihn kühl. »Zu spät – wofür?«

»Es gibt übermorgen keine Hochzeit«, erklärte er fest. »Sarah, ich liebe dich.«

Ihre künstliche Beherrschung zerbrach. Nun spiegelte ihr Gesicht wider, was sie wirklich empfand: Trauer, Hoffnungslosigkeit – und Liebe.

»Du liebst eine Sarah, die es nicht mehr gibt. Ich bin eine andere geworden, und ich bitte dich: Komm nie mehr hierher.«

Es klang so endgültig, dass Erik nichts mehr darauf zu erwidern wusste. Er warf Sarah einen letzten langen Blick nach, wie sie ihr Brautkleid an sich drückte und damit ins Haus ging.

Konrad und Inge Maienstedt trafen kurz vor Mitternacht daheim ein. Während ihr Taxi an dem Wylanderschen Grundstück vorüberfuhr, wandte Inge den Kopf. Sie sah, dass im ersten Stock Licht brannte, hinter den Fenstern von Eriks Zimmer. Auch die Außenbeleuchtung war eingeschaltet.

Erik war also hier.

Inge spürte, wie ein Zittern sie überlief. Sie grub die Fingernägel in die Handballen.

Ja und? dachte sie. Was geht es mich an?

Aber sie wusste, dass sie sich selbst etwas einzureden versuchte.

Die Gelöstheit der Tage in Hamburg war vorbei. Schon auf dem Münchner Flughafen hatte sie gespürt, dass die alte quälende Unrast sie wieder überfiel. Sie konnte nichts dagegen tun. Konnte man etwas dagegen tun, dass es dunkel und Nacht wurde?

Als sie ihr Haus betrat, war ihr zumute, als kehre sie in ein altes verhasstes Gefängnis zurück. Manchmal hatte sie es verlassen können – dann hatte sie sich frei gefühlt. Das war, wenn sie Erik getroffen hatte. Aber es war eine trügerische Freiheit gewesen, und inzwischen hatte Erik sie in ihr Gefängnis zurückgestoßen. Und Konrad …

Inge warf ihrem Mann einen Seitenblick zu. Er sah widerwärtig zufrieden aus, fand sie. Ein Gefängniswärter, der sie hier fest hielt …

Sie blickte ihm nach, wie er die Treppe zu Sarahs Zimmer hinaufstieg. Wollte er sie noch begrüßen?

Ich nicht, dachte Inge. Ich kann gut bis morgen warten.

Sie ging auf die Terrasse und starrte zu Eriks hell erleuchtetem Zimmerfenster hinüber.

Sarah schlief. Sie hatte die Ankunft ihrer Eltern gar nicht bemerkt. Sie erwachte auch nicht, als ihr Vater an ihrem Bett stand.

»Sarah?«, fragte er leise, doch sie drehte sich um und schlief weiter.

Er betrachtete sie voller Rührung. Dann beugte er sich über sie und küsste sie leicht auf die Wange, bevor er auf Zehenspitzen das Zimmer wieder verließ.

Als er die Treppe hinunterstieg, hörte er Inge sprechen. Unwillkürlich ging er leiser.

Sie lehnte in der Tür des Wohnzimmers und telefonierte. »Erik«, sagte sie. »Wir müssen uns sehen …«

Eriks Antwort war kurz und kalt. »Inge, ich will nicht mehr.«

»Und warum nicht?«, begehrte sie auf. »Du bekommst Sarah sowieso nicht.« Ein Knacken in der Leitung verriet, dass Erik einfach aufgelegt hatte.

Inges Blick irrten durch den Raum. Sie legte ebenfalls auf und wandte sich um.

Da sah sie ihren Mann. Er stand am Fuß der Treppe. Sein Gesicht hatte seine gesunde Farbe verloren. Es wirkte grau.

»Inge«, sagte er tonlos. Es begann also alles wieder von neuem – die Heimlichkeiten, die Lügen, die Verletzungen. Was für ein Narr war er gewesen …

Sie gab ihm keine Antwort. Sie rannte an ihm vorbei und verließ das Haus.

Eine Weile lief sie ziellos am Seeufer entlang und versuchte, ihre flatternden Nerven zu beruhigen. Es gelang ihr nicht. Sie zitterte wie im Fieber.

Ich muss Erik sehen, dachte sie. Ich muss mit ihm sprechen. Das mit Sarah ist doch vorbei. Sie heiratet Markus, und Erik wird sie sich aus dem Kopf schlagen müssen. Es war ja ohnehin nur eine lächerliche kleine Affäre. Im Grunde völlig ohne Bedeutung. Ein Nichts gegen die sieben Jahre mit mir. Er wird zu mir zurückkehren …

Die Zimmer der Wylanderschen Villa lagen im Dunkel, als Inge sie erreichte. Nur die Außenlampen brannten noch. Sie lief um das Haus herum zur Terrasse. Aber die Tür war verschlossen.

Inge rüttelte an der Klinke.

Und dann sah sie Erik plötzlich im spiegelnden Glas der Scheibe hinter sich auftauchen. Sie fuhr herum und warf sich an seine Brust. Ihre Hände umfassten sein Gesicht.

»Du bist kalt. Du warst am Wasser … Komm, ich werde dich wärmen …«

Er umfasste ihre Handgelenke und schob sie von sich. »Sieh zu, dass du wegkommst. Ich will dich nicht mehr sehen.«

Aber sie war wie eine lästige Katze, die sich nicht abschütteln ließ. Sie umklammerte ihn von neuem und versuchte, ihn zu küssen.

»Erik! Ich kann ohne dich nicht leben. Schick mich nicht weg. Ich liebe dich. Und du liebst mich auch …«

Er wollte ihr nur ungern wehtun, aber es ging nichts

anders. Er musste Gewalt anwenden, um sich von ihr zu befreien.

Inge fiel gegen die Terrassentür. »Ich brauche dich«, stieß sie hervor und begann zu weinen. »Erik …«

Sie wollte ihm nach, als er die Tür aufschloss, doch er drängte sie zurück und warf hinter sich die Tür von innen zu. »Geh«, forderte er sie auf. »Ich hab' dir gesagt, ich will nicht mehr.«

Durch die Glasscheibe starrte sie ihn an. Und sie las etwas in seinem Gesicht, das sie vernichtete: Mitleid und Widerwillen.

Markus Loew erwachte sehr früh am Morgen seiner Hochzeit. Aber Vorfreude und Aufregung ließen ihn nicht mehr einschlafen. Heute würde Sarah ihn heiraten, sein seit langem geträumter Traum ging in Erfüllung.

Der VW-Oldtimer war fertig, repariert und zusammengebaut aus vielen Ersatzteilen, die meist schwer zu beschaffen gewesen waren. Am Vorabend hatte Markus das Auto zur Kirche gefahren und es mit herzförmigen roten Luftballons und einem Hufeisen auf der Kühlerhaube geschmückt. Nun stand es unter großen Strohballen versteckt. Er würde die Ballen entfernen, wenn er und Sarah aus der Kirche kamen. Der Wagen war sein Hochzeitsgeschenk für sie.

Weil er nicht mehr einschlafen konnte, stand Markus auf. Er duschte und zog sich anschließend bereits für die Hochzeit an. Er fand, dass er sehr elegant wirkte im grauen Cut und einem Plastron über dem weißen Hemd.

Und er sah sehr glücklich aus.

Es zog Markus schon vorzeitig zur Kirche, um nachzuschauen, ob alles für die Trauung vorbereitet war.

Zufrieden registrierte er den Blumenschmuck am Hochaltar und den Bänken. Draußen hängte ein Stallknecht vom Reiterhof eine grüne Tannengirlande über das Portal. Er befestigte die Zweige mit Nägeln, die er mit kräftigen Hammerschlägen in das Mauerwerk trieb.

Markus trödelte noch eine Weile in der Kirche herum, kontrollierte die hohen weißen Kerzen in ihren Leuchtern, zündete eine vor dem Marienaltar an und kehrte danach nervös nach Hause zurück.

Die Trauung war für elf Uhr vormittags angesetzt. Noch eine Stunde bis dahin. Wie sollte er das bloß aushalten!

Auch im Haus Maienstedt war man mit den letzten Vorbereitungen für die Trauung beschäftigt.

Sarah trug bereits ihr Brautkleid. Das bestickte Korsagenoberteil lag eng an und betonte ihre schmale, mädchenhafte Taille. Der weite Rock endete in einer kleinen Schleppe.

Dazu hatte Sarah einen Kranz aus weißen und rosa Stoffrosen aufgesetzt.

Ihr Brautstrauß, das wusste sie, lag unten im Wohnzimmer auf dem Flügel. Peregrina hatte ihn mitgebracht, ein zauberhaftes Gebinde aus weißen Rosen und Orchideen.

Der Gürtel des Brautkleides ließ sich nicht schließen, die Knöpfe sprangen immer wieder auf, sobald Sarah sich bewegte. Vicenta war gerade dabei, das Unglück zu beheben, indem sie den Gürtel kurzentschlossen zunähte.

Während Sarah sich ungeduldig im Spiegel ihres Zimmers betrachtete, kam Inge herein. Sie hielt ihrer Tochter die geöffnete Schmuckschatulle hin.

»Nimm dir, was du willst«, sagte sie. Sie war ebenfalls bereits für die Trauung angezogen, in einem schmalen schwarzen Kleid. Darüber würde sie später eine hüftlange weiße Seidenjacke ziehen, die mit Pailletten bestickt war. Sie glitzerten bei jeder Bewegung.

Sarah warf einen Blick in die Schatuelle und dann auf ihr Spiegelbild. »Ich geh' ohne Schmuck«, entschied sie, und Inge klappte den Deckel wieder zu.

»Wie du willst«, meinte sie leicht pikiert.

Vicenta hatte den letzten Stich getan und schnitt den Faden ab. Zusammen mit Inge verließ sie das Zimmer.

Sarah war einen Augenblick allein. Noch eine halbe Stunde, dann wurde es Zeit, zur Kirche zu fahren. Sie betrachtete sich im Spiegel. Fremd kam sie sich vor, eine blasse, fremde ernste Braut.

Captain, der vorhin mit Inge ins Zimmer geschlüpft war, winselte leise. Der Hund spürte, dass heute ein besonderer Tag war, und das machte ihn unruhig.

Hinter Sarah stand die Gartenzwergin auf dem Regal. Sie hatte sie wegräumen wollen, es aber doch nicht getan. Doch zu Markus würde sie sie nicht mitnehmen. Dann war sie Sarah Loew, geborene Maienstedt. Die stellte keinen Gartenzwerg in ihr Zimmer, den sie an einem anderen Tag, in einem anderen Leben gekauft hatte.

Sarah hörte Schritte auf der Außentreppe, die zu dem Balkon vor ihrem Zimmer führte. Dann öffnete jemand die Tür, ohne anzuklopfen, und trat ein.

Es war Erik.

Er stand da und sah sie an in ihrem Brautstaat. Er brachte kein Wort heraus, und auch Sarah sagte nichts.

Und dann geschah etwas, das ihr das Herz zerriss.

Erik weinte.

Sie sah, wie die Tränen in seine Augen stiegen und langsam über seine Wangen liefen. Er hob nicht einmal die Hand, um sie fortzuwischen. Und immer noch sah er Sarah an.

Sie war so schön, und sie würde einen anderen heiraten.

Nein, dachte Sarah plötzlich sehr klar und deutlich. Nein, nein, nein!

Und etwas starb in ihr, und etwas wurde neu geboren.

Nein, nicht neu geboren! Es war immer dagewesen; sie hatte es nicht in sich töten können.

Hier stand der Mann, den sie liebte, der einzige, mit dem sie leben wollte, egal, wie dieses Leben verlaufen mochte.

Es war falsch und dumm, dem Leben in den Arm zu fallen, ihm eine andere Wendung geben zu wollen. Man musste sich ihm stellen.

6

»Sarah!«, rief Konrad Maienstedt vom Fuß der Treppe aus. »Sarah, es wird Zeit!«

Er war im Cut und trug eine weiße Kamelie am Revers. Nervös blickte er auf seine Uhr und stieg dann zum Zimmer seiner Tochter hinauf.

»Sarah, wir kommen noch zu spät«, mahnte er, während er die Tür öffnete. Dann blieb er wie angewurzelt im Rahmen stehen.

Das Zimmer war leer, und Sarahs Brautkleid mit dem Kranz aus Seidenrosen lag auf dem Fußboden.

»Sarah …«, murmelte Konrad betroffen.

Hinter sich hörte er eilige Schritte die Treppe heraufkommen. Es war Inge. Als sie das Brautkleid auf der Erde entdeckte, stürzte sie darauf zu. Der Gürtel, den Vicenta vorhin so fest vernäht hatte, war an der Nahtstelle einfach aufgeschnitten worden.

Inge sagte kein Wort. Die Kehle war ihr wie zugeschnürt. Intuitiv wusste sie, was geschehen war. Sarah hatte nicht einfach im letzten Moment ihre Hochzeit platzen lassen. Erik musste hier gewesen sein, und sie war mit ihm davongelaufen.

Unterdessen wartete Markus in der kleinen Dorfkirche. Die Hochzeitsgäste, seine Familie und seine Freunde, wurden allmählich unruhig. Der Pfarrer war vor einer Viertelstunde eingetroffen und wartete in der Sakristei.

Christine, Markus' Schwester, sehr damenhaft und erwachsen wirkend in ihrem bodenlangen schwarzen Kleid und den aufgesteckten blonden Haaren, drängelte sich zu Markus durch.

»Ich frage mich bloß: Warten wir vor der falschen Kirche, oder warten wir auf die falsche Braut«, zischelte sie halblaut.

Lachend schüttelte Markus den Kopf und gab ihr einen Kuss auf die Wange. Seine Miene erhellte sich noch mehr, als er endlich den Maienstedtschen Range Rover in den Zufahrtsweg zur Kirche einbiegen sah. Er war mit einer Girlande aus weißen Nelken und Tannengrün hochzeitlich geschmückt.

»Na endlich«, sagte Markus und wandte sich zu seinen Freunden um. Sie waren alle im Reitdress erschienen und hatten weiße Rosen an ihre Reitgerten gebunden.

»Abteilung antreten!«, befahl er fröhlich.

Sie stellten sich rechts und links vor der Kirchentreppe auf und bildeten mit ihren hocherhobenen Reitgerten ein Spalier.

Der Range Rover hielt, und Markus lief ihm entgegen. Er strahlte.

Aber es war nur Konrad Maienstedt, der aus dem Wagen stieg. Entschlossen ging er auf Markus zu.

»Es tut mir leid, Markus«, setzte er an, und der junge Mann winkte lächelnd ab. Was war schon dabei, wenn Sarah sich ein wenig verspätet hatte? Dafür war keine großartige Entschuldigung nötig. Er spähte in den Wagen.

»Wo bleibt sie denn?«

Maienstedt blickte ihn voller Mitgefühl an. »Markus, hör zu: Sarah kommt nicht.«

Plötzlich war es totenstill. Alle starrten die beiden Männer an, und die jungen Leute im Reitdress ließen ihre Gerten sinken.

»Sarah kommt nicht«, wiederholte Markus hölzern. Er wurde abwechselnd rot und blass. Langsam begriff er, was das bedeutete.

Konrad Maienstedt legte ihm die Hand auf die Schulter. »Es tut mir leid«, sagte er noch einmal.

Markus gab keine Antwort darauf. Mit einer heftigen Bewegung schüttelte er Maienstedts Hand ab. Sein Gesicht war wie versteinert.

Er blickte Sarahs Vater nach, wie er zu seinem Wagen zurückging und davonfuhr. Da endlich wich Markus' Erstarrung, verwandelte sich in grellheiße, brennende Wut.

Mit einem unterdrückten Schrei schleuderte er seinen hellgrauen Zylinder zu Boden und stürmte auf die Strohballen zu, unter denen das für Sarah bestimmte Auto versteckt war.

Von der Hochzeitsgesellschaft sagte immer noch keiner ein Wort. Alle waren wie gelähmt vor Entsetzen.

Wie rasend riss Markus die Strohballen zur Seite. Das liebevoll geschmückte Auto kam zum Vorschein. Er hatte es wie eine überdimensionale Pralinenschachtel mit einem breiten roten Seidenband umwickelt, an dessen Schleife das Hufeisen als Glücksbringer angebunden war.

Markus zerrte an dem Band, aber es gelang ihm nicht, es zu zerreißen. Nur das Hufeisen löste sich von der Schleife, und er nahm es und schlug damit auf den Wagen ein. Die Frontscheibe zersplitterte. Er trat gegen die Scheinwerfer und die Kühlerhaube, zerstörte, was ihm in die Finger fiel.

Sarah kommt nicht … Sarah kommt nicht. Die drei Worte drehten sich wie ein Karussell in seinem Kopf. Es war aus und vorbei – für immer.

Irgendwann hielt er erschöpft inne. Er atmete keuchend, und in seine erste schreckliche Wut mischte sich Verzweiflung.

Schwankend richtete er sich auf und blickte zu seinen wie versteinert dastehenden Hochzeitsgästen hinüber. Er fühlte sich wie vernichtet, und er wünschte sich in diesem Augenblick nichts sehnlicher, als zu sterben.

Sie saßen in der Maienstedt-Villa im Wohnzimmer. Vicenta hatte einen kleinen Imbiss hergerichtet, aber niemand hatte Appetit. Lediglich Inge trank ein Glas Rotwein. Auf dem Flügel lag noch immer Sarahs Brautstrauß. Die Blumen begannen allmählich zu welken.

Irgendwann stand Inge auf und begann mit nervösen Schritten auf und ab zu gehen. »Mir tut Markus leid«, sagte sie in larmoyantem Ton.

Resolut schlug Peregrina mit der Hand auf den Tisch. »Jetzt sag' ich euch mal was. Ich habe gebetet, dass diese Hochzeit nicht stattfindet.«

Inge fuhr zu ihr herum. »Ist ja klar, dass du zu Sarah hältst. Unter deinen Fittichen ist sie das geworden, was sie jetzt ist ...«

Maienstedt warf ihr einen warnenden Blick zu.

Musste Inge denn unbedingt Streit suchen? Er hatte sich eine Zigarre angezündet und rauchte in hastigen Zügen.

»Im Grunde hat Peregrina Recht«, warf er ein. »Ich hätte mich dazwischenstellen müssen.«

»Aber dazu warst du zu feige!« Inges Stimme klirrte. »Wenn du Sarah wirklich lieben würdest, dann hättest du das verhindert, was jetzt passiert ist. Aber es passt zu dir. Erik ist seit sieben Jahren mein Liebhaber, und du hast es nicht verhindert. Du hättest schon viel früher dazwischenfahren müssen. Erst hat er dir deine Frau weggenommen, und jetzt nimmt er dir die Tochter weg.«

»Inge ...«, mahnte Peregrina erschrocken, doch ihre Schwester ließ sich nicht stoppen. Ihre ganze Wut richtete sich nun gegen Konrad Maienstedt. Mit funkelnden Augen fixierte sie ihn.

»Du hast doch längst im Hinterkopf, dich mit Erik zu versöhnen. Du hast keinen Stolz. Aber für mich gibt es keine Versöhnung. Nicht mit Erik. Nicht mit Sarah. Nicht mit dir.«

Damit stürmte sie zur Tür hinaus und warf sie heftig hinter sich zu.

Maienstedt wollte ihr folgen, doch Peregrina legte ihm die Hand auf den Arm und schüttelte den Kopf. Er setzte sich wieder und sah sie an. Inges Ausbruch war ihm unendlich peinlich.

»Ich fahre morgen«, sagte Peregrina nach einer kleinen Weile des Schweigens.

Geradezu flehend sah er sie an. »Ich bitte dich, bleib noch ein paar Tage. Inge braucht dich.«

Bedrückt schüttelte sie den Kopf. »Es ist besser so.«

»Und was rätst du mir?«, fragte er hilflos.

Peregrina seufzte. »Frieden schließen …«

Sein Lächeln war eine Mischung aus Ironie und Verzweiflung. »Wir schließen dauernd Frieden. Wie vor ein paar Tagen in Hamburg. Und wir fangen den Krieg immer wieder neu an. Wir wissen gar nicht mehr, wann Frieden ist und wann Krieg.« Er stützte das Kinn in die Hände. »Ich hätte dem allen längst ein Ende machen sollen.«

»Aber du hast es nicht getan!«, stellte sie nüchtern fest.

Er hob die Schultern. »Sollte ich Inge ihrem Schicksal überlassen? Sich selbst? Sie hätte sich selbst zerstört. Und ich hätte mir immer Vorwürfe gemacht.«

»Du hast Sarah«, erinnerte sie ihn, und seine gequälte Miene entspannte sich ein wenig.

»Sie ist das Beste, was wir haben, Inge und ich.«

Peregrina nickte. In ihren schönen, klaren Augen

tauchte ein Schimmer von Traurigkeit auf. »Wenn ich damals um dich gekämpft hätte, wäre sie meine Tochter.«

Sie zuckte leicht zusammen, als er die Hand ausstreckte und auf die ihre legte. Hastig wollte Peregrina sie zurückziehen, doch Konrad umschloss sie mit seinen kräftigen Fingern.

»Vielleicht wäre dann alles anders gekommen«, sagte er leise, und Peregrina senkte den Kopf.

»Man kann seinem Schicksal nicht entgehen …«

Das war zwar eine Binsenweisheit, aber sie traf trotzdem zu.

Sie hatten Eriks Wagen genommen und fuhren in Richtung Süden.

Ihr Ziel war Venedig – was sonst?

Sarah trug das weiße Leinenkleid mit der Hohlsaumstickerei, das sie an jenem ersten Abend nach ihrer Heimkehr aus Marienberg angehabt hatte.

Erik hatte das Verdeck des Sportcoupés geöffnet. Sarah verschränkte die Arme hinter dem Kopf und hielt ihr Gesicht der Sonne und dem Fahrtwind entgegen. Ab und zu warf Erik ihr einen Blick zu, wie sie dasaß mit flatterndem Haar, und dann war er so glücklich, dass er hätte schreien mögen.

Er hatte sie wieder.

»Sind wir jetzt eigentlich endgültig verrückt geworden?«, fragte Sarah irgendwann, und er lachte.

»Etwas weniger Verrücktes habe ich in den letzten zehn Jahren nicht getan.«

»Du bist mein Retter«, erklärte sie mit gespieltem Pathos. »Mein Retter in der Not. Du darfst mich nie mehr verlassen.«

Er wurde ernst und streichelte ihren nackten Oberarm. »Nie mehr«, versprach er.

Plötzlich fiel Sarahs Blick auf die silbernen Brautschuhe, die sie immer noch an den Füßen hatte. Es war alles so schnell gegangen. Erik hatte ihr aus dem Brautkleid geholfen, und sie war in das weiße Leinenkleid geschlüpft.

Im letzten Moment hatte sie an ihre Handtasche gedacht, in der sich ihr Ausweis befand. Sie hatte sie sich geschnappt und über die Außentreppe mit Erik das Haus verlassen.

Hand in Hand waren sie durch den Park zu der Wylanderschen Villa hinübergerannt. Erik hatte hastig Geld und Papiere in sein Jackett gestopft, und dann waren sie losgefahren.

Es grenzte fast an ein Wunder, dass niemand sie gesehen hatte.

Jetzt streifte Sarah die Brautschuhe ab und schleuderte sie mit Schwung aus dem Wagen.

»Lieber barfuß, als auf der falschen Hochzeit tanzen«, erklärte sie und warf Erik mit gespitzten Lippen einen Kuss zu.

An diesem Tag fuhren sie nur bis zu dem alten Passhaus in der Nähe des Stilfzer Jochs, in dem sie schon einmal übernachtet hatten. Und da Erik nun nicht mehr am Steuer saß, konnten sie sich endlich ungehindert umarmen und küssen. Es war, als müssten sie alles nachholen, was sie zuvor versäumt hatten.

Die Wirtin lachte verständnisvoll in sich hinein, als sie mit einem Krug Milch in die Gaststube kam und die beiden sich schon wieder in den Armen lagen. Sie schenkte zwei Becher voll und fragte:

»Sie waren doch schon einmal hier, nicht wahr?«

Sarah nickte strahlend. »Ja, vor ein paar Wochen.«

»Und Sie haben damals etwas vergessen. Ich hab's aufgehoben. Ich hab' mir gedacht, dass Sie wieder einmal vorbeikommen.«

Sie ging hinaus, und Erik und Sarah nutzten das Alleinsein, um sich von neuem zu küssen. Sie fuhren erst auseinander, als die Wirtin zurückkehrte. Sie trug den Gartenzwerg mit der Laterne im Arm und stellte ihn vorsichtig auf den Holztisch.

»Unser Zwerg!« Lachend streichelte Sarah über den bärtigen Kopf mit der roten Zipfelmütze.

Auch Erik lachte. Endlich hatte sie ihn wieder, ihren heiß geliebten Gartenzwerg, seine verrückte bezaubernde Sarah!

»Ich hab' ihn richtig ins Herz geschlossen«, gestand die Wirtin, und Sarah schob ihr die Figur spontan hin.

»Dann soll er bei Ihnen bleiben.« Sie schaute Erik an. »Wir haben jetzt uns!«

Die füllige Frau mit dem freundlichen, bäuerlichen Gesicht war ganz gerührt, und das wohl weniger wegen dieses Geschenks als über das Glück der beiden, das sie so offen zur Schau trugen. Man sah so selten wirklich glückliche Menschen.

»Ich freue mich für Sie«, sagte die Wirtin herzlich. »Sie sind ein so schönes Paar!«

Sie nahm den Gartenzwerg, wünschte eine gute Nacht und ließ Sarah und Erik wieder allein. Sie hatte kaum die Tür hinter sich geschlossen, als sie einander in die Arme fielen.

Eine Katze mit schwarzweißem Fell saß auf einem Regal und schaute ihnen interessiert zu.

Am nächsten Tag waren sie in Venedig, und es war für Sarah wie ein Heimkommen.

Sie stellten den Wagen am Piazzale Roma ab und fuhren mit einer Gondel zum Markusplatz. Von dort aus durchstreiften sie die Straßen und Plätze zu Fuß – eines unter vielen Liebespaaren in Venedig, das sich eng umschlungen hielt und zwischendurch immer wieder stehen blieb, um sich zu küssen. Niemanden in Venedig störte das, und niemand nahm besondere Notiz davon.

Es ist ein Traum, dachte Sarah manchmal. Ich bin wieder hier, und Erik ist bei mir. Es war Glück, ihn anzuschauen, Glück, ihn so dicht bei sich zu spüren, Glück, seine Stimme zu hören.

Glück … Glück … Glück …

Und der Traum setzte sich fort, mit all der schwebenden Leichtigkeit und den Wundern, die in manchen Träumen so selbstverständlich sind.

Es war Erik, der den kleinen Schmuckladen in der Nähe des Colleoni-Denkmals entdeckte. Er ging hinein, während Sarah die Schaufensterauslagen betrachtete, und kam kurz darauf mit einem kleinen eingewickelten Päckchen wieder heraus.

Sarah wollte wissen, was darin war, aber er lief lachend davon. Sie rannte ihm nach, doch er war schneller, und jedes Mal, wenn sie ihn fast erreicht hatte, hielt er das Päckchen so hoch, dass sie es nicht greifen konnte. Die Jagd ging weiter, durch enge Gassen und Straßen, über Brücken und Plätze. Atemlos blieb Erik endlich am Stand eines Eisverkäufers stehen. »Zwei Portionen Eis«, verlangte er, und Sarah schnappte sich das Päckchen. Hastig wickelte sie es aus. Eine kleine Schmuckschatulle kam zum Vorschein, in der auf rotem Samt zwei Trauringe lagen.

Überwältigt blickte Sarah die Ringe und anschließend Erik an. Und dann hatte sie wieder einen Grund, ihn zu küssen.

Ein paar Schritte weiter befand sich ein Marktstand mit wunderschönen filigranen Spitzenarbeiten. Eine breite weiße Stola war darunter, die fast wie ein Brautschleier aussah.

»Das brauchst du, wenn du in eine Kirche gehst«, erklärte Erik. »In Italien bedecken die Frauen dann Kopf und Schultern mit einem Tuch.« Er lachte. »Und du willst doch sicherlich einmal mit mir eine Kirche besichtigen?«

Sie standen auf dem belebten Platz vor der Kirche Santa Maria dei Miracoli, und Erik drängte, dass Sarah endlich ihr Eis aufass.

Sie hatten Trauringe, Sarah trug ein weißes Kleid mit flachen Ballerinaslippern, die sie gestern noch vor der österreichischen Grenze gekauft hatten, und sie hatte eine Stola, die wie ein Brautschleier aussah. Fehlte also nur noch ein Pfarrer …

»Kennst du die Geschichte von dem schwedischen Matrosen und der Tochter des Dogen?«, fragte Erik plötzlich.

»Erzähl – aber nur, wenn sie gut ausgeht!«

»Ein schwedischer Matrose und die Tochter des Dogen – das wäre nie gut ausgegangen, wenn die Maria der Wunder nicht ihre Hände im Spiel gehabt hätte.«

Er blickte an der Marmorfassade des Gotteshauses hoch. »Man sieht es der Kirche nicht an, aber hin und wieder geschieht hinter diesen alten Mauern immer noch ein Wunder.«

Wie zur Bestätigung seiner Worte begannen plötzlich die Glocken von Santa Maria dei Miracoli zu läuten, und ein Pfarrer in wehendem Messgewand überquerte den Platz.

Erik nahm Sarah bei der Hand. »Komm.« Er zog sie eilig mit sich und sprach den Pfarrer vor den Stufen zum Portal an.

Er war ein beleibter älterer Herr mit dem scharfen Profil eines Römers und Augen, die Klugheit und Humor verrieten.

Sarah wunderte sich, wie gut Erik italienisch sprach. Sie verstand kein Wort von der schnell geführten Unterhaltung zwischen ihm und dem Geistlichen.

Der nickte ein paarmal und lächelte breit. »*Scusi, signore*«, sagte er und betrat mit den beiden die Kirche. Dort scheuchte er vier Leute aus den Bänken. Nach einem kurzen Wortwechsel mussten sie neben dem Hochaltar Platz nehmen, wo sich zu beiden Seiten gepolsterte Stühle befanden.

Auch sie lächelten und bedachten Erik und Sarah mit wohlwollenden Blicken.

Erik legte ihr die weiße Spitzenstola um. »Komm«, sagte er wieder und führte sie zum Altar.

Von der Empore ertönte Orgelspiel, und der alte Pfarrer trat vor sie hin.

Er betrachtete das Paar mit einem väterlichen Lächeln, und aufgrund der Tatsache, dass sie Ausländer waren, verzichtete er auf eine Predigt. Er vollzog lediglich die Trauungszeremonie.

In Marienberg hatte Sarah lateinisch gelernt, und so verstand sie die alte überlieferte Frage, ob sie den neben ihr stehenden Mann lieben und ehren wollte, in Gesundheit und Krankheit, in Reichtum und Armut, in guten und in bösen Tagen, bis dass der Tod sie schiede.

»Ja«, erwiderte sie und blickte Erik an.

Der Pfarrer richtete nun die gleiche Frage an ihn, und auch Erik beantwortete sie mit einem lauten, kräftigen Ja.

Der Rest der Zeremonie, der Ringwechsel, der Segen des Pfarrers, mit dem er sie zu Mann und Frau erklärte, rauschte an Sarah vorüber.

Wirklich war nur Erik, der neben ihr stand und ihr den Ehering an den Finger gesteckt hatte. Sein Gesicht verschwamm, weil sie vor lauter Ergriffenheit weinen musste, und ihre Hände zitterten leicht, als sie den größeren der beiden Ringe über seinen Finger streifte.

Der Pfarrer segnete sie noch einmal und schlug das Kreuz über sie, und Erik legte die Arme um Sarah und küsste sie.

Anschließend küsste Sarah den total überraschten Priester und die vier Trauzeugen, die ihr und Erik die Hände schüttelten und ihnen alles Glück des Himmels wünschten.

Das Orgelspiel, machtvoll und festlich, begleitete sie nach draußen.

Auf dem Kirchenvorplatz warf Sarah sich an Eriks Brust. Mein Mann, dachte sie sehr deutlich. Und er dachte: Meine Frau. Das Glück hatte zwei Namen bekommen: Sarah und Erik …

Er blickte in ihr geliebtes Gesicht. »Weißt du noch, was du gesagt hast, als ich gestern plötzlich in deinem Zimmer stand?«

Ihre Arme lagen um seinen Hals. »Ich hab' nichts gesagt. Ich habe nur gespürt, wie mein Herz stehen blieb.«

Lächelnd schüttelte sie den Kopf. »›Hilf mir aus dem Kleid‹, hast du gesagt. Und dann voller Ungeduld: ›Nimm eine Schere und schneide den Gürtel entzwei. Vicenta hat mich eingenäht …‹«

Sie lachten beide bei der Erinnerung.

Wie es sich in Venedig für Liebespaare und Jungverheiratete gehörte, nahmen sie wieder eine Gondel und ließen sich von dem Gondoliere durch die allmählich dämmrige werdenden Straßen und Gassen bringen. Erik hatte den Arm um Sarah gelegt, und ihr Kopf ruhte an seiner Schulter. Verträumt betrachtete sie die Häuserfassaden, die an ihr vorüberglitten. Plötzlich richtete sie sich auf.

Sie hatte ein Hotel am Canal Grande entdeckt, das ihr gefiel. Es hieß Luna.

»Halt!«, rief Sarah. »Hier sieht es nett aus. Hier will ich etwas essen. Ich sterbe vor Hunger.«

Erik unterdrückte ein Lächeln. Scheinbar zweifelnd meinte er: »Ich weiß nicht, ob man da essen kann. Das sieht mir gar nicht danach aus. Lass uns etwas anderes suchen.«

Sie schob eigensinnig die Unterlippe vor. »Nein. Mir gefällt dieses Hotel. Komm schon, Erik. Ich werde dem Koch schon Beine machen, wenn er nichts Vernünftiges für uns auf den Tisch bringt.«

Sie wandte sich zu dem Gondoliere um und bedeutete ihm, die Anlegestelle des Luna anzusteuern. Er tat, was sie ihm sagte, und Sarah sprang aus dem Boot. Sie ließ Erik kaum Zeit, die Fahrt zu bezahlen. Ungeduldig zog sie ihn hinter sich her die Stufen zum Hotelportal hinauf.

Ein uniformierter Türsteher erkannte Erik und wollte ihn lebhaft begrüßen. Doch er machte ihm ein Zeichen, den Mund zu halten.

So beschränkte sich der verdutzte Mann darauf, vor ihm und Sarah mit einer Verbeugung dic Tür aufzureißen. Arm in Arm betraten sie das Foyer.

Sarah blickte sich um. »Siehst du, es ist toll hier«, flüsterte sie Erik begeistert zu.

Sein Gesicht war unbewegt. Nur in seinen Augen blitzte es wie von mühsam unterdrücktem Lachen auf.

Die Loge des Chefportiers befand sich links neben dem Eingang. Dort sprang ein Mann mit einem runden Kindergesicht, das unzählige graue Löckchen umrahmten, eilfertig auf.

»*Il direttore*«, rief er aufgeregt seiner Kollegin zu, die

neben ihm an der Theke aus Mahagoniholz saß, und verließ wild gestikulierend seine Loge.

»Signore Wylander, eines Tages bezahle ich Ihre Überraschungsbesuche noch mit dem Leben. Ich kündige ...«

Sarah war stehen geblieben. »Erik, was soll das?«

Mit großer Geste nahm er ihren Arm. »Carlo, darf ich Ihnen meine Frau vorstellen. Sarah, das ist Carlo, der beste Portier in ganz Italien. Wenn ich ihn nicht hätte, könnte ich das Luna zumachen.«

»Es gehört dir?«, erkundigte sie sich fassungslos.

Carlo blickte sie so überwältigt an, als sähe er einen leibhaftigen Engel vor sich. »Signora Wylander ...«, stammelte er und schüttelte ihre Hände, als wolle er sie gar nicht mehr loslassen.

Erik lachte. »Fassen Sie sich, Carlo. Meine Frau hat Hunger.«

»Hunger ... Die Frau des Chefs hat Hunger«, stotterte der Portier. Wie konnte ein so himmlisches Geschöpf derartig profane Regungen verspüren? Er gab sich einen Ruck. »Sehr wohl. Dem werden wir sofort abhelfen.«

Wie ein Wiesel eilte er davon, und Sarah starrte ihm immer noch entgeistert nach.

Es war fast ein kleines Gefolge, das sie und Erik in sein Appartement im obersten Stock geleitete: Ein Page, zwei Zimmermädchen, ein Zimmerkellner, und gleich darauf erschien, von Carlo alarmiert, auch noch die Hausdame des Luna mit einem großen Blumenstrauß, den sie in der Eile weiß Gott woher aufgetrieben hatte.

»Die schönen Blumen«, sagte Sarah, während sie den Strauß in Empfang nahm. »*Che belle Fiore* …«

Die ältliche Frau strahlte sie an. »Für die noch viel schönere Signora Wylander …«

Sie schleppte eine Vase heran und füllte sie mit Wasser, während die Zimmermädchen eilig das Bad mit frischen Handtüchern, Seife und Kosmetika bestückten.

Der Zimmerkellner kontrollierte die Bestände der eingebauten Bar im Wohnraum.

Wenig später erschien Carlo höchstpersönlich mit einem Servierwagen, auf dem man unter Silberhauben die erlesensten Köstlichkeiten erahnte, die die Küche des Luna zu bieten hatte. Kuchen, Obst und eine Flasche Champagner in einem silbernen Kühler vervollständigten das Ganze.

»Danke, Carlo«, meinte Erik. »Ich glaube, das reicht fürs erste.«

Hingerissen verbeugte Carlo sich und scheuchte Hausdame, Zimmermädchen und Kellner hinaus.

Kaum waren sie draußen, als Sarah sich mit einem wilden Sprung auf Eriks Rücken schwang. »Du Ekel! Was sollen alle von mir denken? Sieht so die Frau des Chefs aus?« Sie rutschte wieder zu Boden und blickte an ihrem von der Fahrt und dem Umherstreifen in Venedig ziemlich ramponierten Leinenkleid und den Slippern hinunter.

»Wie ein Straßenmädchen sehe ich aus! Warum hast du mir nicht gesagt, dass …«

Weiter kam sie nicht, denn Erik erstickte alle Vorhaltungen mit einem langen Kuss. Dabei zog er sie mit sich auf die Couch und drückte sie in die Polster.

Sarah stützte die Ellbogen auf. »Tja, nun muss ich dich leider bestrafen«, murmelte sie dicht an seinen Lippen. »Ich werde meinen Hunger nicht an diesen herrlichen Sachen hier stillen ...« Ihr Blick streifte den Servierwagen. »Sondern an dir. Ich fress' dich auf, bis nichts mehr von dir übrig ist.«

Während ihrer letzten Worte hatte sie begonnen, sein Gesicht und seinen Hals mit Küssen zu überschütten, und er schloss die Augen.

»Aber schön langsam«, bat er. »Damit ich auch etwas davon habe.«

Viel später, als sie nebeneinander in dem breiten Doppelbett lagen, entspannt nach genossener Lust, erhellte ein Feuerwerk den Himmel über der Dachterrasse ihres Appartements. Die Türen nach draußen waren geöffnet, und die ersten Raketen zerplatzten als goldene Sonnen, die das Zimmer in schimmerndes Licht tauchten.

»Gold liebt Gold ...«, murmelte Erik, während er Sarahs Haar küsste.

Die nächsten Raketen waren smaragdgrün und verwandelten sich am Himmel in grüne, sprühende Sterne.

Sarah richtete sich halb auf und beugte sich über Erik. »Smeralda liebt Smeraldo ...«

Er zog sie zu sich herunter, als gleich darauf das Zimmer von neuen Raketen in rosa Licht gehüllt wurde.

»Pink hält pink gefangen«, flüsterte er und hielt sie fest.

Als Konrad Maienstedt Sarahs Zimmer betrat, fand er Inge dort vor. Sie hatte Sarahs Brautkleid angezogen und sich den Brautkranz aufgesetzt. Auf dem Tisch stand ein volles Glas Rotwein.

Inge drehte sich vor dem Spiegel, als ihr Mann fassungslos in der Tür stehen blieb.

»Erinnerst du dich an unsere Hochzeit?«, fragte sie. »Ich ganz in Weiß, deine Schwanenjungfrau mit Krönchen und Schleier ... Und dann hast du mir ein Glas Rotwein darüber gekippt. So ...«

Sie nahm das Glas und schüttete seinen Inhalt langsam über den weiten Rock. Dann begann sie zu lachen.

Konrad Maienstedt sah sie ein paar Sekunden lang stumm an, dann wandte er sich ab und verließ das Zimmer.

Inges Lachen war noch zu hören, als er die Treppe hinunterstieg.

Er fuhr zu Dr. Speidl, seinem langjährigen Hausarzt und Freund.

Speidl war noch in seiner Ordination, obwohl die Sprechstunde längst vorüber war.

»War Inge bei dir?«, erkundigte Konrad Maienstedt sich, als er dem Freund an dessen Schreibtisch gegenüber saß.

Speidls Blick hinter den Brillengläsern wurde aufmerksam. »Hat sie das behauptet?«

Mit einer resignierenden Geste hob Maienstedt die Hände. »Sie lügt so viel, dass sie die Übersicht verliert.«

Der Freund verzog den Mund. »Ist das etwas Neues für dich?«

»Nein. Neu ist nur, dass ich es nicht mehr ertrage«, gestand Konrad zögernd. »Früher fand ich es amüsant, sogar liebenswert ... Jetzt empfinde ich schon Widerwillen, wenn ich ihre Stimme höre. Ich weiß, ich sollte Mitleid haben. Ich sollte ...«

Er brach ab und legte für einen Moment die Hände vor das Gesicht.

»Es ist furchtbar, das zu sagen, aber ich ertappe mich immer öfter dabei, dass Hass in mir aufsteigt.«

»Du denkst an Trennung?«, fragte Speidl geradeheraus, und Konrad ließ die Hände sinken.

»Ich weiß nur: So geht es nicht weiter. Wenn ich in Hamburg bin, fühle ich mich wie ein Deserteur ... Aber ich bin glücklich. Dort atme ich frei. Sobald ich wieder hier bin, zu Hause, schnürt es mir die Luft ab.«

Speidl nickte ein paarmal. Er hatte diese Entwicklung kommen sehen, und im tiefsten Herzen begrüßte er sie sogar. Aber er war nicht der Mensch, jemandem seine Meinung aufzuzwingen, schon gar nicht in einer solchen Schicksalsfrage. Deshalb hatte er bisher immer geschwiegen. Letztlich musste Konrad allein entscheiden, was er tat, und musste dann auch damit leben.

»Zu deutsch: Du hast dich für die Vondrowski entschieden«, stellte Dr. Speidl fest.

»Und was wird aus Inge?«, Konrads Stimme klang unsicher.

Speidl schwieg einen Moment, dann sprach er doch aus, was er seit langem für richtig und notwendig hielt.

»Mach reinen Tisch – oder bist du zu feige dazu?«

Stille. Konrad atmete ein paar Mal tief durch. Dann stand er auf. Sein Kopf war gesenkt.

War es wirklich Feigheit, die ihn dazu bewog, trotz allem immer noch und immer wieder bei Inge auszuharren? Oder hatte er Angst, sie im Stich zu lassen, weil er wusste, dass sie allein nicht mit dem Leben fertig wurde?

Auch Dr. Speidl hatte sich erhoben. Er zog seinen Arztkittel aus und schlüpfte in einen Blouson. Dann kam er um den Schreibtisch herum auf Maienstedt zu und legte ihm die Hand auf die Schulter.

»Du hörst es nicht gern, aber das ist mir egal. Tu endlich was für dein Herz. Du siehst nicht gut aus.«

»Ich war in Hamburg bei Professor Ruhland«, erklärte Maienstedt, doch Speidl unterbrach ihn:

»Und er hat dich nicht gleich da behalten?«

»Wollte er …«, gab Konrad widerwillig zu, und Speidl nahm ihn bei den Schultern.

»Fahr nach Hamburg, geh zu Professor Ruhland … Alles andere regelt sich von selbst.«

»Wahrscheinlich hast du recht …«, murmelte Konrad.

Speidl versetzte ihm einen kleinen freundschaftlichen Stoß vor die Brust. »Dann los, Mann!«

»Aber da ist noch Sarah«, wandte Maienstedt ein. »Ich kann hier nicht weg, bevor sie zurück ist. Ich werde ihr einiges erklären müssen.«

Der Freund lachte. »Sarah gefällt mir, die hat's euch gezeigt. Ihr brauchst du nichts zu erklären, oder hältst du sie etwa für blind und taub?«

Sarah und Erik blieben noch zwei wundervolle, wie in Goldstaub getauchte Tage in Venedig. Dann kehrten sie an den Ammersee zurück.

Erik hatte in Stockholm angerufen und erfahren, dass seine Mutter inzwischen ebenfalls nach Deutschland geflogen war.

Mathilde öffnete ihm und Sarah die Tür.

»Ihre Mutter ist auf der Terrasse«, erklärte sie. »Ich glaube, sie schläft.«

Auf Zehenspitzen näherten sich die beiden der gepolsterten Gartenliege, auf der Carmen Wylander lag. Sie hatte ihre Sonnenbrille auf und schlief tatsächlich.

Sarah und Erik verständigten sich durch einen kurzen Blick. Dann stellten sie sich zu beiden Seiten der Liege auf, und Erik nahm seiner Mutter die Brille ab, um ihr statt dessen eine goldene venezianische Karnevalsmaske aufzusetzen.

Davon erwachte Carmen. Sie blickte hoch, und Erik und Sarah griffen nach ihren Händen. Ihre eigenen Hände hielten sie ostentativ so, dass Carmen die neuen glänzenden Trauringe entdecken musste.

Sie schaute darauf und dann in die strahlenden Gesichter der beiden.

»Ihr habt geheiratet!«, rief sie, und ihre Sorge um Erik löste sich auf wie Spinnweben im Wind. Sie zog die beiden an sich und küsste sie. »Werdet glücklich …«

Sie wollte Champagner servieren lassen, doch Sarah meinte, dass man das besser auf den Abend verschieben solle. Das Schwerste stand ihr und Erik ja noch bevor: die Begegnung mit Konrad Maienstedt und Inge.

Deshalb wollten sie sie so rasch wie möglich hinter sich bringen.

Carmen blickte den beiden nach, wie sie durch den Park davongingen. Hand in Hand natürlich, und zweimal blieben sie stehen, um sich zu küssen. Carmen seufzte. Hoffentlich ging drüben bei Sarahs Eltern alles gut.

Inge saß in ihrem Schlafzimmer auf einem Stuhl. Apathisch betrachtete sie sich im Spiegel. Ich sehe schrecklich aus, dachte sie, aber es war ihr egal. Sie fühlte sich leer und ausgebrannt, eine hohle Puppe, die atmete und sprach und sich bewegte, weil es irgendwo in ihr einen Mechanismus gab, der, einmal aufgezogen, sie noch immer antrieb.

Draußen schien die Sonne. Das Licht hatte Inge gestört. Sie liebte die Sonne nicht mehr. Es war angenehmer, im Halbdunkel zu sitzen und seinen Gedanken nachzuhängen. Unsteten, seltsamen Gedanken, die sich nicht festhalten ließen, sondern immer wieder davonstoben wie die weißen Federkronen des Löwenzahns, wenn er ausgeblüht hatte.

Inge hatte die Jalousien vor der Balkontür und dem Fenster halb heruntergelassen. Ihre Lamellen zeichneten diffuse Schatten auf den hellen Teppichboden.

Unten im Garten bellte Captain. Inge hörte das laute Freudengeheul des Hundes, und dann hörte sie Stimmen.

Sarah, dachte sie. Aber sie kommt nicht allein. Da ist jemand bei ihr.

Sie ging zum Fenster und spähte nach draußen. Und da sah sie ihn. Erik hatte den Arm um Sarahs Schultern gelegt und sie fest an sich gedrückt. Captain sprang bellend und winselnd um die beiden herum. Sie schlugen den Weg zum See ein, wo Konrad Maienstedt mit hohen Gummistiefeln im Wasser stand.

»Vater!«, rief Sarah und rannte zu ihm hinunter.

Er wandte sich um und fing sie in seinen Armen auf. »Sarah, mein Kind …«, sagte er leise. Er forschte in ihrem Gesicht und sah, dass sie vor Glück von innen heraus zu leuchten schien. Er sah aber auch die Unruhe in ihren dunklen Augen, das Betteln …

Nein, er würde ihr keine Vorwürfe machen. Sie hatte genau das getan, was sie hatte tun müssen. Sie hatte den Mut dazu aufgebracht, seine Sarah, und das war gut so. Sie hatte mehr Mut als ihr Vater.

Erik Wylander war in einiger Entfernung stehen geblieben. Sarah wandte sich zu ihm um. Sie hielt die Hand ihres Vaters fest, und sagte betont: »Hier sind wir, Erik und ich.«

Konrad sah Erik schweigend an, und dieser erwiderte Maienstedts Blick, schuldbewusst und gleichzeitig mit großer Aufrichtigkeit.

Maienstedt dachte an die Nächte, in denen er wach gelegen hatte, weil er wusste, dass Inge ihn mit Erik betrog. Er erinnerte sich an seine Bitterkeit und seine Ohnmacht, weil er gemeint hatte, dem blendend aussehenden jüngeren Mann nichts entgegensetzen zu können.

Er erinnert sich an den faden Beigeschmack, wenn sie sich trafen, der Betrogene und der Betrüger, an Inges Winkelzüge und Lügen, um bei Erik sein zu können.

Aber er hatte nie etwas gesagt, bis er Inge nach Stockholm geschickt hatte.

War er dadurch mitschuldig geworden?

Flüchtig schoss es Maienstedt durch den Kopf: Dieser Mann hat meine Ehe zerstört.

Doch im nächsten Augenblick machte er sich klar, dass das so nicht stimmte. Es waren nur sieben Jahren von zwanzig gewesen. Die Jahre davor, in denen Inge sich immer mehr von ihm entfernt hatte, ihre Unzufriedenheit mit dem Leben, das er ihr bot, ihre ständige Suche nach dem, was sie unter Glück verstand, ihr zerstörerisches Sezieren all dessen, was ihrer Meinung nach zwischen ihnen nicht stimmte – in Wahrheit hatte das seine Ehe zerstört. Und wäre Inge nicht Eriks Geliebte geworden, so wären es andere Männer gewesen.

War Inge schuld, dass es so gekommen war? Oder Erik Wylander, der sich in eine Ehe gedrängt hatte, die in Wirklichkeit längst nicht mehr existierte?

Dennoch: Das Gefühl des Betrogenen, Unterlegenen blieb, und es schmeckte bitter.

»Bitte, Vater«, sagte Sarah in diesem Augenblick. »Ich liebe ihn …«

Konrad Maienstedt sah sein glückliches Kind an, und er gab sich einen Ruck.

Wenigstens Sarah sollte nicht leiden, wenn er es verhindern konnte.

Er sah, dass Erik ihm die Hand entgegenhielt, und Maienstedt tat die paar Schritte, die sie voneinander trennten, und ergriff diese Hand.

Er hörte, wie Sarah neben ihm einen kleinen erstickten Laut ausstieß, und wusste, dass er das Richtige getan hatte.

Ein kleines, halb gerührtes, halb grimmiges Lächeln tauchte in seinem Gesicht auf. »Aber das sage ich Ihnen: Wenn ich den Tag erlebe, an dem Sie meine Tochter unglücklich machen, dann bringe ich Sie um.«

Und trotz seines Lächeln wussten Sarah und Erik, dass Konrad Maienstedt diese Worte bitter ernst gemeint hatte.

Für einen Augenblick war es still zwischen ihnen. Erik wusste, dass Maienstedt ihm das Liebste anvertraut hatte, was er besass, und jedes Wort, jede Beteuerung von seiner Seite aus hätte danach hohl und schal geklungen.

Sarah unterbrach das Schweigen.

»Wenn er mich unglücklich macht, dann bringe ich ihn selbst um«, sagte sie, und das befreiende Lachen, in das danach alle drei ausbrachen, löste die Spannung.

Inge hatte durch die Spalten der Jalousine die Szene beobachtet. Sie verstand nicht, was die drei Menschen am Seeufer sprachen, aber der Handschlag zwischen Erik und Konrad und Sarahs erleichtertes Gesicht verrieten ihr, was geschehen war.

Inge schloss die Augen. Ich halte es nicht aus, dachte sie. Mein Gott, wie soll ein Mensch das aushalten!

Ein paar Minuten später, Sarah, Erik und Konrad Maienstedt stiegen die Uferböschung zum Haus hinauf, kam Inge durch das Labor auf die Terrasse hinaus.

Sie war immer noch blass und ungeschminkt, und ihr Haar war strähnig. Gleichwohl wirkte sie auf wundersame Weise verändert. Ihre Augen glänzten, sie lächelte und sah zart und anmutig aus.

Sie streckte ihrer Tochter beide Hände entgegen.

»Sarah, mein Kind«, sagte sie mit heller klarer Stimme. »Willkommen zu Hause.«

Sarah verharrte für einen Moment auf dem Platz, auf dem sie stand. Sie blickte ihre Mutter an, doch sie konnte weder Zorn noch Falschheit entdecken.

Zögernd ging Sarah auf sie zu, gewärtig, dass Inges Haltung im nächsten Augenblick umschlug. Aber nichts dergleichen geschah. Inge zog ihre Tochter in die Arme und küsste sie auf beide Wangen.

Sarah nahm ihre Hände. »Mama, ich muss mit dir reden«, sagte sie weich, und Inge nickte bereitwillig und ging mit ihr ins Haus.

Erik und Maienstedt blieben allein zurück.

»Herr Professor«, setzte er an, und Maienstedt legte ihm die Hand auf die Schulter.

»Erik, ich glaube, wir haben einiges zu besprechen.«

Sie gingen langsam wieder zum See hinunter.

Carmen Wylander war der Meinung, dass nun, da Sarah und Erik verheiratet waren, auch Inge gegenüber eine versöhnliche Geste notwendig geworden war. Deshalb hatte sie die Maienstedts zum Abendessen in ihr Haus eingeladen.

Inge sah sehr schön aus. Ihr Cocktailkleid mit dem goldglitzernden trägerlosen Oberteil betonte den schlanken Hals ebenso wie die hochgesteckten Haare und die langen Ohrringe.

Sie war auffallend schweigsam und beachtete die

anderen nicht. Sie war mit ihren Gedanken ganz weit fort.

Carmen gab es schließlich auf, sie in eine Unterhaltung hineinzuziehen. Sie saß mit Inge im Freien, nahe bei der Terrassentür, und hörte Konrad Maienstedt zu, der drinnen auf dem Flügel einen Walzer spielte. Erik und Sarah lehnten an dem Instrument und ließen kaum einen Blick voneinander. Manchmal küssten sie sich auch.

Inge hielt den Stiel ihres Champagnerglases umklammert. »Wie heißt es so schön in der Bibel«, sagte sie plötzlich mit müder Stimme. »Über die verlorenen Kinder herrscht im Himmel mehr Freude …«

Sie verstummte, starrte in ihr Glas, trank es aus und stellte es auf den Tisch zurück. Dann wandte sie sich zum Wohnzimmer.

»Sarah, es ist spät. Wir gehen nach Hause.«

Sarah kam auf die Terrasse. Sie blickte ihre Mutter an und kauerte sich vor sie auf den Boden.

Sehr sanft sagte sie: »Mein Zuhause ist jetzt hier, bei Erik. Hast du denn nicht verstanden, Mama? Wir haben geheiratet.«

Inges Gesicht wirkte auf einmal wie eine Maske, wie sie die Tragöden in antiken Dramen getragen haben. Ein zum Schrei aufgerissener Mund, der stumm blieb. Augenlöcher, die nichts als schwarze Höhlen waren. Wie in Trance erhob sie sich. Ein, zwei Sekunden stand sie so, dann wandte sie sich um und ging über die Terrasse in den Park.

Konrad Maienstedt folgte ihr.

Er holte Inge nicht mehr ein. Noch vor ihm verschwand sie im Haus. Als Konrad die Halle betrat, hörte er, wie im Obergeschoss Inges Schlafzimmertür zuschlug.

Einen Augenblick lang erwog er, ihr nachzugehen, doch dann ließ er es bleiben. Es war besser, Inge erst einmal allein zu lassen. Vielleicht konnte er später nach ihr sehen.

Maienstedt schaltete die Außenbeleuchtung aus, löschte die Lampen im Haus und schloss Fenster und Türen. Nur die Diele und die Treppe nach oben waren noch erleuchtet.

Er wollte gerade ebenfalls nach oben gehen, als Inge die Stufen herunterkam. Sie war im Bikini und hatte einen Frotteemantel locker darüber geworfen.

»Du gehst noch schwimmen?«, fragte Konrad beunruhigt, und sie erwiderte mit einem Anflug ihrer üblichen Aggressivität:

»Was dagegen?«

»Es ist spät«, meldete er seine Bedenken an, und Inge blieb vor ihm stehen.

»Ich muss raus. Ich bekomme hier keine Luft.«

Er hätte sie gern gebeten zu bleiben, aber er wusste, dass es sinnlos war. So sagte er nur: »Du weißt, ich fahre morgen früh nach Hamburg.«

Inge nickte und öffnete die Terrassentür. Im Rahmen blieb sie stehen.

Sie zögerte kurz und drehte sich schließlich noch einmal nach ihrem Mann um. Flüchtig berührten ihre Lippen seinen Mund. Danach ging sie endgültig und verschwand zwischen den dunklen Büschen, die den Weg zum See säumten.

Konrad Maienstedt hörte, wie ihre Schritte schneller wurden und schließlich verklangen.

Er hatte Dr. Speidls Rat befolgt und Professor Ruhland angerufen. Der bekannte Herzspezialist hatte ihm zwar Vorhaltungen gemacht, dass er so eigenmächtig und leichtsinnig seine Klinik verlassen hatte, dann aber bereitwillig zugestimmt, als Konrad ihm vorschlug, am nächsten oder übernächsten Tag von neuem ein Krankenzimmer bei ihm zu beziehen.

Und dieses Mal würde er dort bleiben, bis Professor Ruhland ihn entließ …

In seinem Schlafzimmer setzte Konrad sich noch eine Weile an den Tisch und versuchte zu lesen. Er hatte keine Lust, ins Bett zu gehen, dazu war er innerlich noch viel zu sehr mit den Ereignissen dieses Tages beschäftigt.

Irgendwann fiel ihm auf, dass er Inges Rückkehr nicht gehört hatte. Ein Blick auf die Uhr machte ihm klar, dass sie bereits über eine Stunde fort war. Oder lag sie längst in ihrem Bett?

Maienstedt ging zu ihrem Schlafzimmer hinüber. »Inge?«, fragte er leise, während er nach einem kurzen Anklopfen die Tür öffnete. Das Zimmer war leer, das Bett unberührt.

Aus der Halle hörte er Captain bellen, es klang ängstlich und aufgeregt.

Beunruhigt ging Maienstedt ins Erdgeschoss. Alle Zimmer lagen im Dunklen; Inge musste also noch draußen sein.

Der Hand drängte sich unruhig gegen Konrads Beine.

Er winselte und rannte dann bellend zur Tür. Kaum hatte Konrad sie geöffnet, schoss Captain wie ein Pfeil in den Garten hinaus, auf das Seeufer zu. Auf halbem Weg blieb er stehen, bellte und wartete, dass Konrad ihm nachkam, dann rannte er weiter.

Angst erfasste Konrad. Er rief ein paarmal Inges Namen, aber er bekam keine Antwort.

Der Golden Retriever lief immer nur ein kleines Stück voraus, bellte, dass Konrad ihm folgen solle, und lockte ihn auf diese Art zum Bootshaus.

»Inge!«, rief Konrad wieder, doch alles blieb still.

Und da sah er sie. Sie lag auf dem hölzernen Anlegesteg, das Gesicht nach unten, und ihre Arme hingen im Wasser.

Maienstedt rannte zu ihr. »Inge!«, stieß er voller Entsetzen hervor und versuchte, sie auf den Rücken zu drehen. Sie war schlaff und rührte sich nicht.

Maienstedt nahm sie in die Arme. Keuchend ließ er sich mit ihr auf die Planken fallen. Neben ihm lag eine blutige Rasierklinge, mit der Inge sich die Pulsadern aufgeschnitten hatte.

Da ihre Arme im Wasser gehangen hatten, war sie schnell verblutet.

»Inge ... Inge ...«, brachte Konrad schluchzend hervor. »Warum hast du das getan?«

Und dann schrie er heiser und verzweifelt, so dass es laut über den See hallte: Sarah!«

Sie hörte es, weil sie noch mit Erik auf der Terrasse war. Carmen war zu Bett gegangen, aber die beiden Verliebten verspürten keine Müdigkeit. Sie küssten sich, als könnten sie nie genug voneinander bekommen. Erik hatte Sarahs Kleid ein Stück hinunter geschoben und liebkoste mit seinen Lippen ihre schöne feste Brust.

Eben noch hatte sie gefragt: »Kannst du mir sagen, warum wir Menschen die Nächte verschlafen?«

Und er hatte geantwortet: »Wir beide nicht. Lass uns einen Sternenspaziergang machen.«

Er zog ihr das Oberteil ihres Kleides hoch, und in diesem Moment hörten sie den Schrei.

Gleich darauf kam Captain ihnen winselnd entgegen. Völlig außer sich leckte er über Sarahs Hand. Sie blickte zu ihren Elternhaus hinüber. »Die haben auch noch Licht. Komisch, und die Gartenbeleuchtung brennt.«

Captain stieß ein klagendes Heulen aus, und Sarah beugte sich zu ihm hinunter. »Was ist los mit dir? Hast du was angestellt?«

Der Hand rannte zum Bootshaus hinunter, und als sie ihm nachliefen, fanden sie Konrad Maienstedt, der seine tote Frau in den Armen hielt.

Es war ein heißer, schwüler Tag, an dem man Inge Maienstedt zu Grabe trug. Dennoch fröstelte Sarah in ihrem schwarzen Trauerkleid, als der Sarg in die Erde gelassen wurde. Sie stand neben ihrem Vater, Peregrina an seiner anderen Seite.

Der Pfarrer, der die Totenmesse gelesen hatte, schlug das Kreuzzeichen über dem Grab und sprach noch ein

Gebet. Dann besprengte er es mit Weihwasser und warf die traditionellen drei Schaufeln Erde auf den blumengeschmückten Sarg.

Anschließend drückte er Konrad, Sarah und Peregrina stumm die Hände.

Hinter ihnen standen Erik und Carmen, in einiger Entfernung Dr. Speidl und Ellen Vondrowski. Auch einige Nachbarn waren gekommen.

Von Markus' Familie war niemand erschienen; Sarah stellte es flüchtig fest. Natürlich verstand sie dieses Fernbleiben. Sie hatte Markus etwas Schreckliches zugefügt, und es gab nur eine Entschuldigung dafür:

Wenn sie ihn tatsächlich geheiratet hätte, wäre er mit ihr noch unglücklicher geworden, als er es jetzt war. Beide wären sie unglücklich geworden. Vielleicht konnte sie ihm das später einmal klar machen, wenn die Verletzung, die sie ihm zugefügt hatte, allmählich verheilte.

Inges Selbstmord hatte Sarah furchtbar getroffen, ebenso Konrad Maienstedt. Und noch gab es keinen Trost dafür.

Stumm nahmen sie und Peregrina die Beileidsbezeugungen der Trauergäste entgegen.

Dr. Speidl ging Ellen Vondrowski nach, als sie sich zum Ausgang des kleinen Dorffriedhofs wandte.

»Ich würde gerne mit Ihnen über Konrad reden«, sprach er sie an, und sie blieb stehen.

Sie hatten sich vorhin in der Maienstedt-Villa kennen gelernt, bevor sie zum Friedhof gefahren waren.

Ellen Vondrowski sah traurig und ratlos aus. »Ich

fürchte, ich kann nichts für ihn tun. Er macht sich Vorwürfe.«

Dr. Speidl blickte ihr beschwörend in die Augen. »Er muss nach Hamburg gehen. Wie er es geplant hat.« Und als sie nichts darauf erwiderte, setzte er drängend hinzu: »Sie wissen, dass er operiert werden muss?«

Die Vondrowski nickte bekümmert. »Professor Ruhland meinte, so schnell wie möglich.« Sie blickte in sein ehrliches Gesicht und fuhr sich mit der Zunge über die trockenen Lippen. »Ich … ich habe Angst um ihn.«

Sie verstand nicht allzu viel von Herzkrankheiten, aber sie hatte sich informiert. Daher wusste sie, dass Konrads Herzkranzgefäße durch Ablagerungen nicht mehr genügend durchlässig waren für den Blutfluss. Irgendwann konnte ein solches Gefäß vollständig unpassierbar werden. Es konnte sogar unter dem Druck des Blutes nachgeben und reißen …

Aber die Medizin war heute so weit, dass die Ärzte ein derart verengtes Gefäß mit einem Ballonkatheter weiten konnten, um es wieder passierbar zu machen. Oder man legte Bypässe, durch die die verstopften Adern überflüssig wurden, weil das Blut nunmehr durch die Umgehungsgefäße wieder ungehindert ins Herz gelangen konnte.

Dr. Speidl lächelte Ellen beruhigend zu. »Hamburg wird seine Rettung sein – als Forscher und als Mann.«

Sie verstand, wie er das meinte, und für einen flüchtigen Moment trat ein Lächeln in ihre Augen. Doch gleich drauf verschwand es wieder.

»Und was geschieht mit Sarah?«

»Sarah?«, wiederholte der Arzt. »Soll ich Ihnen sagen,

wie ich es sehe? Zuerst dachte ich, das Mädchen ist dem Leben nicht gewachsen. Es wird zerbrechen. Das war ein Irrtum. Sarah ist nicht schwach. Oder richtiger gesagt: Ihre Schwäche ist ihre Stärke.«

Er wartete auf eine Reaktion von Ellen. Doch als sie nichts erwiderte, fuhr er fort:

»Sarah ist ein Schicksalskind. Sie bringt Schicksale in Bewegung. Und wenn Schicksale in Bewegung geraten, gibt es Katastrophen.«

Damit hat er zweifellos recht, dachte Ellen deprimiert. Inges Freitod war eine solche Katastrophe.

Sie selbst war zur Beerdigung gekommen, um ihre Verbundenheit mit Konrad auszudrücken. Doch mehr konnte sie nicht tun. Alles weitere lag bei ihm – irgendwann in der Zukunft, wenn er wieder ein wenig festen Boden unter den Füßen hatte.

Aber vielleicht würde er sich immer an Inges Tod schuldig fühlen, so dass sie am Ende mehr Macht über ihn gewonnen hätte als in ihrem Leben.

Dr. Speidl hatte Ellen beobachtet. Er war ein guter Menschenkenner, und er ahnte, was in ihr vorging. Deshalb versuchte er, ihr seine Ansicht deutlicher zu erklären.

»Ich meine das so: Katastrophen sind manchmal unsere Rettung. Sie sind Frühlingsstürme. Sie wüten und brechen morsche Bäume – und sie bringen neues Leben.«

Sie wünschte sehr, dass das zutraf. Aber das Gefühl, dass ihr in diesem Fall die Hände gebunden waren, blieb. Sie konnte nur zur Stelle sein, wenn Konrad sie brauchte.

Sarah hatte am Grab ihrer Mutter nicht weinen können, nicht wirklich. Ein heftiger, wilder Tränenstrom hätte vielleicht manches leichter gemacht. Aber dazu stand sie innerlich zu sehr unter Schock. Sie war wie eingekapselt in das Entsetzen über das, was geschehen war.

Sarah fragte sich, was ihre Mutter auf ihrem letzten Weg zum Bootshaus gedacht und gefühlt hatte. War sie voller Hass gewesen? Hatte sie es deshalb getan, um ihnen allen zu zeigen, dass sie die eigentlichen Schuldigen an ihrem Tod waren? Hatte sie sich rächen wollen?

Oder war sie einfach nur müde gewesen, überdrüssig eines Daseins, von dem sie nichts mehr erwartete? Nichts jedenfalls, was für sie von Bedeutung war?

Nach der Beerdigung saß Sarah mit Peregrina auf der Pergola, und ihr war zumute, als müsse ihre Mutter jeden Augenblick aus dem Haus kommen, hübsch und elegant, vielleicht mit einer Zigarette oder einem Drink in der Hand, und gut gelaunt erklären: »Ich bin noch da. Es war alles nur ein Schwindel, mit dem ich euch einen Schrecken einjagen wollte.«

Sarah streichelte Captain, der neben ihr saß. »Warum?«, fragte sie erstickt. »Warum hat sie das getan? Ich versteh' es einfach nicht.«

Peregrina seufzte. »Darauf kann ich dir keine Antwort geben.«

Sarah blickte auf. »Du willst mich nur schonen. Niemand kannte sie so gut wie du.«

»Da bin ich mir nicht sicher.« Peregrina stand auf und blickte zum See hinunter. Er lag in der hellen Mittagssonne.

»Ich war sieben, als sie zur Welt kam, und ich liebte sie von dem Moment an, wo unsere Mutter sie mir zum ersten Mal in den Arm legte. Schon als Kind flogen ihr die Herzen zu. Die Eltern lasen ihr jeden Wunsch von den Augen ab. Ich, ihre Freundinnen – und später dein Vater.«

Sie wandte sich Sarah wieder zu. »Geliebt werden, das war ihr Schicksal. Eigentlich hätte sie die glücklichste Frau sein müssen. Aber sie war nicht glücklich; sie war nicht einmal zufrieden …«

»War Vater der falsche Mann für sie?«

»Jeder wäre falsch gewesen, selbst einer, der ihr noch mehr Liebe gegeben hätte – und alle Reichtümer der Welt.«

»Aber warum?«

Peregrina blickte in Sarahs verstörte Augen.

»Sie musste nie um etwas bitten, und so lernte sie auch nicht zu danken. Die Freude am Leben kommt aus der Dankbarkeit zu leben. Ihr war Dankbarkeit fremd.«

Sarah stützte die Arme auf den Terrassentisch und legte den Kopf in die Hände. »Vielleicht hätte ich ihr helfen können …«

Peregrina streichelte ihr über das Haar. »Als sie zu mir kam, ins Kloster, da dachte ich: Das ist die Wende. Sie sucht Hilfe bei mir. Doch sie behandelte mich, als sei ich ihre Feindin. Irgendwann sind wir in ihren Augen alle zu Feinden geworden: Ich, dein Vater, du und Erik. Aber ihr allergrößter Feind war sie selbst.«

Eine Weile schwiegen sie. Dann sagte Sarah: »Mich trifft auch Schuld.«

»Niemand trifft Schuld«, widersprach Peregrina überzeugt, aber sie spürte, dass Sarah ihr nicht glaubte.

Auf dem Plattenweg, der um das Haus herumführte, waren Schritte zu hören. Es war Erik. Peregrina sah ihn zuerst und berührte Sarah sanft an der Schulter. Sie blickte auf und sprang von ihrem Stuhl hoch. Als er die Arme ausbreitete, warf sie sich an seine Brust. Und nun konnte sie endlich weinen. Ihr ganzes Elend brach aus ihr heraus.

Er streichelte ihren zitternden Rücken, und sie hob das tränenüberströmte Gesicht und blickte ihn an. »Ich weiß nicht, wie es weitergeht«, stieß sie schluchzend hervor. »Ich weiß nur eins: dass ich dich liebe. Aber ich kann nicht mit dir leben.«

Sie umfasste sein Gesicht, küsste ihn noch einmal und riss sich dann von ihm los. Immer noch weinend rannte sie ins Haus.

Auch Erik waren die Augen feucht geworden. Als er sich Peregrina zuwandte, spiegelte sein Gesicht völlige Ratlosigkeit wider.

»Sarah braucht Zeit«, sagte Peregrina ruhig, doch er schüttelte den Kopf.

»Sie muss weg von hier. So schnell wie möglich. Solange sie hier ist, wird sie nie vergessen können. Ich lasse sie nicht hier.«

Sie verstand ihn, aber sie wusste, dass dies der falsche Weg war. Sie kannte Sarah gut genug, um nachzuvollziehen, was jetzt in ihr vorging.

»Es war zu viel, was passiert ist. Vor drei Monaten saß sie noch auf der Schulbank. Dann ging der Käfig auf, und sie flog hinaus ins Leben … Und jetzt ist sie abgestürzt, und es wird eine Weile dauern, bis sie sich damit abfindet, dass wir Menschen keine Flügel haben. Und dass wir bestraft werden, wenn wir fliegen wollen.«

Erik begriff, dass sie recht hatte, aber es half ihm nicht, seine tiefe Furcht loszuwerden.

»Ich liebe Sarah. Ich kann sie jetzt nicht allein lassen.«

Peregrina legte ihm die Hand auf den Arm. »Geben Sie ihr Zeit«, bat sie eindringlich.

»Ich habe Angst, sie zu verlieren«, gestand er. »Was soll ich nur tun?«

»Nichts«, sagte Peregrina.

»Einfach warten?« Es schien ihm unmöglich.

Sie nickte. »Einfach warten …«

Erik wandte sich ab und blickte zu Sarahs Fenster hinauf. Für einen winzigen Moment glaubte er, ihr Gesicht hinter der Gardine zu erkennen, wie sie zu ihm hinunter sah. Dann war sie verschwunden.

Peregrina machte sich auf die Suche nach Konrad Maienstedt. Sie fand ihn in seinem Labor, wie sie vermutet hatte. Er hatte sein schwarzes Jackett und die Krawatte abgelegt und beugte sich über ein Mikroskop.

Arbeiten – das war seine Art, wenn schon nicht mit der Tragödie fertig zu werden, sie doch wenigstens zeitweise zu verdrängen.

Als Peregrina seinen Namen rief, hob er den Kopf. »Ja?«

Sie trat ein und ließ die Tür hinter sich offenstehen.

»Ich fahre jetzt«, erklärte sie, und er stand auf und legte ihr die Hände auf die Schultern.

»Bleib«, bat er gepresst. »Ich brauche dich.«

Sie löste sich von ihm und setzte sich auf einen Stuhl.

»Es ist zu spät, Konrad. Was du brauchst, kann ich dir nicht geben.« Ihr Gesichtsausdruck wurde nachdenklich. »Vielleicht hätte ich es dir nie geben können.«

Er blickte mit hängenden Schultern vor sich hin. »Ich habe alles falsch gemacht. Und alles verloren – durch meine eigene Schuld.«

»Ich will nichts mehr von Schuld hören!«, widersprach Peregrina energisch. »Das Leben hat sich unbestechlich gezeigt. Für Inge, für dich und für mich …«

Hilflos blickte er sie an. »Hätte ich es verhindern können?«

»Nein. Keiner konnte Inge hindern, sich selbst zu verletzen.« Sie stand auf und rüttelte ihn sacht an den Schultern.

»Vielleicht hättest du früher gehen sollen. Nach Hamburg oder irgendwo anders hin … Aber für Inge hätte das nichts geändert.«

Er dachte eine Weile über ihre Worte nach. Dann nickte er. »Du hast recht.«

Jetzt war ihm ein wenig leichter ums Herz.

Er umarmte Peregrina und küsste sie auf beide Wangen. »Ich danke dir.«

Sie legte ebenfalls die Arme um ihn. »Geh nach Hamburg, Konrad«, bat sie eindringlich.

»Und Sarah? Ich kann sie nicht allein lassen.«

Peregrina lächelte ein wenig. »Sarah wird ihren Weg gehen. Sie braucht uns nicht.«

Nachdem sie fort war, dachte Konrad Maienstedt noch eine Zeit lang über ihre Worte nach. Peregrina hatte recht: Er musste fortgehen, und das so rasch wie möglich.

Es war kein Davonlaufen vor schlimmen Erinnerungen; er wusste, dass sie ihn begleiten würden und dass er lernen musste, sie aufzuarbeiten. Aber in Hamburg würde es leichter sein.

Eine halbe Stunde später stieg Konrad Maienstedt die Treppe zu Sarahs Zimmer hinauf.

Sie hatte einen Koffer aufgeklappt auf dem Bett liegen, aber noch nichts hineingetan. Ihr Blick fiel auf die Gartenzwergin, die immer noch auf ihrem Platz auf dem Regal stand.

Sarah nahm sie herunter und drückte sie einen Moment an sich. Dann stellte sie die Figur nach oben auf den Kleiderschrank.

Nein, sie würde die Zwergin nicht mitnehmen. Sie hatte in das Mädchenzimmer der ahnungslosen jungen Sarah Maienstedt gepasst, die sie an einem aufregenden, glücklichen Tag gekauft hatte. In das Leben, das vor ihr lag, passte sie nicht mehr.

Einen Augenblick blieb Sarah mitten im Zimmer stehen und überlegte was sie einpacken sollte. Da trat ihr Vater nach einem kurzen Anklopfen ein. »Ich habe dich gesucht«, sagte er. Er entdeckte den Koffer auf dem Bett und seufzte erleichtert. »Gott sei Dank, du gehst doch mit Erik.«

Aus ernsten Augen sah sie ihn an. »Nein, nicht mit Erik.«

»Sondern?«, fragte er, und sie kam zu ihm und schmiegte sich an seine Brust.

»Ich komm mit dir. Wir gehen nach Hamburg.«

Sein erschöpftes Gesicht erhellte sich ein wenig. Er versuchte erst gar nicht, Sarah umzustimmen. Dazu war er viel zu froh, dass sie bei ihm blieb – wenigstens für eine Weile.

Captain kratzte an der Tür, und Sarah ließ ihn ein. Während sie anfing, ihren Koffer zu packen, beobachtete das Tier sie unablässig aus seinen schönen dunklen Hundeaugen. Koffer packen, das kannte Captain. Dann waren seine Menschen eine Zeit lang nicht da, und ihm blieb nichts anderes übrig, als auf ihr Wiederkommen zu warten. Ohnehin bestand ein Hundeleben in der Hauptsache aus Warten …

Der Golden Retriever legte den Kopf auf die Pfoten und winselte leise. Sarah beugte sich zu ihm hinunter und streichelte ihn.

»Die Tiere haben's gut«, sagte sie zu ihrem Vater, der auf dem Bett neben dem Koffer saß und ihr beim Packen zuschaute. »Und was ist mit uns Menschen?«

»Immer und ewig die alte Geschichte …« Konrad Maienstedts Stimme klang rau. »Täglich wird uns das Paradies geschenkt – und jeden Tag aufs neue verlieren wir es.«

Er betrachtete Sarah prüfend. »Bist du sicher, dass du nicht mit Erik nach Stockholm willst?«

Sie richtete sich auf. »Ja.«

»Du weißt, ihn trifft keine Schuld.«

»Vielleicht nicht Schuld … und doch …« Nein, sie konnte nicht mit Erik leben. Der Tod ihrer Mutter stand zwischen ihnen.

Sie nahm das Bild ihrer Mutter vom Schreibtisch und wollte es in den Koffer legen. Maienstedt nahm es ihr aus der Hand und betrachtete es.

»Ist etwa der Sommer schuld, wenn es Herbst wird? Deine Mutter wollte, dass ihr Leben ein ewiger Sommer sein sollte. Und ich habe ihr das Glashaus für diesen ewigen Sommer gebaut … Und als die Sache mit Erik begann, dachte ich: Lass ihr diese Sommerlaune …«

Seine Stimme wurde leiser. »Also, wenn es eine Schuld gibt, dann trifft sie mich.«

Sarah sah, wie er sich plötzlich ans Herz fasste und nach Atem rang. Mit zwei Schritten war sie bei ihm und kauerte sich vor ihn auf den Boden.

»Wir müssen weg von hier«, stieß sie angstvoll hervor, während sie ihn umarmte. »Schnell. Sag der Vondrowski, dass wir schon heute mit ihr fahren. Und morgen gehst du in die Klinik. Ich glaube es wird höchste Zeit.«

Er holte mühsam Luft. »Klinik? Woher weißt du …«

Sie blickte ihn an mit der ganzen Liebe, die sie für ihn empfand. Und sie konnte sogar ein wenig lächeln.

»Ich bin deine Tochter. Vor mir kannst du nichts verbergen.«

Sie erreichten Hamburg weit nach Mitternacht. Ellen Vondrowski brachte sie zu der Wohnung an der Binnenalster. Vor ihrem Abflug hatte sie in ihrem Sekretariat noch telefonisch Bescheid gegeben, dass man die

Zimmer für Professor Maienstedt und seine Tochter herrichten solle. Auch der Kühlschrank müsse neu gefüllt werden.

Jetzt standen frische Blumen in einer Bodenvase in der Diele, die Tür zum Wohnzimmer war geöffnet, und Konrad entdeckte eine Schale mit Obst auf dem Tisch.

Als er sich zu Ellen Vondrowski umwandte, nickte sie ihm nur lächelnd zu. Sie hatte ihn und Sarah bis in die Diele begleitet. »Ich lasse euch jetzt allein«, sagte sie und gab Sarah die Wohnungsschlüssel.

Sarah hielt ihre Hand fest und blickte sie voller Sympathie an. Dann schaute sie zu ihrem Vater hinüber und sagte leise: »Wir brauchen Sie.« Ellen Vondrowskis Gesicht strahlte auf. Auf einmal hatte sie wieder Hoffnung, dass noch alles gut werden konnte.

Es war eine knappe Woche später. Sarah war allein in der großen Gästewohnung. Noch immer trug sie schwarze Trauerkleidung, aber sie sah etwas besser aus als am Tag ihrer Ankunft.

Sie schrieb etwas in ihr Tagebuch. Seit sie hier war, hatte sie damit begonnen. Irgendwie half ihr das, mit ihrer Einsamkeit besser fertig zu werden.

Als es an der Tür klingelte, klappte sie das Buch zu und ging verwundert hinaus, um zu öffnen.

Ein alter weißhaariger Herr im dunklen Mantel stand draußen und lächelte ihr liebevoll zu.

Sarah stieß einen kleinen Schrei aus. »Jules!« Sie umarmte ihn unter Tränen und küsste ihn auf beide Wangen. Dann nahm sie ihn bei der Hand und zog ihn in die Wohnung. »Komm rein.«

Jules Dussere blickte sich suchend um. »Wo ist dein Vater?«

»Im Krankenhaus. Er wurde vor drei Tagen am Herzen operiert.«

»Und?«, fragte Jules, und sie lächelte ein wenig, während sie noch immer weinte.

»Es geht ihm gut.«

Er betrachtete sie aufmerksam. »Und dir?«

»Mir auch«, erwiderte sie, während ihre Tränen heftiger flossen.

Jules nahm ihre Hände. »Hast du Lust auf eine Reise?«, erkundigte er sich mit einem geheimnisvollen Lächeln.

»Wohin?«, wollte sie wissen, und sein Lächeln wurde breiter.

»Nach Venedig. Wohin sonst?«

Ihre Augen wurden groß. »Nach Venedig!« Es klang sehnsüchtig und gleichzeitig todtraurig.

»In dein Haus«, sagte Jules bedeutungsvoll und nahm Sarah in die Arme. Geduldig wartete er, bis ihre Tränen versiegten.

Eine Stunde später betrat sie die Klinik von Professor Ruhland. Ihr Vater hatte die Intensivstation verlassen können und lag nun in einem hellen freundlichen Privatzimmer.

Kurz vor Sarah war Ellen Vondrowski zu ihm gekommen. Sie hatte Konrad mit einem Kuss begrüßt, aber er hatte anklagend gemeint, dass er jetzt kränker als vorher sei. Doch das hätte er ja gewusst.

Unbeeindruckt zog Ellen einen Stuhl an sein Bett und streichelte seinen Arm. »Aber nicht mehr lange. Professor Ruhland hat mir gesagt: Noch ein paar Tage, und du kannst wieder Bäume ausreißen.«

Sein Gesicht entspannte sich, und er lächelte ihr zu.

»Ich werde einen Baum pflanzen. Für uns beide. Und eines Tages werden wir in seinem Schatten sitzen.«

Ellen fand, dass das die schönste Liebeserklärung war, die er ihr jemals gesagt hatte, und war fast zu Tränen gerührt.

In diesem Moment riss Sarah nach einem kurzen Anklopfen schwungvoll die Tür auf und kam hereingewirbelt. Sie hatte einen wunderschönen Blumenstrauß für ihren Vater mitgebracht und küsste ihn auf die Wange. Sie wirkte völlig verändert, voller Schwung und Optimismus.

Lächelnd nickte sie Ellen Vondrowski zu. Dann wandte sie sich an ihren Vater. »Hallo, verträgst du schon eine Überraschung?«

»Wenn es keine böse ist …«, meinte er und zog seine Bettdecke ein wenig höher.

»Sie ist toll!«, erklärte Sarah mit leuchtenden Augen. »Stell dir vor, ich habe eine Erbschaft gemacht.«

Sie genoss das Staunen ihres Vaters und der Vondrowski. »Jules Dussere ist da. Die Tirtowa hat mir ihr Haus in Venedig vererbt. Ich muss hinfahren.«

Konrad Maienstedt legte den Arm um sie und zog sie vorsichtig zu sich herunter. »Fahr hin. Mir geht es gut hier. Und du musst tun, was für dich wichtig ist. Fahr, mein Kind. Ich wünsche dir viel Glück.«

Sarah hob den Kopf und blickte ihn zweifelnd an. Konnte sie ihn wirklich schon allein lassen? Aber er nickte ihr zu, und sie wandte sich zu Ellen Vondrowski um. Die beiden Frauen wechselten einen verständnisvollen langen Blick.

Du wirst schon gut auf meinen Vater aufpassen, schienen Sarahs Augen zu sagen, und Ellens Augen antworteten: Ja, das werde ich.

Mit einem befreiten Auflachen drückte Sarah ihr den Blumenstrauß in die Arme, den sie für ihren Vater mitgebracht hatte, küsste ihn noch einmal und verließ dann das Zimmer.

Am nächsten Morgen flog sie nach Venedig. Als sie den Palazzo der Tirtowa betrat, war ihr wieder zumute, als würde sie in ein altes geliebtes Zuhause zurückkehren.

Alles dort war noch unverändert, so als wäre die Tirtowa nur eine Zeit lang auf Reisen gegangen und käme eines Tages wieder zurück.

Jules hatte Sarah erzählt, dass die Tirtowa einen Tag vor ihrem Tod das Testament in seinem Notariat unterschrieben hatte, in dem sie Sarah ihren Palazzo vermachte. Er selbst hatte es aufgesetzt.

»Sie wollte, dass du hierbleibst«, hatte er gesagt. »Oder dass du eine Zuflucht hast, einen Ort, an den du immer wieder gern zurückkehrst.«

Sarah umarmte ihn unter Tränen. »Sie hat gewusst, dass ich eine Zuflucht brauche. Sie hat so vieles von mir gewusst, ohne dass man es ihr sagen musste.«

Es war wunderbar, wieder in Venedig zu sein – und gleichzeitig unendlich schwer. Die Tage mit Erik hier waren so herrlich gewesen, und damals hatte Sarah gemeint, dass ihr Leben immer so weiterginge: Tage und Nächte mit ihm und randvoll angefüllt mit Glück.

Die Erinnerung daran tat weh.

Um sie wenigstens zeitweilig zu verscheuchen, machte sich Sarah daran, gemeinsam mit Jules den Nachlass der Tirtowa zu ordnen. In einer Schublade ihres Schreibtisches entdeckte sie neben vielen persönlichen Dokumenten einen Karton mit Briefpapier. Nur ein Satz war hineingeprägt, kein Name, keine Adresse.

»Ein Vogel fliegt immer vorwärts«, las Sarah vor, und Jules blickte sie lächelnd an.

»Das war ihr Motto. Und sie hat sich stets danach gerichtet.«

Sarah ließ das Briefpapier sinken. »Sie war so mutig.«

»Nicht mutiger als du«, erwiderte er mit einem liebevollen Blick.

Sie schüttelte den Kopf. »Ich bin nicht mutig. Ich bin feige.«

Er erwiderte nichts darauf, sondern sortierte weiterhin die Post, die nach dem Tod der Tirtowa gekommen war. Es war ein ganzer Stapel. Das Kuvert eines Reisebüros war darunter. Jules riss es auf und hielt drei Flugtickets in die Höhe.

»Sarah, sieh mal: drei Tickets nach Stockholm, zur letzten Vorstellung des ›Feuervogel‹. Die Tirtowa hatte die Angewohnheit, immer bei den letzten Vorstellungen ihrer Stücke dabei zu sein. Wir werden sie vertreten.«

Panik stand auf einmal in ihren Augen. In Stockholm war sicher Erik. Oder Sven Rasmussen würde ihn benachrichtigen, dass sie da war, und Erik würde mit dem nächsten Flugzeug kommen.

»Nein, Jules«, sagte sie unglücklich. »Ich kann nicht nach Stockholm.«

Er kam auf sie zu und legte ihr beide Hände auf die Schultern. Sein Blick war gütig und verständnisvoll. »Kind, das Leben wartet auf dich. Du bist jung.«

»Das Leben macht alles kaputt«, widersprach sie bitter. »Alles, was wir lieben, macht es kaputt.« Sie wischte sich über die Augen. »Ich will nicht, dass es mich so zerreißt, wie es meine Mutter zerrissen hat.«

Er ergriff ihre Hände und hielt sie fest. »Das Leben schenkt uns Feste. Es erscheint nur denen böse, die nichts erleben wollen. Die keinen Mut haben. Das Leben selber ist nicht böse ...«

Als sie schwieg und vor sich hin starrte, beugte er sich zu ihr und blickte sie eindringlich an.

»Sarah, dich hat das Leben nicht vergessen.«

Sie zog die Schultern hoch. »Ich habe Angst ...«

Er nickte lächelnd. »Jetzt hast du Angst. Aber morgen wirst du wieder mutig sein.«

Er hatte den Gedanken noch nicht aufgegeben, mit ihr nach Stockholm zu fliegen. Wenn Erik Wylander wirklich dort war, dann wurde vielleicht alles gut ...

Aber Erik war noch am Ammersee. Er war wie gelähmt, seit Sarah ihn verlassen hatte, und ging täglich zur Maienstedt-Villa hinüber in der Hoffnung, dass sie zurückgekommen sei.

Aber dort waren nur Vicenta und Captain.

An diesem Nachmittag hatte Erik sich betrunken. Nicht unmäßig, aber doch genug, dass das klare Denken verschwamm und sein Kummer die allzu harten, schneidenden Konturen verlor.

Carmen hatte gesehen, wie er das Haus verließ und wieder einmal durch den Park zur Maienstedt-Villa ging. Als er nach einer Weile nicht zurück war, ging sie ihn suchen.

Er kam ihr auf halbem Weg entgegen. »Sie ist nicht da …«, sagte er mit schwerer Zunge und hielt sich an einem Baumstamm fest.

Carmen ergriff ihn beim Arm. »Du wolltest mir ja nicht glauben.«

Untergehakt gingen sie weiter. Als sie die schmale Steintreppe erreicht hatten, die zu ihrer Terrasse führte, ließ Erik sich schwer auf eine der Stufen fallen. Er stützte die Ellbogen auf die Knie.

Einfach warten, hatte Peregrina gesagt. Was für ein Unsinn! dachte er. Er blickte seine Mutter an.

»Es war ein Fehler. Ich hätte bei ihr bleiben müssen. Jetzt hat Inge doch noch auf der ganzen Linie gewonnen.«

»Nicht, wenn du jetzt zu Sarah fährst«, widersprach Carmen resolut. »Vicenta hat dir doch gesagt, wo sie ist. Oder?«

»Sie ist in Venedig.« Halb zornig, halb verzweifelt schlug er mit der rechten, zur Faust geballten Hand gegen seine Linke. »Aber sie muss zu mir kommen, Mutter. Freiwillig! Ich kann sie nicht zwingen, mit mir zu leben …« Sein Gesichtsausdruck wurde kummervoll. »Wenn ich nur wüsste, was in ihr vorgeht … Ich hab' das Gefühl, dass alles, was ich tu', das Falsche ist.«

Er tat Carmen leid. Und gleichzeitig stieg leiser Groll in ihr auf. Nicht nur auf ihn, sondern auch auf Sarah. Zum Donner, die beiden waren verheiratet! Was brachte es, wenn jeder von ihnen stumm vor sich hin litt – möglichst weit voneinander entfernt!

»Falsch ist nur eins«, sagte sie energisch und zog ihn vom Boden hoch. »Dass du hier herumsitzt und nichts tust.«

Am nächsten Morgen flog Erik nach Venedig. Er tat es, weil seine Mutter ihn dazu gedrängt hatte – aber auch, weil er ganz krank vor Sehnsucht nach Sarah war. Vielleicht bewirkte das Wiedersehen mit der Stadt, in der sie geheiratet hatten, dass Sarah ihre Schuldgefühle wegen des Todes ihrer Mutter überwand und endlich wieder wusste, wohin sie gehörte.

Erik hoffte es mit heißem Herzen.

In Venedig fuhr er mit einem Wassertaxi zunächst zum Palazzo der Tirtowa. Aber dort öffnete niemand auf sein Läuten.

Er wartete eine Weile, doch als die Zeit verstrich und Sarah nicht zurückkam, begann er in der Nachbarschaft herumzufragen.

Natürlich kannte man *la bella Signora tedesca*, und man wusste auch, dass sie die neue Besitzerin des Palazzo der Signora Tirtowa war. So etwas sprach sich schnell herum.

Eine alte Venezianerin, die aus dem Fenster schaute,

unter dem ein Madonnenbildnis angebracht war, gab Erik schließlich den entscheidenden Tipp.

Die russische Signora hatte eine Ausstellung im Palazzo Pisani gehabt, die gestern zu Ende gegangen war. Vielleicht war die junge Signora dort, zusammen mit dem alten Herrn, der der Freund der alten russischen Signora gewesen war? Schließlich mussten sie sich darum kümmern, dass die vielen Ausstellungsstücke wieder dorthin kamen, wo sie hingehörten …

»*Tante gracie, Signora*«, sagte Erik und beschloss, auf jeden Fall beim Palazzo Pisani vorbeizuschauen. Wenn er Sarah auch dort nicht fand, würde er hierher zurückkehren und auf sie warten.

Aber Sarah war im Palazzo Pisani.

Sie trug wieder das schwarze Kleid mit den vielen bunten Sommerblumen und dem breiten Spitzenkragen, das sie auch bei der Vernissage angehabt hatte. Jules und sie überwachten den Abbau der Ausstellungsstücke.

Sarah wurde zunehmend traurig, während sie zusah, wie die Arbeiter die Kostüme von den Puppen nahmen. All die Schönheit, der märchenhafte Zauber schwanden. Zurück blieben nackte Gliederpuppen mit leeren Gesichtern im kalten Tageslicht.

Sie ging zwischen ihnen hin und her, blieb vor denen stehen, deren Kostüme man noch nicht abgenommen hatte, und streichelte über Spitzen und Federn, Samt und Seide. Dabei dachte sie an die Tirtowa und hätte am liebsten wieder geweint.

Vorsichtig nahm Sarah einer Puppe die goldene Krone ab und wollte sie Jules geben, der das Verpacken der

Sachen überwachte. Jules ergriff sie mit einem Lächeln und setzte sie Sarah auf den Kopf. Sie betrachtete sich im Spiegel und sah ihm nach, wie er schließlich mit der Krone davonging.

Lieber gutes Jules …

Irgendwann fand Sarah sich vor einem Tisch aus venezianischem Glas mit reicher Goldverzierung wieder. Kleine Puppen standen darauf, alle in Miniaturkostümen der Tirtowa. Sie waren auf Spieluhren montiert worden, und als Sarah eine davon aufzog, ertönte eine heitere, zarte Melodie.

Sarah schloss die Augen, lauschte und blinzelte die Tränen fort, die in ihr aufstiegen.

Sie wollte nicht mehr weinen. Sie hatte schon zu viel geweint.

In diesem Moment hörte sie ihren Namen rufen. Sie wandte sich um, und da stand er: Erik.

Ihr erster Impuls war Abwehr. Warum war er gekommen? Begriff er denn nicht, warum sie vor ihm davon gelaufen war? O Gott, er sollte aufhören, sie zu quälen!

Als er eine Bewegung zu ihr hin machte, wich sie zurück und stellte die Spieluhr ab. »Die Ausstellung ist vorbei«, sagte sie spröde. »Du kommst zu spät.«

»Ich bin nicht wegen der Ausstellung gekommen«, antwortete er. »Ich habe nur eine Frage an dich, Sarah. Wie lange sind wir eigentlich verheiratet?«

Sie starrte ihn an. Und ihr wurde klar, dass sie im Grunde nur drei Tage wirklich verheiratet gewesen waren: erst in Venedig und dann an dem Tag, an dem ihre Mutter sich umgebracht hatte.

Drei Tage … Und danach, so hatte Sarah gemeint, war alles zu Ende gewesen.

»Ich liebe dich«, hatte sie Erik gesagt. »Aber ich kann nicht mit dir leben.«

Aber sie konnte auch nicht ohne ihn leben. Er war ihr Mann und sie seine Frau. In der goldschimmernden Kirche von Santa Maria dei Miracoli hatte sie versprochen, ihn zu lieben und zu ehren, in Gesundheit und Krankheit, in Reichtum und Armut, in guten wie in bösen Tagen.

Wieso hatte sie gemeint, ihn an dem ersten bösen Tag, der ihnen widerfahren war, verlassen zu dürfen?

Ihren Mann …

Den einzigen Mann, den sie liebte.

Und der sie ebenso liebte …

»Das Leben wartet auf dich«, hatte Jules Dussere gesagt. Er hatte recht.

Sarah stieß einen kleinen Laut aus, der halb ein Lachen, halb ein Schluchzen war. Sie sah, wie Erik die Arme nach ihr ausstreckte – und warf sich hinein.

Und ihr war zumute, als würde in ihrem Herzen ein Vogel befreit und begänne zu singen.

*Der Marion von Schröder Verlag ist ein Unternehmen der
Econ Ullstein List Verlag GmbH & Co. KG*

ISBN 3-547-77380-6

*Gesetzt aus der Goudy bei
Franzis print & media GmbH, München
Druck und Bindung: Graphischer Großbetrieb, Pößneck*

Victoria Clayton

Der Garten der Fortuna

Aus dem Englischen von Elfriede Peschel

Roman, 574 Seiten, gebunden

Nach dem plötzlichen Tod ihres Mannes Jack steht die junge Miranda Stowe vor den Trümmern ihres Lebens. Aber unterstützt von engen Freunden wagt sie einen Neuanfang und eröffnet auf Westray Manor eine Pension im charmanten Landhausstil. Doch das neue Leben, welches in das alte Herrenhaus einzieht, vermag Mirandas Schmerz nur oberflächlich zu kaschieren. Nach und nach merkt sie, wie erstarrt ihr Leben mit Jack verlaufen ist, wie sehr die ständigen Demütigungen ihr Selbstvertrauen untergraben haben. Obwohl da immer noch die Angst ist, erneut verletzt zu werden, entdeckt sie ihre heftigen und verwirrenden Gefühle für den Landarzt Rory McCleod. Wird sie sich endgültig aus dem Schatten und der Beklemmung lösen können?

Nach dem Erfolg von Victoria Claytons Roman *Das Haus der Freundin* das neue Werk einer der bekanntesten englischen Autorinnen: Ein liebevoll erzählter Roman um den Kampf ums Lebensglück, gewürzt mit einer gehörigen Portion Sprachwitz.

Marion von Schröder